老卫队的探戈

EL TANGO DE LA GUARDIA VIEJA

ARTURO PÉREZ-REVERTE

〔西班牙〕阿图罗·佩雷斯-雷维特 著　　叶培蕾 译

人民文学出版社
PEOPLE'S LITERATURE PUBLISHING HOUSE

著作权合同登记号：图字 01-2015-3575

El tango de la guardia vieja
by Arturo Pérez-Reverte

图书在版编目(CIP)数据

老卫队的探戈/(西)阿图罗·佩雷斯-雷维特著；叶培蕾译.—北京：人民文学出版社，2016
ISBN 978-7-02-011872-4

Ⅰ.①老… Ⅱ.①阿… ②叶… Ⅲ.①长篇小说-西班牙-现代 Ⅳ.①I551.45

中国版本图书馆 CIP 数据核字(2016)第 169617 号

责任编辑 **仝保民 陈 黎**
特约策划 **彭 伦 潘丽萍**
封面设计 **汪佳诗**

出版发行 **人民文学出版社**
社 址 **北京市朝内大街 166 号**
邮政编码 **100705**
网 址 **http://www.rw-cn.com**
印 刷 **山东德州新华印务有限责任公司**
经 销 **全国新华书店等**
字 数 **290 千字**
开 本 **890 毫米×1240 毫米 1/32**
印 张 **13 插页 2**
版 次 **2016 年 10 月北京第 1 版**
印 次 **2016 年 10 月第 1 次印刷**
书 号 **978-7-02-011872-4**
定 价 **49.00 元**

如有印装质量问题，请与本社图书销售中心调换。电话：01065233595

不过，一个您这样的女人和一个我这样的男人在陆地上是不会经常相遇的。

——约瑟夫·康拉德，《潮汐之间》

目 录

楔　子

1928年11月，为了创作一支探戈舞曲，阿曼多·德·特洛埃耶出发前往布宜诺斯艾利斯旅行。他有条件这样随心所欲。这位《夜曲》及《堂吉诃德斗牛舞》的作者那一年四十三岁，正处于创作生涯的巅峰，所有西班牙画报都刊出了他与他美丽的妻子靠在执行汉堡—南美航线的远洋邮轮“波洛尼奥船长号”船舷上的照片。最佳照片则是出现在《黑与白》杂志的大世界版面上的那一幅：德·特洛埃耶夫妇站在头等舱的甲板上，他的肩上披着英式风衣，一只手插在外套口袋里，另一只手拿着烟，对在岸上送别他的人们露出微笑；她，梅查·英仲扎·德·特洛埃耶，身穿皮大衣，优雅的帽子衬托着她清澈的双眸，为照片撰写说明的记者热情洋溢地形容这双眼睛“深邃迷人，波光流转”。

那天夜里，远处海岸上的灯光还依稀可见，阿曼多·德·特洛埃耶正在为晚餐更衣。他耽误了一会儿，因为他略微有点偏头痛，过了一阵才好。与此同时，他坚持让妻子先去宴会厅，在那里听着音乐享受一番。他是个细致的人，花了好一会儿为金烟盒装满烟，将它收进燕尾服外套的内侧口袋，并在其他口袋里装上了晚宴所需的一些物品：一只带短链的金质怀表，一个打火机，两块折得整整齐齐的白手帕，一个装着消化药丸的药盒，以及一只装有名片和用来付小费的小额纸币的鳄鱼皮钱包。关掉电灯后，他合上身后的套房舱舱门，一边走一边试着适应这艘巨轮轻微的颠簸，他脚下的地毯减缓了来自推动轮船在大西洋的夜色中前行的机轮的震动。

在穿过厅门之前，当领班拿着餐厅的订座名单向他走来时，阿曼多·德·特洛埃耶从巨大的穿衣镜中看了看自己笔挺的前襟、衬衫袖口和油光锃亮的黑皮鞋。高档服装总是能突出他优雅而清瘦的外表——他身材中等，相貌平平，并不是太有吸引力，不过那双智慧的眼睛、修剪得当的小胡子和那头有些过早泛白的黑色直发为他加了分。只一瞬间，作曲家训练有素的耳朵便跟上了乐队正在演奏的乐曲的节奏：一曲伤感而轻柔的华尔兹。德·特洛埃耶微微笑了，显得包容。他们的演奏只能说是无功无过。接着他将左手插进长裤口袋里，回应了领班的问候，跟着对方来到了自己全程预订的大厅中位置最佳的那张桌子前。一些人的目光落在他身上。一位戴绿宝石耳环的美貌女子仰慕又有些意外地冲他眨了眨眼睛。他们认得他。乐队开始奏起又一曲华尔兹，德·特洛埃耶在桌边坐下，桌上摆着一杯没有动过的香槟鸡尾酒，旁边是一支带有玻璃灯罩的电蜡烛。舞池中，在随着音乐翩翩起舞的男女之间，他年轻的妻子对他投来微笑。梅查·英仲扎比他早了二十分钟来到大厅，此时正在一位瘦削英俊、衣着考究的年轻男子怀中跳舞：他是船上的交谊舞男，负责取悦头等舱里那些独自旅行或是伴侣并不跳舞的女士们。德·特洛埃耶对她回报以微笑，随后交叉起双腿，有些不自然地从烟盒中挑出一支烟抽了起来。

第一章　交谊舞男

从前，每一个他的同类都有一个影子。而他是所有人里最好的那个。他总是在舞池之中保持无懈可击的节奏，在舞池之外保持冷静而灵活的双手，在唇间保持分寸得当的话语，恰到好处又卓尔不凡的辩答。这让他收获了来自男人的友善和来自女人的仰慕。那个时候，除了赖以谋生的交谊舞——探戈，狐步舞，波士顿华尔兹——他比任何人都更加精通用语言点燃烟火和用沉默勾勒伤感气氛的艺术。在漫长的鼎盛年岁里，他几乎弹无虚发：一个衣食无忧的女人，无论她是什么年纪，都很难在皇宫酒店、丽兹酒店或伊克斯尔酒店的茶舞会上，里维埃拉酒店的露台上或是远洋邮轮头等舱的宴会厅中抗拒他的魅力。他曾属于那样一类男人，会在清晨时分身着燕尾礼服出现在巧克力店里，邀请前一晚他去赴舞会或晚宴的那栋别墅里的仆人吃早餐。他拥有这种美德，或者说智慧。还有，一生中至少有那么一次，他能将所拥有的一切都放到赌场的牌桌上，而在回程电车的站台上，一败涂地的他，还满不在乎地吹着《在蒙特卡洛抢了银行的男人》。他点燃香烟，解开领带或者露出熨烫服帖的衬衫袖口的样子是如此优雅，以至于除非是人赃并获，否则警察们从来都不敢逮捕他。

“马克斯。”

“什么事，先生？”

“您可以把箱子放到车里。”

那不勒斯海湾的阳光映在捷豹 Mark X 轿车的镀铬外壳上，一如从前那些由他自己或者别人驾驶的车辆，灼痛了他的眼睛。但自那以后连这个也变了，甚至旧时的影子也不再出现。马克斯·科斯塔朝脚下看了一眼；他甚至稍微动了动，但毫无结果。他不知道这究竟是什么时候发生的，但这并不重要。影子离开了，就像许多其他东西一样留在了后面。

他生气地皱起脸，又或许只是被阳光晃到了眼睛，他试图去思考一件具体而迫切的事情——半负荷或全负荷状态下的胎压，平滑的同步换挡功能，油位——以便赶走每当怀旧或孤独情绪变得过分真实时都会出现的这种又酸又甜的刺痛感。随后他缓缓深吸一口气，用一块麂皮绒布擦了擦散热器上的小银豹雕像，穿上叠放在前排座椅背后的灰色制服。直到仔细地扣好扣子并整好颈项的领带之后，他才慢慢爬上两侧摆有切割大理石和石瓶装饰、通往主大门的台阶。

“别忘了小公文包。”

“放心吧，先生。”

胡根托布勒医生不喜欢他的雇员们在意大利叫他医生。他常常说，这个国家的“医生”、“绅士”和“长官”都泛滥成灾了。而我是一个瑞士医生。我很严谨。我不希望被当做他们中的一员，红衣主教的侄子，米兰工业家之类的人。至于马克斯·科斯塔，这栋坐落于苏莲托郊区的山庄里面的所有人都只是叫他马克斯。这不免有些不可思议，因为他这一生用过不少名字和头衔，或尊贵或普通，取决于当时的情况和需要。但已经有相当一段时间了，自从他的影子最后一次挥舞手帕对他说再见之后——就像一个永远消失在卧铺车厢窗户上的迷蒙雾气之间的女人，而你不知道她是在那一刻消失的，还是很久之前就开始消失了——他就用回了自己的真实姓名。直到他最近被迫，但从某种意义上来说也是自然隐退——其中还包括在牢里的一段时间——之前，那由一个影子换来的名字在半个欧洲和美洲的警察局里都留下了厚厚一叠犯罪记录。不管怎样，他一边拎起皮公文包和新秀丽的箱子放进汽车行李箱，一边想道，他从来没有，就算是在最糟糕的时候也没有想过，最后会有人喊他的教名，而他还要回答“什么事，先生？”。

“我们走吧，马克斯。您拿报纸来了吗？”

“在后面，先生。”

两记关门声。为了帮乘客落座，他戴上、脱下，又重新戴上了司机帽。在方向盘前坐下后，他把帽子放在旁边的座位上，向从前一样风情万种地看了一眼后视镜，又理了理自己依然茂密的灰发。他心想，没有什么能比帽子这个细节更能凸显此情此景中的讽刺意味；在最终的海难之后，人生的回头浪将他摔到了这片荒诞的沙滩上。然而，当他在山庄中自己的房间里对着镜子刮胡子，像人们清点爱情和战斗留下的伤疤那样数着每一道都有自己名字——女人，赌场的轮盘，命运未卜的早晨，胜利或失败的傍晚——的皱纹时，他总会释然地对自己挤挤眼睛；在这个高大、不再瘦削、有着深邃而疲惫的眼睛的老人身上，仿佛还能认出那个一切都不言自明的老同伙的影子。归根结底，他用那种熟悉的、稍带玩世不恭甚至有些无赖的语气自嘲道，必须承认的是，尽管已经六十四岁了，而过去几年里命运发到他手里的牌也差得不能再差，他依然可以自认为幸运。在相似的情形下，其他人——恩里科·福萨塔罗，老家伙桑多尔·艾什泰哈齐——已经不得不选择住进公立救济院，或是在一间破旧招待所的厕所里花一分钟用领带把自己难受地吊死了。

“有什么重要新闻吗？”胡根托布勒问。

汽车后座传来翻报纸声：他正兴致索然地翻页。之前那句话更像是一句评论，而非提问。透过后视镜，马克斯看见他的雇主垂着眼睛，老花镜滑到了鼻尖上。

“俄国人扔了原子弹，或者什么的？”

胡根托布勒自然是在开玩笑。瑞士幽默。心情好时他常喜欢与雇员说笑，或许是因为他独身一人，没有家人听他讲笑话。马克斯露出了职业性的微笑。分寸得当，没有越界。

“没什么特别的，先生：卡修斯·克莱又赢了一场比赛，双子星座 11 号的航天员们安然无恙地回来了……印度支那的战事也更加白热化了。”

“越南，您是说。”

“正是。越南……本地新闻方面，苏莲托的坎帕内拉国际象棋大奖赛开始了：凯勒对阵索科洛夫。”

“上帝啊”，胡根托布勒心不在焉地挖苦道，“真可惜我要错过了……真是什么样的人都有，马克斯。”

“您说得没错，先生。”

“您能想象吗？一辈子都对着一张棋盘。那些棋手最后就是这个结局。疯疯癫癫的，就像那个博比·菲舍尔一样。”

“当然。”

“您走下面那条公路吧。我们还有时间。”

穿过铁门后，捷豹缓缓驶上了橄榄树、乳香木和无花果树之间的沥青路，车轮下也不再有被轧得咯吱作响的碎石了。马克斯在一处带有标识的弯道前平稳地换了挡，路尽头是宁静而明亮的大海，一半的海水没入阴影，宛如碧绿的水晶，可以看见松树和山坡上鳞次栉比的房子的侧影，海湾另一头就是维苏威火山。有一瞬间他忘了车里还有人，轻抚着方向盘，沉浸在驾驶的愉悦中；就像在两个无所谓何时何处的地方之间穿行。从敞开的车窗涌进的空气有蜂蜜和树脂的味道，带着夏日最后的芬芳，在这样的地方，夏天从来不愿死去，总是要与日历页来一场天真而甜蜜的战斗。

“天气真好啊，马克斯。”

他眨眨眼睛，回到现实，再次抬眼去看后视镜。胡根托布勒医生已经把报纸放到了一边，嘴里叼着一根古巴雪茄。

“的确，先生。”

“等我回来时，恐怕天气就变了。”

“但愿不会吧。只是三个星期而已。”

胡根托布勒嘀咕着吐了一口烟。他是个外表温和、面色红润的男人，是位于加尔达湖畔的一家疗养院的主人。战后的几年间，他靠着为饱受纳粹恐怖创伤的犹太富豪提供精神治疗发了财；那些犹太人在半夜惊醒，以为自己依然还在奥斯维辛的一间棚屋里，屋外是狂吠的杜伯曼犬，还有指明通往浴室①道路的SS亲卫队员②。胡根托布勒和他的意大利合伙人，一个所谓的巴切利医生，帮助他们克服这些心魔，建议他们在疗程最后参加一次由疗养院组织的以色列之旅，并随后寄出天文数字的账单。正是这些账单让如今的胡根托布勒拥有米兰的一栋别墅，苏黎世的一套公寓，以及苏莲托一个车库里停着五辆汽车的山庄。从三年前起，马克斯开始负责打理并驾驶这些汽车，同时还监督山庄的维护工作。山庄里剩下的雇员就是女仆和园丁了，他们是一对来自萨莱诺的夫妇：兰萨一家。

“您不要直接去港口。从市中心走。”

“是，先生。”

他飞快地看了一眼左手手腕上那只走时准确但廉价的表——一只镀了假黄金的飞士天，穿梭在这个时段意大利大道上稀稀落落的车流中。还有足够的时间去坐汽艇，它将把医生从苏莲托送到海湾的另一边，让他不必在通往那不勒斯机场的蜿蜒公路上绕弯。

“马克斯。”

“先生？”

“在鲁佛洛停一下，买一盒蒙特克里斯托二号雪茄。”

马克斯·科斯塔与他老板之间的雇佣关系开始有点像一见钟情：一

---

① 二战期间纳粹屠杀犹太人时，会将他们集中送到浴室，但里面的莲蓬头只会放出毒气。（本书注释均为译者注。）

② 二战期间希特勒组建的贴身卫队，简称SS。

看到他，这位精神科医生就将对方的推荐信上无懈可击——从另一方面说，也假得不能再假了——的履历抛到了脑后。胡根托布勒是个注重实干的人，深信自己的直觉和职业经验永远不会在人性问题上欺骗他，他认为这个男人优雅得有些过时的穿着，坦率、恭敬而平和的表情，尤其是他有教养而收敛的姿态和谈吐，都是鲜活的品行端正的印记。因此，他正是有资格管理医生在苏莲托无比引以为豪的汽车王国——捷豹、劳斯莱斯银云Ⅱ以及三辆古董车，其中包括一辆布加迪 50T 跑车——的理想人选。当然，这远非意味着他的司机也能在其他时间享受现在以雇员身份驾驶的这些豪车，更不用说拥有自己的豪车了。假如胡根托布勒掌握全部信息，他恐怕会重新审视一下自己对于人性的某些看法，并去找一个外表不那么优雅但履历更加正常的司机。但无论如何，那将是个错误。任何一个了解事情阴暗面的人都会明白，那些失去了影子的人就像有过婚史的女人：没有人比她们更加忠诚，因为她们知道自己所承受的风险。但此时此地，马克斯·科斯塔并不是那个让胡根托布勒明白影子是多么短暂，妓女是多么诚实，而那些后来成为白手套窃贼①的旧时宴会厅中的交谊舞男又是怎样被迫守信的人。虽然手套并不总是洁白无瑕。

当“里瓦号”汽艇离开船运码头的浮桥时，马克斯·科斯塔在保护码头的防波堤上靠了一会儿，目送航迹延伸入海湾的一面蔚蓝。之后他解下领带，脱掉制服外套搭在胳膊上，朝着停在苏莲托所在的悬崖脚下金融警卫队大楼附近的汽车走去。他给了守着捷豹的男孩五十里拉，发动汽车，沿着呈封闭弧形通往小镇的上坡公路缓缓行驶。进入塔索广场，他在三个从维多利亚酒店出来的行人面前停了下来：那是两个女人和一

① 指那些穿着考究、举止得体、出入于上流场所、很少留下蛛丝马迹的“高端”窃贼。

个男人，他心不在焉地看着他们从距离散热器不远的地方穿过了马路。他们看上去像是衣食无忧的游客，选在旺季结束后来到这里，避开苦夏里拥挤的人群，更加安静地享受阳光、大海和这里持续到深秋的宜人天气。那个男人不到三十岁，戴着墨镜，身穿肘部装饰有绒面补丁的外套。较为年轻的那个女人皮肤黝黑，容貌姣好，身着短裙，头发在背后束成一支长马尾。另外那个女人年长一些，气质成熟，身穿米色针织开衫和深色长裙，戴着一顶皱巴巴的男式粗花呢帽子，露出很短的灰色头发，泛着银光。一位出众的女士，马克斯赞叹道。那种优雅并不来自衣服，而是穿着它的方式。高于在苏莲托、阿尔玛菲和卡布里的度假山庄和高级酒店里能够见到的平均水准，哪怕是在一年中的这个季节。

第二个女人身上有一种东西，吸引他的目光一直跟随她穿过塔索广场。或许是她的举止：徐缓，自信，右手懒洋洋地插在开衫的口袋里；这姿态来自那些大半生都稳稳当当地走在属于他们那个世界的地毯上的人。又或许引起马克斯注意的是她如何把脸靠向自己的同伴，取笑彼此间谈话的内容，或者交谈几句，但她的声音被汽车的隔音玻璃挡在了外面。的确有那么一刻，像记起一个被遗忘的梦境里零碎的片段那样，马克斯短暂地面对了一段往事的回音。一帧过去的画面，那样遥远，一个手势，一个声音和一抹笑容。他惊呆了，直到后面的一辆车按喇叭，他才一边发动汽车往前开了一点，一边依旧望着那三个人。他们已经到了广场对面，在牧神酒吧一张桌子旁向阳的位置上坐下了。

正要驶入意大利大道时，那种熟悉的感觉再次涌上他的心头；但此刻那已是一段具体的记忆了：一张脸，一个声音。一个，或者好几个场景。突然之间，马克斯从惊讶转为愕然，他狠狠踩下刹车，引得后面又一辆车按了喇叭，司机怒气冲冲地比划着手势，但捷豹突然右转，再次刹车，贴着人行道的路边停下了。

马克斯拔下车钥匙，盯着自己按在方向盘上的双手，一动不动地沉思了一会儿。终于，他下了车，穿上外套，在广场上棕榈树的树荫下朝着酒吧的露天卡座走去。他焦虑不安。或许是害怕证实脑海中的念头。那三个人依然在那里，聊得正起劲。为了不被他们发现，马克斯在花园的灌木丛旁停住了。桌子就在十米之外，戴着粗花呢帽子的女人坐在侧面，正与另外两个人交谈，完全没有意识到马克斯正在精细入微地审视自己。可能，他心想，她从前曾是个非常迷人的女人，因为她脸上还留着逝去美貌的证据。她也许是我怀疑的那个女人，他不太肯定地想道；不过很难确定。这中间夹杂了太多女人的面孔，有曾经，也有漫长的以后。马克斯躲在花架后面，想看看有多少细节符合他的记忆，但却无法得出满意的结论。最后，他意识到自己待在那里会引起人们的注意，于是绕过露台，在尽头的一张桌子旁坐了下来。他向侍应生要了一杯尼格罗尼鸡尾酒，接下来的二十分钟，他一直在观察那个女人的侧脸，分析她的每一个动作和表情，将它们与记忆中的模样作比较。当那三个人离开桌子，再次穿过广场朝圣切萨雷奥大街方向走去时，他终于认出了她。或者说他觉得是这样。于是他站起来，跟了上去，远远尾随着他们。他那颗苍老的心脏已经有好几个世纪没跳得这样快了。

这个女人跳得不错，马克斯心想。放松而且相当大胆。她甚至敢跟上更为复杂而飘忽的侧步，这是他一时兴起用来试探她的水准如何的，若是一个不太灵活的女人就会跳得有失优雅。她应该在二十五岁上下，他估计。高挑而苗条，手臂修长，手腕纤细，身上那条轻盈丝绸质地、闪着紫罗兰色光芒的深色露背裙下的双腿显得无比纤长。由于她穿着搭配晚礼服的高跟鞋，马克斯可以平视她的脸：面容沉静，妆容精致。她的一头黑发像这一季正流行的那样略微烫卷，修剪平齐，露出颈项。跳舞时她的目光一直落在舞伴燕尾服肩部的后方，她的左手就放在那里，手上的婚戒闪闪发光。在他礼貌而恭敬地走到她身边，邀请她跳一支叫做波士顿的慢华尔兹之后，他们再也没有看过对方的眼睛。她有一双透明的蜜色眼眸，清澈如水；在被恰到好处的睫毛膏——与她的唇妆一样，增一分则多——衬托得更为美丽的眼睛上面，是两道修得十分纤细的眉毛。她完全不同于那天晚上马克斯在宴会厅里追随过的其他女人：散发着浓烈丁香和藿香调香水味的成熟妇人，身穿浅色衣裳和短裙的笨手笨脚的年轻女孩，咬着嘴唇努力跟上节拍，他放在她们腰上的手会叫她们羞红了脸，胡帕—胡帕的音乐则会让她们拍起手来。于是，那个夜晚，“波洛尼奥船长号”上的交谊舞男第一次开始享受自己的工作了。

一直到那首波士顿结束——曲子的名字叫《我将要做的事》——乐队奏起了探戈舞曲《半明半昧间》时他们才再次对视。他们彼此相对，在已经半空的舞池里一动不动地站了一会儿；看到她并没有返回桌子——一个身着燕尾服的男人，想必是她的丈夫，刚刚在那里坐下了——乐声一起他就张开双臂，而女人立刻跟上了，一如既往地面无表情。她将左手搭在他肩上，慵懒地伸出另一只手臂，他们开始在舞池中穿梭——滑行，马克斯觉得应该用这个词——那双蜜色的眼睛重新望向舞伴身后，尽管他们惊人的合拍，她却没有看他；他的节奏沉稳而缓慢，出于尊重尽量想要与她保持合适的距离，但为了完成舞步，他们不可避免地触到了对方的身体。

“您觉得这样好吗？”他问。他刚刚完成了一串复杂的舞步组合，而女人再自然不过地跟上了。

她终于飞快地向他投去一个眼神。或许，还有一抹温柔的，转瞬即逝的笑容。

“完美。”

最近几年，起源于阿根廷的探戈因其阿帕奇舞①般的风情在巴黎流行起来，随即在大西洋两岸都引起了轰动。于是舞池里很快聚起或潇洒或笨拙的舞者，舞步交错，时而交汇，时而分离。根据舞者们的水平不

---

① 二十世纪初巴黎流行的一种街头舞蹈，其特点是男女舞伴间激烈的、带有情色意味的对舞。

同，他们有的舞姿得体，有的则古怪不堪。然而，马克斯的舞伴却能放松应对最为复杂的舞步，她既能适应那些固定的经典动作，也能完成他由于对她越来越有信心而不时加入的即兴动作。那些舞步不快也不花哨，符合他独特的风格，但包含了科尔特[①]和美妙的侧步，她都能自然地跟上，从不会乱了节奏。她显然也在享受着律动和音乐，因为此刻的她正越来越频繁地在成功完成某段复杂的舞步后对马克斯报以微笑，而在愉快地从远处回到他身边做出几秒钟的展示动作时，她那闪亮的目光也会落在交谊舞男的身上。

当他们在舞池中穿梭时，他用安静的猎手般专业的目光打量着那位丈夫。他习惯于这么做：他与之共舞的女人们的丈夫、父亲、兄弟、儿子和情人。总而言之，那些通常带着自豪、骄傲、厌烦、隐忍或其他男性特质的情绪陪伴在她们身边的男人。领带夹、表带、烟盒和戒指，侍应生过来时他们打开的皮夹的厚度，外套的质量和剪裁，长裤的条纹或者皮鞋的亮度，这当中包含着许许多多有用的信息。就连他们解下领带的方式也是。这一切的资料让马克斯·科斯塔得以伴随音乐节拍确认行事方法和目标；或者，说得更加直白一些，让他从交谊舞转向获取更为丰厚利益的可能。这是来自流逝的时间和经验的沉淀，一如七年前在梅利利亚，他从鲍里斯·多尔戈鲁基—布拉加提翁——外籍军团[②]第一旗的副队长——那里听到的观点，一分半钟之前，后者刚刚在法蒂玛妓院后院里吐光了一整瓶劣质白兰地：

“一个女人从来不只是一个女人，亲爱的马克斯。她也是，尤其是，

---

① 即“corte”，多指探戈中男舞者在用自己的工作脚延伸出去停止女舞者的时候，自己的支撑腿放松，上半身挺直，膝盖收紧的舞姿。也可指男舞者或女舞者其他保持上身直立、支撑腿放松和工作腿延展的舞姿。科尔特是探戈的代表舞姿之一。

② 西班牙外籍军团成立于1920年，最初是为了镇压摩洛哥殖民地的反抗势力。西班牙内战期间，该军团随佛朗哥参与了几乎所有重要战役，以勇猛凶狠著称。但实际上其大部分成员是西班牙人。

那些她曾拥有、正在拥有和将会拥有的男人。他们成就了她……而掌握了这些信息的人就等于拿到了保险箱的钥匙。窥探她秘密的方法。”

一曲终了，送舞伴回桌的时候，他从更近的地方最后看了那位丈夫一眼：优雅，自信，年过不惑。他并不是个英俊的男人，但很讨人喜欢，无论是他精致出众的小胡子，泛白的卷发，还是那双充满活力和智慧、能够洞察舞池中发生的所有细枝末节的眼睛，马克斯这样评价。在接近那个当时还独自一人的女人之前，他曾在订座名单上寻找过他们的名字，餐厅领班确认二人是西班牙作曲家阿曼多·德·特洛埃耶夫妇：他们住在头等舱的特级套房里，在主餐厅订下了一张桌子，就在船长的桌子边上；在“波洛尼奥船长号”上，这是多金或社会地位出众的象征，也几乎从来都意味着两者皆有。

“很高兴与您共舞，夫人。您跳得好极了。”

“谢谢。”

他几乎像行军礼那样点了一下头——这种问候的方式，还有他握住女人们的手指并将它们放在唇边时候的自然劲儿，总能博得她们的欢心——作为回应她冷淡地微微颔首，随后在丈夫起身为自己拉开的椅子上坐下了。马克斯转过身去，先用右手后用左手，抚平了用发胶向后梳理的油亮黑发的鬓角，沿着舞池里跳舞的人们身边走开了。尽管嘴角挂着礼节性的微笑，没有看任何人，这个身高一米七九、身着完美盛装——在签下单程合同并登船前往布宜诺斯艾利斯之前，他在这套衣服上花光了此前所有的积蓄——的男人还是注意到了来自有些正随伴侣离开宴会厅的桌子前往餐厅的女人的好奇目光。这一刻半个大厅的人都讨厌我，他既无奈又自觉好笑地心想。而另外那一半是女人。

那三个人在一家卖纪念品、明信片和书籍的商店前面停下了。尽管苏莲托的部分商家和餐馆在旺季结束后关门了，其中也包括意大利大道上的一些精品店，圣切萨雷奥街所在的老城区依然是游客全年都频频光顾的地方。这条街并不宽，因此马克斯在距离足够远的地方停住了，就在一家熟食店旁，店门口用白色粉笔写着菜单的黑板能保证他不引起对方的注意。那个梳马尾辫的女孩进了商店，戴帽子的女人则在与那个年轻男子交谈，后者已经摘掉了墨镜，面露微笑。他皮肤黝黑，非常帅气。她应该与他很亲近，因为有一次她摸了摸他的脸。之后他说了什么，逗得女人开怀大笑，就连正在窥视他们的那个男人都清楚地听见了她的声音：清澈而率性的笑声，让她变得年轻了许多，带着来自往日的确切回忆冲击着马克斯。是她，他心想。距离他最后一次见到她已经过去了二十年。那是海边细雨连绵的秋天：在尼斯英国人大道的栏杆下面，一只狗正在海滩湿漉漉的卵石上奔跑；内格雷斯科酒店白色的外墙之后，城市在雾气迷茫的灰色风景里显得朦胧。所有那些逝去的时间，夹杂在这样或那样的场景之中，都会混淆记忆。然而，那个昔日的交谊舞男，如今胡根托布勒的雇员和司机，已经不再怀疑。是同一个女人。一模一样的笑声，将头歪向一边的方式，沉静的表情。一只手插在开衫口袋里的那份优雅和自然。他想要走上前去，从近处看清她的面容以便确认，但又没有这样的勇气。正当他犹豫不决时，那个梳马尾辫的女孩从商店里出来了，他们三个人调过头往回走，再次经过了马克斯刚才匆忙藏身的熟食店。他从那里看着戴帽子的女人走过，观察了她的侧脸，觉得自己完全肯定了。那双蜜色的眼睛啊，他心里一颤。几乎像是流动的。就这样，他小心翼翼地，保持着足够的距离，一直跟着他们回到了塔索广场维多利亚酒店的铁门前。

第二天他又看见了她，在轮船的甲板上。那是个巧合，因为他们两个都不应该在那儿。正如“波洛尼奥船长号”上其他不属于船员的雇员那样，马克斯·科斯塔应该远离头等舱和它外面的甲板走廊。乘客们躺在走廊里的柚木和柳条躺椅上，享受从右舷照进来的阳光——左舷的甲板则被玩击柱游戏和沙狐球或者练习飞碟的人们占据了——为了不经过那里，马克斯选择从一道通往另一处甲板的小楼梯上楼。远洋邮轮那三根巨大的红白两色的烟囱两侧此处正是十六艘救生艇所在的位置，每边各八艘，成排拴在横杆和吊艇架上。那是个安静的地方；一个乘客们不太经常造访的中间地带，因为体积庞大的救生艇让这里变得丑陋，也阻挡了视野。那些决定来到这里的人唯一可以享受的就是几张木头长凳；从一扇漆成白色的舷窗和一个为船舱内部输送新鲜空气的排风扇出口经过时，在其中的一张长凳上，交谊舞男认出了前一夜他与之共舞的那个女人。

那天阳光灿烂，没有风，气温对一年的这个季节来说也十分宜人。马克斯没有戴帽子或手套，也没有带手杖——他穿一身带背心的灰色西装，软领衬衫，搭配针织领带——因此在经过女人身边时他仅仅是礼节性地点了一下头。她身着典雅的卡沙细呢套装：薄外套以及褶边直筒裙。她正在读一本放在膝头的书；他从她身旁经过时遮住了片刻的阳光，她仰起窄边毛毡帽下的鹅蛋脸，目光落在他身上。或许，是因为他觉得从她脸上一闪而过的光芒里看出她认得自己，马克斯停了一会儿，并精明地根据当时的情形和两人在船上的身份做出了恰当的反应。

“日安。”他说。

作为回应，原本已经重新低头看书的女人再次静静地看了他一眼，并很快点点头。

“我是……”一开口，他突然觉出自己的笨拙。他对脚下的领地并无把握，已经为开口与她攀谈感到后悔了。

“对，”她平静地回答，“昨晚的那位先生。”

她说了先生，而不是舞男，他在心里感激她。

“不知道我是否告诉过您，”他补充道，“您的舞跳得棒极了。”

“您说过。”

她的目光回到了书上。是一本小说，他瞥了一眼翻过来放在她膝头的封面，这样猜测：《天启四骑士》，是文森特·布拉斯科·伊瓦涅斯写的。

“日安。祝您阅读愉快。”

“谢谢。”

他走开了，不知她是继续看书还是在目送自己离开。他的一只手插在长裤口袋里，努力做出落落大方、无动于衷的样子。走到最后一艘救生艇旁边时他停住了，站在它背后掏出银烟盒——那上面刻的名字首字母并不是他的——并点燃了一支烟。他借这个动作作为掩饰，朝船头方向看了一眼，那个女人依然在长凳上，低头看书。不为所动。

“维多利亚大酒店”。马克斯·科斯塔一边扣上外套的扣子，一边从入口处铁拱门的金色招牌下穿过，朝门卫打了个招呼，沿着被百年老松和各种各样的草木簇拥的大街朝前走去。那是一片广阔的花园：从塔索广场一直延伸到俯瞰渡船码头和大海的悬崖边缘，酒店的三栋建筑就矗立在那里。马克斯走进中间的那幢楼，下了一小段楼梯便来到了大厅。他站在一扇玻璃门前，门口正对着温室花园和露台，那里——这对一年中的这个季节而言有些不寻常——满是享用餐前酒的人们。左边，酒店前台的桌子后面，有一位故人：蒂齐亚诺·斯帕达罗。他们的关系要追溯到很久之前，如今胡根托布勒的司机那时候还以客人的身份，住在维多利亚大酒店这样的地方。以约定俗成的方式低调给予的大量慷慨的小费，在这块土地上浇灌出一种由时间转化为真诚或者友爱的好感。其中也包含了以“你”相称——这在二十年前是无法想象的——的友好态度。

“天哪，马克斯。见到你真是太开心了……好久不见。”

“快四个月了。”

“很高兴见到你。”

“我也是。日子过得怎么样？”

斯帕达罗耸了耸肩膀——他的头发稀疏，凸起的肚腩把黑色的制服背心绷得紧紧的——数落起淡季里自己工作的种种缺点：变少的小费，周末带着想要成为演员或模特的情人前来光顾的客人，那不勒斯—伊斯基亚—卡布里—苏莲托—阿尔玛菲线路上吵吵嚷嚷的美国旅行团，他们每个地方待一天，住宿还要包早饭，整天都在要瓶装水，因为信不过自来水。幸好——斯帕达罗指指通往热闹的温室花园的玻璃门——坎帕内拉大奖赛救了场：凯勒与索科洛夫的对决让酒店里住满了棋手、记者和国际象棋爱好者。

“我需要一点消息。秘密的。”

斯帕达罗并没有说“就像从前一样”；然而他先是惊讶，随后转为嘲讽，还带着一点由于意外造成的不安的目光里，却重新燃起了久违的同谋意味。他很快就要退休了，在从那不勒斯伊克斯尔酒店门童开始的五十年工作生涯里，他什么都见过。这个“都”字包括了马克斯·科斯塔的黄金时代。或许他的黄金时代还未结束。

“我还以为你退出江湖了。”

“我的确是。与这个没关系。”

“啊。”

老前台显得如释重负。接着马克斯提出了问题：一位上了年纪、优雅的女士，与一个女孩和一个英俊的年轻男子同行。他们十分钟前刚刚进来。也许是酒店的客人。

“他们当然是客人……那个年轻人，他正是凯勒。”

马克斯眨眨眼睛，有些走神。年轻人和女孩对他而言并不重要。

“谁？”

“豪尔赫·凯勒，智利大师。国际象棋世界冠军挑战者。”

马克斯总算想起来了，而斯帕达罗又补充了一些细节。卢恰诺·坎帕内拉大奖赛，今年在苏莲托举行，是由这位来自都灵的百万富翁赞助的，他也是好利获得①和菲亚特的大股东之一。作为国际象棋的狂热爱

① 好利获得（Olivetti）是一家意大利通讯科技公司，成立于1908年。

好者，坎帕内拉每年都会在意大利的代表性城市举办赛事。这些比赛总是在当地最好的酒店进行，吸引了最高水平的象棋大师前来参赛，坎帕内拉会向他们支付极为丰厚的报酬。这一赛事为期四周，在角逐世界冠军的对决开始前几个月举行；它已经被认为是在当下两位最优秀棋手之间的非官方世界冠军赛：冠军和最杰出的冠军挑战者。除了奖金之外——胜者可以获得五万美金，落败一方获得一万——坎帕内拉大奖赛的声望还在于，直到目前为止，每一届比赛的胜者之后都最终赢得，或者卫冕了世界冠军头衔。现在，索科洛夫是冠军；而凯勒，在战胜了所有其他竞争者之后，成为了冠军挑战者。

“那个年轻人是凯勒？”马克斯吃惊地问。

“对。他是个可爱的男孩，没什么怪脾气；这点对于他的职业而言有些奇怪……那个俄国人的性格就要生硬一些……身边总围着保镖，像只鼹鼠一样谨慎。”

“那她呢？”

斯帕达罗做了个含糊的表情：这是他为不太重要的客人准备的。意思是没什么可说的。

“她是他的女朋友。同时也是他团队的一员。”前台翻了翻记录以便回忆，“伊琳娜，她叫……伊琳娜·亚塞诺维奇。这是个南斯拉夫名字；但她拿的护照是加拿大的。”

“我指的是那个年长的女人。留着灰色短发的那个。”

“啊，那是他的母亲。”

“女孩的母亲？”

“不是。凯勒的。”

两天后他再次遇见了她，在“波洛尼奥船长号”的宴会厅里。那是一次隆重的晚宴；是由船长为某位贵宾准备的，有一些男性乘客已经将深色西装或无尾礼服换成了带有下摆、胸口浆过并配有白色领结的修身款外套。在去餐厅之前，宾客们聚在宴会厅里，听着音乐享用鸡尾酒；那些更加年轻、更爱热闹的人会在晚宴结束后回到这里，一直待到很晚。一如既往的，乐队首先演奏了几首慢华尔兹和轻柔的乐曲，马克斯跳了六支曲子，他的舞伴几乎全是与家人同行的年轻小姐和太太。他邀请一位年纪稍长但容貌姣好、与女伴在一起的英国女人跳了一支慢狐步舞。之前每当跳着舞经过两人身旁时，他都看见她们在窃窃私语，用胳膊肘碰对方。那个英国女人一头金发，矮矮胖胖，姿态有些生硬。也许是有点俗气——他觉得在她身上闻到了过于浓烈的“我的罪”香水味——戴的首饰也太多了，不过舞跳得不坏。她还有一双美丽的蓝眼睛和足够让她充满魅力的钱：她放在桌子上的手袋是金丝的，当在她面前停下邀请她去舞池时，他飞快地瞥了一眼确认了这一点；她的首饰似乎也很名贵，尤其是那只蓝宝石手镯以及与它配套的耳坠，要是把上面的宝石卸下来，可是能值五百英镑。他在餐厅领班的名单上确认过，她是霍尼比小姐：一个寡居或离异的女人，这是那个名叫施默克的领班透露的——船上所有的工作人员、船员和固定雇员几乎都是德国人——曾在五十多趟大西洋邮轮上工作的经历已经让他对此见怪不怪了。他们共舞了一曲，其间马克斯并没有任何逾越举动，而是一直保持着完美的距离和专业的冷静态度，并在最后送她回桌子时露出了充满男子气概的灿烂微笑——对此那个英国女人倾心地说了一句“真迷人”。在仔细研究了她对自己的做派和亲密态度的反应之后，交谊舞男将霍尼比小姐加入了潜在目标名单。五千海里的旅程和三个星期的时间通常都能让他如愿以偿。

这一次特洛埃耶夫妇是一起到的。马克斯已经退到乐队侧面的花盆架旁边休息了，他想喘口气，喝杯水并抽支烟。他从那里看见特洛埃耶夫妇在殷勤的施默克的引导下走了进来：两人肩并着肩，但她走得稍快，她丈夫黑缎燕尾服的胸袋里插着一支白色麝香石竹，一只手放在长裤口袋里，将燕尾服右侧的衣摆掀起了一点，另一只手里夹着一支点燃的烟。

阿曼多·德·特洛埃耶对自己在乘客间引起的兴趣表现得漠不关心。而他的妻子，则像是从一本画册的彩页中走出的：她戴着长珍珠项链和配套的耳坠。苗条，宁静，踩着高跟鞋在轮船轻微的摇晃中走得稳稳当当。在一袭飘逸的翡翠绿色长礼服——在巴黎的和平大道上，这至少要卖五千法郎，马克斯像个专家一样估算——的衬托下，她的身形显得格外挺拔修长，她的手臂、肩膀和直到腰际的后背都裸露着，只在颈项下方系了一根细细的丝带，而她的短发恰到好处地将它露了出来。马克斯为之倾倒，他得出了一个双重结论。她是那种第一眼看来优雅而第二眼看来美丽的女人。她也是那种生来就应当穿着这种礼服的女人，对她们而言它就像皮肤一样自然。

那时候他并未与她共舞。乐队将一支慢狐步舞曲和一支埃及舞曲串了起来——当时那支名叫《图坦卡门》的荒唐曲子还很流行——马克斯不得不一个接一个地去取悦两位年轻女子，她们的家人——两对可爱的巴西夫妇——正在远处盯着她们。两个女孩决定练习一下舞步，舞姿还相当奔放，右肩前送，再收回，然后是左肩，直到跳得精疲力尽，让他也几乎累垮。接着，当一支黑人扭摆舞曲的前奏响起时——曲子的名字叫做《爱情与爆米花》——马克斯被一位更加年轻的美国女孩叫住了。她姿色平平，但打扮得体，也是个有趣的舞伴。之后当马克斯送她回桌子时，她小心翼翼地在他的手里塞了一张叠起的五美元纸币。跳最后那支舞的过程中，有好几次，马克斯都离特洛埃耶夫妇所在的桌子很近；但每当他望向那里时，那个女人似乎都在看着别处。现在那张桌子已经空了，一个侍应生正在收拾两个空酒杯。由于分心去照顾自己的临时舞伴，马克斯并没有看见他们起身去了餐厅。

他利用七点钟晚餐的间隙，喝了一盅清汤。他从来不会在要跳舞的时候吃任何固体食物：这是多年前他在外籍军团里养成的另一个习惯；尽管那时候他跳的是另一种不同的舞蹈，吃清淡的食物则是为了提防肚子上可能挨一枪。喝完汤后他穿上长风衣，去左舷的甲板走廊再抽了一支烟，一边望着冉冉升起的月亮照亮海面一边理清思绪。八点一刻他回到宴会厅，在乐队旁边的其中一张空桌子旁坐下，与乐手们聊天，一直到头几位乘客开始走出餐厅：男士们去游戏室、图书馆和吸烟房，女士们、年轻人和最有兴致的几对夫妇则占据了舞池周围的桌子。乐队开始调试乐器，施默克领班招呼侍应生们干活，笑声和香槟酒杯的撞击声此起彼伏。马克斯站起来，确认了一下自己的领结没有歪掉、衬衫的领口和袖口都妥妥帖帖，拉平凸花针织背心，随后环视了一圈各张桌子，寻找是否有需要他服务的人。这时他看见她走进来，这一次挽着她丈夫的胳膊。

他们在同一张桌子上坐下了。乐队奏起一支波莱罗舞曲，立即有几对伴侣起身进入了舞池。霍尼比女士和她的朋友还没有从餐厅回来，马克斯也不知道她们那天晚上还会不会回来。其实这让他很高兴。他的脑袋里装着这个模糊的借口，穿过舞池，一路上避开那些随着音乐旋律起舞的人们。特洛埃耶夫妇依然静静地坐在那里，看着大家跳舞。当马克斯在他们的桌子前停下时，一个侍应生刚刚在上面放了两只阔口酒杯和一瓶埋在一桶冰块中的凯歌香槟。他冲她的丈夫点了点头，后者正轻轻靠着椅背，一只胳膊搭在桌子上，两腿交叉，左手则像往常一样夹着一支烟；除了婚戒，他左手的无名指上还戴着一个镶有蓝色戒章的粗金戒指。随后，交谊舞男望向那个女人，而她正在饶有兴趣地打量着他。她佩戴的唯一一件首饰——她既没戴手镯也没戴戒指，只戴着婚戒——就是那条闪耀的珍珠项链以及配套的耳坠。马克斯并没有开口邀请她跳舞；他只是再次颔首，比前一次更加短促，同时几乎像军人那样并拢了鞋跟；他站在那里，一动不动，直到她缓缓露出微笑，似乎领了情，但却摇头拒绝了他。当交谊舞男正一边退下，一边想要道歉时，她的丈夫将胳膊从桌子上拿开，仔细地拉直了长裤上的条纹，从烟雾中望着自己的妻子。

“我累了，”他语调轻快地说，“我想是晚餐吃得太多了。我想看你跳舞。”

女人并没有立即站起来。她看了一下自己的丈夫，后者又吸了一口烟，同时眨眨眼睛表示默许。

“消遣一下吧。”他过了片刻说道。“这个年轻人是个出色的舞者。”

她一站起来，马克斯就慎重地张开手臂。接着他温柔地托住她的右手，将自己的右手放在她的腰际。来自她皮肤出乎意料温热的触感，令他吃惊。他看见那件礼服长长的开叉露出了她的后背；但即便他有搂着女士的经验，他却没有想到，跳舞时会把手放在裸露的皮肤上。这种茫然只持续了一瞬间，便隐入职业舞者那冷漠的面具下；但他的舞伴觉察到了，或者是他认为她觉察到了。她直视着他眼睛的目光就是征兆；她只看了他短短一瞬，随后便将目光投向了宴会厅深处。马克斯将身体倾向一侧作为舞步的开头，女人再自然不过地回应了他，两人开始在舞池中移动的人群中间翩然起舞。有两次，他飞快地瞥了一眼她戴在颈项的项链。

“您愿意在这里旋转吗？”过了一会儿马克斯低声问道，希望通过事先协调让舞步更加和谐。

她静静地看着他，有几秒钟。

“当然。”

他收回放在她背上的手，在舞池中站定，引导舞伴以自己为轴，朝相反方向转了两圈，这让男舞者纹丝不动的姿态显得极为赏心悦目。他们再次回到完全同步的节奏，他的手重新放在她腰际柔和的曲线上，就像曾经排练过好几次一样。她的嘴角带着微笑，马克斯则满意地点点头。有几对舞伴让开了一点，或赞许或嫉妒地看着他们，女人轻轻按了按他托住自己的手，提醒他注意。

“我们不要太引人注目了。”

马克斯道了歉，重新换得一个宽容的微笑。他喜欢与那个女人跳舞。她的身材与他非常合适：他很享受右手下面她纤纤细腰的曲线，她将手指放在他另一只手上的方式，她随着音乐节奏自在起舞，但又不失优雅和自信的风姿。也许带着一丝挑衅的味道，但却不过分；正如她同意围着他转圈时，那种世上最为端庄优美的姿态。她继续目光疏离地跳舞，几乎总是望着远方；这使得马克斯能够欣赏她线条分明的面容，颜色不过分浓烈的唇妆，搽着精致粉底的鼻子，光洁的额头上弯弯的细眉，以及下面的长睫毛。她身上带着淡淡的香味，马克斯完全不知道这是哪一种香水，它仿佛就是她年轻肌肤的一部分：或许是琶音吧。毫无疑问，她是个有魅力的女人。他看了看她的丈夫，发现对方正从桌子那边心不在焉地望着他们，将香槟举到唇边，一副没有太上心的样子。之后他再次迅速瞥了一眼那条微弱地反射着枝形吊灯亮光的项链。他算了一下，项链上有两百多颗品质优异的珍珠。虽然马克斯只有二十六岁，但多亏了自身的阅历和某些稀奇古怪的朋友，他对珍珠的了解足以让他区分扁形珠、圆珠、梨形珠和异形珠，以及它们官方的和在黑市上的价格。那些珍珠是最上乘的圆珠；肯定是来自印度或波斯。它们至少值五千英镑：超过五十万法郎。这相当于他陪一位贵妇人在巴黎或里维埃拉最好的酒店待上好几个星期的收入。可是，如果精打细算的话，这笔钱也能够他过上一年多相当宽裕的生活了。

“您跳得真好，夫人。”他再次称赞她。

她几乎是不情愿地将目光从远方收了回来。

“尽管我年纪不小了？”她说。

那不像是一个问题。晚餐前她显然观察过他，当时他正在与那两个巴西少女跳舞。听到这句话，马克斯恰到好处地面露惊愕。

“年纪？……上帝啊。您怎么能这样说？”

她继续打量着他，显得饶有兴趣。也可能是觉得好玩。

“您叫什么名字？”

“马克斯。”

“别害怕，马克斯。猜猜我的年纪。”

“我从来没想过这个。”

“来吧。”

他已经恢复了镇定，在女人面前他可从来不会惊慌失措。她的笑容轻松而洁白，而她的舞伴似乎在像科学家那样仔细分析它。

“十五岁？”

她活泼地哈哈大笑。笑声无邪。

“完全正确。”她点点头，开心地配合着他。“您是怎么猜出来的？”

“我很擅长这种事情。”

女人做了个狡黠而快乐的表情，对此表示认可；又或者是在对他继续领着她在舞池的人群中起舞、并没有让音乐和舞步被这番对话打断而表示满意。

“您擅长的不止这个。”她有点神秘地说。

马克斯在她眼睛里搜寻某种言外之意，但她的目光又一次越过他的右肩望向了远方，再度变得冷漠。这时候波莱罗舞曲结束了。他们松开了对方，面对面站着，乐队正在调试乐器准备演奏下一首曲子。交谊舞男再次看了一眼那条美伦美奂的珍珠项链。一瞬间他感到女人撞上了他的目光。

“够了，”她突然说，“谢谢。”

报刊阅览室在一幢旧楼的二层，在壁画斑驳的拱顶下一道大理石楼梯尽头。马克斯抱着三卷装订成册的《将军》杂志，木地板在他脚下咯吱作响。他找了窗户旁边一个光线充足的地方坐下，那里能够看见六棵棕榈树和圣安东尼奥教堂灰白色的正墙。书桌上还有一个老花镜眼镜盒，一本白纸，一支圆珠笔和从五月大街报刊亭买来的几份日报。

一个半小时之后，马克斯停止了摘抄，他摘下眼镜，揉了揉疲倦的双眼并朝广场望去，那上面棕榈树的影子被下午的阳光拉得长长的。那时候，胡根托布勒医生的司机了解了从媒体上可以查到的关于豪尔赫·凯勒的大部分情况：接下来的四个星期这位棋手将会在苏莲托挑战世界冠军，苏联人米亚伊尔·索科洛夫。杂志上有凯勒的照片；几乎所有的照片里他都坐在一张棋盘前，其中有些照片里的他显得非常年轻：一位与比自己年长的棋手对阵的少年。最近一张照片刊登在当天的一份当地报纸上：凯勒站在维多利亚酒店的门厅里，穿着那天早晨马克斯看见他与两个女人一起在苏莲托街头漫步时的同一件外套。

> 凯勒1938年出生于伦敦，是一位智利外交官的儿子。他在于圣地亚哥武装广场上举行的车轮赛中将美国棋手雷谢夫斯基逼入绝境，震惊了世界：当时他年仅十四岁，此后的十年间他是历史上最为杰出的棋手之一……

尽管凯勒的经历十分特殊，他的职业生涯却不及他的家庭背景更让马克斯感兴趣；最终，他找到了关于后者的一点内容。《将军》杂志和报道坎帕内拉大奖赛的报纸不约而同地提到了在与智利外交官离异之后，棋手母亲对自己的儿子职业生涯的影响：

> 凯勒夫妇在男孩七岁那年分居了。作为一个拥有自己的财产，并在西班牙内战期间失去了第一任丈夫的女人，梅赛德斯·凯勒有着为儿子提供最优质教育的理想条件。当发现他在国际象棋方面的天赋后，她开始寻找最好的老师，带着男孩参加智利国内外的各种比赛，并说服智利—亚美尼亚籍大师埃米尔·卡拉佩蒂安担任他的教练。年轻的凯勒没有辜负这份期望。他轻松地超越了自己的同龄人，在至今仍然陪伴着他并负责其训练及后勤工作的母亲和卡拉佩蒂安大师的督促下，他进步神速……

离开阅览室，马克斯回到了车上，发动车子开到港口，在教堂附近停下车。之后他朝这个尚未开始对外营业的斯特凡诺饭馆走去。他穿着长袖衬衫，袖口挽起并叠了两层，肩上披着外套，一路上舒畅地呼吸着从东边吹来的带着硝石和宁静海岸气息的微风。小饭馆竹凉棚下方的露天桌位上，一个服务员正在给四张桌子铺桌布、摆放餐具，桌子几乎贴着水面，边上收起的渔网、软木浮子和拴着三角小旗的延绳之间停满了渔船。

听到他打招呼，饭馆老板兰贝图奇嘟囔着回答了他一句，并没有将视线从棋盘上抬起来。马克斯带着熟客的那份无拘无束，来到小吧台后面的收银台前，将外套放在柜台上，给自己倒了一杯红酒，拿着杯子走到一张桌子旁。饭馆老板正在那里专心致志地下棋，从二十年前开始，他每天都要和泰代斯科“上尉”杀上两盘，其中一盘就是这个时候。安东尼奥·兰贝图奇是个干瘦而奇高的五十多岁的男人；他脏兮兮的衬衫里露出军人间流行的文身，那是他在阿比西尼亚当兵时留下的纪念，之后他在南非的俘虏营待了一阵，又娶了这间餐馆的老东家斯特凡诺的女儿。他对手脸上原本是左眼的地方戴着黑色眼罩，他在班加西失去了一只眼睛，这副打扮让他看上去有点吓人。“上尉”这个称呼没什么稀奇的：与兰贝图奇一样，泰代斯科是苏莲托人，他在战争期间被授予了这个军衔，然而在德班一起度过的三年囚徒时光消除了两人之间因为军衔高低造成的距离，那时候国际象棋是他们唯一的消遣。除了移动棋子的基本规则之外，马克斯对这项游戏知之甚少——今天他在报刊阅览室里学到的比他之前一辈子学到的都多；不过那两个人一看就是合格的棋友。他们常常光顾当地的小俱乐部，时刻关注世界冠军赛、象棋大师之类的消息。

“那个豪尔赫·凯勒怎么样？”

除了又嘟囔了一声，兰贝图奇没什么其他反应，他正在研究对手刚刚下的一步险棋。最后他下定了决心，接着迅速完成了一次兑子，他的对手则面无表情地说了“将军”。十秒钟之后，泰代斯科“上尉”在往盒子里收棋子了，兰贝图奇则在挖鼻孔。

“凯勒？”他终于开口说道，“前途无量。下一个世界冠军，要是他能放倒那个苏联人的话……他很聪明，也不像另外那个年轻人菲舍尔那么古怪。”

“他真的从很小的时候就开始下棋了吗？”

“据说是这样。我也不知道，他在十五岁到十八岁之间参加的四次比赛让他被人们称为现象级棋手。”兰贝图奇看了一眼“上尉”，希望得到他的确认，接着掰着手指数了数。“波尔托罗国际邀请赛、马德普拉达锦标赛和智利国际邀请赛冠军，还有南斯拉夫冠军挑战赛，这些都是重量级赛事……”

“他在对阵大师时从来没输过。”泰代斯科平静地补充道。

“什么意思？”马克斯追问。

“上尉”露出了成竹在胸的微笑。

“意思是彼得罗相、塔尔、索科洛夫……那些全世界最好的棋手。他的地位是四年前在洛桑最终确立的，当时他在一次包含二十局的比赛中击溃了塔尔和菲舍尔。”

“据说是速胜。”兰贝图奇去了一趟红酒柜，重新为马克斯的杯子斟满了酒，之后加了一句。

“那是一次高手云集的比赛。”泰代斯科一边总结，一边揉了揉他唯一的一只眼睛。“凯勒不费吹灰之力就将他们挑落马下：他赢下了十二局，并在七局中逼平了对手。”

“他为什么这么厉害？”

兰贝图奇好奇地打量着马克斯。

“你今天放假吗？”

“放好几天。我老板要出门几天。”

“那你就留下吃晚饭吧……有帕尔马奶酪酿茄子，我还有一瓶值得一试的陶莱西红酒。”

“谢谢你。但我在山庄里还有工作要做。”

“这是我第一次发现你对国际象棋感兴趣。”

“好吧……你知道的。”马克斯的嘴唇贴在酒杯上，忧伤地微笑道。“是因为坎帕内拉大奖赛啦。五万美金可是很大一笔钱。”

泰代斯科像是困了，又揉了揉自己的独眼。

“你这么说也对。不知道谁能拿到。”

“为什么凯勒这么厉害？”马克斯又问了一遍。

“他天赋过人并且受到了很好的训练。”兰贝图奇回答。接着他耸耸肩，看着“上尉”，等他来补充细节。

“他是个不屈不挠的男孩。”后者想了一会儿说道，“当他刚进入棋坛时，许多大师级棋手还在采用一种保守的防御战术，而凯勒改变了这一切。他依靠自己犀利的攻击、出人意料的弃子战术、危险的棋着组合占得上风……”

“那现在呢？”

“他依然保持着自己的风格：大胆，出色，令人心惊肉跳的收尾……下棋的时候他仿佛对恐惧免疫，有一种骇人的冷漠。有时候他似乎下了错棋，似乎疏忽了，而他的对手们却由于局面过于复杂而不知所措……他的理想是成为世界冠军；苏莲托之战被认为是五个月后在都柏林举行的世界冠军赛的预演。最后的热身。”

“你们会去看比赛吗？”

“那太贵了。维多利亚酒店是为有钱人和记者准备的……我们只能下着自己的棋，通过广播和电视关注比赛。”

“这次比赛真有大家说的那么重要吗？”

“这是继一九七一年的雷谢夫斯基—菲舍尔对决之后最令人期待的比赛。”泰代斯科解释道，“索科洛夫是个坚韧而冷静的老棋手，更确切地说是无聊：他最好的棋局往往是以和棋收场。大家叫他‘苏联之墙’，你想想……问题在于这次比赛涉及的东西太多了。钱，这是当然。但也有很浓的政治意味。”

兰贝图奇不怀好意地笑了。

“据说索科洛夫住在维多利亚酒店旁边的一幢公寓楼里，那里整个都被他和他的人包下了，他身边全是顾问和克格勃的特务。”

“关于那位母亲你们了解些什么吗？”

“谁的母亲？”

“凯勒的。杂志和报纸都提到了她。”

“上尉”思索了一会儿。

“哦，这个。我不知道。她负责处理他的各种事务，据说。貌似是她发现了儿子的天赋并帮他找了最好的老师。当你没有任何名气时，国际象棋是一项昂贵的运动。你要旅行、住酒店、报名参加比赛……你得有钱，或者能赚到钱。看起来，她是有钱。我想她什么都管，管理顾问团队，负责他儿子的健康问题。掌握他的财务……大家都说他是她的作品，不过这有点夸张了。就算她帮他再多，像凯勒这样的天才棋手是他们自己的作品。”

他们在“波洛尼奥船长号”上的再一次相遇发生在海上的第六天，晚餐之前。马克斯·科斯塔已经与不同年纪的舞伴跳了半小时舞，其中包括那个给他五美元小费的美国女人以及霍尼比小姐，这时候施默克领班像第一天晚上那样，陪着德·特洛埃耶太太来到了她常坐的那张桌子前。当马克斯从她身边经过时——当时他正与其中的一个巴西女孩跳着《尤克里里小步舞曲》——他注意到一个侍应生为她端上了一杯香槟鸡尾酒，而她点燃了一支套着象牙短烟嘴的香烟。这回她没有戴那条珍珠项链，而是一条琥珀项链。她身穿一件露背的黑缎礼服，梳着男士背头，发蜡闪闪发亮，恰到好处的黑色眼线显得她的眼睛格外深邃。交谊舞男看了她好几次，但他们的视线却从未交会。于是他在经过乐手身旁时与他们说了几句；当后者心领神会地奏起一支时髦的探戈舞曲时——曲子名叫《再见了，男孩们》——马克斯告别了巴西女孩，踩着最初的节拍来到女人桌前，飞快地点了一下头。人们纷纷走进舞池，而他一动不动地站在那里，脸上带着他最迷人的微笑。梅查·英仲扎看了他几秒钟，有那么一瞬间他害怕自己会遭到拒绝。但片刻之后他看见她把冒着烟的烟嘴靠在烟灰缸上，站起身来。她站起来耽搁的时间有永远那么久，她将左手搭在交谊舞男右肩的动作无精打采得令人无法忍受。但音乐已经行进到了最美妙的部分，萦绕在两人周围，马克斯立刻就知道那支舞曲帮了他的忙。

她的舞姿惊艳，他再次确认了这一点。探戈不需要水到渠成，而是需要在压抑的、几乎令人怨怼的沉默之中，暗示并展露各自的企图。他们两人就是这样跳的，时而靠近时而远离，精确地闪身躲避对方，彼此的直觉让他们能够在舞池里，在无法掩饰自己笨拙舞姿的业余探戈爱好者之间，无比自然地穿行。根据职业经验，马克斯知道要是没有一个训练有素的舞伴就没法跳探戈，她要有能力跟上在行进间突然停顿的舞步，此时男舞者会收住舞步，像在进行搏斗一般，而他身边的女舞者要随时试图逃离，却又一再骄傲地、以被征服者的撩人姿态停下来。那个女人就是这种舞伴。

他们连跳了两支探戈——《探戈香槟》，这是另外一支曲子的名字——其间他们没有说一句话，完全沉浸在音乐和舞蹈的乐趣之中。马克斯享受着她的黑缎礼服与他的法兰绒外套偶尔的亲密接触，感觉到从舞伴年轻而热情的身体、她的面庞，还有裸露的颈项和后背上方的头发传来的近在咫尺的温热。在两支舞曲的间隙他们静静地面对面站着——卖力舞蹈让他们略有些喘不过气，在等待音乐重新响起时她并没有表现出要回去的意思——他发觉女人的嘴唇上方渗出了细细的汗珠，于是掏出了随身携带的两块手帕中的一块；不是他的燕尾服上衣口袋里露出来的，而是他内侧口袋里熨烫平整、干干净净的那一块，他很自然地将它递给了她。她接过那块白色的细亚麻布手帕，用它轻轻地按了按嘴唇，递还给他时手帕微微濡湿并沾上了一处淡淡的口红印。她甚至没有像马克思预想的那样回到桌子旁去拿手包补妆。舞男也擦了擦自己唇边和额头的汗珠——女人的目光没有错过他先擦了嘴唇这个细节——收起手帕，第二支探戈舞曲响起，他们如同之前一样和谐而完美地跳起舞来。然而这一次她的视线并没有茫然地望向舞厅深处：时不时地，在完成了一组复杂的动作或一个格外翩然的舞步后，他们两人会一动不动地站一会儿，彼此对视，之后方才随着下一段旋律打破这种静止状态，重新在舞池中起舞。有一次，当他在行进中停住舞步，严肃而漠然地站定时，她出人意料地完全贴住了他，带着优雅而成熟的风韵先向一侧再向另一侧摇摆身体，似乎在假装要从他的双臂中挣脱，却并非真的想要如此。自从开始职业舞者生涯以来第一次，马克斯感觉到了那种想用双唇靠近并蓄意摩挲她发尾之下那修长、优雅而年轻的颈项的诱惑。就在那时，他瞥见她的丈夫正坐在桌子旁，两腿交叠，指间夹着一支烟；尽管貌似漠不关心，他一直在专心致志地观察他们。他再次望向那个女人，看见她眼中映出金色的光芒仿佛在永恒的、不老的女人的静默中化作无穷。那是男人所未知的一切的密码。

这艘大西洋邮轮的吸烟咖啡厅连接着左舷及右舷的头等舱甲板走廊和船尾甲板，晚餐的间隙马克斯去了那里，他知道这个时间那里几乎空无一人。当班的侍应生给他上了一杯装在带有汉堡—南美航线标志的杯子里的双份黑咖啡。他松了松白色领带和浆过的领结，站在窗边抽了一支烟，透过玻璃上映出的室内灯光，可以看见窗外的夜色，还有沐浴在月光之中的船尾甲板。渐渐地，随着餐厅里的人越来越少，开始有乘客占据咖啡厅的桌子；于是马克斯站起来从那里离开了。他在门口为一群手里拿着烟的男人让了路，并在其中认出了阿曼多·德·特洛埃耶。作曲家身边并没有他的妻子，于是在从右舷走廊去宴会厅的路上，马克斯一直在一群群身着大衣、长风衣和斗篷，正在呼吸新鲜空气或者欣赏海景的男男女女之间寻找她。那是个宜人的夜晚，但自他们从里斯本起航以来，大西洋第一次起了浪；尽管“波洛尼奥船长号”上装有现代化的稳定系统，船身的颠簸还是激起了乘客们不安的议论。夜里剩下的时间都没有什么人去宴会厅，许多桌子都空着，其中也包括德·特洛埃耶夫妇常坐的那张。有人开始晕船，音乐会也随之被中止。马克斯没什么活可干；他只跳了两支华尔兹，很快就离开了。

当他正要下楼回到自己位于二等舱的房间时，他们在电梯旁相遇了，两人的身影映在主楼梯上的镜子里。她穿着一件灰狐皮斗篷，手里拿着一只小小的金丝手包，独自一人朝一处甲板走廊走去；马克斯飞快地看了她一眼，只见她踩着高跟鞋自信地走在摇摇晃晃的船舱里，要知道即便是这么大的船在波涛起伏的海面上也会颠簸得让人很不舒服。交谊舞男回过身，打开通往舱外的门，扶着门直到女人走到了另外一侧。跨过门槛时她简单地回了一句“谢谢”，马克斯颔首，关上门，从走廊上沿着来时的路，退了八步或者十步。最后一步他凝神走得很慢，然后停住了。真是懦夫，他对自己说。试试又不会有什么损失，他心想。只要足够小心。

他很快找到了正在船舷散步的她，在发黑的灯泡的微光下，他坦然地在她面前停了下来。她肯定是想出来吹吹风免得晕船。大部分乘客的做法恰好相反，他们把自己关在房间里，好几天都不出门，被自己翻江倒海的胃害得苦不堪言。有那么一会儿马克斯担心她会继续往前走，假装没注意到他。但并非如此。她就那么看着他，不动也不说话。

“非常愉快。”她出人意料地说。

只两秒钟马克斯便从茫然之中反应了过来。

“对我来说也是。”他回答。

女人依然望着他。好奇，或许应该这么说。

“您成为职业舞者已经很久了吗？”

“五年。不过并非一直都是。这份工作……”

“很有趣？”她插了一句。

他们重新漫步在甲板上，顺着远洋邮轮缓慢的摇摆调整自己的步伐。他们时不时会遇见几个身影模糊或能看清面孔的乘客。马克斯所在的一侧光线更暗，他只能分辨出白晃晃的衬衫前襟、背心和领带，以及浆过的袖口和燕尾服上衣口袋里手帕的隐隐约约的影子。

“我想说的并不是这个词。”他温柔地笑了，“完全不是。一份临时的工作，我想这么说来着。它能帮我解决问题。”

“哪种问题？”

“嗯……如您所见，它让我能够旅行。”

借着从一个圆形舷窗透出的光，他看见这时候轮到她露出了赞许的微笑。

“就一份临时的工作而言，您做得很好。”

交谊舞男耸耸肩膀。

“头几年是固定工作。”

“在哪儿？”

马克斯决定隐去自己的一部分经历。有些名字他自己知道就够了。巴塞罗那的华人街，马赛的旧港口，诸如此类的地方。还有一位叫博斯克的匈牙利舞女，她一边唱《东京小姐》一边剃腿毛，喜欢那些在夜里大汗淋漓地惊醒、因为噩梦让他们相信自己仍然身在摩洛哥而痛苦不已的男孩。

“冬天，在巴黎的高档酒店。”他简略地说，“旺季的时候，在比亚里茨和蔚蓝海岸……我还在蒙马特区的餐厅待过一段时间。”

“啊。”她显得很有兴趣，“也许我们曾经遇见过。”

他笑了，显得很有把握。

“没有。不然我会记得您。”

“您当时想对我说什么？”她问。

他一时间没想起来她指的是什么。最后他突然明白了。在船舱相遇后他曾在甲板走廊里追上了她，将她拦住却又没说为什么。

“我从来没有与谁跳过如此完美的一支探戈。”

三秒或四秒钟的沉默。或许是愉悦的沉默。她停下来在海风中半明半暗的光影里——旁边有一只灯泡安在船的隔离壁上——望着他。

“真的吗？……天哪。您太客气了，先生……您的名字，是叫马克斯吗？”

“是的。”

“好的。请相信我很感激您的恭维。”

“这不是恭维。您知道这不是。”

她爽朗地笑了。无邪地。两天前的夜里她也是这么笑的，当他开玩笑地猜她只有十五岁的时候。

“我的丈夫是作曲家。音乐，舞蹈，对我而言都不陌生。但您是一个出色的舞伴。让人很容易就愿意跟随您的舞步。”

“您并没有跟随我的舞步。您就是您自己。我对此很有经验。”

她若有所思地点点头。

“没错。我想您也很有经验。”

马克斯一只手撑着潮湿的舷板。在海浪起伏间，从他脚下的甲板下方传来轮船内部机轮的震动。

“您抽烟吗？”

“现在不抽，谢谢。”

“您介意我抽烟吗？”

“请便。”

他从外套的内侧口袋里掏出烟盒，取了一支烟送到嘴边。她注视着他的一举一动。

“是埃及烟吗？”

“不是。”

“是‘阿卜杜勒·帕夏’……土耳其烟。含有一点点鸦片和蜂蜜。”

“那么我愿意来一支。”

他手里拿着火柴盒倾过身去，围拢手指护住火苗为她插进象牙短烟嘴的那支烟点火。接着他为自己点上了烟。微风很快吹散烟雾，很难闻出它的味道。在皮斗篷下面，女人似乎因为寒冷蜷起了身体。马克斯指指旁边棕榈大厅的入口；那是个天花板上开着巨大天窗的玻璃房子，里面摆着藤椅、矮桌和盆栽。

“把跳舞当做职业，”当他们进去时她评论道，“这对一个男人来说，是件怪事。”

“我不认为有多么不同……我们也能以此为生，如您所见。跳舞并不总是出于爱好，或为了取乐。”

“大家说的是真的吗？女人在跳舞时更容易显露真性情。”

“有时候是的。但男人也是如此。”

大厅空荡荡的。女人坐下来，漫不经心地脱下皮斗篷，对着从包里拿出的首饰盒的金盒盖用一管浅红色唇膏抹上了口红。她抹着发蜡、梳成背式的头发让她的五官显得像英俊的男孩一样棱角分明，但马克斯注意到，那件黑缎礼服却有趣地勾勒出她身体的曲线。她觉察了他的目光，于是将一条腿放到另一条腿上，轻轻地摇晃着。她的左肘撑在藤椅的扶手上，左手抬起，食指和中指——她长长的指甲进行过保养，涂着与口红完全相同颜色的指甲油——夹着烟。马克斯看见，她时不时将烟灰抖落在地上，仿佛对全世界的烟灰缸都视而不见。

“我想说的是从近处看很奇怪。”她过了片刻说道，“您是我第一个交谈超过两句的男舞者：谢谢和再见。”

马克斯拿过一只烟灰缸，他依然站着，右手放在长裤口袋里。抽着烟。

“我喜欢与您跳舞。”他说。

“我也是。我还会再与您跳的，假如乐队继续演奏而舞厅里又有人的话。”

“没有什么阻止您现在这么做。”

“您说什么？”

她像审视一个不小心失言的人那样研究着他的微笑。但交谊舞男迎着她的目光，不为所动。看上去像个好小伙，那个匈牙利女人和鲍里斯·多尔戈鲁基都曾这样说过他，这两个从未谋面的人在这一点上不谋而合。当你这样微笑时，马克斯，没有人会怀疑你是一个该死的好小伙。他想利用这一点。

“我肯定您能够想象出音乐。”

她再次将烟灰抖落在了地上。

“您是个大胆的男人。”

“您可以这么做吗？”

这时候轮到女人微笑了，带着一点挑衅的味道。

“我当然可以。”她吐了一口烟，“您别忘了，我是作曲家的妻子。我的脑海中自有音乐。”

“您觉得《坏女人》怎么样？您知道这首曲子吗？”

“再好不过。”

马克斯按掉烟，接着把背心拉平。她有一会儿没有动：她已经收起了微笑，靠在椅背上若有所思地打量着他，像是在确定他并不是开玩笑。最后她把沾了唇印的象牙烟嘴放在烟灰缸上，非常缓慢地站起来，始终直视着他的眼睛，将左手搭在他的肩膀，右手放在他的手中；他的手掌摊开，等待着。她就这样站了一会儿，平静地挺直脊背，神情严肃，直到马克斯轻轻捏了两下她的手指以示舞曲开始，随后略微向一侧倾斜身体，将右腿朝左腿前方迈出。两个人沉默地，相拥相视着，在棕榈大厅的藤椅和盆栽之间跳起舞来。

一支扭摆舞曲——那是丽塔·帕沃内——从马克斯那白色塑料壳的便携式收音机里传出来。奥里亚纳山庄的花园里栽着棕榈树和宽冠松树，马克斯站在自己房间敞开的窗户前，从树丛间遥望那不勒斯海湾的全景：蔚蓝的背景上点缀着深色的维苏威火山以及一直向右延伸到斯库托罗角的海岸线，其间是依悬崖峭壁而建的苏莲托，俯瞰着巨石防波堤守护的两个港口，还有搁浅在海滩以及停泊在岸边的船。胡根托布勒医生的司机沉思了好一会儿，视线一直没有从风景上移开。自从在静悄悄的厨房吃完早餐后他就一直呆呆地站在窗前，考虑整晚辗转反侧时冒出的一个念头的种种可能性，犹豫不决；令他失望的是，白天的阳光并没有能让这个念头远离他的脑海。

终于，马克斯似乎回过神来，在自己位于山庄底楼一个转角的陋室里踱了几步。接着他再次透过窗户看了看苏莲托的方向，走进浴室，用水洗了脸。擦干脸后他从镜子里看着自己，像是要仔仔细细地探究从上次看到这张脸之后他又老了多少。他就这样站了好一会儿，如同寻找一位遥远的故人那样打量自己。他忧伤地望着自己已经有些稀疏的灰发，刻上了岁月和生活印记的皮肤，额头上的沟壑和嘴角的细纹，下巴上冒出的白胡子，令目光神采不再的下垂眼睑。随后他摸了摸自己的腰——离皮带扣近的几个洞眼上的痕迹说明他的皮带越扎越松——不满地摇摇头。我拖着徒增的岁月和体重，他心想。或许，还有多余的人生。

他来到走廊上，没有从通往车库的那扇门进去，而是继续往前一直走到山庄的客厅。那里的一切都整齐干净，家具上盖着防尘的白布。兰萨夫妇已经利用没有休完的假期去了萨莱诺。这意味着彻底的清净，马克斯的工作只剩下看家、转发紧急邮件以及维护家中的捷豹、劳斯莱斯和三辆古董车。

他依然沉思着，慢慢走到客厅的吧台前，打开酒柜为自己在雕花玻璃杯中倒了一指高的法国人头马白兰地。接着他小口小口地嘬着酒，皱起了眉头。一般情况下，马克斯很少喝酒。在他的一生中，哪怕是年轻时最潦倒的那几年，他在这一点上都很节制——也许应该说谨慎，或者小心——他能够避免让自己或别人倒的酒变成无法预料的敌人，而是成为有用的同盟；成为他可疑职业，或者好几样可疑职业的专业工具，在不同的情形下，酒就像一抹微笑、一记猛击或者一个吻那样有效。

无论如何，在他人生和这条无可救药的疲惫长路的这个阶段，一杯红酒或是苦艾酒，一杯精心调制的尼格罗尼鸡尾酒，依然能让他的心情和思绪兴奋起来。

喝完酒，他在空荡荡的房子里闲逛。他依然在思考前一晚让他整夜失眠的念头。他没有关掉的广播在走廊尽头响着，里面有一个女声在唱《留下来陪我》，仿佛歌里诉说的故事真的让她心痛。马克斯听着歌，有一瞬间入了神。最后他回到自己的卧室，拉开装有支票存根簿的抽屉查看自己银行账户的情况。他有限的积蓄。他算了算，它们恰好能够支撑他所需的花费。基本开支。这个念头让他觉得有趣，他打开衣柜，边预想可能的情景边检查自己的衣服，之后去了山庄的主卧。他并不自知，但他走得轻松、自在。他的脚步与多年前一样灵活而自信，彼时世界还是一场危险又迷人的冒险：一次对他的勇气、诡计和智慧的恒久挑战。他终于做出了一个决定，这让事情变得简单了：将过去纳入现在并画一个不可思议的圈，随着时间的推移，他轻而易举就安排好了它。在胡根托布勒医生的卧室里，家具和床上盖着防尘布，窗帘透出金色的光。一拉开窗帘，汹涌的阳光就漫满了房间，海湾的景致，树木和附近依山而建的别墅也清晰可见。马克斯转身回到更衣室，取下高处的一个古驰行李箱，将它打开摊在床上，两手叉腰欣赏着自己的老板满满当当的衣柜。胡根托布勒医生与他的身材和脖子的粗细差不多，所以他选了六件丝绸衬衫和两件外套。鞋子和长裤的尺码不对，因为马克斯比胡根托布勒要高——必须得去意大利大道上那些昂贵的店铺了，他无奈地叹了口气；不过一条崭新的真皮皮带是可以的，他将它与半打颜色朴素的袜子一起收进了箱子里。他又最后看了一眼，添上了两条脖子上戴的丝巾，三条漂亮的领带，几对金袖扣，一只都彭打火机——尽管他几年前就戒烟了——以及一块欧米茄潜航者手表，也是金的。在回自己房间的路上，他拎着箱子，再次听到了广播的声音：现在是多梅尼科·莫杜尼奥在唱《旧燕尾服》。旧燕尾服。真不可思议，他心想。仿佛是一个好征兆的信号，这样的巧合让昔日的交谊舞男微微笑了。

第二章　磨人的探戈和杀人的探戈

“你疯了。”

蒂齐亚诺·斯帕达罗，维多利亚酒店的前台，从柜台上探出身来看了一眼马克斯放在地上的行李箱。随后他抬起眼，从脚到头打量了他一遍：棕色的摩洛哥山羊皮皮鞋，灰色法兰绒长裤，领口上装饰着丝巾的丝绸衬衫以及深蓝色休闲西装。

“完全没有。”刚到的那个男人非常平静地回答，“我只是想换个环境待上几天。”

斯帕达罗若有所思地用手摸摸自己的秃顶。他目光多疑地审视着马克斯的眼睛，寻找隐藏的企图。危险的含义。

“你已经不记得这里的一个房间要多少钱了吗？”

“当然记得。每星期二十万里拉……怎么？”

“我们客满了。我告诉过你。”

马克斯的笑容友善而笃定。几乎可以说是和蔼可亲。在那之中有由来已久的忠诚和绝对的信任。

“蒂齐亚诺……我从四十年前起就是酒店的常客了。总是有房间剩下的。”

斯帕达罗的目光不情不愿地向下移动，落在刷了亮漆的桃花心木柜台上。他的双手扶着柜台，在两只手间留出的空隙正中的位置，马克斯放上了一个装有十张一万里拉面值纸币的密封信封。酒店前台像一个出了牌但并未决定翻开的百家乐玩家那样注视着他。终于他的一只手，左手，缓慢地移了过去并用拇指蹭了一下信封。

“晚些时候给我打电话。我看看能做些什么。”

马克斯喜欢这个动作：碰了信封但没有打开。老规矩。

“不，”他轻声说，“现在就帮我解决。”

有几个客人从近处经过，两人都没有说话。前台望着门厅的方向：通往房间的楼梯上没有任何人，温室花园的玻璃门边也没有人，只是从花园里传来谈话声；管理员正在自己的位置上，忙着将钥匙放进各个储物柜里。

“我以为你已经退出江湖了。”他压低声音说道。

“的确如此。我那天告诉过你。我只是想度个假，就像从前一样。来点冰镇香槟和美丽的景色。”

斯帕达罗瞥了一眼行李箱和对方优雅的装扮，他的眼神再度变得多疑起来。透过窗户，前台看见了停在通往酒店门厅台阶旁边的劳斯莱斯。

“你如今在苏莲托过的日子应该很不错……”

“好极了，如你所见。”

“就这样，日子突然就好了？”

“没错。突然就好了。”

“那你的老板，奥里亚纳山庄的那个呢？……”

“我改天告诉你。”

斯帕达罗再次摸摸秃顶，评判着。漫长的工作生涯已经使他变得像一只老狗，拥有灵敏的嗅觉；这并非马克斯第一次将一个信封放在柜台上。上一次是十年前，当时前台还在那不勒斯维苏威酒店工作。一位名叫西尔维娅·马萨里的熟女影星，也是那家酒店的常客，就住在马克斯房间——是斯帕达罗提供的——的隔壁。两具成熟但精力旺盛的身体缠绵了一整个夜晚和一整个上午之后，当她与马克斯在酒店露台午餐时，她的价值连城的纳尔迪牌莫雷托珠宝胸针不翼而飞了。当这起不幸的事件发生时，马克斯只从露台离开了几分钟，告别那里美丽的风景和女伴柔情的目光，去洗了洗手。因此马萨里根本连想都没有想过去怀疑他的翩翩风度、灿烂微笑和其他亲近举动背后的人品。最后，尽管并没有任何证据，在调查并解雇了一个客房女服务员之后，问题得到了解决。女影星的保险公司负责赔偿，而斯帕达罗，则在马克斯结完账并像一位完美的绅士一般留下小费、离开酒店时，收到了一个与此刻面前的性质类似的信封，只不过那个信封更厚一些。

“我不知道你还对国际象棋感兴趣。”

“你不知道吗？”他那一如既往专业的、咧开嘴露出洁白牙齿的微笑，是他的保留节目里最精华的部分。“好吧。我一直都挺喜欢。这是个有趣的氛围。唯一一个能够看到两位高手的机会……比足球还好。”

“你在谋划什么，马克斯？”

后者的目光中依然带着质询的味道，冷冰冰的。

“总之不会让你即将到来的退休出问题。我向你保证。我从来没有食言过。”

一次漫长的、深思熟虑的停顿。斯帕达罗深深地皱起了眉头。

“那倒是。”最后他承认了。

“我很高兴你记得。”

对方看了看自己背心上的纽扣，若有所思地敲打着它们，仿佛在拍去想象中的灰尘。

“警方会看到你的住店记录。”

“那又如何？……我在意大利一直是清白的。再说了，这和警方没什么关系。”

“听着。你对某些事情而言有点太老了……我们都太老了。你不应该忘记这一点。”

马克斯无动于衷，也没有回答，他依然看着前台。后者则注视着放在光亮的柜台上的，那个依然没有打开的信封。

“几天？”

“我不知道。”马克斯随便做了个手势，“一星期足够了，我估计。”

“你估计？”

“足够了。”

对方将一根手指放在信封上。最后他叹了一口气，打开住客登记册。

“我只能保证你这个星期。接下来，我们再看。”

“好的。”

斯帕达罗用手按了三下铃，叫来了酒店的一个门童。

“一个小单间，没有景观。早餐不含在内。”

马克斯从外套口袋里掏出自己的证件。当他将它们放在柜台上时，那个信封已经不见了。

他吃惊地看见她的丈夫走进了“波洛尼奥船长号”的二等舱酒吧。当时是上午，马克斯正坐在那里享用餐前酒，一杯加水的洋艾酒和几颗橄榄，身旁是通往左舷甲板走廊的一整扇打通的大窗。他喜欢那个位置，因为从那里能够看见整个酒吧——藤椅，而不是头等舱那些舒适的红色真皮扶手软椅——并能欣赏海景。天气依然很好，白天阳光明媚而夜晚晴朗无云。在讨厌的风浪中颠簸了四十八个小时之后，轮船终于不再摇晃，乘客们能够彼此看着对方更加安全地走动，而不是被船板晃到哪儿就是哪儿。不管怎么说，在曾经五次跨越大西洋之后，马克斯还不记得有哪次航行像那一次那么平静呢。

旁边的桌子上，有些几乎全是男士的乘客正在打牌，玩双陆棋、国际象棋或者障碍游戏。而马克斯，仅仅是一个偶尔赌一把的实践型玩家——哪怕是在摩洛哥当兵时他也从未感受过某些男人对于赌博的热情——他喜欢观察经常出现在大西洋邮轮上的职业纸牌玩家。计谋、欺骗与天真，不同人的反应，能够淋漓尽致地展现复杂人性的行为准则，对于懂得如何去看的人而言这是一所开放式的好学校；马克斯总是能从中学到有用的东西。事实上，正如世界上所有的酒吧一样，在“波洛尼奥船长号”的酒吧里也有第一等，第二等甚至第三等的赌徒。当然了，船员们对此一清二楚；船上的保安、管家和领班都认识好几个惯赌，他们用余光盯着这些人，在乘客名单上他们的名字下面划线作为标记。从前，在“阿尔科纳船长号”上，马克斯认识了一个名叫布里雷顿的赌徒，他的身上笼罩着传奇光环，据说当“泰坦尼克号”沉入北大西洋冰冷的海水中时，他还在渐渐下沉的头等舱吸烟室里玩一局漫长的桥牌。最后他不光赢了钱，还来得及跳到海里并赶上了最后一艘救生艇。

当时的情况是，那天早晨，阿曼多·德·特洛埃耶走进了“波洛尼奥船长号”的二等舱酒吧，马克斯惊讶于在那里看到他，因为乘客们跨越不同舱位间的界限可不是一件常事。但更令他吃惊的是，这位身穿诺福克短外套、挂着金表链的背心和哈伦裤，戴着鸭舌帽的著名作曲家，停在门口朝酒吧里瞥了一眼；看到马克斯之后他径直向他走来，脸上带着友好的微笑，在他旁边的扶手椅上坐下了。

“您在喝什么？”他一边向侍应生示意一边问。“洋艾酒？……对我来说太烈了。我想我会要一杯苦艾酒。”

当穿红色短上衣的侍应生把酒端过来时，阿曼多·德·特洛埃耶已经称赞过马克斯在舞池中的表现，并轻松而得体地与对方聊起了远洋邮轮、音乐和专业舞蹈。这位《夜曲》的作者——另外还有《小丑》以及芭蕾舞剧《堂吉诃德斗牛舞》等成功的作品，后者在迪亚古伊勒夫舞团的演绎下享誉世界——是一个自信的男人，交谊舞男心想；一个很清楚自己是谁又代表着什么的艺术家。不过，尽管他在二等舱的酒吧里，依然保持着一种优雅的优越感——大作曲家面对身处音乐世界最底层的卑微劳动者——他显然在努力想要表现得讨人喜欢。他的态度，虽然依旧显得有所保留，但与前几天马克斯与他的妻子在头等舱宴会厅里跳舞时的兴致索然相比，已经大为不同。

“我仔细观察过您，我向您保证。您几乎够得上完美。”

“谢谢您这么说。不过您有些夸张了。”马克斯露出礼貌而收敛的微笑，“这种事情也要取决于舞伴……您的妻子才是跳得好的那个，这您再清楚不过了。”

“当然。她是个非凡的女人，毫无疑问。但您才是主导者。这么说吧，您为土地划定了界限。而这一点是不能即兴发挥的。”德·特洛埃耶拿起侍应生放在桌上的酒杯，对着光看着它，似乎在怀疑二等舱酒吧中的苦艾酒的质量。“……您能允许我问一个专业问题吗？”

“当然。”

他小心地嘬了一口酒。精致的小胡子下面露出满足的表情。

“您是在哪里学会这么跳探戈的？”

“我出生在布宜诺斯艾利斯。”

“真没想到。”德·特洛埃耶又喝了一口酒，“您没有口音。”

“我很早就离开了那里。我的父亲是一个九十年代移民过去的阿斯图里亚斯人……他的日子过得不太好，最后拖着一身病回去，死在了西班牙。在那之前他还来得及与一个意大利女人结了婚，生了几个孩子并把他们都带了回去。”

作曲家斜靠在藤椅的扶手上，显得很有兴趣。

“那么，您在那里生活了多久？”

“一直到十四岁。”

“这就全都能解释得通了。如此原汁原味的探戈……您笑什么？”

马克斯耸耸肩膀，一脸诚恳。

“因为这一点儿也不原汁原味。最初的探戈不是这样的。”

真真切切的惊讶，或是极好的伪装。也许那只是一种有教养的关注。酒杯停在桌子和德·特洛埃耶张开的嘴中间。

“天哪……那是什么样的？”

“速度更快，是由不怀好意的街头乐手演奏的。与其说它优雅，不如说是淫荡，可以这么概括。它由科尔特和克布拉达[①]组成，是妓女和流氓跳的舞。”

对方笑出声来。

“在某些场合它依然如此。”他说。

“但并非完全相同。最初的探戈经历了许多变化，尤其是当它在十年到十五年前与街头混混跳的阿帕切舞一起在巴黎流行起来的时候……之后上流人士也开始学着跳它。这种法国化的探戈传回了阿根廷，变成了平淡的，甚至体面的探戈。”他再次耸耸肩，喝完剩下的洋艾酒，看了看作曲家，后者正在友好地微笑。“我想我应该说清楚了吧。”

“当然。而且这很有意思……您真是个惊喜，科斯塔先生。”

马克斯不记得告诉过他自己的姓氏，就连对他的妻子也没有说过。也许德·特洛埃耶之前在船上人员的名单里看到了。或者他是有意去找的。他思考了片刻这件事，但并没有深入分析它，随后开始继续满足听者的好奇心。带着巴黎的印记，他补充道，之前以不道德和下流为由拒绝探戈的阿根廷上流社会立刻接纳了它。它不再是小镇流氓的保留节目，而是开始登堂入室。直到那时，真正的探戈，布宜诺斯艾利斯城郊的妓女和混混跳的那种探戈，一直都还是上流人士间一种隐秘的音乐：好姑娘会在家中的钢琴上偷偷弹奏的曲子，乐谱则来自她们没心没肺、夜游不归的男友和兄弟。

“可是您，”德·特洛埃耶反对道，“可以这么说，您跳的是现代探戈。”

“现代”这个词把马克斯逗笑了。

“当然。我被要求跳的是这个。不过我会跳的也是这个。我从来没有

---

① 即“Quebrada”，探戈专业术语，指女士站在一只脚上，另外一只脚放松置于支撑腿之后的舞姿。有时也见于女士将身体大部分重量挂在男士身上的时候。另外也可指舞者的上半身和臀部向相反方向拧转，工作腿放松内弯形成的舞姿。

在布宜诺斯艾利斯跳过老派探戈；那时候我太小了。但我看人跳过很多次……荒谬的是，我跳的探戈是我在巴黎学会的。”

“您是怎么到那里的？”

“说来话长。您会觉得无聊的。”

德·特洛埃耶叫来侍应生，不顾马克斯的反对又要了一轮酒。他似乎习惯了不征求别人的意见就叫酒。他是，或者假装自己是，那种就连在别人的桌子上也表现得像东道主的人。

“无聊？完全不会。您不知道我对您所说的事有多么感兴趣……在布宜诺斯艾利斯还有人用老法子演奏探戈吗？……纯粹的探戈，可以这么说吗？”

马克斯考虑了一会儿，最后不确定地摇头。

“纯粹的是没有了。不过还是有一些地方的。不在时髦的舞厅里，那是自然。”

对方看着自己的手。宽大，有力。它们并不优雅，至少不像交谊舞男想象中的一个著名作曲家所应有的那般优雅。指甲短而光洁，马克斯注意到。戴着婚戒的同一根手指上佩戴的那枚蓝色印章金戒指。

“我要请您帮个忙，科斯塔先生。一件对我而言非常重要的事。”

新点的酒已经送上来了。马克斯没有碰他的那杯。德·特洛埃耶露出友好而自信的微笑。

“我想请您一起用午餐，”他接着说道，“我们可以更加详细地聊聊这个。”

交谊舞男用有些勉强的微笑掩饰着自己的惊讶。

“谢谢您，但我不能去头等舱的餐厅。我们雇员是不允许到那里去的。”

“您说得对。”作曲家皱起额头陷入了思考，仿佛在考虑可以在何种程度上改变“波洛尼奥船长号”上的规矩。“这是件令人不快的麻烦事。我们可以一起在二等舱吃……不过我有个更好的主意。我的妻子和我有两个套间式的房间，那里完全可以摆下一张三人桌……您能给予我们这份荣幸吗？”

马克斯犹豫不决，他依旧有些茫然无措。

“您太客气了。但我不知道是否应该……”

“您放心吧。我会与船上的监运员安排的。”德·特洛埃耶喝完最后一口酒，用力把杯子搁到桌上，仿佛这样就将问题解决了。“那么，您愿意吗？”

马克斯最后的顾虑其实只是出于单纯的谨慎。实际上这完全不符合到目前为止他对这件事的想法。不过也许符合，他思考片刻后得出结论。他需要一点时间和更多信息来判断利弊。突然之间，阿曼多·德·特洛埃耶成为了游戏里的一个新元素。这是他始料未及的。

“也许您的妻子……”他开口说道。

“梅查会很高兴的。”对方一边打消他的顾虑，一边挑起眉毛示意侍应生结账。“她说您是她认识过的最好的交谊舞者。这对她而言也是一件乐事。”

德·特洛埃耶没有看金额，便签下了自己的房间号，在小盘子上留了一张钞票作为小费，站起身来。出于礼节，马克斯也想这么做，但德·特洛埃耶将一只手放在他肩上，阻止了他。比人们认为一位音乐家应该有的手更加有力。

“在某种程度上我希望寻求您的建议。”他从背心里掏出了拴在金表链另一头的怀表，大致看了一下时间。“那么，十二点见……3A 号房间。我们等着您。”

他说完这个就走了，没有等交谊舞男回答，因为他理所当然地认为对方一定会赴约。阿曼多·德·特洛埃耶离开酒吧后又过了一会儿，马克斯依然望着他消失的门口。他在思考此事给他力图为之后几天计划或安排的事情所带来的，或者可能带来的意外转折。或许说到底，他推断道，这件事将带来种种复杂的可能，并比他预想的更有利。最后，怀着这样的想法，他在洋艾酒杯子上挂的小勺子里放了一块方糖，在上面倒了一点水，看着糖块在绿色的烈酒中融化。把酒杯送到唇边时，他露出了只有自己才能够觉察的微笑。洋艾酒猛烈而甘甜的味道这一次并没有让他想起鲍里斯·多尔戈鲁基—布拉加提翁副队长或是摩洛哥摩尔人的窝棚。他的思绪被曾见过的在梅查·英仲扎·德·特洛埃领口映射着舞厅灯光闪闪发亮的那串珍珠项链占据了。还有那个女人从肩膀一直延伸到发尾的裸露的颈部线条。他感觉到想吹一支探戈曲的欲望，但正当他打算这么做的时候却记起了自己身在何处。他站起来，嘴里洋艾酒的味道甜得好似预示了女人与冒险的征兆。

前台斯帕达罗撒了谎：那个房间的确很小，里面有一个斗橱和一个带大镜子的衣柜；卫生间逼仄，单人床看起来也很寒碜。但房间并非没有风景。透过唯一的那扇朝西的窗户，可以看见位于大港口上方的那部分苏莲托，包括公园里的树林和卡波角山上的别墅。拉起窗叶将身体探出窗外时，阳光照得马克斯目眩，他看见了一部分海湾，和远处依稀可见的伊斯基亚岛。

胡根托布勒医生的司机刚洗完澡，只裹着胸口绣有酒店标志的浴袍，从衣柜上的镜子里打量自己。观察他人的职业习惯——他行动的成功或失败永远都取决于这一点——练就的挑剔目光，停在镜子里静止的老人身上，他正注视着自己湿漉漉的灰发，脸上的皱纹，疲倦的双眼。我的模样还不错，他心想，如果善意地考虑到这个年纪的男人通常看起来多么饱受摧残的话。伤害、亏损和衰老。无法挽回的溃败。于是，为了适当安慰一下自己，他拍了拍浴袍：毫无疑问，下面的身体比几年前更重更宽了；但他的腰围还算合适，身形挺拔，双眼依然充满活力和智慧，这证明潦倒的人生、灰暗的岁月以及最终消失的希望都不曾完全销蚀他的风姿。为了证明这一点，马克斯就像排练角色中难演部分的演员那样，突然对镜子里映出的老人露出了微笑，对方则回以一个似乎照亮了面庞的貌似自然的表情：亲切，有说服力，炉火纯青得足以赢得信赖。他继续这样一动不动地站了一会儿，直到笑容慢慢消失。随后，他拿起斗橱上的一把梳子，按照老习惯将头发往后梳平，在头顶偏左侧的位置分出无可挑剔的笔直发缝。我的举止也依然优雅，他一边用批判的目光赏析着这番打扮的成果，一边心想道。或者说能够如此。它们依旧显示出所谓的良好教养——从这一点到好出身之间的距离曾经只有一步之遥——时间、习惯、需求和天赋完美地消除了所有可能揭穿他最初伪造的痕迹。总而言之，这些痕迹背后迷人的过去，曾一度让他能够像猎人那样面不改色地沉着穿行在未知的、常常是充满敌意的领地。他在其中成长并活了下来。或者说几乎如此。直到不久之前。

马克斯脱下浴袍，吹起《重归苏莲托》，开始像从前那样慢慢地小心着装。他一边按部就班、仔仔细细地套上合适的衣服，一边注意着例如帽子倾斜的角度、领带结的式样或者将白色手帕放进外套上方口袋的五种方法这样的细节，在某些乐观而对自身条件充满信心的时刻，他觉得自己像一个为奔赴战场做准备的战士。当他穿上棉内裤，灰色的袜子——这需要花点工夫，因为他必须坐在床上才能弯下腰——从胡根托布勒医生的衣柜里拿来的、稍稍有些偏大的衬衫时，这种似曾相识的空虚感，熟悉的期待或紧要关头的味道，轻拂着他失而复得的骄傲。最近几年流行起了紧身服装、宽腿长裤、小西装和修身衬衫；但马克斯这个无法迎合类似潮流的人，却一如既往地，喜欢邦瑟先生牌的领尖带有纽扣、合身得仿佛是为他量身订做一般的经典款浅蓝色丝绸衬衫。在扣上衬衫纽扣之前，他的目光停留在左胸皮肤上那块直径约有一寸①的星形小伤疤，就在最下面的几根肋骨的高度：那是1921年11月2日，在摩洛哥塔胡达，一支来复枪射出的冷弹擦过他的一侧肺叶留下的痕迹；在梅利利亚的医院度过了一段时间之后，它也为马克斯·科斯塔军士短暂

① 此处指西班牙寸，合二十三毫米。

的军旅生涯画上了句号，五个月之前他正是用这个名字——他就这样永远将自己的原名马克西莫·科瓦斯·劳罗留在了身后——加入了外籍军团第一旗第十三连。

探戈，马克斯解释道，是好几种舞蹈融合的产物：安达卢西亚探戈、哈巴涅拉舞、米隆加以及黑奴的舞蹈。随着混血的高乔人带着自己的吉他来到布宜诺斯艾利斯河岸边的杂货店、食品店和妓院，他们接触到了唱出来的米隆加曲，最后是探戈，它的起源就是米隆加舞。黑人的音乐和舞蹈至关重要，因为在那个时代舞伴们是拉着手跳舞的，而不是相拥起舞。舞伴间的距离比现在要远，其间包含了或简单或复杂的锁步、后退步以及旋转。

“黑人探戈？”阿曼多·德·特洛埃耶似乎真的被震惊了，“我不知道那里还有黑人。”

“曾经有过。当然，是过去的奴隶。上个世纪末的一场黄热病让他们全都丧了命。”

他们三个人围坐在头等舱双人房间里的桌子旁。空气里有衣箱和行李箱的上等皮革，以及古龙水和松节油的气味。身穿灰色西装，白领衬衫和苏格兰格子领带的马克斯，在十二点零二分敲了门；虽然最初一段时间里阿曼多·德·特洛埃耶是唯一表现得轻松自在的人，此后午餐——甜椒清汤、龙虾配蛋黄酱以及一瓶冰镇的莱茵葡萄酒——还是在愉快的谈话中进行了下去，一开始几乎全是作曲家在说话；在讲述了几件自己的趣事之后他问起了马克斯在布宜诺斯艾利斯的童年、回到西班牙后的生活，以及他在高档酒店、旺季时的温泉山庄和远洋邮轮上作为职业舞者的工作经历。说到自己的生活时马克斯总是很谨慎，他用简短的评论和事先准备好的含糊言辞应付了过去。最后，他喝着咖啡和白兰地，抽着烟，在作曲家的要求下重新回到了探戈这个话题上。

“而白人呢，”他继续讲道，“一开始只是看着黑人跳，他们学会了对方的舞步，放慢了自己无法模仿之处的速度，并加入了华尔兹、哈瓦涅拉和玛祖卡舞的动作……应该注意的是，与其说是一种音乐，那时候的探戈更多是一种跳舞的方式。以及演奏的方式。”

他的手腕放在桌子边缘，袖口上戴着银质袖扣，有时候，说着说着，他的目光会遇上梅查·英仲扎的目光。整个用餐期间作曲家的妻子几乎都一言不发，她听着他们的对话，偶而发表一句简短的评论或提出一个问题，并得到对方礼貌的答复。

“在意大利人和欧洲移民手中，”马克斯接着说道，“探戈变得更加缓慢，也不再那么随意；不过城郊的小子们还是采用了一些黑人的跳法……当跳对路时，这是那边的说法，男伴会突然停下，收住自己以及舞伴的舞步，摆出展示姿态或做出克布拉达。”他看了看正在用心倾听的女人，“这就是著名的科尔特，在我们现在所跳的高雅版本的探戈里，您完美演绎的那个动作。”

梅查·英仲扎用微笑对这番评论表示感谢。她身穿一条香槟色的薄查米尤斯布连衣裙，窗口的光线勾勒出她颈后的短发：自从他们在远洋邮轮上的棕榈厅里跳了那支没有音乐伴奏的无声探戈之后，过去几天中她修长的颈项一直占据着马克斯的脑海。此刻她佩戴的首饰只有那串缠绕了两圈的珍珠项链和她的婚戒。

“‘小子’是什么？”她想知道这个。

“实际上，应该说曾经是什么。”

“现在已经不是了吗？”

“十年到十五年的时间改变了很多东西……我小时候我们用‘小子’来称呼出身不好的年轻人，他们的父辈和祖辈是带着捕获的野兽，踏上布宜诺斯艾利斯城郊土地的高乔人。”

“听上去挺危险。”德·特洛埃耶评论道。

马克斯露出无所谓的表情。这些人里危险的不多，他解释道。混混和痞子则是另一回事。那些人更加难对付：他们有的是真正的恶棍，还有的只是假装自己是恶棍。政客们依靠他们，给自己当保镖，为竞选拉票，等等。真正的‘小子’大多拥有西班牙姓氏，但他们现在已经被试图模仿他们的移民子弟取代了：这些下三滥的坏蛋学会了从前城郊刺头的手段，但却没有他们的规矩或胆量。

“而探戈是一种属于小子和混混的舞蹈？”德·特洛埃耶很感兴趣。

“曾经是。人们一开始跳的探戈带着不加掩饰的情色意味，舞伴们的身体挨在一起，扭动臀部并交叉双腿，就像我之前说的，这些都源自黑人舞蹈……要知道最初的探戈舞女是军营里的姑娘和妓院里的女人。”

余光一瞥，马克斯发觉梅查·英仲扎正在微笑：既轻蔑又饶有兴趣。他曾经在她这个阶层的女人脸上见过这种微笑，当他谈及类似话题的时候。

“自然，坏名声就是这么来的。”她说。

“没错。”出于谨慎，马克斯依旧对着她的丈夫说话。“您想想最早的探戈曲里有一首名叫《把条子给我》……”

“条子？”

又是余光一瞥。交谊舞男有些迟疑，他正忙着选择合适的说法。

“就是那个，”他最后说，“妓院老鸨给每位招待过的客人开出的小条，妓女要把它交给皮条客，由后者负责收钱。”

“皮条客这个词真有异国情调。”女人评论道。

“意思是‘为妓女拉客的人’。”德·特洛埃耶说，“妓院老板。”

“我完全明白，亲爱的。”

甚至当探戈流行起来并出现在家庭派对上的时候，马克斯接着说，科尔特还是被禁止的，因为太下流了。他小时候只有在意大利或西班牙建筑公司的午后聚会上、妓院以及有钱小伙的单身公寓里才会有人跳这个。直到现在，即便探戈在舞厅和剧院大获成功，在某些场合对科尔特和克布拉达的禁令依然如故。通俗点说，就是不能把腿伸进去。为了得到社会的认可，探戈付出了失去本色的代价，他总结道。它的舞步失去力量，变得更加缓慢而不那么情色。那就是在传入巴黎后声名鹊起的驯化版探戈。

“它变成了我们在舞厅里，或者瓦伦蒂诺在电影中做出的愚蠢模仿里看到的那种单调的舞蹈。”

蜜色的眼睛定定地注视着他。马克斯意识到了，他尽可能面不改色地避开它们，掏出自己的烟盒，将它打开并递给女人。她拿了一支土耳其烟，她丈夫也拿了一支，并用一个金质打火机点燃了她装进象牙短烟嘴里的烟。她略微俯身靠近火苗，之后抬起头，从吐出的第一口烟里再次看着马克斯，从窗口透进来的光线让烟显得又浓又蓝。

“那在布宜诺斯艾利斯呢？”阿曼多·德·特洛埃耶问。

马克斯微微笑了，他在合上的烟盒上轻轻叩了叩自己那支“阿卜杜勒·帕夏”的一端，将它点燃。谈话的走向让他得以重新直视女人的眼睛。他看了它们三秒钟，保持微笑。接着他转头望向她的丈夫。

“在城郊地区，底层人民当中，有时候，有人还是会把腰弯下去，把腿伸进去。那里有老派探戈最后的痕迹……我们跳的探戈其实是对它的温和模仿。一种优雅的哈瓦涅拉舞。”

“歌词也是这样吗？”

“是的，不过这是一个更晚才出现的现象。一开始探戈只是音乐，或者小曲。我小时候几乎听不到带唱词的探戈曲，即便有也总是淫秽下流，是一些不要脸的流氓讲的话里有话的故事……”

他停住了，犹豫了一下是不是应该再继续说下去。

“然后呢？”

提问的人是她，同时还在玩一把小银勺。这让马克斯拿定了主意。

“嗯……你们只要注意一下当时那些曲子的名字就明白了：《大风扬起许多尘》《七寸长》《脏脏的小脸》，其实它有另外的含义，或者《月……亮的……脸》，这种带有省略号的曲名，实际上，请原谅我的冒昧，它的意思是《雌鹦鹉的贝壳》。”

“雌鹦鹉？……这是什么意思？”

“黑话里，是妓女的意思。这是当地的俗话……是加德尔[①]唱探戈时用的词。”

“那贝壳呢？”

马克斯看了看阿曼多·德·特洛埃耶，没有回答。这位丈夫好玩的表情扩展成了一个大大的微笑。

“明白了。”他说。

“明白了。”过了一会儿她重复道，但并没有笑。

多情的探戈，马克斯继续讲道，是最近才出现的。是加德尔让那些如泣如诉的唱词流行起来，让探戈里充满了痴男怨女的。在他的歌声中，流氓的恬不知耻化为泪水和忧伤。就像诗人一般。

“我们两年前认识了他，当时他正在马德里的罗梅亚剧院演出。”阿曼多·德·特洛埃耶插了一句。“他是个非常可爱的人。话有点多，但不让人讨厌。”他看看自己的妻子。“带着那样的微笑，对吧？……就像从来不会松下来似的。”

“我只远远地见过他一次，在特洛贝松饭店吃烩母鸡。”马克斯说。“他的身边围满了人，那是当然。我没敢过去。”

“他唱得真好。如此憔悴，对吧？”

马克斯吸了一口烟。德·特洛埃耶给自己又倒了一些白兰地，也问他要不要；但他摇头拒绝了。

“他真的创造了这种形式的探戈。之前它只是小曲和妓院小调……几乎前无古人。”

“那音乐呢？”德·特洛埃耶嘬着白兰地，从酒杯边缘上方望着马克斯。“在您看来，旧式探戈曲和现代探戈曲的区别是什么？”

---

① 即卡洛斯·加德尔（1890—1935），阿根廷著名的歌唱家、作曲家和演员，也是“探戈歌曲”最主要的推动者。

交谊舞男靠在椅子上，用食指轻叩香烟，让灰烬掉进烟灰缸里。

“我不是音乐家。我只是靠跳舞为生。我甚至分不清八分音符和二全音符。”

“就算这样，我也想听听您的看法。”

马克斯又吸了两口烟方才回答。

“我可以谈谈我知道的。我记得的……那与舞蹈和演唱形式的变化如出一辙。一开始音乐家们依靠直觉，根据钢琴乐谱或记忆演奏不太出名的曲子。现烤现上，用那边的话说就是这样……就像爵士乐队的乐手随心所欲地即兴创作。”

“那些乐队是什么样的？”

规模很小，马克斯说。三四个人，低音手风琴曲，简单的和弦以及极快的演奏速度。那更多是一种表演而不是创作。随着时间的推移，这样的乐队被现代化的乐队逼入绝境：钢琴取代了吉他独奏，小提琴伴奏，风琴低鸣。这帮助了非专业的舞者，新的爱好者。专业乐队马上迎合了新式探戈。

“这就是我们跳的。”他一边总结，一边小心翼翼地按灭了烟。“能在‘波洛尼奥船长号’的舞厅和布宜诺斯艾利斯的高档场所里听到的探戈曲。”

梅查·英仲扎也在同一个烟灰缸里按灭了自己的烟，就在马克斯这么做的三秒钟之后。

“那另外一种呢？”她把玩着象牙烟嘴问道，“……旧式的探戈去哪里了？”

交谊舞男好不容易才将目光从女人的双手上移开：它们瘦削、优雅，属于好出身的女人。左手无名指上的金婚戒闪闪发光。抬起眼睛时，他发现阿曼多·德·特洛埃耶正面无表情地定睛注视着他。

“还在那里。”他回答道。“被边缘化了，并且越来越少见。当有人演奏这种探戈曲时，在有些场合，人们几乎都不会起来跳舞。它更有难度。

未经雕琢。”

他停了一会儿。此刻他的嘴角不由自主地露出微笑。回忆涌上心头。

“我的一个朋友曾经对我说，有磨人的探戈，也有杀人的探戈……最初的探戈更确切地说是后一种。”

梅查·英仲扎的一只手肘撑在桌上，手托着鹅蛋脸。她似乎听得全神贯注。

“老卫队的探戈，有人这么叫它。以区别于新派探戈。现代探戈。”

“这名字真美。”她丈夫评论道，“它是怎么来的？”

他不再面无表情。而是再次表现出殷勤的东道主应有的亲切姿态。马克斯摆摆手，似乎在说这显而易见。

“我不知道。有一首旧探戈曲的名字叫这个：《老卫队》……我不知道该怎么说。”

“它还是那么……色情吗？”她问道。

波澜不惊，她的语气。几乎可以称得上学术。就像一个昆虫学家想了解，比如说，两只金龟子的交配是否色情。假如，马克斯心想，金龟子会交配的话。它们，肯定，是交配的。

“这要看在什么地方了。”他说。

阿曼多·德·特洛埃耶似乎对那一切着了迷。

“您对我们说的这些事情太迷人了。”他说，“远比您能想象到的更为迷人。它还改变了我之前的一些想法。我想亲眼看看……在属于它的氛围中看到它。”

马克斯脸色一变，他有些支支吾吾。

“当然，它是不会在体面的地方演奏的。据我所知不会。”

“您知道布宜诺斯艾利斯有这样的地方吗？”

“我知道几个。但它们不太合适……”他看了一眼梅查·英仲扎。“这些地方很危险……不适合女士去。”

“您不必为此不安。”她的语气无比冷淡而平静。“之前，我们已经去过不合适的地方了。”

时间已近黄昏。西斜的太阳还挂在卡波角上方，将把依山而建的绿色和红色别墅衬托得更加鲜艳。马克斯·科斯塔穿着与他到达酒店时相同的深蓝色外套和灰色法兰绒长裤——他只把丝巾换成了一条打成温莎结的红底蓝点领带——从自己的房间下来，加入正在晚餐前享用餐前酒的客人们。夏天和拥挤的旺季都结束了，但象棋比赛还是让酒店非常热闹：酒吧和露台上几乎所有的桌子都有人了。小黑板上贴的一张告示显示索科洛夫和凯勒的下一场对决将于明天进行。马克斯站在它前面，打量着告示照片里的两位选手。苏联冠军有一头浓密的金发，它的色调让他想起了刺海胆的毛，其下那双清澈水亮的眼睛正怀疑地看着一张棋盘上摆的棋子。他充满乡土气息的圆脸让人想到了一个专心看棋的农夫，就像他一辈辈的祖先们专心观察一块麦田是否成熟，或者飘过的云朵是否会带来降雨或干旱。而豪尔赫·凯勒，他的目光正心不在焉地望着镜头，几乎像在梦里。或许有点天真，马克斯这样认为。仿佛他并没有在看镜头，而是看着远处的人或物，无关象棋而只关乎年轻的梦想和模糊的幻觉。

和暖的微风。轻柔音乐衬托下的谈话声。维多利亚酒店的露台宽敞而明亮。扶栏后面可以看见那不勒斯海湾美丽的全景，沐浴在越来越水平的金色光芒中。领班带着马克斯来到一座半跪着望向大海的大理石裸女雕像旁边的一张桌子前面。马克斯坐下来，点了一杯冰镇白葡萄酒并环视四周。周围的人们穿着优雅，与地点和时间都相称。有些衣着考究的外国游客，尤其是避开旺季造访苏莲托的美国人和德国人。其余的人则是富豪坎帕内拉的座上宾：由他支付了旅费和酒店费用的精英人士。也有一些有能力自己付钱前来的国际象棋爱好者。在附近的桌子上，马克斯认出了一位美貌的电影明星，她身边的人里包括她的丈夫，他是意大利电影城的制片人。旁边有两个本地记者模样的年轻人，其中一个的脖子上挂着宾得相机；每当他举起相机时，马克斯就会用手挡住脸或者回头去看相反的方向，假装不经意地掩饰自己的容貌。这，是一种自觉的反应，就像猎手会注意避免让自己成为被捕猎的目标。这些由来已久的遮掩反应已经习惯成自然了，是多年以来他的职业本能为了降低风险而形成的。那个时候，没有什么能比将自己的容貌或身份暴露在某个警察面前更容易让马克斯·科斯塔受到伤害，因为他们会思考，这样一个从前被委婉地称为白手套窃贼的行内老手，正在这里或那里谋划着什么。

等记者们走远了，马克斯环视周围，用目光寻找。下楼时他曾想如果一下子就能找到那个女人那真是撞大运了；但事实上她就在那儿，离他并不太远，与另外两人一起坐在一张桌子前，其中既没有凯勒也没有那个与他们同行的女孩。这一次她没有戴粗花呢帽，露出了短发，那种银灰的色调看起来完全是自然的。交谈间她把脸倾向自己的同伴，以礼貌地表示兴趣——马克斯无比清晰地记得这个姿势——有时候她则会靠回椅背上，用微笑对谈话表示赞同。她的打扮很简洁，与昨天一样带着漫不经心的雅致：一条大大的深色半裙，白色的丝绸衬衫束在宽腰带里。她穿着鹿皮便鞋，肩膀上披着针织开衫。她没有戴耳环也没有戴珠宝：只有手腕上一块薄薄的手表。

马克斯尝了尝葡萄酒，对它冰得让酒杯都蒙上了雾感到满意；当他稍稍俯身将杯子放到桌上时，那个女人的视线与他相遇了。这次偶然的目光交会持续了不到一秒钟。她正在对同伴说些什么，当她环视周围时，有一瞬间恰好迎上了隔了三张桌子观察她的男人的眼睛。女人的目光并没有停留在他身上：她一边接着往前看，一边继续谈话，此时有人说了些什么，她专心听着，目光再也没有离开过同伴。马克斯感到一阵忧伤的心痛，仿佛在感叹他做了个白日梦，他对自己笑了笑，又喝了一口法拉诺葡萄酒以寻求安慰。他确实变了；但她也是，他心想。毫无疑问，变了很多，自从二十九年前，也就是1937年的秋天，他们在尼斯最后一次见面之后。而与他们在布宜诺斯艾利斯时相比更是不同，因为那比尼斯还要早九年。距离梅查·英仲扎与他在“波洛尼奥船长号”救生艇甲板上的谈话也已经过去很久了，那是在她和丈夫邀请他去他们豪华的房间用餐并聊探戈的四天之后。

那一天他也曾有意寻找她，之前他在自己的二等舱房间里度过了失眠的一夜，睁着眼睛，感觉着轮船轻柔的摇晃和来自船体深处的隔离壁中机轮的震动。有些问题需要答案，有些计划正待实施。损失和收益皆有可能。但是，尽管他拒绝对自己承认这一点，在那之中也有一种无法解释的主观冲动，与物质因素并无关系。一种他很少不曾考虑到的，由感觉、魅力和疑虑组成的东西。

就像之前那次一样，他在救生艇甲板上找到了她。轮船行驶得十分平稳，它激起的小小浪花正在被朝阳——一个在海平面上越升越高的模糊的金色圆盘——渐渐照亮。她坐在三根漆成红白两色的大烟囱的其中一根下面的一张柚木长凳上。她身穿运动上衣、百褶裙和羊毛条纹套头衫。她的鞋子是低跟的，一顶果木编制草帽的钟形短帽檐将她低头看书的脸勾勒成了鹅蛋形。这一次马克斯没有简短地打声招呼就走开，而是说了日安并在她面前停下，脱下了自己的鸭舌帽。交谊舞男背对着太阳，海面风平浪静，当她抬起头望着他时，他的影子在打开的书本和她的脸庞上轻轻晃动。

“呀。”她说，“完美的舞者。”

她微笑着，眼睛却在审视他，带着评判的意味，显得无比严肃。

“您好吗，马克斯？……过去几天有多少年轻女孩和单身女人踩了你的鞋子？”

“太多了。”他惨叫一声，“我都不记得了。”

梅查·英仲扎和她的丈夫已经有四天没去舞厅了。自从客舱午餐后马克斯就再没见过他们。

“我在想您的丈夫之前说的话……关于布宜诺斯艾利斯适合看探戈的

地方。”

她的微笑更加明显了。美丽的嘴，他心想。一切都美。

“旧卫队的那种探戈？”

“老。是老卫队。对。我说的就是这个。”

“太棒了，”她合上书，挪到了长凳的一端，非常自然地留出地方让马克斯坐下。“您能带我们去那里吗？”

虽然在意料之中，但那个“我们”还是让马克斯有点不自在。他依然站在她面前，一只手里还是拿着帽子。

“带你们两位？”

“是的。”

交谊舞男表示赞同。接着他重新戴上帽子——稍稍斜向右眼，略有些卖弄风情——并在她在长凳上空出来的地方坐下了。这个地方吹不到风，因为有漆成白色的金属构架的遮挡，架子尽头是标志着甲板所在地的巨型通风口中的一个。马克斯瞥了一眼她摊在裙子上那本书的名字。书名是英文的：《刀锋》。他从来没有读过封面上印的这个萨默赛特·毛姆的任何东西，尽管他的名字听上去很耳熟。他不是个读书人。

“我不觉得有什么不妥，”他回答，“只要您准备好面对某些意外事件。”

“您吓到我了。”

她看起来一点也没被吓到。马克斯望着救生艇后面的地方，感觉到女人正定睛注视着他。他犹豫了一下是否应该为她话里暗藏的某种嘲讽感到不快，但却觉得没有必要。或许她是真心的，虽说他真的无法想象她会这样被吓到。因为某些意外事件。

“那是一些大众场合，”他解释道，“在我们可以称之为贫民区的地方，我说过的。但我还是不知道您是否……”

他停下来转身面对她。她似乎觉得这种刻意为之的谨慎停顿很有趣。

“我是否应该冒险去这样的地方，您是想说这个吗？”

“其实也没那么危险。只要不太过炫耀就够了。”

“炫耀什么？”

“钱。珠宝。昂贵或是过分优雅的服装。”

她把头向后一仰，放声大笑。那样无忧无邪的笑声，马克斯荒唐地想。简直像个运动员。在网球场、时髦的海滩、高尔夫俱乐部和希斯巴诺-苏莎双座跑车上孕育的笑声。

“我懂了……我应该打扮成妓女以便不被注意？”

“您别开玩笑。”

“我不开玩笑。”她看着他的样子出乎意料地严肃，“要是您知道有多少小女孩梦想打扮成公主，又有多少成年女子想要打扮成妓女，您会吃惊的。”

“妓女”这个词从她口中说出来并不显得粗俗，马克斯发现了这个不合理之处。只是显得挑逗。这是她这样能够出于好奇或兴趣，去一个声名狼藉的街区看探戈的女人所独有的。话要看怎么说，交谊舞男心想。就像她在那一刻是如何说出某些词或者看着一个男人的眼睛的。无论说什么，梅查·英仲扎都不会显得粗俗或是有意如此。副队长鲍里斯·多尔戈鲁基-布拉加提翁还活着时，曾经极好地总结过这一点。你有的，扔也扔不掉，他说。你没有的，求也求不来。

“您丈夫对探戈的兴趣真是惊人。”他定了定神，终于说道，“我以为他是……”

“一个严肃的作曲家？”

现在轮到马克斯笑了。他笑得既温柔又带着成熟男人刻意的沉着。

“可以这么说。人们通常会把他创作的音乐和民间舞蹈置于不同的层面。”

“我们就说这是个癖好吧。我丈夫是个非凡的男人。”

在心底里，马克斯对此表示认同。非凡这个词无疑恰如其分。据他所知，阿曼多·德·特洛埃耶是全世界六位最著名也最昂贵的作曲家之一。在依然在世的西班牙音乐家之中，只有法雅[①]可以与之匹敌。

“一个令人钦佩的男人。”她过了片刻补充道，“他在十三年中取得了其他人连想都不敢想的成就……您知道迪亚古伊勒夫和斯特拉温斯基是谁吗？”

马克斯笑了，隐约有点受伤。我只是个职业舞者，他的表情仿佛在说。我对音乐的了解来自耳朵。但这些我还是知道的。

“当然。俄罗斯芭蕾舞导演和他最钟爱的作曲家。”

她点点头，开始讲述。欧洲战争[②]期间，她的丈夫经常在马德里的一位智利朋友欧亨尼娅·德·埃拉苏里斯的家中与他们见面。他们正在皇家剧院演出《火鸟和彼得鲁什卡》。那时的阿曼多·德·特洛埃耶是一位天分过人，但却不太出名的作曲家。由于对彼此都印象不错，他带他们游览了托莱多和埃斯科里亚尔，并由此成了朋友。第二年他们在罗马再次见面，他通过他们结识了毕加索。战争结束后，当迪亚古伊勒夫和斯特拉温斯基重新带着《彼得鲁什卡》回到马德里时，德·特洛埃耶陪他们去塞维利亚观看了圣周游行。从那里回来时他们已经是至交了。三年之后，1923 年，俄罗斯芭蕾舞团在巴黎完成了《堂吉诃德斗牛舞》的首演。演出大获成功。

“剩下的事想必您都知道。”梅查·英仲扎说：美国巡演，征服了伦敦、就连西班牙国王夫妇都亲自到场观看的《夜曲》，与法雅的竞争，以及由谢尔盖·里法导演、毕加索负责舞台装饰的《美人如玉》去年在巴黎普莱耶音乐厅掀起的轩然大波。

“那就是成功。”马克斯客观而冷静地评价。

“那对您而言，成功是什么？”

“每年五十万比塞塔的固定收入。那是底线。”

---

① 即曼努埃尔·德·法雅—马特乌（1876—1946），西班牙古典音乐作曲家。

② 即第一次世界大战。

“天啊……您要的并不太多。”

他觉得从女人的语气中听出了一丝讽刺，于是好奇地看了她一眼。

“您是什么时候认识您丈夫的？”

“正是在欧亨尼娅·德·埃拉苏里斯家里。她是我的教母。”

“与他一起生活很有趣吧，我猜。”

“是。”

这一次的单单一个“是”字有些突兀。她望着救生艇另一侧的大海，越升越高的太阳正在驱散镀了金的灰色迷雾。

“探戈与这一切有什么关系？”马克斯问。

他看见她歪着头，仿佛有好几个可能的答案，而她正在一一考虑。

“阿曼多是个很幽默的人，”她最后说，“他喜欢玩。在很多方面都是。当然，也包括他的工作……冒险的、新奇的玩法。吸引迪亚古伊勒夫的正是这一点。”

她有一会儿没有说话，只是看着书本的封面：在封面插图上，一个穿着考究的男人正从一面地中海风貌的、种着伞松和棕榈树的悬崖上望向大海。

“他经常说，”最后她继续说道，“他觉得为钢琴、小提琴或街头艺人敲的鼓作曲都无所谓……音乐就是音乐，他认为。其他就没什么可说的了。”

他们所在的避风处之外，海风轻柔吹拂，那只是航行中的远洋邮轮带起的风。越来越清澈明亮的太阳，烤热了柚木长凳。梅查·英仲扎站起来，马克斯也站了起来。

“他总是如此幽默，那是我丈夫特有的。”她很自然地接着说了下去，没有中止这场谈话。“有一次他对一位记者说，他想像海顿那样，为了取悦君主而工作……一支交响乐？有了，陛下。要是他不喜欢，我就为他把它改成华尔兹并填上词……他喜欢假装自己是接单作曲，虽然那不是真的。这是他独有的暗号。他抛出的媚眼。”

“真戏假做需要大智慧。”马克斯说。

他在哪里读到过或听到过这句话。尽管自己并没有真才实学，他却很擅长拾人牙慧，即兴将它们转化为自己的看法，并选择合适的时机把它们说出来。她略微有些惊讶地看着他。

“天哪。或许我们小看了您，科斯塔先生。”

他笑了。他们慢慢地，朝着甲板尾部的栏杆走去，它就在三根烟囱中最远的那根的后面。

“马克斯，您别忘了。”

“当然……马克斯。”

他们来到栏杆前，靠在那里欣赏下面的热闹景象：鸭舌帽，白色的可折叠巴拿马草帽，宽边女士草帽，时髦的短檐女士软帽，毛毡或草编并装饰有彩色丝带的。在头等舱的甲板上，左舷和右舷走廊的交会处是一个吸烟房—咖啡馆的小露台，咖啡馆的窗户开着，外面的桌子上坐满了享受平静大海和宜人天气的乘客。此时是餐前酒时间：十来个穿着樱桃红背心的侍应生正举着装满饮料和冷盘的托盘在桌子间穿梭，一位身着制服的主管则负责监督这一切都符合昂贵船票的要求。

“他们看起来真可爱。”她评论道，“幸福的侍应生……或是因为大海。”

“他们可不幸福。他们生活在对监运员和军官的恐惧之中。可爱只是他们工作的一部分：有人付钱让他们微笑。”

她再次好奇地看着他。以一种不同的方式。

“您似乎很了解这个。”她大胆说道。

“您不必怀疑。不过我们刚才在聊您的丈夫呢。他的音乐。”

“哦，对……我正想说阿曼多喜欢假托他人之名作曲，强行改变那些老古董。比起原创他更喜欢仿作，在不同的地方，以不同人的方式留下暗号：舒曼，萨蒂，拉威尔……通过模仿他人的风格伪装自己。他甚至会，并且尤其会，戏弄性地模仿那些进行模仿的人。”

“一个讽刺的剽窃者？”

她再一次沉默不语地注视着他，像是看到了他的心里。从内到外地审视他。

“有人称之为现代性。”他换了更加柔和的口吻，担心自己有些过分了。

“您别搞错了，马克斯。他是一个杰出的作曲家，配得上他取得的成就。他假装寻找自己已有的东西，或者忽视自己过去就已经熟谙在心的细节。他知道如何做到平庸，但即便如此那也是一种与众不同的平庸。就像有些品位优雅的人刻意为之的随意着装……您听过《堂吉诃德斗牛舞》的序曲吗？”

“没有。不好意思。我对音乐的了解除了交谊舞之外就很有限了。”

“太遗憾了。不然您会更好地理解我刚才所说的话。《斗牛舞》的序曲没有引入任何东西。一个天才的玩笑。”

“对我而言太复杂了。”他简单地说。

“确实。”女人再次专注地看着他，“没错。”

马克斯依然靠在漆成白色的栏杆上。距离他的左手二十公分的地方是她的右手，拿着书的那只手。交谊舞男没有看下面那些头等舱的旅客。他漫长的个人修炼，多年以来的努力，只让他感觉到一种空虚的怨艾。没有什么是无法承受的。

“您丈夫的探戈曲也会是个玩笑吗？”

某种程度上是的，她回答。但不仅仅是如此。探戈已经平民化了。如今无论是在高雅的音乐厅，还是剧院、影院或是街头的露天舞会，它都同样令人疯狂。于是阿曼多·德·特洛埃耶的意图就是让这种疯狂为己所用。在经过马克斯和她刚才谈到的讽刺过滤之后，将属于民众的音乐还给民众。

“正如他常做的那样，用他的方式伪装它。”她总结道，“用他无穷的才华。一种从剽窃者那里剽窃来的探戈。”

"一本终结所有骑士小说的骑士小说？"

那一刻她似乎很吃惊。

"您读过《堂吉诃德》吗，马克斯？"

他迅速计算了一下概率。最好还是别在这上面冒险了，他想道。那是无用的虚荣。精明的骗子会比一个诚实的笨人更先被抓到。

"没有。"他再次露出无懈可击的微笑，既熟练又自然。"不过我在报纸和杂志上读到过关于它的东西。"

"或许不应该说终结。但将它们甩在身后倒是真的。一种无法超越的东西，因为它包含了一切。一支完美的探戈曲。"

他们离开了栏杆。在灰色渐褪、愈发湛蓝的大海上，阳光驱散了最后一片低沉的薄雾。右舷那八艘拴在吊艇架上、漆成白色的救生艇反射出耀眼的亮光，逼得马克斯不得不再往下拉了拉帽檐遮住眼睛。梅查·英仲扎从套头衫的口袋里掏出一副墨镜戴上了。

"您说的关于最初的探戈的事让他很着迷。"走了几步之后她说，"他一直在思考这个……他希望您能履行承诺带他去那里呢。"

"那您呢？"

她一边走，一边两次转过头从侧面观察他，仿佛不明白这个问题指的是什么。英仲扎牌瓶装水，马克斯记了起来。他在阅览室里的画册上找过这个广告，并问过监运员。上个世纪末，她当药剂师的祖父靠将内华达山脉①的泉水装瓶出售发了一笔财。后来，她父亲在那个地方建起两家酒店和一个现代化的温泉浴场，后者对腰痛和肝痛很有好处，因此成为了安达卢西亚小资阶层夏季流行的去处。

"您希望什么，太太？"马克斯追问道。

谈话进行到这里，他期待她会让他称呼自己梅查，或梅赛德斯。但她并没有。

---

① 此处指西班牙南部的内华达山脉。

“我和他结婚五年了。我深深地崇拜他。”

“所以您想让我带您去那里？带你们两个？”他没有掩饰自己怀疑的表情，“您并不作曲。”

她没有立刻回答。她依然慢步走着，眼睛隐在深色的镜片后。

“那您呢，马克斯？您会继续坐船返回欧洲还是留在布宜诺斯艾利斯？”

“也许我会留下一段时间。我在布宜诺斯艾利斯广场有一个为期三个月的工作机会。”

“跳舞吗？”

“目前来说，是的。”

沉默。短短的沉默。

“这似乎并不是一个很有前途的职业。除非……”

她再次沉默了，但马克斯能在心里将这句话补全：除非你能用英俊的外表、那好小伙的笑容，还有你的探戈，迷倒一个抹着罗歇格尔香水的有钱女人，由她出钱让你做“骑士随从”。或者，就像那些更加直言不讳的意大利人所说的，当小白脸。

“一辈子都做这个并非我所愿。”

此刻深色的镜片又转向了他。一动不动。他看见上面映出自己的影子。

“之前有一天您说了一些有趣的事。您说到磨人的探戈和杀人的探戈。”

马克斯显得支支吾吾的，没有再说那个。这一次他的直觉同样告诉他应该诚实。

“那不是我说的，而是一个朋友说的。”

“他也是舞者？”

“不……他以前是个士兵。”

“以前是？”

“现在不是了。他死了。”

“我很抱歉。”

“您没必要为此抱歉。”他想起了往事，自顾自笑了。“他名叫鲍里斯·多尔戈鲁基-布拉加提翁。”

“听上去不像一个普通士兵的名字。更确切地说是军官，对吧？……俄国贵族之类的。”

“他正是：俄国人以及贵族。或者根据他的说法是这样。”

“他真的是吗？……贵族？”

“有可能。”

此时，也许是第一次，梅查·英仲扎显得有点混乱。他们在外层的栏杆旁停下了，在一艘救生艇下面。船头上用黑色油漆写着邮轮的名字。她摘下帽子——马克斯看见里面的商标上写着“塔尔博”——甩甩头，让风吹散头发。

“您当过兵吗？”

“当过一段时间。并不太久。”

“在欧洲战争期间吗？”

“在非洲。”

她歪了一下头，显得很感兴趣，仿佛是头一回见到马克斯。有好几年时间，北非曾一直牢牢占据着西班牙报纸的头版，画报杂志里也全是年轻军官的照片：常备军某某上尉，外籍军团某某中尉，骑兵团某某少尉，他们英勇牺牲在——《地球》和《黑与白》杂志里的所有人都是英勇牺牲的——西迪哈泽姆、凯塔马、巴布艾尔卡里姆、伊格里本。

“您是说摩洛哥？……梅利利亚、阿努阿尔以及所有那些可怕的地方？”

“是的。所有那些地方。”

他倚在栏杆上，享受清凉的微风吹过脸庞，海面和救生艇漆成白色的表面反射的阳光让他眯起了眼睛。当他将一只手伸进休闲西装的口袋掏出那个刻着别人名字缩写的烟盒时，他察觉到梅查·英仲扎正在非常认真地观察他。当他递过打开的烟盒时她依然在看他，并摇头拒绝了。马克斯拿了一支"阿卜杜勒·帕夏"，合上烟盒，把烟轻轻地在上面扣了一下才放进嘴里。

"您是在哪里学会这么做的？"

他拿出一盒印着汉堡-南美航线标志的火柴，正想借救生艇挡住风把烟点着。这一次他的回答依然诚实。

"我不知道您指什么。"

她已经摘下了墨镜。她的眸子在那样的光线之下显得更加清澈透明。

"您别介意，马克斯，只是您身上的某些东西让人觉得迷惑。您的风度无懈可击，当然，您的外表当然也很有优势。您的舞跳得太好了，您穿衣的品位在我认识的绅士里也数一数二。但您不像一个……"

他试图用微笑掩饰自己的尴尬，同时划了一根火柴。尽管他合拢双手护住火苗，风还是在他把烟点燃之前吹灭了它。

"有教养的人？"

"我想说的不是这个。您不像那些傻乎乎地想出风头的野心家，也不像那些通过炫耀伪装自己身份的庸俗之徒。您身上甚至没有那些上流社会的年轻人与生俱来的傲慢。您似乎不必刻意去做，就能赢得每个人的好感。并不只是那些太太们……您明白我在说什么吗？"

"大概明白。"

"可是，那天您说起了自己在布宜诺斯艾利斯的童年和回到西班牙的经历。那段时期的生活似乎并没有给予您太多机会……之后您过得好一些吗？"

马克斯又点燃了一根火柴，这次成功了，他透过吐出的第一口烟看了看女人。他突然不再害怕她了。他想起了巴塞罗那的华人街，马赛的旧港口，军团里的汗水和恐惧。三千个人的尸体，被日头烤干了，散落在阿努阿尔和蒙特阿鲁伊特之间的道路上。他想起了在巴黎的匈牙利女人博斯克：她美妙的身体，一丝不挂地袒露在从冯芙丝汀宝大街上那间阁楼唯一的窗口照进来的、漫满银色阴影里皱巴巴的床单的月光之中。

“好一些了。”他望着大海，终于回答，“实际上还是好了一些的。”

太阳已经隐入卡波角之后，那不勒斯海湾慢慢暗下来，水面上还映着最后的紫色天光。远处，维苏威火山背阴一面的山脚，从卡斯特拉马雷延伸到波佐利的海岸线上开始亮起最初几点灯光。正值晚餐时间，维多利亚酒店的露台一点点空了。从自己的座位上，马克斯·科斯塔看见那个女人站起来朝玻璃门走去。有一瞬间他们的视线再次交会；但她的目光随意而飘忽，在经过他的脸时依旧无动于衷。这是马克斯在苏莲托第一次从近处看她；他发现，尽管她还保留着昔日美貌的印迹——她的眼睛与从前一模一样，嘴唇依然轮廓优美，妆容精致——时光已经在她身上留下了自然的蚀痕：她那极短的头发是几乎银白的灰色，就像马克斯的一样；皮肤黯淡，不再那样光洁，嘴和眼睛周围生出了数不清的细纹；而她的双手，尽管依然瘦削优雅，手背上却能明显看到老年斑。但她的一举一动却完全是他记忆中的样子：沉静，充满自信。一个一生都在专门为她铺就的世界里行走的女人才有的姿态。十五分钟之前，豪尔赫·凯勒和梳马尾的女孩加入了她所在的那桌，现在他们则与她一起穿过露台，从马克斯身旁经过，消失在他的视野之中。一个胡须花白、秃顶的胖男人陪着他们。他们四个人刚过去，马克斯就站起身来跟了上去，他穿过大门，在利波提牌扶手椅和装饰温室花园的盆栽旁边停了一会儿。从那里他能看见连接酒店门厅和通往餐厅的楼梯的那扇玻璃门。那几个人一直走到了门厅。当马克斯到那里时，四人已经爬上了外面的台阶，正沿着酒店的花园大道朝塔索广场方向走去。马克斯回到门厅，来到门房的柜台前。

“那是凯勒，那个象棋冠军吗？”

他那惊讶的语气装得妙极了。对方谨慎地点点头。他是个瘦骨嶙峋的高个儿年轻人，黑色外套的翻领上面挂着两把金钥匙。

“的确是，先生。”

如果说马克斯·科斯塔从在各处摸爬滚打的五十年里学会了什么，那就是小职员比大领导有用。因此他总会试着拉近与那些真正解决问题的人们的关系：管理员，门卫，侍应，秘书，出租车司机或者电话接线员。这些人手里握着让一个社会伸缩有度的弹簧。但这种实用的关系不是呼之即来的；它们需要用时间和常识，以及一种必须通过金钱才能获得的东西来建立：一种自然的待人之道，就像说“今天你帮我，明天我帮你，但无论如何我都欠你一份情，我的朋友”。在马克斯看来，一笔大方的小费或是一个厚厚的信封——他讨人喜欢的做派总是能够消除人与人之间那道不确定的界限——从来都是一种托词，让他得以在最后一击之前，对受害者以及自愿或非自愿的同谋们，露出他那极具毁灭性的微笑。通过这种细致的方式，在他的一生之中，胡根托布勒医生的司机积累了广泛的人脉，它们通过独特而隐秘的方式与他联系在一起：其中有男有女，客观说来他们并不算好人，能够毫无顾忌地从他们那里偷走一块金表；但他们也会为了在他潦倒的时候借钱给他，或者偿还欠他的债而当掉这块表。

“当然，大师是要去吃晚餐。”

这一次雇员露出了礼貌而机械的表情，再次给出肯定但不至于惹上麻烦的答复：他知道柜台另一边这个仪表堂堂的老绅士，会满不在乎地从外套的内侧口袋里掏出一个漂亮的皮夹付钱，他每在维多利亚酒店住上四晚就要花掉相当于门房一个月工资的钱。

“我喜欢国际象棋……我想知道凯勒先生在哪里吃晚餐。棋友的崇拜之情嘛，您知道的。”

一张五千里拉的钞票，仔细地两次对折，从一只手换到另一只手，消失在领口挂着小钥匙的制服外套的口袋中。此刻门房的笑容不再那么机械。更为自然了。

“奥帕路奇亚诺餐厅，在意大利大道上。”他查了查预订记录本之后说道，“是个吃肉馅面卷或鱼的好地方。”

“我这几天会去的。谢谢。”

“该谢谢您才对，先生。”

还有多余的时间，马克斯心想。于是他走上装饰着隐约带有庞培风格雕像的宽阔楼梯，手指一路滑过扶手，来到了二楼。在换班之前，蒂齐亚诺·斯帕达罗给了他豪尔赫·凯勒及他同伴的房间号码。那个女人的房间是429号，马克斯沿着走廊朝那里走去，脚下的长地毯隐去了他的脚步声。房门是普通的那种，没什么问题，用的是可以从锁眼看进去的常规钥匙。他首先试了试自己的钥匙——碰碰运气时不时能省去复杂的技术手段——之后，他警惕地朝四周看了看，从口袋里掏出一个简单的撬锁器，在同类之中它就像提琴里的斯特拉迪瓦里①那样完美：一根半个手掌长的小钢棒，又细又窄，一头弯起，两个小时前他在自己房间的锁上试过。半分钟不到，轻轻的三下啪嗒声显示道路已经畅通无阻。于是马克斯转动把手，带着大半辈子都在完全心安理得地开别人门的人那份专业的冷静，把门打开了。接着，他最后警惕地看了一眼走廊，挂上“请勿打扰”的牌子走了进去，一边还在牙齿缝里很小声地吹着口哨，那首《在蒙特卡洛抢了银行的男人》。

---

① 即Stradivarius，指十七到十八世纪意大利的弦乐器名匠安东尼奥·斯特拉迪瓦里，他被认为是历史上最伟大的弦乐器制造师之一。

第三章　从前的年轻人

那个房间有舒适的外部露台，顶上是一个面向海湾的拱门，从那里透入傍晚的最后一缕天光。出于谨慎，马克斯拉上窗帘，进洗手间拿了一块毛巾，将它铺在地上挡住房门下面的缝隙。之后他戴上一双薄薄的橡胶手套，打开了灯。房间里的摆设很简单，有两张锦缎扶手椅，墙上挂着那不勒斯风光主题的版画。斗橱上的花瓶里插着鲜花，一切都整齐而干净。洗手间里面，一个字母图案的帆布化妆包里装着一瓶香奈儿的淡香水和伊丽莎白·雅顿的保湿霜及洗面奶。为了让一切都保持原样，马克斯并没有碰任何东西，而是用目光搜查了整个房间。抽屉里、斗橱上和床头柜上，摆着个人物品、几个笔记本和一只装着几千块里拉的纸币和硬币的小包。马克斯戴上眼镜，瞄了一眼那些书：两本艾瑞克·安伯勒的英文侦探小说——他似乎在火车站的报刊亭里见过它们——以及一本某个索尔达蒂写的意大利语小说：《卡布里的信》。再下面是一本豪尔赫·凯勒的英文传记，封面上《一段棋盘上的青春》的书名下方有他的照片，书里夹着一个带有酒店地址的信封作为书签，有好几个段落下面被用铅笔画上了线。马克斯随便读了一段：

他记得每次输掉比赛后自己都会非常难过，甚至会伤心地哭泣，好几天都不愿意吃饭。但他的母亲总是告诉他：失败是成功之母。

把书放回原处后，马克斯打开了衣柜。衣柜上层有两只很旧的路易威登手提箱，下层的衣架、隔板和抽屉里都放着衣服：一件鹿皮外套，连衣裙和深色半裙，丝绸或棉布衬衫，针织开衫，真丝法式方巾，优质而舒适的英国和意大利品牌的鞋子，都是低跟或者平底的。在叠放好的衣服下面，马克斯发现了一个大大的黑色皮匣子，上面挂着一把小锁。于是他满意地哼了一声，就像一只饥肠辘辘的猫咪对着一条沙丁鱼刺，被那种熟悉的心跳感觉弄得爪子痒痒。半分钟后，在一枚弯成L形的金属夹子的帮助下，匣子打开了。里面有一小叠瑞士法郎和一本印有梅赛德斯·英仲扎·托伦斯名字的护照，上面显示她于1905年6月7日出生在西班牙格拉纳达。她的现住址是瑞士洛桑的博里瓦日路。护照照片是最近拍的，马克斯看得很仔细，注意到她那几乎剪成男式的短发泛白了，她的目光坚定地注视着照相机，眼睛和嘴巴周围有皱纹，当她在露台上从他身边经过时他就发现了这一点，而照片里它们被相机强烈的闪光灯暴露得更加明显了。一个老年女人，他心想。六十一岁。比他小三岁，但来自岁月的摧残，对于女人总是比对于男人更加残酷。尽管如此，从照片上依然可以看出马克斯将近四十年前在“波洛尼奥船长号”上结识的那个美人的影子：她那双宁静的眼睛在闪光灯下显得比马克斯记忆中的还要清澈，她的唇妆美丽，脸部的线条精致，她那身份高贵的女人才有的颈项依然修长优雅。即便是老去这件事，马克斯忧伤地对自己说，有些美丽的生灵也能够做得相当好。

他把护照和钱放回去，注意不要弄乱任何东西，接着翻看了匣子里其余的物品。那里面有很少几件珠宝：式样简单的耳环，一个光面的细金手镯，一块黑色皮腕带的江诗丹顿女表。除此之外还有一个扁扁的方形匣子，表面的棕色皮革磨损得很厉害。打开匣子时他认出了里面的珍珠项链——两百颗完美的珍珠，配有一枚简单的金质搭扣——他的双手忍不住地颤抖，脸上闪过了一丝满足的微笑。这个发现让他为之动容，那意外胜利的微笑让他整个人都年轻起来。

在橡胶手套的保护下，他伸出手指拈住项链将它从匣子里取出，靠近台灯观察：它完整无缺，完美无瑕，一如他曾经所见的那样。就连搭扣也是从前那个。那些美丽的珍珠反射着柔和的亮光，几乎是哑光的。三十八年前，他曾在几个小时里短暂地拥有过这条项链，当时蒙得维的亚一位名叫特罗亚内斯库的珠宝商从他手中买下了它，他付的价钱比它的实际价值要低，但三千英镑在当时也是相当可观的一笔钱了。

马克斯一边观察那些珍珠，一边试图计算它们现在值多少钱。他在进行这种快速估价时的水平总是很不错：时间、实践和机会练就了他的眼力。过量生产的养殖珍珠让货真价实的天然珍珠贬值了不少，但从前那些优质的天然珍珠依然珍贵：这些还是可以卖到五千美元的。在一个可靠的意大利赃物贩子手中——他认识一个与他同时代的、依然活跃的贩子——它们能够卖出这个价钱的五分之四：将近两百五十万里拉，相当于他在奥里亚纳山庄当司机三年的薪水。马克斯以这种方式为梅查·英仲扎的项链定价：它属于一个他认识的女人，但也属于另一个他已经不认识的女人。护照照片上的那个女人，他一进门就闻到了、翻看衣柜里的衣服时依然能闻到，她那崭新、陌生的，或许是已被他遗忘的香水味。那个是一个不同、尽管并非完全不同的女人，不到半个小时之前刚刚从他身旁经过却未将他认出。马克斯的记忆在珍珠温润的触感中仓皇地涌上心头：音乐和谈话，仿佛来自另一个世纪的旧时灯光，布宜诺斯艾利斯的河岸，敲打在一扇面向地中海的玻璃窗上的雨滴，一个女人唇上淡淡的咖啡味，光滑的丝绸和皮肤。这些被遗忘已久的感觉，它们突然纷乱地回来了，就像一阵秋风吹起了枯叶。从前那仿佛要永远静止的脉搏出人意料地狂跳起来。

马克斯若有所思地在床上坐下，盯着项链看了一会儿，一边像念玫瑰经那样用手指捻过一颗颗珍珠。最后他叹了一口气，站起身来，抚平床单，把项链放回原处。他收起眼镜，最后一次环视四周，关上灯，拿掉门下的毛巾，将它重新叠好并放回洗手间里。接着他拉开了窗帘。天已经黑了，可以看见远处那不勒斯的灯火。离开房间时他取下“请勿打扰”的牌子并关上了门。之后他摘下橡胶手套，迈着灵活的大步走过地毯，一只手插在左侧口袋里，用另一只手的拇指和食指整好领带结。他已经六十四岁了，但却觉得自己找回了青春。甚至，趣味。以及，最重要的，勇气。

送电报和口信的门童，衣着华丽的客人，推着行李车的服务生们来来往往。这正是一个昂贵而国际化的地方特有的忙碌景象。地上铺的厚地毯上印着酒店的标志。马克斯·科斯塔已经在布宜诺斯艾利斯皇宫酒店带有廊柱的门厅旁边，带有铁和铜扶手的标志性楼梯脚下的吸烟室里等了一个小时十五分钟。在高高的装饰有壁画和雕花的天花板下，午后的阳光照在巨大的玻璃窗上，令交谊舞男置身于一片五彩斑斓的美丽亮光之中。从所坐的那张皮扶手椅上，他可以看见临街的旋转门、整个门厅、两部电梯中的一部以及门房所在的柜台。他在距离三点差五分时到了皇宫酒店，比与德·特洛埃耶夫妇约定的时间早了五分钟；不过大厅壁炉上面的时钟却显示已经是四点十分了。再次确认时间之后，他改变了一下双腿摆放的姿势，注意不让那套他在自己旅馆房间里熨好的灰色西装长裤的膝盖部位凸起来，并在手边一个大黄铜烟灰缸里按灭了烟。他耐心地等候着没有准时出现的作曲家和他的妻子。毕竟，在某些情形下——实际上，从来都是这样——耐心是一种实用的品质。一种极其有用的素养。而他正是一个有素养和耐心的猎手。

与德·特洛埃耶夫妇一样，他在岸上待了五天。在里约热内卢和蒙得维的亚停靠后，“波洛尼奥船长号”沿着淤泥沉积的拉普拉塔河逆流而上，并在费了好大一番人工之后在河岸边停泊下来，附近岸上的吊车、高台和红砖砌成的仓库之间已经挤满了等候旅客的人群。尽管此时欧洲正值秋季，美洲大陆南端却刚刚迎来春天；因此，从大西洋邮轮高高的甲板上看看下去，堤岸上全是薄衫、浅色的西装和白色的草帽。只有等旅客下船之后才能下去的马克斯，在二等舱甲板上看见梅查·英仲扎和她的丈夫从主楼梯下了船，在下面受到五六个人和一群记者的迎接，并与这些人一起离开去拿行李了：由三个服务生和一名公司员工看管着的一堆手提箱和衣箱。两天前，德·特洛埃耶夫妇在船上的告别晚宴后与马克斯道了别，梅查·英仲扎在晚宴上与交谊舞男跳了三支舞，而她的丈夫则坐在桌旁，一边抽烟一边看着他们。之后他们邀请他去头等舱酒吧喝了一杯；尽管这违反约束船上职员的现行规定，考虑到这是他工作的最后一天，马克斯还是接受了。他们喝了几杯香槟鸡尾酒，继续聊着阿根廷音乐直到夜深，并约好在上岸之后见面，以便马克斯完成带他们去某个地方看老派探戈的承诺。

而现在他就在这里，布宜诺斯艾利斯，怀着一贯的平静心情注视着酒店的门厅，对自己直觉深信不疑的他——这种耐心是有用的素养——也正是以这样的心情，躺在布朗海军上将大街一家旅馆出租屋的床上，在等待中度过了过去的五天，一支接一支地抽着烟，喝下一杯又一杯的洋艾酒，直到头痛欲裂地醒来。无论他找什么样的借口，他为自己去找那对夫妇之前所设的期限都即将结束，但房东却在此时敲响了他的房门。一位先生打电话来找他。阿曼多·德·特洛埃耶在午餐时间已经有约了，但下午其余的时间和晚上都有空。他们可以见面喝杯咖啡并约在晚餐时分再次见面，之后开启前往敌方领土的预定旅程。德·特洛埃耶用轻快的语气说出了敌方领土这个词，似乎并没有将关于在探索布宜诺斯艾利斯的堕落之地时可能遇险的警告当真。梅查会和我们一起去，这是自然。他在短暂的停顿后加上了这么一句，就马克斯没能问出口的问题给出了答案。她比我还好奇，作曲家沉默了一会儿补充道，似乎说话时女人就在他身边——现代化的皇宫酒店里每个房间都有电话——马克斯想象着丈夫用一只手捂着话筒，两人一边意味深长地彼此对视，一边小声交换意见的情景。在“波洛尼奥船长号”上的最后一晚，当他们讨论这个问题时，她坚持要和他们同去。

“我是不会错过这个的，”她非常平静而坚定地说，“说什么也不会错过。”

那时候她坐在头等舱吧台旁的一张高脚凳上，酒吧侍应生正在调酒。梅查·英仲扎的脖子上戴着绕了三圈的珍珠项链，身穿一条白色光面的薇欧奈礼服裙，露出肩膀和后背——那是一次正式的告别晚宴——惊人地凸显出她的优雅。那一晚与她跳那三支探戈的时候——整段旅程之中他从未见过她与丈夫跳舞——马克斯再次愉悦地感受到，长及脚跟的礼服裙光滑的布料之下她肌肤的触感，裙子在伴随音乐旋律的舞动间勾勒出她身体的曲线，距离交谊舞男那职业的但并非总是无动于衷的双手只有咫尺之遥。

“可能会出现尴尬的情况。”马克斯坚持道。

“我信得过您和阿曼多。”她不为所动地回答，“你们会保护我。”

“我会带上我的阿斯特拉手枪。”她的丈夫轻飘飘地说，拍了拍他的高档西服空荡荡的口袋。

他边说边冲马克斯挤眼睛，后者一点也不喜欢丈夫的轻浮和妻子的笃定。有一瞬间他怀疑那一切是否合适，但再次映入眼帘的项链说服了他。可能的风险和更为可能的收益，他安慰自己。这就是人生常态。

“带武器不太现实，”他在两口酒的间隙简单地说道，“无论是那里还是别的地方都不现实。你总会有欲望想要使用它。”

“它们的用处就是这个，不是吗？”

阿曼多·德·特洛埃耶露出了微笑，几乎带着一丝炫耀。他很享受做出这种既恐怖又风趣的样子，假装自己是一个幽默的冒险家。马克斯再次有了那种熟悉的怨恨的刺痛感。他想象着作曲家之后在他有钱又时髦的朋友面前炫耀这次城郊奇遇的情景：比如那个俄罗斯芭蕾舞团的迪亚古伊勒夫。或者那个什么毕加索。

“掏出武器就等于邀请其他人也使用他们的武器。”

“天啊，”德·特洛埃耶说，“作为一个舞者，您似乎相当了解武器。”

在这句明显是玩笑的评论背后，有一种嘲弄、尖酸的味道。马克斯不喜欢察觉到这一点。或许，他心想，这个有名的作曲家并不总是像看上去的那么亲切。又或许对他而言，与他的妻子一夜连跳三支探戈已经有点太多了。

“他的确了解一点。”她说。

德·特洛埃耶转过头望着她，略微有些吃惊。他似乎在思考自己的妻子知道多少他所不了解的关于马克斯的信息。

“当然。”他的口吻像是总结，有些不可捉摸。之后他再次露出微笑，神情自然，把鼻子埋进自己的酒杯里，仿佛将世上所有重要的事都留在了杯子之外。

有一会儿马克斯和梅查·英仲扎迎着对方的目光。他们已经像往常一样跳过舞，她的眼睛望着他右肩后面的远方，他们几乎没有对视过，或者试图避免对视。自从棕榈花园那支无声的探戈之后，浮动在两人之间的一种东西改变了他们在跳舞时的关系：一种静谧的依存，在那之中有沉默、动作和姿态——他们会不约而同地加入一些科尔特和侧步，就像两个分享同一个恶作剧的共犯，甚至带着一点罪恶感——也有那些未能完全肯定的目光交会，或者那些只是貌似简单的情境：当他递过一支“阿卜杜勒·帕夏”并不慌不忙地为她点燃，当他倾过身体与她的丈夫交谈，但实际上却是在对她说话，或者当他一动不动地站定，像个士兵那样并拢鞋跟，等着梅查·英仲扎从椅子上站起来，漫不经心地伸出一只手放到他的手上，另一只手搭在他黑色光面燕尾服的领口，之后两人开始完全步调一致地跳起舞来，灵巧地躲避着舞池里另外那些笨拙或平庸的男女们。

“那会很有趣。”阿曼多·德·特洛埃耶喝完了他的那杯酒。仿佛是内心一次长时间的推理得出的结论。

“是的。”她附和道。

马克斯有些茫然，不明白他们指的是什么。他甚至无法肯定他们两人说的是同一件事。

布宜诺斯艾利斯皇宫酒店吸烟室里的时钟指向四点一刻时，他看见他们穿过门厅：阿曼多·德·特洛埃耶戴着窄边草帽，拿着手杖；他的妻子，身穿一条雅致的乔其纱连衣裙，搭配皮腰带和宽边草帽。马克斯拿起他的帽子——一顶可折叠的奈帕菲尔特帽，虽然陈旧但十分得体——出去迎接他们。作曲家为迟到道了歉——“您知道的，赛马俱乐部和阿根廷人太好客了，大家一直在聊冷冻肉和英国赛马”；由于交谊舞男等了很长时间，德·特洛埃耶建议散个步活动一下双腿，并去某个地方喝杯咖啡。梅查·英仲扎则抱歉地说自己太累了，她约定在晚餐时间与他们会合，接着脱下手套，朝电梯走过去了。她的丈夫和马克斯出门来到大街上，一边聊天一边慢慢从沿着莱昂纳多·阿莱姆大街一字摆开的市集的拱形顶棚底下穿过。这条港口对面的林荫道旁种的树已经有些年头了，这个季节里开满了黄色和金色的花朵。

“巴拉卡斯，是吧。”德·特洛埃耶仔细听完后说道，“这是一条街道，还是一个街区？”

“一个街区。我觉得合适的是……另外一个选择是博卡区。我们也可以去那里试试。”

“您的建议是什么？”

巴拉卡斯区更好，马克斯表示。两个地方都有小咖啡馆和妓院，但博卡区的那些地方离河港太近了，里面全是海员、码头工人和过路的游客。外地流氓的窝棚，可以这么说。那里的人们演奏和跳的是一种巴黎风格的法式探戈，有趣但并不那么纯粹。而意大利、西班牙和波兰移民聚居的巴拉卡斯，则更加真实。就连那里的乐手也是。或者说看上去是。

“我明白了。”德·特洛埃耶开心地笑了，“城郊的匕首比海员的折刀更探戈，您的意思是。”

马克斯笑出声来。

“差不多吧。但您别错估了形势。每个地方的刀都一样危险……另外现在大家都喜欢带枪了。”

他们走出拱棚，在科连特斯大街路口、靠近证券交易所的地方左转。那是一条上坡的街道，由于在修地铁，直到老邮政大楼那一段的沥青碎石路面都被翻开了。

“我的确想求您一件事，”马克斯补充道，“就像我说过的，希望您和您的夫人都能穿得低调一点。别戴任何珠宝，别穿太正式的衣服。钱包也别装得太鼓。”

“您放心吧。我们会保持低调。我不想让您惹上麻烦。”

为了避开一处沟壑，马克斯停下来让自己的同伴先走。

“要是有麻烦，我们三个人都会有，不只是我……您妻子真的有必要来吗？”

“您不了解梅查。要是我把她扔在酒店里，她永远都不会原谅我的。这次城郊探险比什么都让她兴奋。”

交谊舞男思考了一下兴奋这个动词背后的含义，觉得有些生气。他不喜欢德·特洛埃耶使用某些词语时的轻浮态度。之后他想起了梅查·英仲扎蜜色的双眼：当他在“波洛尼奥船长号”上提起去布宜诺斯艾利斯贫民区看看时她的眼神。或许，他心想，某些词语并没有听上去那么不妥。

“您为什么要陪我们去，马克斯？……您为什么要为我们做这些？”

他吃了一惊，看向德·特洛埃耶。这个问题听起来很诚恳。很自然。然而，作曲家的脸上却没什么表情。仿佛那只是礼节性的询问，完全出于成规，他的心思却在想着别的。

“我不知该如何回答您。”

经过光复大街和圣·马丁大街之后他们继续沿街而上。有轨电车和路灯下面有工人和更多的壕沟，许许多多汽车和马车在其间穿梭，遇到狭窄的路段不得不停下来。人行道上人来人往：为商店橱窗、咖啡馆和糖果店的橱窗投下阴凉的遮阳棚下面，能看到不少草帽和警察的深色制服。

“当然，我会给您合适的酬劳的。”

马克斯再次感到一阵怒意。这一次更加尖锐。

“不是这个。”

作曲家晃着自己的手杖，显得无拘无束。他奶油色的西装外套没有系纽扣，一只手的拇指搭在背心口袋上，里面露出一条金链。

“我知道不是这个。正因如此我才会问。”

“我说了我不知该怎么回答。”马克斯有些不自在地摸着帽檐，“在船上的时候，你们……”

他有意没再说下去，而是望着铺洒在科连特斯和佛罗里达大街路口的那片阳光。实际上，他那么说只是临时应对一下；为了脱身。他沉默地走了一段路，心里想着那个女人：她背后裸露的或者腰际在礼服温柔摩挲之下的皮肤。还有远洋邮轮舞厅的灯光下，闪耀在她美丽颈间的项链。

“她很美，是吧？”

不用回头，他也知道阿曼多·德·特洛埃耶在看他。他宁愿不去猜他是用怎样一种方式看着他。

“谁？”

“您知道是谁。我的妻子。”

又是一阵沉默。最后，马克斯转过头看着对方。

“那您呢，德·特洛埃耶先生？”

我不喜欢他的笑容，他突然心想。此时当然不喜欢。那种挑起胡子的模样。或许我之前也不喜欢。

“请叫我阿曼多吧，”对方说，“都这时候了。”

“好吧，阿曼多……您想要什么？”

他们已经左转，走上了佛罗里达大街：从下午三点起这里只允许步行通过，街角停着汽车，有很多橱窗。整条街看起来就像一个满是玻璃橱窗的双向购物长廊。德·特洛埃耶指指那个地方，似乎答案显而易见。

“您知道的。创作一支难忘的探戈。满足我的这个爱好和癖好。”

说话时他心不在焉地看着加斯 & 查韦斯的男装衬衫橱窗。他们穿行在人行道上熙熙攘攘的人群间，其中穿着精致的女人尤其多。一家报刊亭上摆着最新一期的《面孔与面具》，封面上是咧嘴微笑的加德尔。

“其实一切都始于一次打赌。当时我在圣胡安德鲁斯，拉威尔的家中，他让我听了自己为鲁宾斯坦的芭蕾舞剧写的一首乱七八糟的曲子：一支翻来覆去的波莱罗舞曲，没有展开，只是基于不同乐团的录音……要是你能写波莱罗舞曲，我这么对他说，我就能写探戈。我们笑了一会儿并用一顿晚餐打了个赌……好了。就是这样。”

“我问您想要什么的时候指的并不是这个。并不只是探戈。”

“光靠音乐可写不出来探戈，我的朋友。人类的行为也很重要。它为探戈铺路。”

“那么我在这条路上的角色是什么？”

“有好几个原因。首先，您是打开一个我感兴趣的环境的一把有用的钥匙。其次，您是一个令人敬佩的探戈舞者。第三，我对您的印象很好……您并不像大部分出生在这里的人，觉得身为阿根廷人很了不起。”

一路上，在往前走的时候，马克斯看见自己和德·特洛埃耶的身影映在一家辛格缝纫机店的橱窗上。从那里看来，当他们在一起时，著名作曲家没有任何优势，马克斯的外表似乎还更占上风。尽管阿曼多·德·特洛埃耶有着无懈可击的优雅风度，马克斯却更加苗条和高大：几乎高了一个头。他的姿态也毫不逊色。尽管他的衣服要朴素或陈旧一些，但却更加合身。

“那您的妻子呢？……她对我的印象如何？”

“这个您应该比我更清楚。”

“那您可错了。我完全不知道。”

在德·特洛埃耶的提议之下，他们停了下来，在街道那一段为数众多的书店其中一家的书架前站住了。德·特洛埃耶把手杖搭在前臂上，戴着手套摸了摸上面摆的几本书，但显得兴趣寥寥。接着他做了个无所谓的手势。

“梅查是一个特别的女人。”他说，“除了漂亮和优雅，她还有一些别的特质。或者说很多别的特质……我是个音乐家，您别忘了。无论我取得多少成就，无论我的生活多么放纵，我的工作总是横在世界和我之间。梅查经常像是我的眼睛。我的天线，也可以这么说。她替我将这个世界过滤一遍。实际上我一直没有开始认真了解过生活，甚至是我自己的生活，直到我认识了她……她是那种会帮助你理解我们恰好所处的这个时代的女人。”

“这些与我有什么关系？”

德·特洛埃耶回过头平静地望着他。像是恶作剧一般。

“恐怕现在您把自己想得太重要了，亲爱的朋友。”

他再次停住了，靠在手杖上，继续从头到脚打量着马克斯。似乎在客观评价交谊舞男的英俊外表。

“仔细想想，又或许并没有。”过了一会儿他补充道，“或许您对自己的看法恰如其分。”

他突然往下拉了拉帽子，重新迈开脚步，马克斯跟了上去。

“您知道催化剂是什么吗？”德·特洛埃耶问，但并没有看他。“不知道吗？……用科学术语来说，它是一种能够产生化学反应和变化，但又不影响反应物质的东西。……简单地说，它能够促进或加快某些过程。”

此时马克斯听到他笑了。轻声地，几乎难以察觉。就像在笑一个只有他听懂了的好笑话。

“我觉得您是个有趣的催化剂。”音乐家补充道，“让我对您说一句您一定会有同感的话吧……没有任何一个女人，哪怕是我的妻子，能比一张一百比索的钞票或一个失眠的夜晚更有价值，除非有人爱上了她。”

马尔斯为一个拿着包裹的女士让了路。在他身后，他们刚刚经过的十字路口，响起一辆汽车的喇叭声。

“这是个危险的游戏，”他说，“您正在玩的这个。”

对方的笑声让人更不舒服了，最后它慢慢平息下来，像是累了。他再次停下来，看着马克斯的眼睛，由于身高差异，他略有些仰视他。

“您不知道我在玩什么游戏。但我愿意付三千比索请您参加。”

“我觉得对一支探戈来说太多了。”

“远比那个要多。”他用食指指着他的胸口，“您加入还是退出？”

交谊舞男耸耸肩膀。这件事从来都无需讨论，而他们两人都知道这一点。只要梅查·英仲扎涉及其中。

“那就去巴拉卡斯吧。”他说，“今天晚上。”

阿曼多·德·特洛埃耶慢慢点点头。他脸上严肃的神情与他满足的、几乎是欢快的语气形成了强烈的反差。

“太棒了。好。巴拉卡斯。”

苏莲托，维多利亚酒店。午后的阳光为大厅半开的玻璃窗的窗帘镀上了一层金色。大厅尽头，在八排坐满了观众的座位前方，一组柔和而统一的灯光照亮了一张放在木板台子上的棋桌，以及裁判桌旁边墙上的挂式木棋盘，裁判的助手正在那里对比赛进行复盘。带有装饰的天花板下方镶满镜子的宽敞房间里一片肃静，每隔相当长一段时间才会听到被移动的棋子摩擦棋盘的声音以及双计时钟随后发出的啪嗒声，那是棋手们在桌上放的记录页上写下刚刚走完的那一步棋之前，按下了各自对应的按钮。

马克斯·科斯塔坐在第五排，观察着两位对手。俄国人身穿栗色西服、白色衬衫和绿色领带，比赛中一直靠着椅背，低着头。米亚伊尔·索科洛夫宽阔的脸庞支在粗过了头的脖子上，他的领带似乎勒得太紧了；不过那双蔚蓝如水的眼睛，带着一丝忧伤和温柔，让他粗糙的外表变得柔和了一些。他肥大的身躯，直愣愣的金色短发，让他看上去像一只好脾气的熊。有时候，走完一步棋后——现在他执黑棋——他会把视线从棋盘上移开，盯住自己的手看上好一会儿，那双手上每隔十到十五分钟都会出现一支新的点燃的烟。在下棋的间隙，这位世界冠军会摸摸鼻子或啃啃指甲周围的皮肤，之后再度陷入沉思，或者从手边和打火机、烟灰缸放在一起的烟盒里再拿一支烟。实际上，据马克斯观察，俄国人看自己手的时间要比看棋子的时间更长，仿佛那才是他的思绪所在。

计时钟又响了一下。棋盘的另一端，豪尔赫·科勒刚刚移动了白棋的马；他取下自来水羽毛笔的笔帽记录了这一步棋，裁判的助手则立刻在墙上的挂式棋盘上再现了它。似乎每有人下一步棋，观众之中就会出现一阵骚动，伴随着满怀期待的叹息和几乎难以听到的窃窃私语。比赛进行到了中盘。

下棋时，豪尔赫·凯勒看起来还要年轻。额头凌乱的黑发，运动外套和下面皱巴巴的卡其布长裤，领结松松垮垮的窄领带以及奇特的运动鞋，让这个智利小伙子有了一副不修边幅却很讨人喜欢的模样。可爱，应该这么说。他的外表和举止让人更容易想到一个古怪的学生，而不是一个五个月之后就要与索科洛夫竞争世界冠军头衔的可畏棋手。马克斯看见他在比赛开始前不久才拿着一瓶橙汁赶到，当时俄国人已经坐在那里等着了。他与对方握了手但没有看他，把橙汁放在桌子上，在自己的位子上坐下，几乎看都没看棋盘，就立刻开始下第一步棋；仿佛他提前好几个小时或好几天就想好了这第一步棋。与索科洛夫不同，这个年轻人不吸烟，除了伸手去拿橙汁并直接对着瓶子喝之外，他在思考或等待中也几乎没有其他任何动作。有时候，在等俄国人移动棋子时——尽管两个人都需要好一阵才能决定每一步棋怎么走，索科洛夫做决定的时间通常更久——凯勒会在桌沿交叉双臂，把头靠在上面，仿佛想象力比眼睛更能让他看得清楚。只有对方移动棋子的时候他才会抬起头，就像对手在棋盘上落下棋子时的轻微震动提醒了他一般。

对于马克斯而言这一切都进行得太慢了。国际象棋，尤其是这种级别和场合的棋局，让他觉得无聊至极。他怀疑就算兰贝图奇和泰代斯科“上尉”为他讲解每一步棋背后隐藏的意图，他对比赛细节的兴趣也不会增加。但这个机会让他能够从一个极佳的观察位置随心所欲地进行窥探。不仅仅是观察两位棋手。第一排的一把轮椅上，在一位助理和一位秘书的陪同下，坐着这场对决的出资人，实业家及百万富翁坎帕内拉。自从十年前在拉帕洛和波尔多菲诺之间的一处弯道与一辆蓝吉亚跑车相撞后，他就再也没能站起来。同一排的左侧，在年轻的伊琳娜·亚赛诺维奇和那个胡子花白的秃顶胖男人之间，还坐着梅查·英仲扎。从自己的座位上，马克斯只要朝一侧倾斜身体避开前面观众的脑袋，就能看见她的背影：被常穿的那件薄羊毛开衫盖住的肩膀，露出修长颈项的灰色短发，当女人转过头与坐在她右侧的胖男人低声交谈时，他能看见那张线条依然精致的脸庞。还有她沉静而坚定地斜着头专注于比赛进程的姿态，一如从前她关注其他东西和其他局面时的模样，而它们的复杂程度，马克思黯然神伤地回忆道，并不亚于此刻她眼前这个在桌面的棋盘上进行、由裁判的助手在墙上的另一张棋盘上记录下每一步的棋局。

“这里就是了。”马克斯说。

车——一辆散热器上带有汽车俱乐部标志的紫色皮尔斯—阿洛豪华加长礼宾车——停在一长段砖墙的墙角，距离巴拉卡斯火车站还有三十步开外的地方。月亮还未升起，当司机关闭车灯之后，只剩下附近一盏孤零零的街灯和火车站高高的防雨棚上那四盏黄色的灯泡在发光。再往东去，沿着通往河流左岸和里亚丘埃洛码头的那些建着矮房的街道，夜晚熄灭了布宜诺斯艾利斯黑色天空中最后的一丝微红亮光。

“可真是个好地方。”阿曼多·德·特洛埃耶评论道。

“你们想要看探戈嘛。”马克斯回答。

他已经从车里出来了，戴上帽子后他扶着打开的车门等作曲家和他的妻子下车。借着附近的路灯光，他看见梅查·英仲扎一边裹紧了肩上的真丝披肩，一边面无表情地看了看周围。她没戴帽子也没戴首饰，身上是一条浅色的午后礼服裙、中跟鞋以及长及肘部的白色手套。就算这样，走在这个街区上也太过优雅了。她似乎并不太在意这个暗影重重的角落，或者砖墙和火车站高大的钢筋水泥结构之间，那条一直没入黑暗中的阴森森的细砖小路。然而，她的丈夫——蓝色斜纹交织布西服，帽子和手杖——却一直在紧张兮兮地四处看。对他而言，这样的场景显然超出了他的想象。

“您真的熟悉这个地方吗，马克斯？”

“当然。我出生的地方离这儿只有三条街。维艾特斯街。”

“三条街？……天啊。”

交谊舞男凑到驾驶座打开的车窗前，向司机交代了一些事情。后者是个安静的意大利胖子，胡子刮得干干净净，制服大檐帽下面的头发漆黑。当德·特洛埃耶要求订一辆礼宾车时，皇宫酒店的人推荐了他，表示他是个专业的驾驶员和可靠的人。马克斯不愿把车停在他们要去的地方前面，因为他不想过于引人注目。德·特洛埃耶夫妇和他自己会步行最后一段路，于是他告诉司机应该在哪儿等他们：能看见他们要去的地方，但又不离得太近。另外，他稍稍压低声音，问他是否带了武器。对方指着储物抽屉，快速地点点头。

“手枪还是左轮？”

“手枪。”他的回答很干脆。

马克斯笑了。

“您的名字？”

“彼得罗西。”

“很抱歉，要您等我们，彼得罗西。最多就两个小时。”

态度亲切一点没什么坏处：要着眼于未来。夜里，在那样的地方，一个谨慎并带着枪的意大利胖子是有用的。多一份保险。马克斯看见司机再次点点头，面无表情，态度专业，不过借着路灯他也发觉对方眼中闪过一丝感激。他把手放在对方肩上，友好地拍了一下，然后去和德·特洛埃耶夫妇会合了。

“我们之前不知道这是您的街区。”作曲家说，“您从来没说过。”

“我没什么理由说。”

“去西班牙之前，您一直住在这里吗？”

德·特洛埃耶的话有点多，显然是为了消除不安，但他的话语间依然流露出这种情绪。梅查·英仲扎挽着丈夫的胳膊，走在他身旁，他和马克斯之间。她依然沉默，将一切收入眼底，只听见她的鞋跟碰撞细砖地面的声音。他们三人沿着墙边的小路，走进这个马克斯每走一步都觉得愈发熟悉的街区——温暖而潮湿的空气，石铺路面水洼中生长的草木的植物气息，不远处里亚丘埃洛淤泥的恶臭——静悄悄的阴影之中，他们两侧是火车站和低矮的房屋，后者正是从前郊区河岸旁最为常见的建筑。

“是的。我生命的头十四年都是在巴拉卡斯度过的。”

“天哪。您真是个装满惊喜的魔术盒子。”

他领着他们穿过回荡着三个人脚步声的隧道，寻找火车站后面另一盏路灯的灯光。马克斯回头看着德·特洛埃耶。

“您像您说过的，带阿斯特拉来了？”

作曲家大声笑了。

“当然没有了，哥们儿……我是开玩笑的。我从来不带武器。”

交谊舞男如释重负地点点头。之前一想到阿曼多·德·特洛埃耶不顾他的建议，口袋里装着一把手枪走进城郊窝棚，他就心烦意乱。

“这样最好。”

尽管马克斯回过两次布宜诺斯艾利斯，他一直没有来过这里，这个地方在过去的十二年间似乎并没有什么变化。每一刻他的双脚都踩在自己的脚印之上，他回忆起附近那个他度过了童年和少年时期的妓院：一栋与维艾特斯大街上的其他房子一模一样的出租房。一个混乱、杂居的地方，毫无私密性可言，它夹在一幢破败不堪的两层建筑之中，那里挤着一百好几十个各种年纪的住客：他们说着西班牙语、意大利语、土耳其语、德语或者波兰语。这些房间的房门从来不会上锁，它们的租客是多子女家庭或一大群单身汉，在火车南站、里亚丘埃洛码头或附近工厂工作的——他们算是幸运的——男女移民，那里的汽笛一天响起四次，那些没有闹钟的家庭就根据这个安排自己的生活。女人们用木桶搬运湿衣服，成群的孩子们在每时每刻都晒着衣服的院子里玩耍，这些衣服浸透了炸内脏和杂烩的味道，还混合着墙壁上刷着柏油的公共厕所的气味。老鼠是那里的家养动物。那里开怀微笑的只有孩子和一些少年，带着涉世未深的天真，尚未预知生活为他们几乎每一个人准备的无处可躲的溃败。

“就在那里……铁路酒吧。”

他们在路灯旁边停下了。在火车站后面，隧道的另一端，有一条笔直幽暗的街道，街旁几乎全是矮房，仅有的几栋二层小楼中有一栋上面挂着写有“酒店”字样的灯牌，最后一个字母已经不亮了。街道尽头的阴影之中可以看见他们要找的地方：一间仓库模样的矮房，屋顶和墙壁是电镀板搭成的，门口有一盏黄光小灯。马克斯一直站在那里，直到右侧亮起了皮尔斯-阿洛礼宾车的车灯，它慢慢开到之前他要求司机停车的地方停下了，离他们五十米，就在隔壁街区的转角旁。车灯熄灭时，交谊舞男观察了一下德·特洛埃夫妇，发现作曲家像一条离开水的鱼那样张大了嘴，兴奋地喘着气，而梅查·英仲扎面带微笑，眼神里有一种奇特的光芒。于是他把帽子往下拉了拉，说了一句“走吧”，三个人过了马路。

铁路酒吧里有雪茄的烟味，杜松子酒的味道，还有发蜡和人的体味。

就像里亚丘埃洛附近其他的探戈小酒馆一样，这里白天是个宽敞的仓库，堆放着燃料和饮料，晚上则变成了一个听音乐跳舞的地方：踩上去咯吱作响的木地板，铁柱，靠几个光秃秃的灯泡照明的吧台前被男男女女占据的桌椅，面目凶恶的人们有的把手肘支在吧台上，有的靠在那里。有个加利西亚男人在吧台招呼客人，协助他的是一个懒洋洋地在桌子间穿梭的瘦高干瘪的女招待。男人身后的墙壁上挂着一面灰蒙蒙的大镜子，上面贴着安吉拉烘培咖啡的广告，以及一张画有一个喝马黛茶的高乔人的法国阿根廷保险公司海报。吧台右侧，在能看见外面的腌沙丁鱼木桶和装着细面条的玻璃盖木箱的大门旁边，一只熄灭的煤油炉和一台旧得散了架的奥林波牌自动钢琴中间，有一个为乐队准备的木板台子，三个乐手——手风琴手、小提琴手和钢琴手，后者左手边的琴键已经被香烟烫坏了——正在那里演奏一支布宜诺斯艾利斯风情的曲子，如泣如诉，马克斯觉得那是探戈曲《老家伙》的调子。

“太棒了。”阿曼多·德·特洛埃耶低声赞叹，“这真是出乎意料，太完美了……另一个世界。”

你只不过是朝它看了一眼而已，马克斯无奈地心想。作曲家已经把帽子和手杖放到一张椅子上，他外套左侧的口袋上挂着一双黄色的手套，双腿交叉，将线条笔挺的长裤下面带纽扣的裹腿露了出来。自然，他所处的环境与他和妻子之前盛装前往的高档舞厅相去甚远；铁路酒吧是另外一种世界，其中的人也截然不同。里面只有十来个女人，几乎全是年轻女子，她们有的坐在男人身旁，有的与其他人在桌子留出的空地上跳舞。她们并不是真正的妓女，马克斯小声解释，而是舞女：这些女人负责勾引男人与她们一起跳舞——她们每跟一个人跳舞就会收到一张小条，可以向酒吧老板兑换几分钱——并尽可能多地消费酒水。有的女人有男友或男伴，有的则没有。在场的有些男人就和她们有关系。

“皮条客？”德·特洛埃耶隐晦地说，他借用了马克斯在“波洛尼奥船长号”上用过的词。

“差不多吧。”后者说，“不过这里并不是所有的女人都有个皮条客……有的只是舞女。她们仅仅是以此为生，就像其他人在附近的工厂或作坊里打工一样……正经的探戈女郎，有自己的底线。”

“她们跳舞时看上去可不太正经。”德·特洛埃耶环顾四周说道，“就连坐着的时候也不正经。”

马克斯指指那些在空场地里相拥起舞的男女。那些严肃、庄重、男子气有些夸张的男人们，在音乐中间——比常见的现代探戈曲要快——突然停下脚步迫使女人们在他们周围移动，她们并不挣脱，而是蹭着他们的身体或贴得很近。此时，她们在被中止的逃离间扭动胯部，一条腿滑过男人双腿的一侧或另一侧。性感到极致。

“你们看到了，这是另一种探戈。另一种气氛。”

女招待拿着一瓶杜松子酒和三个杯子走过来，把它们放在桌上，从上到下打量了一遍梅查·英仲扎，面无表情地看了一眼两位男士，一边将手在围裙上擦干，一边走开了。在刚进门时那阵尴尬而突兀的沉默之后——二十多双好奇的眼睛从进门起就一直跟着他们——桌上的人们重新交谈起来，不过还是有人明目张胆或偷偷摸摸地瞄他们。马克斯觉得这很正常，他预想的情况就是这样。经常能见到布宜诺斯艾利斯的上流人士在夜里闯进来寻求刺激和堕落，在破旧的小酒吧和郊区的小咖啡馆里请人喝酒；但巴拉卡斯和铁路酒吧并不在这些寻欢作乐的路线上。这间小酒馆的顾客几乎全都是这个街区的本地人，还有一些是从停靠在里亚丘埃洛码头的平底船和驳船下来的水手。

“那您说这些男人怎么样？”德·特洛埃耶来了兴趣。

马克斯喝了一口杜松子酒，没有看任何人。

“地地道道的街头小子，或者还在为此努力的人。与他们为伍的人。”

“听上去几乎饱含深情。”

“这完全与深情无关。我对二位说过，小子就是爱逞能打架的城郊平民……其中的少数人是小子；其他人则想成为小子，或者装成是小子。”

德·特洛埃耶做了个把周围人都包含进来的手势。

“那这些人呢，他们就是小子还是装的？”

“都有。”

“真有意思。你不觉得吗，梅查？”

作曲家兴致勃勃地研究着那些坐在桌边或置身于舞池中的人们，他们全都散发着一种乐意去做任何非法行当的气质：压得极低的宽檐帽几乎盖住了眼睛，抹得油光发亮的头发蹭着像无赖那样竖起来的外套领口，肥大的短上衣毫无裁剪可言，尖头短靴。每个人的桌上都放着一杯渣酿白兰地、白兰地或杜松子酒，嘴里都叼着一根烟雾缭绕的阿万蒂烟，长裤的腰间或背心的腰部位置挂着匕首套。

“所有人看上去都很危险。”德·特洛埃耶得出结论。

“有些人可能是很危险。所以我建议您不要盯着他们看太久，也不要盯着那些和他们跳舞的女人。”

“他们看我时可没遮遮掩掩的。”梅查·英仲扎开心地说。

马克斯转头看着她。那双蜜色的眼睛正在探察这个地方，既好奇又挑衅。

“在这样的地方，您就不必奢望他们不看您了。但愿他们只是看看就够了。”

女人轻声笑了，几乎有点令人讨厌。过了一会儿她转头对着他。

“您别吓唬我，马克斯。”她冷冰冰地说。

“我不觉得。”他十分平静地迎着她的目光，“我说过我不相信您会被这种事情吓到。”

他掏出烟盒，递给德·特洛埃耶夫妇。德·特洛埃耶摇头拒绝，点上了一支他自己的烟。梅查·英仲扎要了一支“阿卜杜勒·帕夏”，放进烟嘴里，俯身让交谊舞男用一只打火机为她点烟。马克斯靠在椅背上，交叉双腿，看着跳舞的人们吐出第一口烟。

“如何区分妓女和不是妓女的女人？”梅查·英仲扎问。

她任由烟灰落到木地板上，注视着一个正与一个肥胖但却出奇灵活的男人跳舞的女人。那个女人还很年轻，长得像斯拉夫人。她暗金色的头发梳成髻，眼睛颜色很浅，置身于檀香烟雾之中。她身着一件印着红白两色花朵的衬衫，里面几乎没穿内衣。裙子短极了，随着她身体的扭动一掀一掀的，有时会露出一小块裹着黑丝袜的大腿。

"这并不总是一件易事。"马克斯回答，眼睛依然盯着那个探戈女郎。"凭经验吧，我想。"

"您在区分女人方面很有经验吗？"

"有一定的经验。"

音乐中止，跳舞的胖子和女人停了下来。那个男人在用一块手帕擦汗；金发女人什么也没说，就在一张坐着另一个女人和男人的桌子旁坐下了。

"那个，比如说。"梅查·英仲扎指了指她。"她是妓女还是只是陪舞，就像您在'波洛尼奥船长号'上那样？"

"我不知道。"马克斯感到一阵愤怒的刺痛，"我得再靠近一点。"

"那您就再靠近一点。"

他看了看香烟的火星，像是在确认它燃烧正常。之后他把烟拿到嘴边，恰到好处地吸了一口，慢慢地吐出来。

"过一会儿吧，也许。"

乐队奏起一支新曲子，又有其他人进场跳舞了。有的男人把拿着香烟的左手背在身后，避免烟熏到舞伴。阿曼多·德·特洛埃耶心满意足地微笑着，看得很仔细。有两次，马克斯都看见他掏出一支短短的铅笔，在他浆过的衬衫袖口用密密麻麻的小字记录下了什么。

"您说得对。"作曲家说，"他们跳得很快。舞姿更加放荡。音乐也不一样。"

"这就是老卫队的探戈。"话题的改变让马克斯觉得一阵轻松，"他们的舞蹈与音乐一样：速度更快，更加跳跃。您注意他们是怎么跳的。"

“我注意到了。赏心悦目的下流。”

梅查·英仲扎狠狠地在烟灰缸按灭了烟。她突然显得很烦躁。

“你别这么轻浮。”

“恐怕就是这个词，亲爱的。你看……几乎只要看着他们就兴奋。”

作曲家的笑容更加明显了，他毫不羞耻地乐在其中。马克斯感觉到周围有某种东西正在跳动。德·特洛埃耶夫妇之间有一种他无法解读的暗语，对他们来说不言而喻却让他不得其解的言外之意。令人不安的是，通过某种方式，他似乎也被包含在内。他有些不满，却又难免好奇地问自己是通过何种方式。到何种程度。

“就像我在船上对你们讲的，”他解释道，“它一开始是黑人的舞蹈。他们跳得更加松散随意，你们明白吗……哪怕是在最正经的版本中，搂着舞伴跳舞也完全是另一回事……沙龙探戈磨平了所有那些姿态，使之变得庄重。但在这里，你们也看到了，庄重并不重要。”

“有意思。”德·特洛埃耶评论道，他正如饥似渴地专心倾听对方说的话。“这个音乐是真正的探戈曲吗？……原汁原味的那种？”

原汁原味的并不是音乐，马克斯回答，而是演奏的方式。那些人几乎都不识谱。他们按着自己的套路演奏，老派、速度很快。说这番话时，他指了指那支小乐队：三个憔悴、干瘪的男人，满头白发，嘴唇上的胡子都被烟熏黄了。其中最年轻的是手风琴手，他也应该有五十岁了。他的牙齿像他乐器的键盘一样磨损发黄。此刻他正看着自己的同伴询问下一首该弹的曲子。小提琴手点点头，在地上跺了几下脚定了拍子，钢琴声响，手风琴发出时断时续的呜咽，他们开始奏起《月下情歌》。空地上瞬间挤满了跳舞的人们。

“你们看吧。”马克斯微笑道，“从前的姑娘和小伙。”

其实他是在对自己微笑：对他的城郊记忆。对他会在周日早晨的露天派对和大众舞会上，夏夜里与其他孩子在这个街区依然点着煤气灯的小路上玩耍时，听到那支曲子的遥远岁月。他远远地看着人们跳舞，暗暗嘲笑在幽暗的门厅里搂在一起的男女——“把骨头放开，你这只狗”，之后大笑着跑开了——每一天都聆听着从工厂回家的男人们、聚在妓院肥皂水飞溅的水池旁边的女人们唇间无比熟悉而又流行的旋律。而当那些拉低帽檐压着眼睛、把脸遮住的混混们，成双成对地靠近某个粗心大意的夜行人，在阴暗处冲他掏出刀子时，他们嘴里小声吹的也正是同样的曲调。

“我想与那些乐手聊一会儿。”德·特洛埃耶提议，“您觉得有可能吗？”

“我没觉得有什么不可能的。等他们演奏完，您就请他们喝几瓶酒。付他们一点钱或许更好……不过我建议您别掏太多钱。他们已经把我们看得够透了。”

人们在空地上扭来扭去地跳舞。那个长得像斯拉夫人的金发女子再一次走进了舞池，此刻她正在与她坐的那张桌子上的男人跳舞。后者傲慢而沉默，茫然地望着烟雾缭绕的远方。他用十分细微的姿态引导着她，轻按一下放在她背后的那只手，有时候只是通过简单的眼神，要求她随音乐节奏扭动身体；他在一个貌似出乎意料的科尔特动作中站住，让面无表情并定定看着他的脸的她，移动到他的一侧，然后是另一侧，既轻蔑又情色地，突然贴住他的身体，仿佛要唤起他的欲望；她温顺地跟随他的指示，左右扭动着胯部和双腿往后退去，似乎再自然不过地接受探戈这种亲密的仪式。

“假如没有手风琴的控制，”马克斯解释道，“节奏还会快得多。更加随意。要知道最初的老卫队探戈用的并不是手风琴和钢琴，而是长笛和吉他。”

阿曼多·德·特洛埃耶非常感兴趣地把那个记录下来。梅查·英仲扎一言不发，眼睛却一直盯着金发探戈女郎和她的舞伴。有好几次，当跳到近处时，后者与她的目光交会了。马克斯注意到，那是个四十多岁的成熟男人：斜戴帽子，看上去像危险的西班牙人或意大利人。德·特洛埃耶则若有所思地表示赞同，显得很开心。他的语气里透着兴奋。此刻他正跟随音乐用手指敲桌子，就像敲打无形的琴键。

“我懂了。”作曲家愉快地说，“我明白您的意思了，马克斯。纯粹的探戈。”

那个男人继续与金发女郎跳舞，他依旧在每次从近处经过时都看着梅查·英仲扎，而且比之前看得更久。他是个典型的本地人，或者试图假装自己是：浓密的小胡子，紧身上衣，裹着护腿的双腿在木地板上灵活地移动，在舞伴的步点声中变化出像阿拉伯风格纹饰那样令人眼花缭乱的舞步。他身上的一切，包括举手投足，都透出一种做作的味道，一种像街头小子般傲慢的老痞子气质。马克斯经验丰富的眼睛在他身体左侧的上衣外套和背心之间发现了不合时宜的匕首包，背心上垂着他刻意卖弄地在脖子上系的一条白色丝巾拖下来的两个角。余光一瞥，交际舞者看见梅查·英仲扎似乎正挑衅地迎着对方的目光，跟随那个人的游戏；他昔日城郊小子的直觉预感到要有麻烦了。也许逗留太久并不是个好主意，他不安地对自己说。德·特洛埃耶太太似乎错将铁路酒吧当成了“波洛尼奥船长号”的头等舱宴会厅。

“纯粹的探戈这个说法有些过了。”他回答她的丈夫，努力让自己专注于对方刚才说的话。“应该说是用旧时的方法表现探戈。用老法子……您注意到节奏和风格的不同了吗？”

她的丈夫再次满意地点点头。

“当然。那种美妙的二四拍子，钢琴的四拍子独奏，一连串的小提琴变奏……钢琴键的敲击以及在低音手风琴伴奏下的主调。”

他们之所以这样演奏是因为他们是老人，交谊舞男详细解释道；而铁路酒吧，是个传统的小酒馆。巴拉卡斯夜幕下的人们粗暴、尖酸，喜欢科尔特和克布拉达。喜欢女人贴到男人身上，喜欢把腿伸到对方的腿间调情；就像那个金发探戈女郎和她的舞伴那样。要是在公众舞会、家庭舞会和周日舞会，或者年轻人的舞会上用这种方式演奏音乐，几乎没有人会出来跳舞。出于道德或喜好都不会。

“潮流，”他总结道，“正在与这一切渐行渐远。很快人们就会只跳另外那种被驯化的、毫无表现力而且迟钝的探戈了：宴会厅和电影里的探戈。”

德·特洛埃耶嘲讽地笑了。音乐已经停了，乐队正开始演奏另一支曲子。

“呆板的，对吧。”他说。

“或许吧。”马克斯呷了一口杜松子酒，“也许可以这么说。”

“当然了，正要过来的这个可一点也不呆板。”

马克斯随着德·特洛埃耶的视线看去。那个痞子把金发女人留在桌上，与另外一个女人一起，自己则像从前那些英俊的布宜诺斯艾利斯男人那样慢腾腾地朝他们走过来：缓慢，稳健，步子有条不紊。他的脚步像事先练习过一般轻盈。他这副模样，马克斯心想，只差台球杆撞击台球的背景音了。

“要是有麻烦，”他飞快地对德·特洛埃耶低语道，“你们别停下来看……要马上跑到门口并进到车子里。”

“哪种麻烦？”丈夫追问道。

没有时间回答了。痞子已经到了他们面前，非常严肃地站在那里一动不动，左手流里流气地插在上衣口袋里。他旁若无人地看着梅查·英仲扎。

“太太想跳舞吗？”

马克斯迅速瞥了一眼那瓶杜松子酒。在必要的情况下，在桌子边缘把酒瓶敲破形成尖角能将它变成一把过得去的武器。只需要足够的时间把局面控制住，或者试着这么做，同时从那里逃走。

“我不觉得……”他低声开始说道。

他在对女人，而不是站在那里的家伙说话；但她却无比平静地站了起来。

“是的。”她说。

她不慌不忙地脱下手套，把它们放在桌子上。整间小酒馆的人都在看着她和那个等在那里却丝毫没有表现出不耐烦的痞子。当她准备好之后，对方用右手揽住她的腰，贴着她胯部上方柔和的曲线。她的左臂环住他的肩膀，两人开始在人群中跳起舞来，互相都没有看对方。他们的头比通常跳探戈时挨得更近，但两人的身体之间还是保持着合适的距离。任谁都会说，马克斯心想，他们之前肯定一起跳过舞；不过他记得梅查·英仲扎和他自己之前在“波洛尼奥船长号”上是如何轻而易举就适应了对方，这缓和了他的惊讶之情。毫无疑问，她是一个极具直觉而聪慧的舞者，有能力适应任何一个跳得不错的人。那个家伙的动作充满男人的自信——老练，布宜诺斯艾利斯人是这么说的——同时灵巧地引导着女人，像在一张隐形五线谱上灵活地舞动跳跃。他们轻柔地晃动身体，她遵循着音乐的节奏和舞伴通过双手和表情传递的无声指令。他突然做了一个科尔特，仿佛漫不经心地提起右脚的鞋跟，用脚尖画出一个半圆；令马克斯吃惊的是，女人无比自然地转了个圈，最后将身体滑向一侧，然后是另一侧，她两次靠在了男人的身上，贴住他又再度远离，完全像个城郊女人那样冷静地与他交叉双腿。她完美地融入了带有城郊风情的学院式优雅，这令从桌子上观察他们的人们纷纷露出了赞许的神情。

“不得了。”阿曼多·德·特洛埃耶笑道，“但愿他们最后可别在所有人面前做爱啊。”

这句评论令马克斯觉得不舒服，将他对梅查·英仲扎在舞池中的那份潇洒自在的钦佩之情变成了沮丧。那个痞子熟练地引领着她，洋洋自得，他深色的眼睛望着空旷处，小胡子下面隐约可见的笑容中带着一丝伪装的冷漠；似乎对他来说，与那个阶层的女人跳舞不过是家常便饭。突然之间，随着音乐的节奏，男人做了一个侧步莎利达[①]，紧接一个郑重

① 指一曲探戈开始的几个步子或一个探戈舞步组合的起始步。

其事的急停，同时来了一串典型城郊风格的脚后跟踢踹。女人丝毫没有茫然无措，她就像提前预知了这个动作一般，围着他转了一圈，用手从一侧到另一侧抚过他的身体，姿态沉迷。她那种乖巧女人的恭顺在马克斯看来几乎是色情的。

“我的上帝啊。”他听见阿曼多·德·特洛埃耶喃喃自语。

半转过身来时，马克斯却惊愕地发现作曲家看上去并不生气，而只是入神地望着那两个跳舞的人。他隔一会儿就会喝一口杜松子酒，似乎要借助酒精才能掩饰唇间那抹无耻的、隐约透露出满足的微笑。然而交谊舞男并没有太多时间思考这个，因为音乐结束，舞池空了。梅查·英仲扎在那个痞子的护送下，迈着骄傲的步子回来了。当她像刚刚跳完一支华尔兹那样，坦然而平静地在自己的椅子上坐下时，对方稍一欠身，用手触了一下帽檐。

“胡安·雷本克，太太，”他用沙哑的嗓音温文尔雅地说，“愿意为您效劳。”

之后，他几乎看都没看她的丈夫或交谊舞男，便向后一转，缓缓朝着那两个女人所在的桌子走去。马克斯看着他离开，直觉告诉他那并不是他真实的姓——他也许姓富内斯、桑切斯或罗尔丹——而是一个高乔味的绰号，就像他的打扮和外套下面凸起的匕首一样过时。他想模仿的那些真正的街头小子在十五年到二十年前就已经从城郊消失了；从很久以前开始，哪怕是在他那样的人当中，左轮手枪也已经取代了尖刀。那个所谓的雷本克肯定是个晚上到破酒馆里找乐子的车夫，跳跳探戈，发点小财并时不时掏出不合时宜的匕首炫耀一番自己的男子气概。在他那个类型的男人，也就是单纯的街头无赖身上，并没有多少城郊小子的豪爽，但他们的危险程度却丝毫不减。

“轮到您了。”梅查·英仲扎说，这句话是说给马克斯听的。

她刚从包里拿出一个漆面的香粉盒。她的上唇略微有些出汗，淡淡的粉底上浮现出细密的汗珠。出于一贯的殷勤，马克斯将自己外套上侧口袋里装的一块干净手帕递给她。

“您说什么？”他问。

女人用手指夹住那块叠好的白色细亚麻布手帕把它接过来。

“您不会希望，”她十分平静地回答，“一切就到此为止吧。”

马克斯想说，已经够了，我会要账单，然后我们离开这里。此时他却惊讶地看到阿曼多·德·特洛埃耶正朝自己的妻子投去一种他之前从未见过的目光：一闪而过的无耻而挑衅的光芒。它只持续了短短一瞬，但足以让那副冷淡而漠然的面具再次脱落，露出他的本来面目。于是马克斯改变了主意，他故意慢慢地朝梅查·英仲扎转过身去。

“当然。”他说。

也许是杜松子酒的缘故，那双清澈的眸子迎上了他的目光。它们在微黄的灯光下显得比任何时候都更加潋滟。之后她做了一件奇怪的事。她留下了那块手帕，拿起她跳舞前放在桌上的那双手套里其中的一只，塞进马克斯外套上面的口袋里，飞快地将它整理成了一朵优雅的白花。于是交谊舞男拉开自己的椅子，站起身来，朝着那个痞子和两个女人所在的桌子走过去。

“希望您不介意。”他对那个男人说。

对方半是逞能半是好奇地打量着他，但马克斯没有再搭理他，只等着金发女郎做出反应。她转身看了一会儿自己的同伴——一个俗气的黑发女人，年纪更大一些——然后望向痞子请求他的同意。然而，对方却依旧看着交谊舞男，后者站得笔直，鞋跟并拢，显得很有教养，嘴角带着柔和的微笑；就像在皇宫酒店或广场酒店的茶室里面对任何一位上流社会的女士时一样彬彬有礼。最后女人终于站了起来，落落大方地握住马克斯的手。虽然眼睛下方带着疲倦的黑眼圈，就连厚厚的粉底也掩饰不住，她近看要比远看更加年轻。她有一双稍微有点细长的蓝眼睛，金色的头发束在颈后，突显出她的斯拉夫面孔。可能是俄国人或波兰人，马克斯推测。抱住她时，他察觉到来自咫尺之遥的身体的亲密感；疲惫肉体的柔软触感，连衣裙和头发上的烟草味，最后一口加了柠檬水的渣酿白兰地的气息。皮肤上劣质古龙水的味道：花露水混合着滑石粉的气味以及一个女人与各式各样的男人跳了两个小时舞之后淡淡的汗味。

另一支探戈的旋律响起，虽然乐队弹得不怎么样，他还是从中听出了《费莉西亚》的曲调。更多的人进场跳舞了。女人和马克斯相当同步地跳起舞来，后者任由本能和习惯引导着他们的舞步。她并不是一个优秀的舞者，他在头几步中就发现了这一点；但她的动作带着慵懒而职业的流畅，目光望向远方，时不时会迅速看一眼男人的脸以预知对方的舞步和意图。她的身体无动于衷地贴着马克斯，他能感觉到她细棉布衬衫领口下面的乳尖；她跳得很顺从，跟随音乐和他双手的引导做出更为大胆的动作时，她的双腿和胯部就在他的腰际摩挲。她丝毫不带感情，交谊舞男得出结论。像一个忧伤而高效的机器人，既没有意愿也没有冲动；类似于一个在做爱时感受不到任何愉悦的性工作者。有一瞬间他想象着她就这样被动而温顺地出现在旅馆房间里，旅馆正如这条街上灯丝烧坏的那家一样廉价，而那个留小胡子的混混的上衣口袋里装着要付给她的十个比索。她脱掉连衣裙，躺到铺着旧床单、床绷吱呀作响的床上。殷勤，却没有感觉到任何愉悦。带着与此刻完成探戈舞步时一模一样的倦容。

出于某种此刻他无法分析的原因，这个念头让他兴奋起来。这样的探戈，除了女性的顺从，还能是什么呢，他这样想着，被自己震惊了；惊讶于自己之前竟然没有得出这个结论。在远离宴会厅和高档场所的地方，人们一直以来所跳的那种探戈，并不是别的，而是一种彻彻底底、你情我愿的屈服。古老的本能，惯有的滚烫欲望，在转瞬即逝的音乐和诱惑之间化作肌肤与肉体的承诺的一种复苏。老卫队的探戈。如果在某一类女人身上存在一种完美的舞蹈方式，毫无疑问就是那一种。从这个角度进行的思考让马克斯感觉到对那个在他双臂间乖巧舞动的身体有了一种出乎意料的尖锐欲望。她应该注意到了，因为她那湛蓝的眼睛质询地盯着他看了一会儿，嘴角却随即浮现出一丝无所谓的表情，目光再次迷失在仓库远处的角落。作为补救，马克斯做了一个科尔特，一条腿站定，同时伸出另一条腿先向前再向后各迈了一步；他按下放在女人腰间的右手，迫使她的身体再次贴住他，用大腿内侧左右摩擦他立住不动的那条腿，恢复完全顺从的姿态。重新变成来自苦于无法逃脱的女人那无声的、充满肉欲的呻吟。

在这一段双方都故意为之的放肆舞蹈之后，交谊舞男第一次朝德·特洛埃耶夫妇所在的桌子看去。女人正抽着一支装在象牙烟嘴里的香烟，神情冷漠地定睛注视着他们。那一刻马克斯明白了他怀中的探戈女郎只不过是一个借口。一种模糊的缓兵之计而已。

第四章　女人的手套

马克斯就像一个仔细为躲不过的事情做准备的人那样满怀信心地等待着，最后，它发生了。他坐在维多利亚酒店的露台上那尊望向维苏威火山的裸女雕像旁边，面对着海湾明亮的灰蓝色风景吃早餐。胡根托布勒医生的司机一边满意地咀嚼着一块涂了黄油的吐司，一边享受几天中将他带回往日生活最美好时刻的情景；那时候一切都还有可能，世界正等着他去环游，每个早晨都是一场奇遇的开始：酒店的浴袍，上等咖啡的香气，面对美景或美女的脸庞用精美餐具享用早餐，而这些美景和美女，只有拥有万贯家财或者绝世天赋的人才可能得到。此刻，马克斯回到了他的自然环境，轻而易举便找回了旧时的风度，他戴着胡根托布勒医生的一副佩索尔牌墨镜，身上穿的蓝色休闲外套和鲑鱼色衬衫敞开的领口里面系的丝巾也是医生的。他刚刚放下咖啡杯，准备将墨镜换成老花镜，同时伸手去拿白色麻纱桌布上对折的那不勒斯《晨报》——上面有关于前一天索科洛夫和凯勒比赛的报道，双方握手言和——这时候一个影子投射在报纸上。

“马克斯？”

一个不偏不倚的观察员会佩服被提问者的那份镇定：他的目光继续在报纸上逗留了几秒钟，之后抬眼看了一下，神情从犹豫慢慢转为惊讶，之后露出认出了对方的表情。最后，他摘下眼镜，用餐巾擦擦嘴，站了起来。

“我的上帝……马克斯。”

晨光为梅查·英仲扎的眸子镀上一层金色，一如从前。她的皮肤上有衰老造成的淡淡印记和斑点，眼睑和嘴巴周围爬满细纹，此刻惊讶的笑容让它们更加明显。但无情的岁月并未能改变其他：她从容的举止，优雅的风度，颈项修长的线条，随着年龄增长愈发消瘦的纤细手臂。

“多少年了，”她说，“我的上帝啊。”

他们握着手，彼此对望。马克斯托起她的右手，低下头用嘴唇碰了一下。

“二十九年，不多不少。”他确定道，“从一九三七年秋天算起。”

“尼斯……”

“是的。尼斯。”

他殷勤地为她拉开一把椅子，她坐了下来。马克斯叫来侍应生，简单询问之后又点了一杯咖啡。从头到尾，在这短暂的寒暄之中，他一直感觉到那双蜜色的眼睛在注视着他。而她的声音还是那个样子：安静，有教养。与他记忆中的一模一样。

“你变了，马克斯。”

他挑起眉毛，伴之以一个伤感的表情：隐约而无所谓的疲态，属于一个涉世已深的成熟男人。

“多吗？”

“足以让我好不容易才把你认出来。”

他微微朝她倾过身，礼貌地保持谈话的私密性。

“什么时候？”

“昨天，但我不确定。或者确切地说是我觉得不可能。一种陌生的感觉，我心想……但今天早上我从门口看见了你。我观察了你一会儿。”

马克斯细细打量着她。嘴巴和眼睛。它们还是老样子，只是周围有了岁月的痕迹。她象牙色的牙齿不如他记忆中的洁白，无疑是受到了大量香烟中尼古丁的影响。女人从开衫口袋里掏出一包穆拉蒂牌香烟，夹在指间，但没有将封条拆开。

“可是，你却还是老样子。”马克斯说。

“别说傻话。”

“我是认真的。”

现在轮到她打量他了。

“你胖了一点。”她得出结论。

“恐怕不止一点。”

“我记得你更瘦也更高……我也从没想过你会有一头灰发。”

“可是，它却很衬你。”

梅查·英仲扎放声大笑，她的笑声洪亮，充满活力，那个简单的举动让她重新焕发了青春。从前如此，从来都是如此。

“骗子……你向来很懂怎么对女人说话。”

“我不知道你在说什么女人。我只记得一个。”

片刻的沉默。她微笑着移开目光，望向海湾。侍应生适时地端来了咖啡。马克斯倒了半杯咖啡，看看糖罐再看看她，她摇头拒绝了。

“奶？”

“好的。谢谢。”

“以前你从来不加。不加奶也不加糖。”

她似乎很惊讶于他记得这个。

“没错。”她说。

又是一阵沉默，比之前的更长。她小口小口喝着咖啡，同时从杯子上方继续打量他。像在思考什么。

“你在苏莲托干什么，马克斯？”

“哦……这个嘛。一点工作上的事。做几笔生意并休息两天。”

“你住在哪里？”

他泛泛地指了一下，酒店和城市后面的地方。

“我在那里有栋房子。离阿尔玛菲不远……你呢？”

“瑞士。和我的儿子一起。我猜你应该知道他是谁，要是你住在这家酒店里的话。”

“对，我住在这里。当然，我也知道豪尔赫·凯勒是谁。可他的姓让我有点糊涂。”

她放下杯子，撕掉烟盒的封条，抽出一支烟。马克斯从烟灰缸里拿起酒店的火柴，俯身帮她点火，并合拢双手护住火苗。她也俯下身，有一瞬间他们的手指碰到了一起。

“你对国际象棋感兴趣？”

她再一次靠到自己的椅子上，吐出的烟消散在从海湾吹来的微风中。她好奇的目光再次落在马克斯身上。

“一点兴趣也没有。”他非常镇定地说，“不过昨天我去大厅转了一圈。”

“你没看见我吗？”

“可能我没注意。其实我就是看了一眼。”

“你不知道我在苏莲托吗？”

马克斯否认得很坦然，带着从前那份一贯的冷静。直到这几天他才知道，他说，她有一个姓凯勒的儿子。他甚至都不知道她有儿子。在布宜诺斯艾利斯和其后在尼斯发生的事情之后，他就彻底失去了她的消息。接着爆发了另一场战争，世界大战。半个欧洲失去了另外半个欧洲的音讯。很多时候，是永远地失去了。

“我倒是知道关于你丈夫的事。他在西班牙被杀害了。”

梅查·英仲扎拿开香烟，但并没有用烟灰缸，而是精确地让一段烟灰落到了地上。稳稳当当又小心翼翼的一叩。接着她重新把烟拿到嘴边。

“他再也没能从监狱里出来，一直到死。”她的语气不带感情，既无怨恨也无悲伤：正适合提及一件很久之前发生的事。“悲惨的结局，对吧？对一个像他这样的男人来说。”

“我很遗憾。”

她又吸了一口烟。更多的烟雾消散在微风中。更多的烟灰落在地上。

"对。我想这句话很合适……我当时也很遗憾。"

"那你的第二任丈夫呢？"

"和平分手。"她再次露出微笑，"说得好听一点，是双方理性的决定。为了豪尔赫好。"

"他是孩子的父亲？"

"当然。"

"这些年你应该过得很平静吧，我想。你的家庭很富有。还有你第一任丈夫留下的钱。"

她漠然地表示认同。从未有过那一类的困难，她回答。尤其是战争结束之后。当德国人入侵法国时，她去了英格兰。在那里她嫁给了埃内斯托·凯勒，他是外交官：马克斯在尼斯见过他。他们在伦敦、里斯本和智利首都圣地亚哥生活过。直到离了婚。

"不可思议。"

"你觉得什么不可思议？"

"你非同一般的人生。你的儿子。"

一刹那，马克斯从她眼中捕捉到一种奇怪的东西。一种不寻常的肯定：既深刻又宁静。

"那你呢，马克斯？……你这些年非同一般的人生是什么样的？"

"这个，你知道的。"

"不。我不知道。"

他伸出一只手在露台上一揽，仿佛所有一切的证据都在那里。

"到处跑。做生意……欧洲的战争让我有得有失。我没什么可抱怨的。"

"当然，你不像这种人。你还有什么理由可抱怨呢……你回过布宜诺斯艾利斯吗？"

那个沉静的声音说出的城市名字触动了马克斯。他像一个进了不该进的地方的人那样，谨慎地，心存防备地，再一次偷偷打量女人的脸：

嘴巴周围细细的皱纹，没有化妆的皮肤和嘴唇黯淡、憔悴的颜色。只有她的眼睛不曾改变，一如在巴拉卡斯的探戈酒馆和之后的那些地方时的模样。他记忆中仅有的那些他们曾同在的地方。

“我几乎一直都住在意大利。”他立刻编了一句，“也在法国和西班牙住过。”

“就像你说的，在做生意吗？”

“但不是以前那些生意。”马克斯试图露出恰到好处的微笑，“我很幸运，赚了一点钱，过得还不错。现在我已经退休了。”

梅查·英仲扎看他的眼神已经不同了。她的笑容阴郁。

“完完全全地？”

他尴尬地动了一下。或者是显得有些尴尬。他的脑海中闪过昨天在429号房间看到的那条项链，它柔和的哑光中透出复仇的光芒。我问自己，他心想，我们俩到底谁欠谁的更多。她欠我还是我欠她。

“我已经不再像以前那样生活了，如果你指的是那个的话。”

女人冷静地注视着他。

“我指的是那个。没错。”

“我早就不再需要那么做了。”

说这句话的时候他连眼睛都没眨一下。无比沉着。说到底，他想，这也不全是骗人的。不管怎样，她似乎并没有对此表示质疑。

“你在阿尔玛菲的房子……”

“比如说。”

“我很高兴你过得不错。”她就像头一回见到烟灰缸那样看着它，“我一直怀疑你是否能过上正常的生活。”

“哦，好吧。”他五指朝天挥了一下手，几乎像个意大利人。“我们早晚都会成熟起来……我以前也不认为你的生活能变得正常。”

梅查·英仲扎在烟灰缸里轻轻按灭了烟，小心地让火星与烟头分离。她像是故意没有立刻去接马克斯的上一句话。

“与在布宜诺斯艾利斯和尼斯的时候相比，比如说？”她最后说。

“当然。”

他无可避免地觉察到了一丝伤感的味道。突然汹涌而来的回忆淹没了他：如呻吟般的只言片语滑过赤裸的肌肤，镜中映出纤长而柔软的身体，也无穷无尽地映射着外面的灰色风景，窗口投下铅色阴影，勾勒出湿漉漉的棕榈树、大海和雨水，就像一幅世纪初的法国油画。

“你做什么生意？”

他沉思着——这一次并不是伪装的——过了一会儿才听到问题，或者说是过了好一会儿才能正视她。他的内心深处还在反抗自然规律过分的不公：他的五种感官都记得女人那光洁、温热而完美的肌肤。那不可能就是他眼前这个印着岁月痕迹的女人。根本不可能，他无力而愤怒地心想。有人应该为这种轻慢负责。为这种无法忍受的蹂躏负责。

“旅游业，酒店，投资，”他最后回答。“诸如此类的东西……我还是加尔达湖附近一家诊所的合伙人。”他再次即兴发挥道，“我将一部分积蓄投到了那里。”

“你结婚了吗？”

“没有。”

她心不在焉地望着露台后面的海湾，似乎并没有注意马克斯的上一句回答。

“我必须告辞了……豪尔赫今天下午有比赛，我们要努力做好一切准备工作。我只是下来喝杯咖啡透透气。”

“你替他打理一切，我读到过。从他小时候开始。”

“一部分。我是他的母亲、经理人和秘书，我管理行程、住宿、合同……这一类的事情。但他有自己的助理团队：和他一切准备比赛并随时陪在他身边的分析师。”

“分析师？”

“一个世界冠军挑战者不会单兵作战。比赛不能靠即兴发挥。需要一个陪练和专家团队。”

“就连在国际象棋里也是？”

“在国际象棋里尤其是。”

他们站了起来。马克斯的年纪已经让他不愿更进一步了。凡事都有它的过程，强求是错误的。许多精明过头的男人都败在这里，他记得。于是他一如既往地露出微笑，这令他精心刮过胡子、被海湾阳光晒成恰到好处的古铜色的脸庞焕发出光彩：一道突然、舒展而洁白的弧线，露出几颗整齐的牙齿，它们保养得相当不错，尽管其中有两颗镶过，有五六颗补过，十年前他在伊斯坦布尔昆胡里耶——卡得西区的一间酒吧里被一个警察打掉牙之后留下的洞里装上了假犬齿。属于一个六十岁的好小伙的，经过了岁月加温的迷人微笑。

梅查·英仲扎看着那个微笑，像是认得它。她眼神几乎是友爱的。最后她犹豫了，或者像是犹豫了。

“你什么时候离开酒店？”

“几天之后。等我把之前我跟你说的那些生意安排好了。”

“也许我们应该……”

“当然了。我们应该。”

又一阵踌躇的沉默。她的双手已经插进开衫口袋里，肩膀微微下沉。

“和我一起吃晚餐吧。”马克斯提议。

梅查没有回应。她若有所思地打量着他。

“有那么一会儿，”她最后说，“我看见你在那艘船的舞厅里，站在我面前：那样年轻而英俊，穿着燕尾服……我的上帝啊，马克斯。你现在一团糟。”

他露出一个沮丧的表情，优雅而无奈得有些夸张地垂下头。

“我知道。”

“不对，”她突然像从前那样笑了，青春重现。永远响亮而率性的笑声。“你的模样与你的年纪很相衬……或者说我们的年纪。而我却……生活是多么不公平啊！”

她不再说话，马克斯觉得看到了她儿子的影子；当豪尔赫·凯勒在棋盘前，把头靠在胳膊上时的神情。

“也许我们应该，是的。”她最后说，“应该聊一会儿。可是自从上一次之后已经过去了三十年……有些地方永远都不该回去。你自己也曾经这样说过。”

“我指的不是现实中的地方。”

“我知道你指的是什么。”

女人的微笑变成了讥笑。是一丝苦笑。真诚而悲伤。

“看看我吧……你真的认为我还有条件回到任何地方吗？”

“我说的并不是这个。”他挺直了身体，反对道，“而是回到我们的记忆中。回到从前的我们。”

“彼此的见证？”

马克斯迎着她的目光，但装作没有看懂她微笑背后的深意。

“也许吧。在我们所了解的那个世界里。”

此刻梅查·英仲扎的眼睛是甜蜜的。阳光加深了它们曾经的那种蜜色。

“老卫队的探戈。”她低声说。

“正是。”

他们彼此对视。她几乎再一次变得美丽了，马克斯心想。短短几个字的奇迹。

“我猜，”她说，“你想必也曾经遇见它很多次，就像我一样。”

“当然。很多次。”

“你知道吗，马克斯？……在听到它的时候，我没有一次不思念你。”

“我可以说同一句话：我也无法不思念你。”

她的笑声——再次出奇的年轻——引得旁边桌上的人回过头来。有那么一会儿她轻轻抬起手，像是要把它放在男人的手臂上。

“从前的姑娘和小伙，你在布宜诺斯艾利斯的那个小酒馆里说过。”

“对。”他无奈地叹息，“现在我们自己就是从前的姑娘和小伙了。”

刀片钝了，很不好刮。马克斯把刮脸刀放进洗脸盆中的肥皂水里浸了一下并用毛巾擦干，将一条皮带挂在面朝布朗海军上将大街上那些绿色、红色和紫红色树冠的窗户的插销上，用力拉紧，在上面磨起刀片来。他磨了好一会儿，直到刀刃变得足够锋利；磨刀片时他心不在焉地望着街道，那里有一辆不太常见的汽车——卡博托旅馆所在的街区里更多的是马车和有轨电车，偶尔才会有橡胶轮胎轧过地上掉的马粪——停在了一个戴草帽、穿白色外套的小个子男人用来运牛奶面包、牛角面包和焦糖饼的骡子和板车旁边。已经是上午十点多了，马克斯还没吃早饭，这辆骡车让他更是觉得胃里空荡荡的。他前一晚也不好过。将德·特洛埃耶夫妇从巴拉卡斯送回皇宫酒店之后，交谊舞男深更半夜才回来，睡得很差。在梦里也心绪不宁，没怎么休息好。那是一种他从很久之前开始就不陌生的焦虑感：介于睡梦和失眠之间的状态，充满了不舒服的幻觉；他在皱巴巴的床单、对回忆的惊惧、被突如其来的胡思乱想和骤然惊醒所扭曲的画面之间辗转反侧，心中迸发出剧烈的恐慌。最常出现的画面是一片尸骨遍野的景象：黄土坡旁边有一道土墙通往位于高处的小堡垒；沿着土墙延伸的道路上，有三千具干枯发黑的尸体，被时间和太阳变成了干尸，其中还能辨认出断肢和拷打的痕迹，它们在 1921 年的一个夏日遭遇了死神。士兵马克斯·科斯塔，外籍军团第一旗第十三连的死士，那时候十九岁；当他与鲍里斯队长和其他四个同伴沿着通往废弃小堡垒的山坡前进时——指令是“派出六名死士”为连里剩下的人打头阵——在尸体的恶臭和恐怖的景象之间，汗流浃背的他被反射的阳光照得什么也看不见，摸索着一头连接毛瑟枪的子弹带，心里完全明白只有侥幸才能让自己避免成为这些黑乎乎的尸体中的一员。它们不久之前还是年轻鲜活的肉体，现在却散落在从阿努阿尔到蒙特阿鲁伊特的路上。那天之后，外籍军团的军官向部队里的人提出每个死摩尔人的脑袋可以换一个杜罗。两个月以后，在一个叫做塔祖达的地方——“派出死士”，他们再次下令———颗来复枪的子弹结束了马克斯·科斯塔短暂的军旅生涯，让在他梅利利亚的一所医院里——他从那里逃去了奥兰，之后到了马赛——待了五个星期，那时他已经拿到了七个那样的杜罗银币。

磨好刮胡刀后，交谊舞男回到衣柜的八角镜前，用挑剔的目光观察着脸上失眠的痕迹。七年的时间不足以抚慰某些心魔。把魔鬼赶出去，摩尔人常常这么说的，而最后往嘴里塞了一支九毫米口径的手枪才把魔鬼全部赶走的鲍里斯·多尔戈鲁基-布拉加提翁副队长，生前在从他们那里听来这句话之后，也常常这么说。但七年足以让他对这些无处不在的讨厌鬼逆来顺受了。因此马克斯试着驱散不愉快的心绪，一边集中精力继续努力刮胡子，一边哼起了《我是一只野兽》：前一天夜里铁路酒吧里演奏过的一支探戈曲。过了一会儿他若有所思地对那张从镜子看着自己的满是泡沫的脸庞露出微笑。关于梅查·英仲扎的回忆能帮他将魔鬼赶出去。或者试着这么做。比如，她跳探戈时骄傲的姿态。她用沉默和流转的蜜色眼波所说的话。还有马克斯不慌不忙地一点点构思出来的，关于她、她的丈夫以及未来的计划。以及当他一边哼着歌小心地用刀片滑过皮肤，一边进行审视时，随之变得愈来愈清晰的想法。

让他如释重负的是，前一晚并没出什么意外。听了好一会儿老派探戈并看过人们跳舞之后——就连梅查·英仲扎那晚也没有再进舞池——当那三个乐手放下乐器，将演奏音乐的任务交给那架播放着嘈杂得无法辨认的探戈曲的老掉牙的自动钢琴之后，阿曼多·德·特洛埃耶把他们叫到自己的桌子旁。作曲家点了高档酒水款待他们。很好也很贵，他边说边慷慨地掏出自己的金烟盒发了一圈烟。但最近的能弄到香槟的地方，女招待在咨询过老板——一个留着笔挺的小胡子、形容猥琐的加利西亚人——之后扫兴地告诉他们，也在要乘 17 路电车去的四十个街区之外：这个时间过去太远了；所以德·特洛埃耶只好用几杯双份渣酿白兰地和无名白兰地、一瓶还未开封的亚威杜松子酒以及一个蓝色的玻璃苏打水瓶将就一下了。一切都由他来买单，包括一些用来下酒的牛肉小馅饼，还有加长雪茄和香烟。其他情况下，马克斯会对作曲家和那三个老乐手——装了一只玻璃眼球的独眼风琴手，是汉森咖啡[①]和金发米雷娅那个时代，也就是九零年代[②]的老家伙——之间的谈话，以及他们对于老派和新派探戈、表现方式、唱词和音乐的见解感兴趣；但此时交谊舞男脑袋里想着别的事。而那个独眼乐手，他本人在气氛开始变得随意并喝了几口杜松子酒之后兴冲冲地保证，他一个音符也看不懂，也从来没需要懂过。他靠用耳朵听拉琴，一辈子都是如此。另外，他和他的伙计们演奏的是真正的探戈，要用一直以来的老法子来跳，节奏很快并需要在合适的时候做出科尔特；而不是借着巴黎和电影流行起来的索然无味的半吊子沙龙舞。至于唱词，它杀死了探戈，并将舞者打回原形，那股疯狂劲儿原本能让被扣了绿帽子的哭哭啼啼的蠢货变成英雄，或使人老珠黄的女工变成探戈之花。地道的探戈，独眼男人又呷了几口杜松子酒，在同伴的强烈认同中继续说道，是属于老河岸人自己的那种：不怀好意的讥讽，流氓或者下流女人的粗话，那些尝尽人生冷暖的人们的自嘲。在那里，阳春白雪的诗人和音乐家是多余的。探戈，是为了搂着女人移开尿壶，或者与姑娘和小伙们放肆胡闹的。这是他这个演奏它的人说的。探戈，总而言之，就是本能，节奏，即兴而为和淫荡的唱词。另外那个，请女士原谅——这时候他唯一的一只眼睛瞥了瞥梅查·英仲扎——是啤酒和渣酿白兰地灌出来的娘娘腔，要是诸位不介意这个西班牙语脏词的话。就这样，带着那么多被迷惑的爱情，那么多被遗忘的风流韵事和那么多愁怨，最后被唱给寡妇或是在街角卖花的盲女听。

---

① 十九世纪末二十世纪初布宜诺斯艾利斯的一家著名餐厅，被认为是探戈的摇篮。下文的金发米雷娅则是当时那里的一位探戈女郎。汉森咖啡和米雷娅曾出现在后来许多探戈曲的唱词中。

② 特指十九世纪与二十世纪之交，也正是老派探戈的鼎盛时期。

德·特洛埃耶很享受这一切，表现得动情而平易近人。他频频与乐手们碰杯，并拿铅笔在袖口上用小字记下了更多东西。酒精的作用开始在他放光的眼神、组织某些句子的方式和他俯在桌子上专心倾听的热情中显现出来。闲聊了半个小时之后，铁路酒吧的三个混混和这个与拉威尔、斯特拉文斯基以及迪亚古伊勒夫交好的作曲家看起来就像做了一辈子的同行。与此同时，马克斯则通过眼角的余光，注意着其他好奇或怀疑地朝他们桌子看的本地人。与梅查·英仲扎跳过舞的痞子始终没有将视线从他们身上移开，他被嘴里叼的香烟的烟雾熏得眯起了眼睛，而他那个穿着印花衬衫和及膝短裙，交叉着双腿的女伴，则俯下身子去拉她的黑色丝袜，一副漠不关心的样子。就在这时梅查说她想去抽支烟透透气。接着，没有等丈夫回答，她便站起来迈着平静的步子朝门口走过去，就像片刻之前她与痞子跳探戈的时候一样果敢而坚决。那个胡安·雷本克的目光贪婪而好奇地远远跟随着她，不愿错过她摇曳的屁股；只有当马克斯整好领带，扣上外套的扣子并跟着女人走出去，他的注意力才转移到他身上。朝门口走去时，不用回头确认，交谊舞男就知道阿曼多·德·特洛埃耶也在看他。

他的脚步落在小路的砖石地面上，自己被门口的小灯照出的长长的影子上。梅查·英仲扎一动不动地站在街角，那里有街区尽头的几间屋子，它们是用波浪形的胶合板盖成的小矮房，隐没在一直延伸到里亚丘埃洛的黑暗空地中。马克斯一边朝她走过去，一边用目光搜寻那辆皮尔斯-阿洛轿车，他在街道另一边的阴影中发现了它，因为司机亮了一下车灯以表示自己就在那里。好小伙，他心神略定地想。他喜欢这个端正谨慎，穿着蓝色制服、戴着大檐帽、杂物箱里装着手枪的彼得罗西。

当他走到她身边时，女人已经扔掉了抽完的烟，正在聆听夜色中从岸边灌木丛和腐朽的木栈板间传来的蟋蟀叫声和蛙鸣声。月亮还没有升起来，但在幽暗的砖石街道的尽头，另一端的巴拉卡斯南区穿透夜色的灯火照出的那一片虚幻的光亮之上，桥上的铁架在一片昏暗中显得十分高大。马克斯在梅查·英仲扎旁边停下，点了一支土耳其烟。他甩了甩香烟把火苗熄灭，吐出了第一口烟并看着女人在遥远的灯光勾勒出的阴影中的侧脸。

“我喜欢您的探戈。”梅查突然说。

之后是一阵短暂的沉默。

“我想在舞蹈中，”她补充道，“每个人都会表现出自己的个性：谨慎或卑鄙。”

“喝酒时也是。”马克斯轻声说。

“没错。”

她再次沉默了。

“那个女人，”她最后继续说道，“她……”

她在那个词上停住了。又或许她已经说完了。

“恰到好处？”他暗示道。

“也许吧。”

她没再说什么，马克斯也没有。交谊舞男沉默不语地抽着烟，思考接下来该怎么办。可能和很可能犯下的错误。最后他以耸耸肩膀作为结论。

“可是，我却不喜欢您的。”

“天哪，”她看起来着实吃了一惊，还有一点傲慢。“我不知道我跳得这么糟糕。”

“不是因为这个。”他不由自主地露出了微笑，知道她不会发现。“您跳得棒极了，这是当然。”

“然后呢？”

“您的舞伴。这并不是个友好的地方。”

“我明白。”

“某些游戏可能带来危险。”

三秒钟的沉默。之后，是冷冰冰的六个字。

“您指什么游戏？”

他决定对此避而不答。他抽完烟并把烟头扔得远远的。火星划出一道弧线后消失在黑暗之中。

“您丈夫悠哉悠哉的。他似乎很享受这个夜晚。”

她没有开口，似乎还在思考之前说的话。

“是的，很享受。”她终于回答，“他很兴奋，因为这与他期待的不一样。他来布宜诺斯艾利斯的时候想的是沙龙、上流社会和诸如此类的东西……他计划创作一支优雅的、白领结式的探戈。恐怕您在‘波洛尼奥船长号’上改变了他的想法。”

“抱歉。我从没想过……”

“您不必抱歉。恰恰相反：阿曼多非常感激您。与拉威尔打的那个愚蠢的赌，一次代价高昂的任性所为，变成了一场激动人心的冒险。您应该听听他现在是如何谈论探戈的。老卫队和其他的一切。之前他只差来到这里，沉浸到这个氛围中。他是一个固执的人，为他的工作着了魔。”她温柔地笑了，声音很轻。“我怕现在他会变得令人无法忍受，而我到最后会烦死探戈以及发明它的人。”

她随意走了几步又停了下来，似乎黑暗突然让她觉得太不真实。

“这真是一个危险的城郊地区吗？”

马克斯让她别担心这个。不比其他地区更危险，他说。巴拉卡斯住着卑微、勤劳的人们。附近的里亚丘埃洛、码头和稍远一些的博卡区催生了铁路酒吧这样可疑的地方。但沿街往上走，一切都很正常：出租房，移民家庭，努力工作或至少试着努力工作的人们。穿着木底鞋和拖鞋的女人，喝着马黛茶的男人，吃过寒碜的晚饭之后，穿着浴袍和汗衫把板凳和藤椅拿到小路上乘凉的一大家子人，他们一边用扇子给炉子扇风，一边看住在街上玩耍的孩子们。

“就在那儿，隔一条街，”他接着说，“有一家小桥饭馆，我父亲生意好的时候，星期天有时候会从那里给我们带吃的。”

“您父亲是做什么的？”

“做过很多行当，没有一样成功的。他在工厂干过活，有过一家旧铁仓库，运过面粉和肉类……他是个倒霉的男人，那种一生下来就带着失败的标记并且从来都没能把它摘掉的人。有一天他厌倦了奋斗，就回了西班牙，把我们也带了回去。”

“您想念这个街区吗？”

交谊舞男眯起眼睛。他毫不费力就想起了在里亚丘埃洛河岸玩耍的情景，身旁是残破的轮船和半沉的平底船，想象自己是在泥泞的河水上航行的海盗。远远地嫉妒着科隆博石灰窑老板的儿子，唯一一个拥有自行车的小孩。

“我想念我的童年。”他简单地说，“至于这个街区，我想，我没那么想念。”

“但这是您的街区。”

“是的……我的街区。”

梅查再次迈开步子，马克斯也跟了上去，两个人沿着砖石街道的边缘朝那座桥走去，远处的灯光让电车轨道断断续续地发出微弱的亮光。

“好吧。”她的语气中透着亲切，或许还有宽厚。“您的起点尽管卑微，但却高贵。”

“没有任何卑微的起点是高贵的。”

“您不要这样说。”

他难以觉察地笑了。几乎只有他自己能听见。由于靠近水边，岸上蟋蟀和青蛙的鸣叫声震耳欲聋。空气更加潮湿，他看见女人似乎冷得发抖。她的丝绸披肩还在仓库里，挂在椅背上。

“从那以后您做过什么？……您回到西班牙之后。”

“什么都做过一点。我在学校待了两年。之后我离开了家，一个朋友帮我在巴塞罗那丽兹酒店找到了工作，当门童。每月十杜罗。再加上小费。”

梅查·英仲扎抱着手臂，依然因为湿冷在打哆嗦。马克斯没有说话，他脱下外套，自己只穿着背心和衬衫，把外套披在女人的肩膀上，对方也没有说话。这样做的时候，他的目光滑过她短发下面那纤长裸露的颈项，大桥另一端漫射而来的灯光清晰勾勒出它的轮廓。有几秒钟她的眼睛离他很近很近，他在一瞬间感觉到她的眸子里也映出了那道亮光。尽管经过了烟草、汗味和小酒馆封闭空间的熏陶，他心想，她身上的气味依然那样柔和。是干净的皮肤和并未完全消散的香水的味道。

“我知道关于门童和酒店的一切。”他继续说道，完完全全恢复了冷静。“您面前有一位专家，他擅长将信送到邮箱里，抵抗着附近沙发的诱惑值夜班，替人传口信并不停重复着‘马丁内斯先生，请到电话旁’在门厅和大堂里奔走，准备在某个把听筒贴在耳朵上等着的人失去耐心之前的短暂时间内找到这个马丁内斯……”

“天哪。”她被逗乐了，“完全自成世界，我想。”

“您会震惊的。从外面很难知道一个送上鸡尾酒并一言不发的侍应生的双排金色纽扣后面，或者白得可疑的衬衫前襟下面藏着什么。”

“您让我心烦意乱……这听起来太布尔什维克了。”

马克斯哈哈大笑。他听见身边的她也笑了。

“我并没有让您心烦意乱。但您应该这样觉得。”

梅查·英仲扎的手套，之前当马克斯去和探戈女郎跳舞时，她当作手帕放在他外套上侧口袋里的那一只，在阴影中亮得像一枝插在扣眼里的巨大白色花朵。他想道，这件饰品似乎在两人之间建立起了一种几乎算得上私密的天然联系。一种额外的，无声而细微的同盟。

“如您所见，”他继续道，语气重新变得轻松起来。“我还是小费方面的专家……您和您的丈夫，出于社会地位你们常常给小费，你们肯定忽略了也有给一个、三个，最多五个比塞塔的客人。这是酒店里真正划分等级的方法，那些自认为是白种人或棕种人，高个或矮个，实业家，旅行者，百万富翁或者道路工程师的人是不知道的。甚至还有给十分钱的客人，您想想，而他们住的房间每天的价格是一百比塞塔……这是真正的等级，与其他所有一切都无关。约定俗成的等级。”

她过了一会儿才回答。似乎在极其严肃地思考那番话。

“对于一个交谊舞男而言，”她最后说，“我想小费也很重要。”

“当然。一位满意地跳完一支华尔兹的女士可能会在我们的外套口袋里，慎重地放下一张能解决我们一晚或者一周生计的钞票。”

说出那番话时他无法掩饰自己语气中的酸涩：一丝轻微的、他觉得也没有必要掩饰的不满。而似乎正在专心倾听的她，察觉到了这一点。

“听着，马克斯……与大部分人，尤其是男人不同，我对职业舞者并没有什么偏见。甚至对小白脸也没有……就算是如今，一个穿着勒隆或巴杜牌衣服的女人也不能独自到餐厅或舞厅去。”

“您不必为我开脱。我没什么心结。我早就把它们丢在潮湿寒冷、铺着破旧的毛毯，只有半瓶红酒可供我取暖的旅馆房间里了。”

其后是片刻的沉默。马克斯在她开口前一秒钟就预料到了接下来的问题。

“以及一个女人？”

“是的。有时候还有一个女人。”

“给我一支烟。”

他拿出烟盒。还剩三支，他几乎是用手摸着数的。

“劳驾，也请您帮我点一下吧。”

他这样做了。火光中他看见她坚定地注视着自己。将火熄灭后，火光造成的目眩感依然还在，他吸了两口烟并把它塞到女人唇间。她接受了，没有去拿烟嘴。

“是什么把您带上了‘波洛尼奥船长号’？”

“小费……当然了，还有一份合同。之前我在其他船上待过。去往布宜诺斯艾利斯和蒙得维的亚的航线上的氛围很好。那是长途航行，女性乘客们希望在船上享乐一番。我的长相就是拉丁裔的模样，我的探戈以及其他时兴的舞蹈都跳得很好，这些帮了不少忙。语言也是。”

“您还会说什么语言？”

“法语。我的德语也说得不错。”

她已经把烟扔掉了。

“您是一位非常有教养的绅士，尽管您是从门童做起的……您是在哪里学到这种风度的？”

马克斯笑了。他看着女人脚边的那点火星慢慢消失。

“看画报：上流社会的种种，时尚，社交生活……对周围进行观察。留意谈吐举止优雅的那些人。另外也有一些朋友在这方面帮助过我。”

“您喜欢您的工作吗？”

“有时候。跳舞并不只是一种谋生手段，也是一个拥美女入怀的借口。”

“永远身穿燕尾服或礼服，无可挑剔？”

“当然。它们是我的工作服。”他差点就说出“我还欠着丹顿大街上一个裁缝的钱呢”，不过忍住了。“在跳探戈、狐步舞和黑人扭摆舞的时候都一样。”

“您让我失望了。我想象过您在皮加勒区①最糟糕的地方跳着上不了台面的探戈……那些只有等路灯亮起来才会变得热闹的地方，灯下来来往往的都是妓女、流氓和小偷。”

“我发现您很了解那种地方。”

“我说过铁路酒吧并不是我去的第一个不该去的地方。有人管这个叫杂居的无耻快感。”

“我父亲总说：‘他成了驯兽师，却死在了自己的学生——一只狮子的手上’。”

---

① 巴黎的红灯区。

“您的父亲是个明白人。”

他们沿着原路返回，缓慢地，朝着照亮了铁路酒吧墙角的那盏小灯走去。她似乎走得快了一点，低着头。像个谜。

“您的丈夫怎么想？”

“阿曼多和我一样好奇。或者几乎是。”

交谊舞男分析了一下好奇这个词隐含的意思。他想到胡安·雷本克，像个危险而不怀好意的痞子那样放肆地站在桌前，以及她在接受挑战时的那份冷傲。他也想起她被薄薄的丝绸连衣裙勾勒出的臀部，在那个坏蛋的身体周围摇摆。“轮到您了。”回来的时候，她曾故意这样挑衅地说。

“我去过皮加勒之类的地方。”马克斯说，“不过工作时我常去的是其他地方。直到三月之前我都在蒙马特尔区烈日大街上的一家俄国酒吧工作：它名叫天方夜谭。之前我在卡斯梅和卡萨诺瓦酒吧待过。还有丽兹酒店的茶厅，以及旺季的多维尔和比亚里茨。”

“真好。这么看来，您有的是工作机会。”

“我没什么可抱怨的。多亏了探戈，身为阿根廷人变成了一种时尚。或者像阿根廷人。”

“您之前为什么住在法国，而不是西班牙？”

“说来话长。您会无聊的。”

“不一定。”

“也许我自己会无聊。”

她停下脚步。此刻灯光把她的五官照得更亮了一点。线条清晰，他再一次想。沉静极了。就算是在半明半暗之间，那个女人的每一个毛孔都散发着高贵的气息。就连她最寻常的表情也像是一个古代画家或雕塑家的疏忽。一位大师优雅的漫不经心。

“也许我们在那里碰巧遇见过。”她说。

“有可能，但不是太有可能。”

“为什么？”

“我在船上说过了：我会记得您的。”

她定定地看着他，没有回答。一双纹丝不动的眸子里映出他的影子。

“您知道吗？”他说，“我喜欢您坦然接受别人对您美貌的赞美的那种方式。”

梅查·英仲扎继续沉默了一会儿，像之前一样看着他。不过此时她似乎在微笑：从她嘴巴一侧照来的灯光划破了那道淡淡的阴影。

“我理解您在女士中获得的成功。您是个漂亮的男人……您不会因为辜负了某些成熟女人和年轻女孩的心而感到良心不安吗？”

“完全不会。”

“您说得对。只要能得到性或钱，内疚在男人身上并不常见，而女人们只要是为了还过得去的男人就很少内疚了……另外，我们并不像男人所认为的那样欣赏高尚的态度或感情。我们经常通过爱上无赖或者粗鲁的家伙来表现这一点。”

她走到仓库的门口并在那里停下来，等待着，像是从来没有自己开过任何一扇门。

“让我震惊吧，马克斯。我有耐心。我能等到你来让我震惊。”

他伸出手去推门，用尽全力让自己保持冷静。要不是知道司机正在车里看着他们，他会试着去吻她的。

“您的丈夫……”

“上帝啊。忘了我丈夫吧。”

关于前一夜在铁路酒吧中的回忆伴随着刮胡刀摩擦着交谊舞男的下巴。当敲门声响起时，他左脸上还有一些泡沫没有刮掉。他没管自己的模样就去开门——他穿着裤子和鞋，但只套了一件汗衫，背带挂在身体两侧——却愣住了，手里抓着门把，由于惊愕和怀疑张大了嘴。

“日安。”她说。

她一副晨间打扮：线条轻盈笔直的衣服，蓝底白点的丝巾，凸显出她的鹅蛋脸的钟形女帽。她饶有兴致地浅笑着，看着他右手里拿的刮胡刀。之后她抬起目光，在他紧贴着身体的汗衫、松开的背带和脸上剩下的泡沫上停了一会儿，对上了他的眼睛。

“也许不是时候。”她的平静令人迷惑。

那时候，马克斯已经能够做出反应了。马克斯表现出适度的兴奋，低声为自己的模样道歉，把她让进屋，关上门，将刮胡刀放到水槽里，用床罩掩上没有整理的床，扎好背带并穿上了一件无领衬衫，一边扣扣子一边全速思考并让自己平静下来。

“很抱歉，这里乱糟糟的。我无法想象……”

她没有再说什么，只是看着他这么做，似乎很享受他一头雾水的样子。

“我是来找我的手套的。”

作为对那句话的回应，马克斯眨了眨眼。

“您的手套？”

“没错。”

明白她指的是什么之后，马克斯还是有些不知所措地打开了衣柜。手套就在那里，像一条丝巾那样从他前一晚穿的外套的上侧口袋里露出来。外套就挂在带背心的灰色西装、一条法兰绒长裤和两套高档正装旁边，一套是燕尾服，一套是礼服，都是他工作时穿的；另外还有几双黑色的鞋子，半打领带和袜子——那天早晨他靠马黛茶杆[①]帮忙补好了一双——三件白色衬衫和半打浆过的领子和袖口。这就是全部了。他从衣柜门上的镜子里看见梅查·英仲扎正在观察他的一举一动，他为让她看到自己只有这么几件衣服而感到羞愧。他示意是否应该穿上一件外套而不是只穿着衬衫，但却看到她摇了摇头。“没有必要……拜托了。天气太热了。”

---

① 通常是金属制成的吸管，底部带有滤网，可以过滤茶叶。

关上衣柜后，他走到女人身边，把手套递给她。她几乎看也没看就接了过去，把它拿在手里，皮包上轻轻拍了拍。她依然站着，故意无视了唯一的那张椅子，就像置身于她这辈子常去的酒店大厅那样沉静。她环视四周，不慌不忙地打量着每一个细节：透过窗户投射在铺着带豁口细砖的地面上的一方阳光，衬着一个破衣箱，上面贴有邮轮航线和合同中包含供他住宿的某个三等酒店的标签；斗橱大理石台面上的普里默斯加热器；水槽边上摆的刮胡工具，装洁齿粉的小盒子以及一管斯塔康姆定型发蜡。在床边的床头柜上，一盏煤油灯——卡博托旅馆夜里十一点会断电——下面，有一本法兰西共和国的护照，刻着他名字缩写的烟盒，一盒“波洛尼奥船长号”的火柴以及一只皮夹——看不出里面装的东西，马克斯松了一口气——里面只有七张五十比索和三张二十比索的纸币。

“一只手套也很重要。”她说，“不能就这么丢掉了。”

她依然在四处张望。接着她非常平静地脱下帽子，目光像是不经意地停留在交谊舞男身上。她微微歪着头，而他再一次赞叹于她的脖子纤长而优雅的线条，在只及颈项的短发下显得更加一览无余。

“很有意思，昨天那个地方……阿曼多还想再去。”

马克斯好不容易才将注意力转回到她说的话上。

“今晚吗？”

“不。今天我们要去哥伦布剧院听一场音乐会……您明天可以吗？”

“当然。”

她没有管那张空着的椅子，再镇定不过地在床沿上坐下了。她手里拿着手套和帽子，马上又把它们放到一旁，和皮包一起。坐着的时候，她的膝盖从裙子下面露出来，肉色丝袜下是纤细修长的双腿。

“有一次，”梅查·英仲扎说，“我读到过关于女人丢掉的手套的说法。”

她似乎真的在沉思，仿佛在此之前从来没想过这个。

“一双手套与一只手套不同。”她补充道，“两只是偶然遗忘。而一只是……”

她没有说下去，全神贯注地看着马克斯。

“故意的？”他大胆地问道。

“要说您有什么让我喜欢的，那就是我从来都不能说您傻。”

交谊舞男迎着那双坚定的蜜色眼睛，没有眨眼。

“而我喜欢您看我的方式。”他温柔地说。

他看见她皱起眉毛，似乎在分析这句话的含义。接着梅查·英仲扎交叉起双腿，两只手放在各自一侧的床罩上。她显得有些不快。

“真的？……天哪。真让我失望。”她的语气中有一丝冷漠，“这听上去恐怕有些轻浮。不太得体。”

这一次他没有回答。他依然站在女人面前，一动不动。等待着。过了一会儿她无所谓地耸耸肩，像在一个荒唐的谜语面前认输的人。

“说说我是怎样看您的吧。”她说。

马克斯突然笑了，一脸单纯。那是他最拿手的好小伙表情，在廉价酒店和简陋旅馆的镜子前面练习过好几百次了。

“能让从没被一个女人这样看过的男人觉得遗憾。”

当她站起来，似乎打算要走时，他几乎无法掩饰自己的慌乱。绝望之中，他尽可能快地反思自己的错误在哪里。做错了什么事或说错了什么话。但梅查·英仲扎并没有拿起自己的东西走出房间，而是朝他走了三步。马克斯已经忘了自己脸上还留着刮胡子的肥皂沫；因此当女人伸出一只手抚摸他的脸颊，用食指挑起一点泡沫，在他鼻子上抹了一下的时候，他吃了一惊。

“像个漂亮的小丑。”她说。

他们没再说话，也没再观望便暴力地向对方发起了进攻，脱掉了束缚皮肤和肉体的一切，以打开进入对方身体的道路；床罩一被扯掉，女人的气味和男人夜里在皱巴巴的床单上留下的气味便合二为一。随之而来的是一场感官的战斗；一次饥渴与被延缓的欲望的漫长碰撞，它如此不依不饶，双方都毫无怜悯，需要马克斯尽可能地保持冷静，在三个战线上同时作战：保持必要的平静，掌控女人的反应并制止她呻吟，以免整个卡博托旅馆都知道这件事。窗口的那一方阳光慢慢笼罩了整张床，照得他们晃了眼，有时会一动不动，舌头、嘴、手和腰胯都耗尽了力气，沉醉于对方的湿润和气息，他们身上的汗水彼此交融，再也无法区分，在那样眩目的阳光下闪亮如霜的结晶。每一次他们都在很近的地方用挑衅或惊愕的目光对视，无法相信这将他们维系在一起的凶猛快感，像战斗间隙的角斗士那样喘着气，呼吸急促，鼓膜中血流突涌。之后他们再次扑向对方，贪婪得像是一个最后几乎在绝望中解决了拖延已久的复杂个人问题的人。

在一闪而过的清醒之中，当马克斯专注于具体的细节或思考那些让他得以更长时间保持对自己的控制力的东西时，马克斯记住了那天早晨两件特别的事：在激情时刻，梅查·英仲扎喃喃低语着与一位女士不相称的淫词浪语；而在她那柔软而温暖、娇嫩得恰到好处的身体上，有一些像是被打伤的青紫印记。

太阳隐没在苏莲托主码头边的悬崖后面，套着纸板和纸制灯罩的灯泡已经亮了一会儿。这种人工光源，不像刚刚在为天空和海岸留下最后一道紫色光芒之后消失不见的太阳那样精确和写实，它模糊了马克斯面前的女人脸上最近生出的皱纹。就这样，照亮斯特凡诺餐馆桌子的柔和灯光抹去了岁月流逝的痕迹，让昔日精致的、极致优美的轮廓再次回到了梅查·英仲扎的容颜上。

“过去我从来无法想象国际象棋会那样改变我的生活。”她说，“实际上，是我的儿子改变了我的生活。国际象棋只不过是条件……也许假如他是个音乐家，或者数学家，结果也是一样。”

海边的气温依然宜人。女人裸露着手臂，椅背上搭了一件奶油色的薄外套，身穿一条简单的紫色棉布连衣裙，裙子长而优雅，勾勒出她依然苗条的身材，似乎有意忽略了最近连年纪稍长的女人也会穿的亮色短裙这一潮流。她的颈间戴着珍珠项链，绕了三圈。马克斯坐在她对面，一动不动，表现出一种超越了单纯礼节性的兴趣。要仔细观察才能认出这个安静的白发绅士就是胡根托布勒医生的司机，他正全神贯注地倾听着，身体略微俯向桌子，几乎没有动过面前的酒，这是他的老习惯了：干大事的时候不要贪杯。他身穿深色交织布休闲外套，灰色法兰绒长裤，浅蓝色牛津布衬衫以及棕色针织领带，风度无懈可击。

“也有可能不一样。”梅查·英仲扎继续道，“职业国际象棋圈是一个复杂的世界。苛刻。要求特有的东西。一种特别的生活方式。它从很大程度上决定了围绕在棋手身边的那些人的世界。”

她再次停住了，像在思考什么，一边低下头一边用手指——指甲短而精致，没有涂指甲油——划过空咖啡杯的杯沿。

“我的生命中，”过了片刻她接着说，“曾有过砰然断裂的情况，这些转折决定了接下来的人生阶段。阿曼多在西班牙内战期间死去就是其中之一。它让我重新拥有了某种或许我并不想要，或者并不需要的自由。”她停下来，看看马克斯，做了一个含义模糊，或许是无可奈何的手势。“另外一次则是当我发现我儿子是个象棋神童的时候。”

“您成就了他的人生，我明白。”

她把杯子放到一旁，身体稍稍后仰，靠在椅背上。

“这么说也许有些过分了。孩子是一件与其他人说不清道不明的事。你从来没有过孩子吗？”

马克斯笑了。他清楚地记得她在尼斯也问过同样的问题，在将近三十年之前。而他曾给出了同样的答案。

“没有，据我所知没有……为什么是国际象棋？”

“因为那是让豪尔赫从小就着迷的东西。它的快乐和痛苦。想象一下你看到一个你全心全意深爱着的人，正试图解开一个既不确定又复杂的问题。你渴望帮助他，但却不知道如何去帮。于是你会去找那些能够在你帮不了的地方帮助他的人。老师，助手……”

她带着若有所思的微笑环视四周，马克斯则继续注意着她的一言一行。远处，往捕鱼码头去的那边，隔壁埃米莉亚饭馆的桌子都空着，一个貌不惊人的服务员正在门口与厨娘聊天。只有一群美国人在海滩那头另一家餐厅的露台上说说笑笑，他们身后的点唱机或唱片机上传来爱德华多·维亚内洛《古铜色美人》的歌声。

“这有点像一个染上了毒瘾的儿子的母亲……既然无法让他摆脱它，她决定自己为他提供毒品。”

她的目光越过马克斯和搁浅在沙滩上的捕鱼船，望向远处环绕海湾并沿着维苏威火山遥远的黑色山脊向上延伸的灯光。

“我无法忍受看他在棋盘前面受罪。”她继续说下去，“直到现在我都很难受。一开始我想避免。我不是那种把孩子逼到极限，在他们身上实现自己野心的母亲。恰好相反。我试图让他远离象棋……但当我知道这是不可能的，他会偷偷下棋，而这会让我失去他的时候，我没有再犹豫。”

饭馆的老板兰贝图奇探身看他们是否需要什么，马克斯摇头拒绝了。你不认识我，下午打电话来订座时他提醒他。我八点过去，等“上尉”走了，你把棋收起来。官方说法是我只来过你的饭馆两三次，所以今天晚上不要有任何熟络的举动。我想要一顿低调安静的晚餐：头盘是蛤蜊意大利面，二盘是铁板鲜鱼，白葡萄酒，要冰镇过的好酒，别让你的侄子像往常那样拿着吉他冒出来，乱唱什么《我的太阳》。其余的，有一天我会向你解释的。或许有可能不会。

“当我惩罚他时，”梅查·英仲扎接着说道，“他有时会走进自己的房间，我看见他一动不动地躺在床上，朝上面看。我意识到他不需要看到棋子。他把天花板当做棋盘，在想象中下棋……于是我用上所有的一切资源，站到了他那一边。”

“他小时候，是怎么样的？……我读到过他很小就开始下棋了。”

“起初他是个紧张的小孩。非常紧张。犯错和输棋的时候他会哭得很伤心。开始是我，后来是他的老师，我们不得不逼迫他在移动棋子之前进行思考。当时他就已经显露出了日后构成他棋风的东西：优雅、智慧而迅速，时刻准备在进攻中弃子。”

“再来一杯咖啡？”马克斯提议。

“好的，谢谢。”

“在尼斯你就靠咖啡和香烟活着。”

女人含糊地笑了。无关痛痒。

“它们是我保留的为数不多的老习惯了。不过现在我克制了一些。”

兰贝图奇走过来，带着无从探究的表情和有点夸张的礼貌记下了他们点的东西，同时斜着眼看了看女人。他似乎认可了她的外表，因为在站到服务员和另外一家饭馆的厨娘身边，和他们闲聊之前，他偷偷挤了挤眼睛。他时不时半转过身来，而马克斯猜到了他在想什么：这个老海盗今天晚上有什么打算。他非同寻常地衣冠楚楚，仿佛满不在乎，而且身边还有人作陪。

“人们通常认为象棋就是灵光一现，”梅查·英仲扎说，“但这是不对的。它需要采用科学的方法，探查一切可能的情况以寻求新的思路……一位伟大的棋手了解自己和别人下过的成千上万步棋，他会尝试通过新的开局和变化对它们进行改进，同时像学习语言或代数的人那样从前辈身上学习。因此他需要依靠今天早上我对你说的助手、陪练和分析师团队。不同的时候，豪尔赫身边总是有好几个人。其中之一是他的老师，埃米尔·卡拉佩蒂安，他一直陪着我们。”

“那个俄国人也有助手吗？”

“各种各样的助手。他身边甚至有一个俄国驻罗马大使馆的工作人员，你想想吧。对于苏联而言，象棋是国家事务。”

“我听说他们占了一整幢公寓楼，就在酒店花园旁边。里面甚至有克格勃的人。”

“你不必惊讶。索科洛夫的随从有十几个人，而坎帕内拉大奖赛只不过是世界冠军赛的预演……几个月之后，在都柏林，豪尔赫会有四五个分析师和私人助理。你算算俄国人会带多少人去。”

马克斯喝了一小口酒。

“你们有多少人？”

“不算我，我们在这儿有三个人。除了卡拉佩蒂安，和我们在一起的还有伊琳娜。”

“那个女孩？……我还以为她是你儿子的女朋友。”

“她的确是。但她也是一名杰出的国际象棋选手。她二十四岁。”

马克斯专心得像是第一次听说这件事。

“俄国人？”

“父母是南斯拉夫人，但她出生在加拿大。她是加拿大特拉维夫奥运会代表队的一员，也是世界上最优秀的十二到十五位女棋手之一。她拥有大师头衔。她和埃米尔·卡拉佩蒂安是我们分析师团队的核心。”

“你喜欢这个儿媳吗？”

“她不算坏。”女人回答得无动于衷，没有理会马克斯笑容中的戏谑。“她是个复杂的女孩，就像所有棋手一样。脑袋里有一些你我永远都不会有的东西……但她和豪尔赫相处非常融洽。”

“作为助手、分析师之类的她出色吗？”

“是的。非常出色。”

“那卡拉佩蒂安大师感觉如何？”

“还行。一开始他很妒忌，就像一只护着骨头的狗那样狂吠。一个女孩，他这么嘟囔。诸如此类的。不过，她很聪明。懂得如何控制他。”

“对你呢？”

“哦，我的情况不一样。”梅查·英仲扎喝完剩下的咖啡，“我是母亲，你明白吗？”

“当然。”

“我的工作是远远看着……全神贯注，但是是从远处。”

能听见从马克斯身后经过的美国人的声音，他们朝着通往苏莲托高处围墙坡道的方向走远了。之后一切归于寂静。女人沉思地望着餐巾上的红白格子，这让他想到了一个面对棋盘的棋手。

“有些东西是我给不了我儿子的。”她抬起头，突然加了一句。“并不仅仅是象棋。”

“到什么时候？”

只要他想，她毫不迟疑地回答。当豪尔赫需要她在身边的时候。当结束的那一刻到来时，她希望能及时意识到并低调退出，不要掀起什么波澜。她在洛桑有一栋舒适的别墅，装满了书和唱片。一个图书馆和一种从某种意义上来说迟到了，但这些年她一直都拥有的生活。一个让她能够在那一刻到来时平静消失的地方。

“你离那个还远呢。我向你保证。”

“你一直都是个马屁精，马克斯……一个优雅的无赖和一个漂亮的骗子。”

他谦逊地低下头，仿佛被那句辛辣的称赞压得抬不起头来。对此能说什么呢，他报以成熟男人的表情。在我们这个年纪。

“我很久以前读到过一些东西，”她继续道，“让我想到了你。我是凭记忆说的，但差不多是这样：‘被许多女人抚爱过的男人在穿过幽灵之谷时不会承受那么多的折磨和恐惧。’……你觉得如何？”

“咬文嚼字。”

一阵沉默。此刻她注视着男人的面容，似乎想要抛开更改的容颜把他认出来。她的眼睛在纸灯的光线下微微发亮。

“你真的从没结过婚吗，马克斯？”

“这会限制，我想，当轮到我时我穿过幽灵之谷的能力。”

她的笑声，像一个女孩子那样自然而蓬勃，让依然在隔壁饭馆聊天的兰贝图奇、服务员和厨娘回过头来。

“讨厌的滑头。你总是很擅长这种反驳……能一下子就让别人说的话为你所用。”

他摸摸衬衫的袖口以确认它们是否长出外套的袖子太多。他厌恶时下流行的将袖口几乎全部露出的习惯，也讨厌合身的腰部剪裁，过分夸张的领带，长尖领衬衫和紧身喇叭裤。

“这么多年来，你真的曾经想起过我吗？”

他提问的时候看着女人金色的眸子。她略微斜着头，依然注视着他。

“我承认是的。有几次。”

马克斯用上了自己最有效的那项资源：貌似自然的露齿微笑，曾经它能让他容光焕发，根据女性对象心情而具有毁灭性的效果。

“除了老卫队的探戈之外？”

“当然。”

女人用点头和唇间温柔的微笑表示认同，接受了他的说法。这令马克斯鼓起了一点勇气，他为自己的好运欣喜不已，就像一个斗牛士，在观众的支持下，延长了引逗公牛的时间。他苍老的血管有条不紊地搏动着，如同在遥远的冒险年代一样果敢而坚定；带着一点乐观的愉悦，就像一夜时梦时醒之后，就着咖啡服下的两颗阿司匹林带来的效果。

“不过，”他极其平静地表示道，“这只不过是你和我的第三次见面而已：一九二八年在‘波洛尼奥船长号’和布宜诺斯艾利斯，以及九年后在尼斯。”

“也许我一直都偏爱无赖吧。”

“我那时只是年轻，梅查。”

他伴随这个回答做出的动作是他百宝箱里的另一盒万金油：十足谦逊地略低下一点头，加上左手一个漫不经心的想要赶走多余之物的手势。周围的一切都是多余，除了他眼前的这个女人。

“是的。一个年轻而优雅的无赖，就像我说的。你以此为生。”

“不。”他礼貌地抗议，“它帮我活下去，这不一样……那是一段艰难的岁月。说到底所有人都是如此。”

说这句话时他看着那条项链，而梅查·英仲扎注意到了。

“你记得这个吗？”

马克斯做出一副绅士受到冒犯的表情。或者几乎受到冒犯。

“我自然记得。”

“当然，你应该记得。”她碰了一下那些珍珠，“这就是布宜诺斯艾利斯的那条……最后到了蒙得维的亚的那条。一直以来的那条。”

“我怎么会忘了它呢。”昔日的交谊舞男带着恰到好处的伤感停顿了一下，“它还是那么美。”

此时她似乎没有注意在听，而是沉浸在自己的回忆之中。

“尼斯那件事……你完全利用了我，马克斯！……我那时真傻。你的第二次把戏让我失去了与苏济·费里奥尔的友谊，还有其他东西。而我没有了你的消息。再也没有。”

“他们在找我，你记得吧。我必须得走。那些死掉的人……我要是留在那儿就太疯狂了。”

“我记得清清楚楚。所有的事。以至于我明白了那对于你正是一个完美的借口。”

“你错了。我……”

这时候她抬起一只手。

“你别再说这个了。你会毁掉这顿愉快的晚餐的。”

作为这个动作的延续，她自然而然地从桌上伸过手去摸马克斯的脸，但只是摩挲了片刻。下意识地，他在她把手收回时吻了她的手指。

“我的上帝……这是真的。你曾是我见过最美丽的女人。”

梅查·英仲扎打开包，拿出一包穆拉蒂，在嘴里放了一支。她朝桌子俯下身，马克斯用几天前还在胡根托布勒医生办公室里的金质都彭打火机为她点上了烟。她吐出一口烟，向后靠在椅子上。

“你别犯傻了。”

"你依然很美。"他坚持道。

"你更傻。你看看自己。你也已经不一样了。"

此刻马克斯是真诚的。又或许他可以真诚。

"换一种情形，我……"

"一切都是巧合。换一种情形你一点机会也不会有。"

"什么机会？"

"你知道是什么。靠近我的机会。"

一个长时间的停顿。女人躲开马克斯的眼睛，边抽烟边看着灯、渔民们沿着海滩建造的房子、成堆的渔网和搁浅在海岸阴影处的船只。

"你的第一任丈夫的确是无赖。"他说。

梅查·英仲扎迟迟没有回答：她吸了两口烟，又沉默了好久。

"让他安息吧。"她终于答道，"阿曼多已经死了将近三十年了。他是个杰出的作曲家。另外，他只是给了我我所渴望的东西。从某种方式来说，正如我对我儿子所做的一样。"

"我一直都确信他……"

"让我堕落？……别说傻话了。他有自己的喜好，这是自然。有时候，是特别的喜好。但他没有逼我去玩那个游戏。我也有自己的喜好。在布宜诺斯艾利斯，就像在所有地方一样，我完全能控制我的所作所为。你要记得在尼斯时他已经不在我身边了。他已经在西班牙被杀了。或者快要被杀了。"

"梅查……"

他把一只手放在女人按着餐巾的那只手上。她慢慢地，温和地收回了手。

"你连想都别想，马克斯。要是你说我曾是你的一生挚爱，我站起来就走。"

第五章　一局推迟的比赛

“这不是我想象中的那座城。”梅查说。

炎热的天气，由于靠近里亚丘埃洛而更甚。马克斯已经摘掉了帽子，让潮湿的熟羊皮降降温，他用一只手拿着它往前走，另一只手半插在外套口袋里。他的步子有时候会与女人的步子重合，让两人靠到一起，过了一会儿又再次分开。

“有很多个布宜诺斯艾利斯。”他说，“不过本质上有两个：成功的和失败的。”

他们在铁路酒吧附近的地方吃了饭，小桥饭馆，距离卡博托旅馆有十五分钟车程。在此之前，从皮尔斯-阿洛轿车上——沉默的彼得罗西一直盯着方向盘，一次也没有从后视镜里看过马克斯——下来的时候，梅查和交谊舞男在火车站旁边的一家小酒馆里，靠在上方贴着一张巴拉卡斯竞技队巨幅照片和一张写有“讲秩序，讲文明，请勿在地上吐痰”海报的大理石吧台上喝了餐前酒。女人要了一杯加汽水的石榴汁饮料，他要了一杯加了几滴苦彼功的苦艾酒；这引来了那些背心上挂着铜链的男人们好奇的目光以及西班牙语和意大利语的议论声，他们正在玩穆拉①、抽烟并清清喉咙往痰盂里大口吐唾沫。是她坚持要马克斯之后带自己去他父亲周日带全家去聚餐的小餐馆的：前一天晚上他对她说起的那家。一到那里，梅查就好像很喜欢意大利饺子锅和铁板烤牛肉，并在一个机

① 一种古老的猜手指游戏。

灵的加利西亚服务员的建议下，配上了半瓶粗犷芬芳的门多萨红酒。

“做爱让我觉得饿。”她平静地说。

吃饭时他们长久地对视，疲倦而亲密，没有再去解释发生在布朗海军上将大街的旅馆里的事。梅查非常坦然自若——马克斯惊异地发现，她表现出完全的自控——而交谊舞男则在反思那件事对自己的当下和未来会造成的后果。那顿饭其余的时间里，他借助惯有的得体举止和极度的礼貌作为掩饰继续想着这一点，但不时因盘算走了神，内心为对于女人柔软娇嫩的肉体如此剧烈簇新的鲜活回忆而震动。此刻她正越过举到唇边的酒杯望着他，若有所思，像是正再度好奇地观察面前的这个男人。

“我想去走走，”过了一会儿她说，“到里亚丘埃洛那边。”

她想在博卡周边地区步行一段路，于是让彼得罗西停了下来。此时两人正走在罗洽湾北岸，汽车跟在他们后面，沉默的司机坐在方向盘前，慢慢沿着街道左侧开。远处，一艘半沉在河岸边的旧帆船木头发黑、构架裸露的船体后面——马克斯记得自己小时候在里面玩耍过——耸立着阿韦亚内达吊渡桥的高大桥身。

“我给你带了一件礼物。”她说。

她把一个小包裹放到马克斯手里。他拆开包装时发现，那是个长长的小匣子。皮盒子里装着一块腕表：亮闪闪的方形浪琴表，是金的，带有罗马数字和秒针。

“为什么？”他问。

“心血来潮。我在佛罗里达大街上一家商店的橱窗里看到了，想着它在你的手腕上会是什么样子。”

她帮他调准时间，上好发条并把它戴上。不错，梅查说。非常不错，这是当然，皮表带和金搭扣配上交谊舞男古铜色的手腕。一块非同寻常的，与马克斯很配的表。与你很配，她坚持道。你有一双适合戴这种表的手。

“我猜这不是第一次有女人送你礼物吧。”

他无动于衷地望着她，装出无所谓的样子。

“我不知道……我不记得了。”

“当然。你记得的话，我也不会原谅你。”

河岸附近有些小咖啡馆和小酒馆，有几家在夜里显得很可疑。在衬着她脸庞的帽子短短的钟形帽檐下，梅查正望着那些身穿衬衫和背心、戴着帽子，坐在门口的桌子旁或广场的长凳上的闲汉，他们身边停着马车和小卡车。在那样的地方，马克斯几年前在自己家里听到过，能够了解各个民族的哲学：伤感的意大利人，多疑的犹太人，粗暴顽固的德国人，被妒忌和致命的傲慢冲昏了头脑的西班牙人。

“他们依然像我父亲那样从船上下来，”他说，“准备实现他们的梦想……很多人留在了半路上，像这艘陷入淤泥中的船上的木头一样腐烂掉。起初他们会给留在阿斯图里亚斯、卡拉布里亚、波兰等地的妻儿寄钱……最后生活一点一点吞没了他们，他们不见了。消亡在小饭馆和廉价妓院的悲惨生活中。坐在一张桌子前，孤零零地，对着一只从来不会提问的酒瓶。”

梅查望着对面过来的四个拎着大篮湿衣服的洗衣妇：过早衰老的面容以及被肥皂和丝瓜瓤磨粗的双手。马克斯也许可以说出她们每一个人的名字和故事。正是这些，以及其他与之相同的面容和双手，陪伴他度过了童年。

“女人，至少长得好看的女人，有可能过得更好。”他继续说道，“当然，是在一段时间内。最幸运的那些，在她们变成年老色衰的家庭主妇之前。或者不太幸运的那些，在她们变成探戈的原型之前……或许后者更加幸运，这取决于怎么去看了。”

最后那句评论让她回过头来重新专注地看着他。

“有很多妓女吗？”

“你想象一下。”马克斯做了个将周围都包含在内的手势，“这是一片移民的土地，其中很大一部分都是单身男人。有一些组织专门从欧洲弄女人过来……最重要的一个是希伯来人的，紫薇·米格达尔。专门交易俄国女人、罗马尼亚女人、波兰女人……他们花两三千比索买一个女人，不到一年就能收回本。”

他听到梅查的笑声。严肃，并不幽默。

“他们会为我出多少钱？”

他没有回答，沉默地走了几步。

“你对未来有什么期待，马克斯？”

“尽可能活得久一点吧，我想。”他真诚地耸耸肩膀，“拥有我需要的东西。”

“你不会永远年轻英俊的。要是衰老了呢？”

“我不担心这个。我首先要忙其他事。”

他斜着眼睛看了看她：她边走边观察一切，嘴巴微张，几乎是一副惊喜于看到那么多新鲜事的表情。她就像，马克斯得出结论，一位准备好了大皮囊的猎手那样专注，仿佛想要把每个场景都永久地印在记忆中：顶上盖着薄板、漆成蓝色和绿色，沿着一条生锈的铁轨两侧排开的砖木房子；从院子的围栏和插着碎玻璃片的墙沿上探出来的忍冬藤；间断装点着街道的香蕉树和红花海红豆。她在这一切中走得很慢很慢，用好奇但疏离的目光打量着每一个细节；她的动作如同三个小时之前赤裸着身体在马克斯的房间里走动时一样自然，沉着得好像一位身处自己寝宫的女王。透过窗子照进来的一方阳光，在明暗交替中凸显着那不可思议的优雅和灵活的身体修长的线条，为她大腿之间柔软而卷曲的柔毛镀上了一层金色。

“那你呢？”马克斯问道，“你也不会永远青春貌美。”

“我有钱。我结婚之前就有了……现在这些钱老了，习惯了它自己。”

她的答案中没有犹豫：平静，客观。她用一个轻蔑的表情作为这番话的结语。

“有钱能让事情变得多么简单，你会为此感到震惊的。”

他笑出声来。

“我能想象。”

“不。我不相信你能。”

他们为一个上门送冰的人让了路。那个人搭着油布的肩膀上扛了一大条滴着水的冰块，他被它的重量压得直不起腰来。

“你说得对。”马克斯说，“把脚放到富人的鞋里并不容易。”

“阿曼多和我不是富人。我们只是体面人。”

马克斯思考着两者的不同之处。他们在街边的栏杆旁停住了，它沿着罗洽湾的弧线也拐了个弯。他往后看了一眼，确认有效率的彼得罗西也在稍远一些的地方停下了车。

“你为什么结婚？”

“哦，这个。”她望着渔船、驳船和阿韦亚内达大桥的桥身，“阿曼多是个特别有意思的男人……我认识他时他已经是个成功的作曲家了。在他身边我可以一样接一样地体验各种东西。朋友、演出、旅行……当然，我迟早都会去做。但他让我得以比预期更早地体验到了它们。走出家门并拥有更广阔的人生。”

“你爱过他吗？”

“为什么你要用‘爱过’？”梅查依然看着大桥，“从一个在酒店和邮轮上工作的交谊舞男口中提出，这无论如何都是个奇怪的问题。”

马克斯摸了一下羊皮帽。它已经晾干了。他重新把它戴上，右眼上方的帽檐压得有点低。

“为什么是我？”

她的目光追随着他的一举一动，仿佛对每个细节都感兴趣。面露赞许。听到马克斯的问题，她的眼睛开心地闪了一下。

“我在看到之前就知道你有个疤。”

她几乎要被男人一脸茫然的样子逗乐了。几个小时之前，梅查没有提问也没有评论什么，就用嘴唇摸索着他皮肤上的那个疤痕，吮吸着那个枪伤周围赤裸的皮肤上闪亮的汗珠。那是七年前当他与同伴一起，在被亡灵节清晨的薄雾浸透的岩石和灌木丛之间，努力攀登一座小山时留下的。

"有些男人的眼神和微笑里藏着东西。"片刻之后梅查加了一句，仿佛应该给他一个解释。"他们心里有一个看不见的箱子，装着重物。"

此时她注视着他的帽子、领结、外套中间那个扣好的纽扣。带着评判的意味。

"另外，你漂亮而安静。极其英俊……"

出于某个他并不知晓的原因，她似乎很欣赏他那一刻没有开口说话。

"我喜欢你冷静的头脑，马克斯。"她补充道，"从某种程度上说，与我的如此相似。"

她继续沉吟着看了他一会儿。非常坚定，静止不动。接着她抬起一只手抚摸他的下巴，似乎并不在乎彼得罗西能从车里看见她。

"是的。"她终于说，"我喜欢我无法相信你。"

她重新迈开步子，马克斯也是，走在她旁边并试图与她保持同步。他努力将自己的慌乱消减到合理的范围内。他们从一个转动着旧里纳尔迪手摇风琴手柄的老人身旁经过；风琴碾磨出《嫩玉米》的旋律，拉小车的马在石铺路面上尿了好大一泡冒泡泡的尿。

"后天我们还去铁路酒吧吗？"

"要是你丈夫想，是的。"

她的语气变了，几乎有点轻浮。

"阿曼多很兴奋……昨晚，我们回酒店的时候，他除了那个就没说别的；他穿着睡衣待到很晚，无法入睡，一直在做笔记，他把烟灰缸都装满了，还在哼唱着什么。我很少见到他这样……'那个好笑的拉威尔要把他的波莱罗舞曲蘸着蛋黄酱吃掉了'，他边笑边说……他很不高兴今天下午要去哥伦布剧院参加活动。西班牙爱国协会之类的组织，要为他举办一场致敬音乐会。晚上的压轴活动，我记得好像是在一个名叫牧羊人花园的豪华夜总会举行官方探戈晚会。那里很高档。你想想多可怕。”

“你会和他一起去吗？”

“自然会。这可不是能单独出席的场合，因为你身边全是花园宫殿酒店那些浓妆艳抹的女人。”

我们明天见，过了一会儿她说。如果马克斯没有其他事的话，他们可以在七点左右派车到布朗海军上将大街接他。比如，在里士满酒吧喝杯餐前酒，之后去市中心找个好地方吃饭。她听人说起过一间格调高雅并且非常时髦的餐馆，她记得叫紫罗兰餐厅。还有另外一家在佛罗里达大街一座塔楼里的餐馆，就在古埃梅斯走廊①上面。

“不必。”马克斯没兴趣和阿曼多·德·特洛埃耶难熬地待在一起并没话找话说。“我去皇宫酒店找你们，我们直接去巴拉卡斯……我在市中心还有事。”

“这次你欠我一支探戈。和我跳的。”

“当然。”

他们准备过马路，身后响起的电车铃声让他们停了下来。电车轰隆隆地驶过，它的集电杆在桩子和楼房间的电缆下面滑过：长长的绿色车厢里空荡荡的，只有司机和从车上看了他们一眼的穿制服的卖票员。

“我在你所谓的人生里看到了一个黑暗的空洞，马克斯……那个伤疤还有其他东西。你是如何到巴黎并如何离开那里的。”

尴尬的事情，他心想。但或许她有这个权利。至少是问的权利。而在此之前她从未问起。

“那里面没有太多秘密。你看见那个伤疤了……我在非洲挨了一枪。”

她并没有显露出惊讶。仿佛对她来说一个交谊舞男挨枪子儿是再寻常不过的事。

---

① 也叫古埃梅斯画廊，是布宜诺斯艾利斯市中心的一个著名建筑，内部有走廊连接佛罗里达大街和圣马丁大街，两侧是商店。

"你为什么在那里？"

"你记得我当过一段时间的兵吧。"

"我想，很多地方都有士兵。你为什么在那个地方？"

"我想我在'波洛尼奥船长号'上对你说过一些了……那是阿努阿尔血战的时候，在里夫山。在死了成千上万人之后，他们需要派人诱敌。"

短短一刹那，马克斯考虑了一下是否可能用十几个字说清楚犹豫、恐怖、死亡和畏惧这样复杂的概念。显然，这是不可能的。

"我以为我杀了个人。"最后他用不带感情色彩的口吻说，"于是就加入了外籍军团……后来我得知那个人没死，但已经没办法了。"

"是打架吗？"

"差不多。"

"为了一个女人？"

"没有那么传奇。他欠我钱。"

"很多钱？"

"够让他挨我一刀了。"

他看见那双金色的眼眸如何闪闪发光。也许，是愉悦的光芒。从几个小时前开始，马克斯就觉得自己识得这种光芒。

"为什么是外籍军团？"

他眯起眼睛，回忆着巴塞罗那的庭院和街道里刺眼的亮光，他对于撞上警察的恐惧，甚至对于自己影子的怀疑，还有普拉斯德莫洛 9 号墙上贴的海报："献给那些被生命辜负的人，那些没有工作的人，那些生活中没有出口也没有希望的人。向你们致敬，祝你们好运。"

"因为每当一天兵能挣三个比塞塔。"他概括道，"换了身份，一个人就能在那里重获新生了。"

梅查再次微张着嘴，表情如同之前一样贪婪。满怀好奇。

"那很不错……你当过兵就是另外一个人了？"

"差不多是这样。"

“当时你应该很年轻吧。”

“我谎报了年龄。他们好像也不太在乎。”

“我喜欢这种体系。他们要女人吗？”

之后她问起了他其余的人生，马克斯简单提了一下将他带到“波洛尼奥船长号”舞厅里的某几个阶段：奥兰、马赛旧港以及巴黎的廉价夜总会。

“她是谁？”

“她？”

“对。那个教会你跳探戈的情人。”

“你为什么觉得是一个情人，而不是一位舞蹈老师？”

“有些东西显而易见……跳舞的方式。”

他沉默了一会儿，分析着那句话，随后点起一根烟并说了一点关于博斯克的事。非说不可的那些。他在马赛认识了一个匈牙利女舞者，之后她带他去了巴黎。她给他买了一身燕尾服，两人作为舞伴一起在敏捷小兔夜总会和其他一些格调不高的地方演出了一段时间。

“她美吗？”

烟雾的味道是苦的，马克斯立刻把香烟扔进了里亚丘埃洛漂着油的水里。

“是的。也只是一段时间。”

他没有再讲什么，然而那些情景却一一在他的记忆中上演：博斯克灿烂的胴体，剪成路易斯·布鲁克斯式样的黑色短发，在草帽或毡帽的衬托下，在蒙帕尔纳斯热闹的咖啡馆里浅笑嫣然的美丽面孔；在那样的地方，她异常天真地断言，社会等级被消除了。她用沙哑的嗓音说出的马赛当地法语总是那样挑动人心而热情洋溢，她什么都能适应，舞者，临时模特，坐在多摩咖啡馆或是丁香园咖啡馆露天卡座的藤椅上对着一杯牛奶咖啡或廉价杜松子酒，身边是美国游客、不写作的作家和不画画的画家。“我既跳舞也当模特”，她总是大声这样说，仿佛在推销自己的身体寻找成为画中人的机会和名气。她下午一点钟才吃早饭——她和马克斯很少在天亮前睡觉——在他们最喜欢的罗莎莉之家，她经常在那里与能为她弄到瓶装吗啡的匈牙利和波兰朋友聚会。她永远贪婪地盘算着观察四周衣冠楚楚的男人和穿金戴银的女人，上好的皮大衣以及大街上行驶的豪车；每天晚上她也会这样看着那家二流夜总会里的客人，她和马克斯在那里表演穿丝绸礼服、戴白色领结的高雅探戈，或者穿条纹衬衫和黑色渔网袜的贴身阿帕切探戈。她永远在等待着，合适的面孔和一锤定音的那句话。等待着从来不曾到来的机会。

“那个女人怎么了？”梅查很好奇。

“她已经是过去了。”

“过去很久了吗？”

他没有回答。梅查继续用评判的目光打量着他。

“你是怎么进入上流社会场所的？”

马克斯慢慢回到布宜诺斯艾利斯。他的眼睛再次聚焦在博卡区在小广场汇聚的街道，里亚丘埃洛的河岸和阿韦亚内达大桥。女人质询地注视着他，或是因为此刻他脸上扭曲的表情而惊讶的脸庞。交谊舞男眨眨眼睛，仿佛白天的光线就像巴塞罗那梅利利亚、奥兰或马赛强烈的阳光一样让他觉得不舒服。布宜诺斯艾利斯灿烂的阳光灼伤了他的眼睛，目眩之间他的眼前出现了另一道更加模糊而古老的亮光，博斯克正躺在凌乱的床上，面朝墙壁。她赤裸洁白的脊背，在如生命一般浑浊的黎明灰色的阴影里一动不动。马克斯无声地合上了那个画面上的那扇门，就像悄悄推上了一具棺材的盖子。

“在巴黎不难。”他只是这样补充道，“那是个非常混杂的社会。有钱人经常光顾下三滥的地方……就像你的丈夫和你去铁路酒吧，只不过不需要任何托辞。”

“天哪。我不知道怎么会给自己惹来这个。”

“我以前在非洲有个朋友。”他继续说道，并没有理会对方的反对。

“我在船上也对你说起过他。”

“那个名字很长的俄国贵族？……我记得。你说过他死了。”

他几乎是如释重负地表示赞同。说这个比说起冯芙丝汀宝大街雾蒙蒙的清晨里博斯克半裸的身体，马克斯望向桌上的山梅花、破圆玻璃瓶、杯子、酒瓶和残留的食物的最后一眼，那与负疚如此相似的晦暗感觉要容易得多。那个俄国朋友，他说，说自己当过沙皇军官。他与白军并肩作战至克里木半岛撤退，从那里去了西班牙，并在一次赌钱事件之后加入了外籍军团。他是个特别的家伙：睥睨一切，风度翩翩，深得女人们的欢心。他教会了马克斯风度，为他刷了第一层合适的漆——打领带的正确方法，怎样叠手帕，从凤尾鱼到应配上冰镇伏特加的鱼子酱的各种冷盘间的细微差别。据他有一次说，把一个愣小子变成一个称得上是绅士的人是件趣事。

“我有亲戚在巴黎混，他们有些靠给酒店当门卫和开出租车为生。也有一些保住了自己的钱；其中的一位表亲，是几家有探戈表演的夜总会的老板。有一天我去见了这位表亲，得到了一份工作，日子好了起来……我能买得起合适的衣服，生活还算可以，还能出去走走。”

“你的俄国朋友怎么了？……他是怎么死的？”

这一次马克斯的回忆并不阴郁。至少，并不是通常的那种阴郁。他带着友爱的伤感撇撇嘴，想起最后一次见到鲍里斯·多尔戈鲁基-布拉加提翁副队长时的情景：他把自己和三个妓女以及一瓶白兰地一起关在陶伊玛妓院最好的房间里，马不停蹄地，开启他人生中的最后一场冒险。

“他觉得无聊了。他觉得无聊于是就给了自己一枪。”

马克斯坐在埃尔科拉诺酒吧小小的露台上，头顶上是广场上的棕榈树和苏莲托环线车站的大钟，他戴着老花镜，正在阅读日报。上午过了一半，此时正是老城区最繁忙的时候，有时近处某辆汽车排气管的响声会让他中断阅读并环顾周围。今天可没人会说旅游旺季已经到了尾声：

在街道另一头的牧神广场上，所有桌子上都坐满了喝餐前酒的人，圣切萨雷奥大街的路口热热闹闹地摆着卖鱼、水果和蔬菜的小摊，菲亚特轿车、伟士和兰美达摩托轰鸣着行驶在意大利大道上。只有马车还在一动不动地等着游客，无聊的车夫们聚在一起聊天、抽烟并打量着从诗人托尔夸托·塔索的大理石雕像下面经过的女人。

《晨报》刊登了一长篇关于凯勒—索科洛夫之战的报道，双方已经按计划进行了好几局比赛。最近一场以平局收场；而这一点，似乎对俄国棋手有利。据兰贝图奇和泰代斯科“上尉”对马克斯解释，每赢一局比赛可以得一分，平局双方各记半分。这样一来，现在索科洛夫有二点五分，而凯勒只有一点五分。局势不明朗，专家们一致这样认为。马克斯饶有兴趣地读了好一会儿，不过跳过了像西班牙开局、彼得罗辛变化以及尼姆佐-印度防御这样名字奇怪的技术性说明。这不像比赛进展的情况那样让他感兴趣。《晨报》和其他报纸都坚决认为有一种紧张的氛围环绕着这次对决，这是由于胜者能够获得五万美金，但更是由于政治和外交局势。马克斯刚才读到，俄国人手握全世界国际象棋的权杖已经有二十年了，苏联的国际象棋大师们连续加冕世界冠军，自从布尔什维克革命之后国际象棋就成为了那里的全民运动——其中的一篇文章提到，两亿多苏联人里有五千万爱好者——和对外宣传的资本，以至于每一次比赛都会得到国家全部资源的支持。这意味着，其中一篇评论写道，莫斯科方面对坎帕内拉大奖赛可谓是全力以赴。这尤其是因为五个月之后要对索科洛夫的世界冠军头衔发起挑战的恰恰是豪尔赫·凯勒——不严肃的资本主义异端对阵严格的苏维埃正统——在苏莲托对决这一激动人心的序曲之后，这被称作是国际象棋的世纪之战。

马克斯喝了一口自己的尼格罗尼，翻了翻日报并粗略地看了一眼标题：披头士打算解散，法国摇滚歌手强尼·哈立戴试图自杀，迷你裙和长发在英格兰掀起革命……国际政治板块提到的是另外一种革命：美国的黑人要求公民权，还有一群雇佣兵在试图介入加丹加时被捕。接下来的那页，在一篇关于启动另一次双子座空间计划准备工作的头条报道“美国带头向月球进发”和一条汽车燃料广告“在发动机里放只老虎”之间，有一张黑白的战争照片：一个肥胖的美国大兵，背对镜头，肩上扛着一个正回头怀疑地看着照相机的越南小孩。

一辆阿尔法罗密欧从近处经过，它的车窗开着，一刹那马克斯觉得自己听过从车载广播里传来的旋律。他从大兵和小孩的照片上——它让他回忆起其他士兵和其他孩子的形象，那是四十五年以前了——抬起目光，迷茫地看着朝意大利大道的延长线方向远去的那辆车和卡尔米内圣母教堂黄白相间的正墙。他的思绪还沉浸在报纸上，花了好几秒钟才想起来听到的音乐是什么：那由一个使用架子鼓和电吉他作为乐器的乐队演奏的熟悉旋律，来自一支经典名曲，从将近四十年前起它就以《老卫队的探戈》这个名字而闻名世界。

当马克斯在舞步行进中停下脚步并做出科尔特时，梅查短暂地与他对视了一会儿，带着挑衅的意味贴住他，朝一侧和另一侧摇摆身体，将自己的一条大腿围绕着男人迈在前面静止不动的那条腿滑行。他无动于衷地承受着来自薄绉纱裙子下面肉体的摩挲；尽管整个铁路酒吧——来自十几个男男女女的目光——似乎都在期待但依然无比私密的感觉。作为回应，交谊舞男接着做了一个侧步，女人立刻跟上，带着潇洒和极致的优雅。

“我喜欢这样。”她喃喃道，“慢且安静，他们不会相信你怕我。”

马克斯的嘴唇贴近女人的右耳。尽管充满风险，他还是陶醉于这个游戏。

“这太有女人味儿了。”他说。

“你会知道的。”

她离得如此之近，她皮肤上的淡香水味，她的上唇和发际上透明的小汗珠，加深了刚过去不久的那段回忆留下的痕迹：温热疲惫的肉体，爱欲得到满足的芬芳，女人身体上的汗水，此刻它在马克斯双手之下，濡湿了连衣裙裙摆随探戈舞曲摇曳的轻薄的布料。时间已晚，仓库里几乎空了。铁路酒吧的三位乐手正在演奏《装腔作势》，舞池里只有另外两对男女无精打采地跳着探戈，就像行驶在慢车道上的电车：一个胖乎乎的矮个子女人，她的舞伴是个身穿外套和无领衬衫、没有打领带的年轻人，另外就是之前与马克斯共舞的斯拉夫长相的金发女人。她穿着同一件印花衬衫，在一个身穿背心和衬衫的工人模样的男人怀中无聊地舞动身体。有时候，在舞步行进间，几对男女彼此靠近，有一秒钟探戈女郎的蓝眼睛会遇上马克斯的眼睛。无动于衷。

"你的丈夫喝得太多了。"

"你别管这个。"

他担忧地看着那天晚上她那条裙摆勉强盖住膝盖的黑色连衣裙领口上戴的珍珠项链。之后，他同样不安地——铁路酒吧不是一个适合炫耀珠宝或喝太多酒的地方——瞥了一眼摆满酒瓶、酒杯和装得满满当当的烟灰缸的桌子，阿曼多·德·特洛埃耶正在那里抽着烟，大杯大杯地喝着加苏打水的杜松子酒。他身旁是那个所谓的胡安·雷本克，两天前与他妻子跳了一支探戈的男人。他们刚到那里一会儿，那个痞子就在注视他们良久之后走了过来。这个烦人的家伙留着欧式小胡子，黑色头发上抹着亮晶晶的发胶，他从来没有摘下过的帽子下面的那双眼睛深邃而危险。他嘴里斜叼着半支冒烟的托斯卡纳加长雪茄，不慌不忙地走到他们的桌子前，他那又傲又慢的步态正是从前的城郊人所特有的：一只手插在右侧口袋里，匕首包让皱巴巴的绸缎滚边上衣的另外一侧微微鼓起。他一边请对方允许自己为先生们和女士作陪，一边像所有习惯不付账单的客人那样，气势十足地朝服务员又要了一瓶未开封的亚威杜松子酒和一只满的苏打水瓶。要是没什么不妥的话——其实比起她的丈夫，他更多是在看马克斯——他愿意请他们共饮一杯。

独眼风琴手和他的同伴们休息了一下，并在德·特洛埃耶的鼓励下把椅子挪到桌边，加入了他们，马克斯和梅查则坐在他们的位子上。老掉牙的自动钢琴接替他们演奏音乐，吱吱呀呀地弹了两三支不知是什么的探戈曲。在喝了好一会儿酒又聊了聊天之后，乐手们回到了乐器前面，开始奏起《放肆的夜晚》，而雷本克滑稽地把毡帽拉得更低了一点，建议马克斯和梅查共舞一曲。她以太累了为由谢绝了；尽管痞子脸上依然带着无动于衷的笑容，他危险的目光却在马克斯身上停留了片刻，似乎将这种难堪的气氛归结为他的责任。雷本克用两根手指碰了碰帽檐，起身走到金发探戈女郎面前，后者耐着性子站起来，一只胳膊环过痞子的右肩，开始不情不愿地跳起舞来。男人放柔了脚步，沉醉其中，他放在背后的那只手上拿着冒烟的雪茄，右手则引导着舞伴，充满男子气概，严肃，显得毫不费力。每做一次科尔特，完成这组包含复杂的嵌立、一次又一次不间断的前进后退、转圈并重新开始的动作后，他都会停一会儿才再次开始起舞。此刻女人的身体驯服，眼神漠然——她裙子的一侧是巴黎式剪裁，短得几乎露出了她的一条大腿——温顺地承受着男人每一个强加的动作，每一次单腿旋转和每一次紧抓。

“你觉得她怎么样？”梅查问马克斯。

“我不知道……庸俗。而且疲惫。”

“可能有一个你说过的秘密组织控制着她……也许她是被人从俄国或者那附近的地方弄过来的，骗来的。”

“那是白人女人吧。”阿曼多·德·特洛埃耶的舌头有点打颤，同时赞许地拿起了另一杯杜松子酒。类似的可能性似乎让他很开心。

马克斯看看梅查，想确认她是认真的。片刻之后他推断出她并不是。她在开玩笑。

“她更像是本地人。”他回答，“是回这里，而不是来这里。”

德·特洛埃耶讨人厌地笑了一声，再次插话。马克斯发现，过量的酒精已经开始让他的目光变得迷离了。

“她很漂亮。”作曲家说，“俗气而漂亮。”

梅查继续注视着女舞者：她紧紧贴着舞伴的身体，跟随着痞子在咯吱作响的木地板上踏出的猫样舞步。

“你喜欢吗，马克斯？”她突然问。

他慢悠悠地，在烟灰缸里按灭了手上的烟。这样的对话开始让他觉得有些不舒服了。

“不算坏。”他承认道。

“真扫兴。那天晚上你似乎很喜欢和她跳舞呢。”

马克斯看了一眼梅查面前桌上的酒杯和烟雾腾腾的烟灰缸旁边象牙烟嘴上的红唇印。他能够在自己嘴里感觉到那抹深红的滋味：前一日在卡博托旅馆那次直到最后都几乎毫无柔情蜜意可言的狂暴进攻中，他亲吻着、吮吸着、啃咬着，抹掉了梅查嘴唇上剩下的最后一点唇膏：在最后一次战栗之后，她在他耳边呢喃道“拜托，在外面”；他顺从而疲惫地，用尽最后一丝力气慢慢退出了她的身体，大汗淋漓地伏在女人光洁而舒服的肚皮上，缓缓在那里释放了自己。

“她探戈跳得不错。”他说，思绪回到了铁路酒吧。“你是指这个吗？”

“她有个美丽的身体。”德·特洛埃耶表示，他正透过颤巍巍的手里拿的酒杯的玻璃欣赏那个探戈女人。

“像我的一样美吗？”

梅查转过头面向交谊舞男；她的嘴角带着半抹微笑把问题直接抛向他的眼睛，既不怀好意又趾高气扬。仿佛她的丈夫根本不在那里。又或许，马克斯不安地想到，正是因为他就在那里。

“那是另外一种风格。”他简略地说，就像扛着装有刺刀的毛瑟枪走在塔胡达的浓雾里一样小心翼翼。

“当然。”她说。

马克斯用余光瞥了一眼她的丈夫——他们并未事先约定，就在后者的提议下从几个小时以前开始以你相称了——问自己这一切会如何收场。但作曲家似乎只在乎装着杜松子酒的杯子，连鼻子都几乎要浸到酒里了。

“你要更高一点。”他舌头打结地说，“对吧，马克斯？……也要瘦一点。”

“我真是太感谢你了，阿曼多。”她说，“你真细心。”

她的丈夫夸张地冲他举了一下杯，几乎有点可笑，带着交谊舞男不得其解的意图；之后他便不说话了。马克斯注意到德·特洛埃耶有时会被香烟熏得眯起眼睛，全神贯注地放空，沉浸在似乎只有他才能听到的旋律中，并用手指敲打桌面，计算节拍与和弦，自信得完全不像一个喝多了酒的人。马克斯心里想着他到底醉到了什么程度，又有几分是装出来的，他看看梅查，然后看了看雷本克和那个金发女人。音乐已经停止了；痞子背对探戈女郎，带着他一贯的镇静朝他们走过来。

“我们应该走了。”交谊舞男提议。

德·特洛埃耶又喝了两口酒，他从梦境中回过神来，对这个想法表示满意。

“去另一个小酒馆？”

“去睡觉。我想，你的探戈差不多了吧……铁路酒吧本身已经给出了它应该给的东西。”

作曲家表示抗议。雷本克已经在梅查和他中间坐下了，脸上带着虚伪得像是画上去的微笑看着他们三个，努力想要跟上对话。他看上去有点不高兴，或许是因为没有人称赞他与金发女人跳的那支探戈多么潇洒。

“那我呢，马克斯？”梅查问。

他茫然地回头看着她。她的双唇微启，纯净的蜜色眼睛里闪动着挑衅的光芒。这让他战栗了一下，感到一种近乎凶狠的迫切欲望；他确信如果换做其他以及从前的时候，为了与她单独相处，他连眼睛都不眨一下就能杀掉身边所有的人。为了抚慰自己紧绷的身体里的那股热望，撕开那条几乎被这个闷热而烟雾缭绕的地方汗湿的、像一层深色皮肤那样贴在女人身上的裙子。

“也许，”梅查坚持道，“我还不困呢。”

“我们可以去博卡区。”德·特洛埃耶快乐地提议，带着从远处归来的人的表情喝光了自己的杜松子酒。“找点让我们头脑清醒的东西。”

“我同意。”她站起来，拿过披肩，她的丈夫掏出了钱包。“我们带上那个俗气漂亮的金发妞吧。”

“这不是个好主意。”马克斯反对道。

梅查和他用眼神彼此挑战。你到底想搞什么鬼，这是马克斯没有问出口的问题。她的轻蔑态度足以作为回答。你可以玩，她的表情这样说。叫牌或者退出。这取决于你的好奇心或你的胆量。而你已经知道奖品是什么了。

“恰恰相反。”德·特洛埃耶用发抖的手指数着十比索的钞票。“邀请那位小姐这个主意……好极了。”

雷本克主动提出带上那个舞女并陪他们过去；既然几位，他说，有一辆大车够所有人坐。我知道博卡区的一个好地方，他补充道。玛歌之家。布宜诺斯艾利斯最棒的意大利饺子。

“这个时候吃意大利饺子？”德·特洛埃耶迷惑不解地问。

“可卡因。”马克斯解释道。

“在那儿，”雷本克最后别有用心地说，“诸位想要多清醒就能多清醒。”

比起梅查的丈夫，他更期待梅查和马克斯的反应；仿佛他的本能让他能够认出真正的敌手是谁。交谊舞男则对那个坏蛋不动声色的笑容起了疑心；还有他让金发女人过来时的专横方式——她叫梅利娜，他说，是波兰人——以及他之前看见他朝阿曼多·德·特洛埃耶的钱包投去的一瞥。后者从里面取出了一些五十块的钞票，其中包括一笔慷慨的小费，他把它们皱巴巴地放到桌上，并把钱包放回了外套内侧的口袋里。

“人太多了。”马克斯一边戴帽子，一边低声说。

雷本克应该听见了，因为他向他投去了一个徐缓的、受到侮辱的、饱含深意的微笑。刻薄得像一片剃须刀片。

“您了解那个区吗，朋友？”

马克斯没有漏过这个细微的态度变化。从先生到朋友。这个夜晚显然才刚刚开始。

“了解一些。”他回答，“我曾住在离这里三条街的地方。很久以前。”

对方专注地盯着他，目光在马克斯衬衫的白色袖口上停留了一下。还有他领带上完美的结。

“但您说话像加利西亚人。”

“我的工作并不容易。”

他们彼此报以河岸人的冷漠，继续无声地打量了对方一会儿，雷本克用小指的长指甲弹掉了长雪茄最后的一点烟灰。有些事不必着急，而他们俩是在同样的街道上学会这一点的。马克斯估计这个家伙比自己大了十到十二岁。他以前肯定是街区里那些大点的孩子里面的一个，是穿着灰色罩衣、背上背着书包的小男孩羡慕的对象，他们能够自由自在地敲开台球室的门，为了逃掉十分钱的车票挂在南部电力公司电车的车尾上，像土匪那样偷袭阿基拉牌巧克力的小车，偷走磨盘面包店柜台里的黄油牛角面包。

“哪条街，朋友？”

“维艾特斯。105 路站台对面。”

“哎呀。”对方证实道，“几乎是邻居啊。”

金发女人挂在痞子的胳膊上，带着惯有的放荡姿态露出几乎没扣扣子的衬衫里面的乳房。她的肩上盖着用仿照马尼拉丝的劣质布料裁成的大披肩，饶有兴趣地打量着马克斯和德·特洛埃耶夫妇，她的眼睛因此睁大了一些，修得只剩下用黑色眉笔画出的一道弧线的眉毛也挑了起来。远离铁路酒吧片刻显然比往常跳二十分钱一支的探戈要让她觉得更有指望一些。

“阿隆桑芳[1]。”拿起他的帽子和手杖之后，德·特洛埃耶一边开了句玩笑一边朝门口走去，酒精让他的步子有些摇晃。

他们走到外面，司机彼得罗西把皮尔斯-阿洛开到门边，所有人都坐到了加长礼宾车的后座上。德·特洛埃耶坐在主座上，在梅查和探戈女郎中间；马克斯和雷本克坐在他们对面的折叠座上。至此，那个叫梅利娜的女人已经弄明白了情况，她再清楚不过是谁为派对买单，并顺从地遵循着痞子精明的双眼在阴影之中给出的无声指示。马克斯像绷紧的弹簧一样应对这一切，盘算着利与弊。他们可能会遇到的问题以及当那一刻到来时，以一种合理状态离开是非之地，而不必在腹股沟上挨一刀的最有效的方法。正如所有出生在城郊的人都知道的，在那个地方，只要股部大动脉被扎了一刀，那什么样的止血带就都没用了。

晚上十点过后比赛中止了。外面天色已暗，维多利亚酒店大窗户的玻璃上映出大厅中的景象，还有苏莲托悬崖顶上别墅和酒店的灯光。马克斯·科斯塔置身于观众之中，观察着那张还原了索科洛夫在裁判走到桌边之前走完最后一步棋后的棋盘和棋子的大木板。俄国人在一个信封上记录了些什么，起身离开了大厅，而凯勒则依然在研究棋盘。不久之后智利人也在一块板上记了些什么，不过他没有移动任何一枚棋子，而是把记录装进了同一个信封，将它合上并递给裁判，也站了起来。这是刚刚发生的；当凯勒从一扇侧门消失，观众的窃窃私语声和鼓掌声打破了寂静时，马克斯站起来迷惑地看了看四周，想要弄明白究竟发生了什么。他远远地注意到，坐在第一排的年轻女孩伊琳娜·亚赛诺维奇和那个胖男人——也就是卡拉佩蒂安大师——之间的梅查·英仲扎起身与他们一起跟着她儿子离开了。

马克斯出门，来到已经变得像游戏厅的门厅一样吵闹的走廊上，漫

---

① 源自《马赛曲》的第一句歌词，意思是“一起走吧”。

步在象棋爱好者中间，听着他们关于坎帕内拉大奖赛第五局比赛的看法。媒体室在附近的一个小厅里；从门前经过时，他听到一名意大利电台记者通过电话发表的评论：

“凯勒的黑象就像一个敢死队员……最引人瞩目的并不是他牺牲了一个马，而是象如此放肆地穿过了一个充满危险的棋盘……这是致命一击，但索科洛夫的冷静头脑救了他。仿佛提前预见到了一般，只用了一步，苏联之墙就封锁了这次进攻，接下来则以一句‘和局吗？’建议双方议和……智利人拒绝了，于是比赛被推迟到了明天继续进行。”

另外一个更小的厅似乎不对普通观众开放，敞开的门口聚集着好奇的棋友，马克斯看见凯勒正在里面与卡拉佩蒂安、年轻女孩亚赛诺维奇、裁判和其他人一起坐在一张棋盘前，似乎在对比赛进行复盘或分析。令马克斯吃惊的是，与在大厅里下每一步棋时的缓慢不同，凯勒、卡拉佩蒂安和那个女孩此刻正飞速移动棋子，几乎是把它们扔出去。他们出招、拆招并筹划新的招数，同时就这一步或那一步进行讨论。

“验尸分析，它的名字叫这个。”梅查说。

他转过身在自己身旁看到了她，就在门边。他没有感觉到她走过来。

“听上去很凄惨。”

女人若有所思地看着小厅。她像在苏莲托一贯做的那样——他知道她并非从来如此——穿着与当下任何年纪的女人中的流行趋势都相去甚远的衣服，两只手插在一件非常漂亮，毫无疑问也非常昂贵的鹿皮外套的口袋里。单单这件外套，马克斯计算，就要花去二十万里拉。至少这么多。

“有时候真是很凄惨。”她说，“尤其是在一场溃败之后。他们会研究那些招数，考虑它们是不是最正确的，或者还有更好的变化。”

里面依然传来迅速落下棋子的声音。有时候能听见凯勒的一句评论或玩笑引得大家发笑。急速的撞击声还在持续，甚至是在一枚棋子落到地上，棋手快速将它捡起并放回棋盘的时候。

“不可思议。太快了。”

她满意地点点头。又或许是以她的低调方式所表达的骄傲。就像任何一个她儿子这一等级的大师一样，她解释道，豪尔赫·凯勒能记下比赛中的每一步，还有每一个可能的变化。实际上他能够凭记忆复盘自己一生中下过的所有棋局。以及每一位对手的相当一部分棋局。

“现在他在分析自己以及索科洛夫的臭棋或好棋。”她接着说，“但这只是为了展示给朋友和记者看。之后他会与埃米尔和伊琳娜进行另一次闭门分析。那个要严肃和复杂得多。”

她若有所思地停住了，稍稍歪着头打量自己的儿子。

“他很担心。”她的语气与之前不同。

马克斯看看豪尔赫·凯勒，然后重新看着她。

“他看着不像。”他说。

“对方预料到了象的走法让他慌了。”

“我之前听说了一点。关于那个敢死队的象。”

“哦，好吧。这是人们通常对豪尔赫的期待。所谓的天才之举……实际上是详细计划过的。他和他的助手花了很多时间准备那一招，因为那说不定会造成一个有利的局面……利用索科洛夫在面对马歇尔让棋开局法时表现出的弱点。”

“恐怕我对那个马歇尔一无所知。”马克斯承认道。

“我的意思是就算世界冠军也会有弱点。分析师的工作就是帮助自己的棋手发现它们并将它们为己所用。”

旁边一个小厅的玻璃门开了，苏联人出现了：两个开路的助手，之后是在十多个人护卫下的世界冠军。尽头处有一张桌子和一副零乱的国际象棋。他们肯定刚刚完成自己的分析；不过，与凯勒不同，这边的分析是关门进行的，在场的只有几个正朝媒体室走去的本国记者。索科洛夫手指间夹着一根冒烟的香烟，从离马克斯很近的地方走过去，他湿润的蓝眼睛与对手的母亲对视了一下，并飞快地对她点点头。

“俄国人的优势在于他们得到了联盟的赞助和国家机器的支持。”梅查解释道，“你看那个穿灰外套的胖子：他是他们驻罗马使馆的文化与体育专员……那边那些人里面的另外一个是克里希金大师，苏联国际象棋联盟主席。那个金头发的大个子名叫罗斯托夫，他曾经差一点就成为了世界冠军，现在是索科洛夫的分析师……你不必怀疑，这支队伍里面有至少两个克格勃间谍。”

他们看着俄国人沿着走廊走远了，他们要去门厅和苏联代表团所占据的酒店花园旁边的独立公寓。

“但是，西方的棋手们，”女人接着说道，“却要靠赢得比赛来生存，或者花时间去做其他让自己得以维生的事……豪尔赫很幸运。”

“毫无疑问。他有你。”

“好吧……也可以这么说。”

她依然望着走廊，似乎在犹豫是否应该再说些什么。最后她回头看着马克斯，心不在焉地笑了。若有所思。

“发生了什么？”他问。

“我想没什么。在这种情形下是正常的。”

“你看起来忧心忡忡的。”

她又迟疑了一会儿。最后，那双瘦削而优雅的、背面带着老年斑的手做了一个含糊的手势。

“刚才，出来的时候，豪尔赫说：‘事情有点不对’。我不喜欢他说这句话的语气……他看我的样子。”

“我完全看不出你儿子在担心。”

“他就是这样。他喜欢自己展现出来的形象也是这样。可爱并容易打交道，你看到了。就像这一切都毫不费力那样轻松。但你无法想象他要花多少时间去努力、研究和工作。令人精疲力尽的紧张状态。”

她露出疲倦的神情，仿佛那种紧张的状态也让她精疲力尽了。

“来吧。我们去透透气。”

他们从走廊走到了露台上，那里几乎所有的桌子都有人了。在上面亮着一盏灯的栏杆后面，那不勒斯海湾是一个幽暗的环，遥远的灯光一闪一闪。马克斯对领班做了个肯定的表情，后者准备了一张桌子让他们坐下。之后他向接替领班为他们服务的侍应生要了两杯鸡尾酒。

“今天发生了什么事？……比赛为什么中止了？”

“因为时间不够了。每位棋手都拥有四十步或两个半小时的时间。当有人用完了规定的时间，或者走到了四十步之后，比赛就会被推迟到第二天。”

马克斯朝桌子俯下身，为她点燃刚刚放到唇间的烟。接着他交叉起双腿，避免这个姿势弄皱了裤线：昔日机械式的习惯，彼时优雅还是一项专业的工具。

“我没弄懂那些合上的信封是怎么回事。”

“离开之前，索科洛夫记下了棋盘上棋子的位置，以便明天能够复原它们。现在轮到豪尔赫下了。因此，在决定自己接下来的一步怎么走之后，他也秘密地将它记下来，并把它放在密封的信封里交给裁判。明天裁判会打开信封，在棋盘上摆好豪尔赫记下的那一步，让钟走起来并重新恢复比赛。”

“那时候就轮到俄国人下了？”

“是的。”

“我猜今天晚上他有的可想了。”

所有人都有的可想了，梅查回答。当一局比赛被推迟时，秘密记下的那一步棋对比赛双方而言都是个问题：其中一方，要研究他将要面对怎样的一步；另一方，则想要确定自己记下的那一步是不是最好的招数，对手会不会预料到，以及会不会做出危险的应对。

“这意味着，”她总结道，“吃晚饭、早饭和午饭时旁边都摆着一副口袋象棋，与助手一起工作很多小时，在洗澡、刷牙和大半夜醒来时进行思考……最让一位棋手烦恼的就是一局被推迟的比赛。”

“就像我们的一样。”马克斯说。

梅查习惯性地无视烟灰缸，让烟灰掉到地上，再次把烟放到唇间。随着光线渐渐变暗，她的皮肤似乎变得年轻了，面容也变得美丽。那对与马克斯记忆中的一模一样的蜜色双眸，从未离开马克斯的眼睛。

“是的，从某种程度上来说。”她回答，“那也是一局被推迟的比赛……还差两步。”

三步，马克斯心想。还有一步正在进行。但他并没有说出来。

当汽车在加里波第和佩德罗·德·门多萨大街之间停下时，天边刚刚升起的月亮的光芒，与树丛间亮着的一盏灯玫瑰色的光晕竞相冲淡了夜色。下车时，马克斯悄悄靠近梅查并拉住她的手臂，为她解开珍珠项链的搭扣，用另一只手接过项链放进外套口袋里。他看见女人的眼睛，在阴影和远处路灯的光亮之间惊讶地睁大了，他将两根手指放在她的嘴上，制止了她准备要说的话。之后，当所有人都从车边离开时，交谊舞男走到敞开的车窗旁。

“收好这个。”他低声说。

彼得罗西没说什么就收下了项链。帽檐遮住了他的脸，因此马克斯无法看清他的表情。只见他眼神一闪，仅此而已。几乎是友好的，他这样认为。

“您能把手枪借给我吗？”

“当然。”

司机打开杂物抽屉，在马克斯手里放了一把沉甸甸的小型布朗宁手枪，镀镍的枪身在黑暗中闪了一下。

“谢谢。”

马克斯追上了其他人，假装没有注意到梅查在他加入队伍时投去的质询目光。

“聪明的小伙子。”她喃喃道。

说这句话的时候她无比自然地挽着他的手臂。在他们前面两步的地方，雷本克正在点评施贵宝牌乙醚的好处，它在药店有售，他说，只需要倒一点在杯子里边喝酒边吸，就会感觉自己置身于天堂。不过玛歌之家的意大利饺子——一阵无耻的笑声，此时他们的友情已经十分坚固了——真的是无法超越。当然了，除非诸位喜欢更猛一点的东西。

“多猛？”德·特洛埃耶想知道。

“鸦片啊，朋友。或者印度大麻，随你们喜欢。甚至吗啡……应有尽有。”

他们就那样穿过了街道，小心不被杂草间散落的废弃铁轨绊倒。马克斯一边感受着口袋里的武器那令人心安的重量，一边看着痞子的背影，德·特洛埃耶正像漫步在佛罗里达大街上一样毫无顾忌地与他走在一起，帽子向后仰，胳膊上挂着把鞋跟踩得咚咚响的舞女。他们这样到了玛歌之家，一幢留着昔日辉煌印记的破败老楼，旁边是一家这个时间已经关门的小餐馆，它晾着衣服的门口堆满了虾壳和食物残渣。那里有潮湿的鱼刺、鱼头、过期饼干的气味，还有里亚丘埃洛的淤泥、柏油和船锚上的铁锈的味道。

“博卡区最好的地方。”雷本克说。马克斯觉得自己是唯一一个领会到其中讽刺意味的人。

一进门，一切就都无需多言。这个地方是由从前的妓院改建而成的吸烟室；而玛歌，一个满身肥肉、铜红色皮肤的老女人，在痞子与之耳语几句之后就礼貌而体贴地消失了。门厅的墙壁上，马克斯注意到，有三幅奇异的圣马丁、贝尔格拉诺和里瓦达维亚的画像；仿佛当这栋房子从前被作他用，有更有档次的客人前来关顾时，有人曾试图赋予妓院某种严肃的气质。但这就是那里所有还算得上体面的东西了。底楼延伸出一个潮湿、阴暗的大厅，那里没有电灯，而是点着老式的油灯，它们的热气让整个气氛显得更加诡异。有一种煤油混合着布法基杀虫剂、烟草和印度大麻的气味，浸透了衣物、窗帘和家具；其间还夹杂着五六对情侣的汗味——其中有些是男人和男人——他们非常缓慢地跳着舞，抱在一起几乎一动不动，对音乐无动于衷。那是一个留着电影里叛徒参差不齐鬓角的中国小伙在一台唱片机上放的，他盯着那台机器，为它更换唱片并转动手柄。马克斯的猜想得到了证实，玛歌之家正是那种一言不合就会有人从背心、腰带、裤子，甚至鞋子里掏出匕首和折刀的地方。

"美妙而地道。"德·特洛埃耶称赞。

梅查似乎也对这个地方很满意。她带着隐隐的微笑打量着一切，眼睛闪闪发光，嘴巴半张着，仿佛呼吸着这里的空气让她的感官更加敏锐了。有时候她的目光会与交谊舞男的相遇，其中包含着一种混合了兴奋、感激和许诺的东西。突然间马克斯的欲望变得更加急迫而真切，它取代了这个地方和身边的人给他带来的不安。老板娘带他们所有人去二楼的时候，他从很近的地方，愉快地欣赏着梅查的臀部。他们来到了一个土耳其风格的房间，里面的一张矮桌上点着两盏绿色的煤油灯，地毯上有被烟烫过的痕迹，还有两张大长沙发。一个块头极大的服务员拿来了两瓶估计是香槟的酒和两包香烟，他的头发中间有一条缝儿，模样好像露天市集上卖艺的大力士。所有人都在长沙发上坐下了，除了雷本克，他和女主人一起离开，并微笑着说自己是去为金丝雀找鸟食了。那时候交谊舞男已经做出了一个决定，他出门到走廊上等他回来。从楼梯上飘来楼下的留声机上播放的《工厂的小路》的旋律。过了一会儿痞子现身了：他带来掺了印度大麻的烟草和半打用折好的牛油纸包着的半克装小袋。

"我想请您帮个忙。"马克斯说，"男人对男人。"

那个坏蛋惊疑地看着他，盘算着他想要干什么。那依然挂在他欧式小胡子下面的微笑僵在了嘴角。

"我与那位太太相处有一段时间了。"马克斯眼睛眨都不眨一下，继续说道，"而她丈夫喜欢梅利娜。"

"然后呢？"

"五是个奇数。"

对方似乎在思考奇数和偶数的问题。

“可是，我说，”他最后说，“您当我傻呢，朋友。”

他粗鲁的口气没有令马克斯不安。还没有。此时，他们只是两只城郊的狗，一只比另一只穿得体面些，在一条小巷里互相嗅着对方。解决办法就在那儿。

“他们会为一切买单的，”他补充道，边强调“一切”边指了指半克装小袋和印度大麻。“这个，另外那个。多少都行。”

“她丈夫是个讨人厌的醉鬼。”雷本克若有所思地说，像在与对方分享自己的想法。“您看见他穿的绑腿了吗？……一个满身铜臭的蠢货，巴黎范儿的。”

“他会带个空钱包回酒店的。我向您承诺。”

最后那句话似乎让对方感到满意，因为他重新专注地打量了一下马克斯。在巴拉卡斯或博卡区，每个人都懂承诺是什么。它在那里比在巴勒莫或贝尔格拉诺更受尊重。

“那位太太的项链呢？”好记性的痞子摸着自己领口原本该戴领带的地方系着的手帕，“她现在没有戴着了。”

“她把那条弄丢了吧。但我觉得，这个不算在内吧。那是另一笔生意。”

那个坏家伙依然盯着他的眼睛，脸上还带着冷冰冰的微笑。

“梅利娜是个昂贵的漂亮姑娘……一晚上三十比索。”他拖长了声音阴阳怪气地说道，仿佛贪婪让他的嗓音变尖了。“全套服务。”

“当然。不过您放心。您会得到补偿的。”

对方扶了一下软帽的帽檐，将它往后抬了抬，拿起夹在耳朵后面的长雪茄烟屁股。他依然疑虑重重地望着马克斯。

“我向您承诺。”马克斯重复了一遍。

雷本克什么也没说，弯腰在鞋底擦燃了一支火柴。随后他透过第一口烟继续打量着对方。马克斯将一只手插进长裤口袋，正好托住了勃朗宁手枪。

“您可以去下面喝点什么。”他提议，“听听美妙的音乐，抽支好烟。安静地消遣一会儿………然后我们就走。”

对方看着他藏起来的那只手。或许他发现了凸起的枪。

“我有点囊中羞涩，朋友。给我几比索吧。”

马克斯平静地将手从口袋里抽出来。九十比索。这是他仅有的钱了，除此之外就是旅馆房间的镜子后面藏的另外四张五十比索纸币。雷本克没有数就收下了钱，作为交换他给了他那六小包可卡因。每包三比索，他冷淡地说，印度大麻算店里送的。之后他们会结账的。全都算到一起。

“碳酸氢盐多吗？”马克斯看着那些“意大利饺子”问。

“常规的量。”那个坏蛋用小指的长指甲抠出一点抹在鼻子上，“不过很细腻，就像有细墨粉一样。”

“让她亲你，马克斯。”

交谊舞男拒绝了。他站在那里，外套扣得好好的，背靠墙壁，身旁是一张土耳其长沙发和面向夜色中的加里波第大街敞开的窗户。印度大麻的香雾升起来，消散成柔和的螺旋形，熏得他眯起了眼睛。烟在他的指间燃烧着，他只吸了小小的一口。

“我宁愿让她亲你丈夫……他更喜欢。”

“好吧。”阿曼多·德·特洛埃耶笑了，喝干了嘴边的那杯香槟。“让她亲我吧。”

作曲家坐在另外一张长沙发上，他穿着背心和衬衫，袖口在手腕上挽起来，领带松着，外套随随便便地扔在地上。煤油灯的灯罩为房间蒙上了一层绿影，让两个女人的皮肤闪着油亮亮的光。梅查靠着她丈夫，慵懒地倚在仿锦缎的靠垫上，光着胳膊，交叉双腿。她已经把鞋脱掉了，不时将大麻烟拿到嘴边，深深吸上一口。

“去亲他，来呀。亲亲我男人。”

梅利娜，那个探戈女郎，坐在两张沙发之间的地上。之前，她随着从楼下传来的、隔着关上的门几乎听不见的音乐节奏，装模作样地跳了一段舞。她光着脚，被大麻弄得神魂颠倒，衬衫的扣子全都开着，露出荡漾的丰满下垂的乳房。她黑色的丝袜和丝质内衣都皱巴巴地堆在地毯上，在刚刚做完最后几个无声而淫荡的动作之后，她还在用两只手托着那条已经拉到大腿中部的阿帕切剪裁窄裙。

“亲他。”梅查坚持道，“亲嘴巴。”

“我不亲那儿。”梅利娜反对道。

“亲他，可以……要不你就离开这里。”

舞女靠过去，撩开蒙在脸上的金发，爬上长沙发，骑到他身上，吻住了他的嘴，这时德·特洛埃耶笑出了声。为了做出这个姿势她不得不把裙子拉得更高，煤油灯油亮的绿光沿着她赤裸的大腿在她的肌肤上流淌。

“你说得对，马克斯。”作曲家不要脸地说，“我更喜欢。”

他已经把手伸到了探戈女郎的衬衫下面，抚摸着她的胸部。多亏了东方式矮桌上那两包已经打开并被吸光了的可卡因，尽管此刻作曲家的血液中含有不少酒精，他还是显得清醒了。交谊舞男带着几乎职业性的好奇心注意到，他的醉态只是表现在行动有点迟钝，以及需要停下来努力寻找某个绊住舌头的词语。

“你真的不想试试吗？”德·特洛埃耶提出。

马克斯露出疏离的微笑，小心翼翼又十分平静。

“过一会儿……也许过一会儿吧。”

梅查沉默不语，唇间含着烟雾升腾的香烟，摇晃着一只没有穿鞋的脚丫。马克斯确定她没有在看梅利娜和德·特洛埃耶，而是在看他。她面无表情，或者是若有所思，似乎毫不在意她丈夫和另外一个女人的所作所为，或者只是考虑到交谊舞男才会去看那一幕。唯一的目的就是在这一切发生之时观察他。

“为什么要等？”她突然说。

她慢慢站起来，几乎有些严肃地拉平连衣裙的裙摆，她嘴里依然含着印度大麻烟，扶着梅利娜的肩膀让她坐起来，把她从自己的丈夫身上拉开，引到马克斯身边。对方任由她这么做了，就像一只温驯的动物那样顺从，她赤裸的乳房晃动着，汗水将没扣扣子的衬衫粘在了上面。

“漂亮而俗气。”梅查看着马克斯的眼睛说。

“我在乎个屁。”后者几乎是温柔地回答。

这是他第一次在德·特洛埃耶夫妇面前说脏话。有那么一会儿她把两只手搭在梅利娜肩膀上，迎着他的目光，之后她轻轻推了她一下，直到探戈女郎湿润温热的胸部靠在了马克斯身上。

“对他好一点。”梅查在那个女人耳边低语，“他是个邻家好小伙……他的舞跳得棒极了。”

梅利娜姿势笨拙、神情迷离地搜寻着男人的双唇，但对方厌恶地躲开了。他把烟从窗口扔了下去，近距离迎着梅查在煤油灯绿色的光影中显得浑浊的目光。他发现，她注视他的时候似乎带着技术性的冷淡。带着科学家般的极端好奇心。与此同时，探戈女郎已经松开了马克斯的外套和背心的扣子，正在解扣住背带和长裤裤腰的那些。

“一个令人不安的好小伙。”梅查神秘地坚持道。

她用两只手按住梅利娜的肩膀，迫使她跪在他面前，把脸凑近他的生殖器。那一刻女人们背后响起了德·特洛埃耶的声音：

“别把我排除在外啊，坏小妞。”

马克斯很少看见在梅查朝她丈夫转过脸去、一言不发地看着他之前，眼中闪现的鄙夷。但愿，这个念头在他心中一闪而过，永远都不会有女人用这种方式看着我。德·特洛埃耶耸耸肩膀无奈地接受了观众的角色，他又倒满了一杯香槟，一口喝掉，开始拆另一包可卡因。那时候梅查已经重新朝马克斯转过身来；当舞女温顺地跪在地上，不怎么专业也不够卖力地抵达服务对象时——至少她的舌头湿润而温暖，马克斯平静地想道——梅查把烟灰抖落在地毯上，将嘴唇贴近男人的嘴唇但并未触碰，此刻她的眸子仿佛晕染上了煤油灯的绿光。她这样停了好一会儿，一动不动地从近处看着他，阴影勾勒出她的颈项和面孔，她的嘴距离马克斯只有咫尺之遥，而他的感官沉醉于呼吸的温柔颤动，如此贴近的纤细娇躯，印度大麻的香气，女人皮肤上淡淡的香水味和汗味。是这个，而并非梅利娜的笨拙表演，真正地激起了他的欲望：当他的肉体最后变得坚硬，紧绷得几乎要冲破衣服时，似乎正在窥探这一刻的梅查猛地推开探戈女郎，贪婪而凶狠地压住了马克斯的嘴唇，把他拽到长沙发上。此时他们背后响起了她丈夫愉悦的笑声。

“你们不会想就这么走掉的。”胡安·雷本克说，“这么快。”

他危险的微笑出现在他们和房门之间，肚子里的坏水都要漫出来了。他一脸挑衅地站在走廊中间，帽子歪着，两手插在长裤口袋里。他时不时垂下眼睛看着自己的鞋子，似乎想确定它们光亮得与环境相配。马克斯已经预料到了，他观察了一下痞子合上的上衣左侧的匕首包。之后他回头看着德·特洛埃耶。

“你身上有多少？”他小声问。

作曲家的面容显示出那是糟糕的一晚：眼睛通红，脸颊上开始冒出胡子，领带系得乱七八糟。梅利娜已经松开了他的胳膊，她靠在走廊的墙上，显得厌烦而漠然，似乎脑袋里想的只有找张床躺下一口气睡上十二个小时。

“我还剩下差不多五百比索。”德·特洛埃耶迷迷糊糊地嘟囔着。

“给我。”

“所有的？”

“所有的。”

作曲家太累也太醉了，根本无力反对。他顺从地用笨拙的双手从外套内侧口袋里掏出钱包，由着马克斯毫不留情地掏空了它。后者感觉到梅查的眼睛盯着自己——她站在走廊后面一些的地方，肩上裹着披肩，观察着这一幕——但他一眼都没看她。他需要专注于更加紧迫的事情。也更加危险。最重要的是回到彼得罗西所在的皮尔斯-阿洛轿车上，以难度最小的方式。

“拿着。”他对痞子说。

对方不为所动地数着钱。数完后他用一只手的手指捏着它们敲了一会儿，似乎在思考什么。接着他把钱收进口袋里，脸上的微笑更加明显了。

“还有更多费用。”他说得不紧不慢，声调拖得很长。他没有看德·特洛埃耶，而是看着马克斯。仿佛这是两人之间的一件私事。

“我不信。”马克斯说。

“那么我建议您信，朋友。梅利娜是个漂亮女人，难道不是吗？……还要弄到牛油纸包和所有其他东西呢。”他冷漠地看了梅查一秒钟，“这位女士，您和这个蠢货度过了一个美好的夜晚……我们尽量让所有人今晚都过好吧。”

“他一个子儿都不剩了。”马克斯说。

对方似乎回味了一下“子儿”这个词，他的微笑更深了，像是很欣赏这句城郊土话。

“那位女士呢？”

“她没带钱。”

“我觉得，她之前有条项链。”

“现在没有了。”

那个坏蛋把手从口袋里拿出来，解开了外套的扣子。这么做的时候，匕首的象牙柄从背心的腋下部位露了出来。

“那可得调查一下。”他看着德·特洛埃耶衣服中间发亮的金腰带，“我还想知道几点了，因为我的表停了。”

马克斯盯着那个无赖的衬衫袖口和口袋。

“您似乎没戴表。”

“我的表很多年前就停了……我为什么要戴个不会走的表？”

不值得，马克斯心想，为一只表而杀人。为了一条珍珠项链也不值得。但痞子笑容里的某种东西激怒了他。或许是过分的自负。那个所谓的胡安·雷本克过分确信自己是唯一一个站在自己领地上的人。

“我对您说过我是巴拉卡斯人，出生在维艾特斯街了吧？”

对方的微笑暗了下来，仿佛那撇欧式小胡子突然为它蒙上了阴影。那又如何，他的神情这样说。在夜里的这个时间。

“你别掺和。”他生硬地说。

他脸上的表情让这个“你”字显得更加突兀而令人不安。马克斯将威胁置于它所发生的环境中，慢慢进行分析。那个家伙的态度，门厅，大门，有车在等的那条街。他无法排除雷本克在附近有朋友准备施以援手的可能。

“我记得，以前在这个街区我们是守法的。”马克斯十分平静地继续道，“人们讲信用。”

“然后呢？”

“当你想要一只表时，你会去买。”

对方脸上的笑容已经消失了。取而代之的是一种危险的表情。像一只恶狼，马上要张嘴撕咬。

“你真是这儿的还是装的？”

他的一只拇指刮着背心，似乎在为象牙刀柄开路。马克斯瞥了一眼，计算距离。他与对方的匕首之间隔着三步；就对方而言，他还得把刀从套子里拔出来。马克斯几乎难以觉察地侧过身去，用身体左侧对着他，因为这样能用一只胳膊和手更好地保护自己。他在非洲的军营妓院里学会了这种策略——低调而有用的事先准备——那是个破酒瓶和小刀乱飞的地方。既然开口叫了，你最好得是只狗。

“哦，上帝啊……你们别再抬杠了。”梅查的声音在他们背后响起，

“我困了。把表给他，我们走吧。”

马克斯知道那并不是抬杠，但现在并不是解释的时候。痞子很久以前就在觊觎那个了，原因可能正在于梅查自己。从第一次看见她起，毫无疑问。从那支探戈开始。他无法允许将那晚原本的目标排除在外；而陪他度过等待时光的酒精也没有让事情变好。手表、被托付给彼得罗西的项链、马克斯的九十比索和德·特洛埃耶刚刚掏出的五百多比索，只不过是给了混蛋的胳肢窝里不安分的匕首一个借口。他想像个男子汉大丈夫一样，而梅查就是见证者。

“你们出去。”他没有转身就对女人和她的丈夫说，“直接去车上。”

或许是他的语气，他直视雷本克奸诈目光的方式，梅查没有再说什么。几秒钟后，马克斯用眼角的余光确认她和她丈夫站在他身旁，离门口更近的那一边，贴着墙壁。

“真着急啊，喂。”那个混蛋说，“我们有的是时间。”

我之所以鄙视他是因为我太了解他了，马克斯心想。我也可以是他。他的错误在于以为一套裁剪精良的西服就让我们不同了。以为这能够抹去记忆。

“你们到街上去。”他对德·特洛埃耶夫妇重复了一遍。

坏蛋的拇指离匕首更近了。当它离象牙手柄只有一公分时，马克斯把右手伸进外套口袋，触到了勃朗宁手枪温暖的金属外壳。那是一支口径为六点三五毫米的手枪，下车到门厅前他偷偷在枪膛里装了一枚子弹。他没有把枪从口袋里掏出来，只用一根手指拉开了保险栓。在雷本克的帽檐下面，那双思虑重重的深色眼睛饶有兴趣地跟随着交谊舞男的每个动作。大厅尽头，烟雾缭绕之间，留声机开始奏起了《手拉手》的旋律。

“这里谁也别想走。”坏蛋肆无忌惮地说。

接着他往前迈了一步，像在空气里画了一个铁钩。他的右手已经伸进了背心的腋下位置，此时马克斯用勃朗宁指着他的脸，瞄准他两眼之间的地方。

“自从人们发明了这个，”他平静地说，“就已经没有勇敢的人了。”

他的话里既没有炫耀也没有狂妄：语气平和、低调，仿佛那是小子之间的一个秘密。“你”对“你”。与此同时，他也希望自己的手没有发抖。对方神情严肃地看着漆黑的枪口，几乎是若有所思地。像一个职业玩家，马克斯心想，在计算桌面上的那堆牌里还有几张 A。他应该觉得剩下的 A 不多了，因为片刻之后他就把手指从匕首柄上拿开了。

“要是我们势均力敌，你就不会这么勇敢了。”他非常狡猾又非常坚定地看着他说。

“当然不会。”马克斯承认。

对方继续直视了他一会儿。最后他用下巴指指门口。

“快跑吧。”

微笑重新回到了他的嘴角。既无奈又危险。

“你们到车上去。”马克斯命令梅查和她的丈夫，他依然拿枪指着那个混蛋。

德·特洛埃耶夫妇走的时候——女人的鞋跟快速踏过木地板——对方连看都没有看他们一眼。他的眼珠依然死死盯着交谊舞男，眼中满是歹毒而无望的诅咒。

“你不想试试吗，朋友？……你看街上有的是匕首。男人用的工具，你想想吧。他们能借你一把。”

马克斯在角落里露出微笑。几乎算得上友好。

“以后吧，也许。今天我很着急。”

“真遗憾。”

“是啊。”

他来到街上，不慌不忙地边走边收好手枪，带着如释重负的愉悦心情呼吸着拂晓清新湿润的空气。皮尔斯-阿洛轿车就在门口，发动机开着，灯也亮着；等交谊舞男进去，将车门重重关上之后，彼得罗西松开刹车，挂上挡，车子开动时轮胎猛地“吱”了一声。突如其来的起动让马克斯倒在后座上的德·特洛埃耶夫妇之间。

“我的上帝。”丈夫惊恐地嘟囔道，“这一晚真是应有尽有。”

“你们想要老卫队的探戈，对吧？”

梅查倚在皮靠垫上，哈哈大笑。

“我觉得我要爱上马克斯了……你不介意吧，阿曼多？”

“完全不，老婆。我也爱他。”

美到极致的肉体。光辉灿烂。或许这些词语能恰到好处地形容马克斯在卧室的阴影里、混乱的床单上所见的，女人那沉睡而静止的身体。没有哪个画家或摄影师，交谊舞男心想，能够忠实地记录由自然之力美妙而完美地汇聚在赤裸脊背上的修长华丽的线条，以一种精确的角度伸展并搂住枕头的手臂，从臀部一直无限延伸到纤细双腿的温柔曲线，它们略微分开，从后方显露出性的起点。融合了一切纤长直线与柔和弧线的理想中心，是修剪得整整齐齐的短发刚好裸露出的纤弱颈项，起身前交谊舞男用嘴唇摩挲过它，为的是确认梅查睡着了。

穿戴完毕，马克斯按灭抽过的烟，去浴室——大理石和白色瓷砖——盥洗台上方的镜子前打上领带。接着他一边扣好背心的纽扣一边穿过房间，寻找被他放在皇宫酒店巨大套间的英式小厅里亮着的台灯和桃花心木沙发旁边的外套和帽子。沙发上躺着德·特洛埃耶，他没脱下来的衣服乱七八糟的，假领子松开了，穿着袜子，像个街头长凳上醉醺醺的流浪汉那样蜷成一团睡着了。脚步声让作曲家睁开眼睛，茫然地在红色天鹅绒的沙发面上翻了个身。

“怎么了……马克斯？”他软绵绵地问，显得有些笨拙。

“没什么。梅查的项链在彼得罗西那里，我去找他。”

“好小伙。”

德·特洛埃耶闭上眼睛，转过身去。马克斯观察了他一会儿。他对那个男人萌生的鄙视之情与过去几个小时里发生的事情造成的惊恐不相上下。有那么一会儿，他感到自己想毫无怜悯或愧疚地殴打他；但这个，他冷静地想道，对于形势并没有任何实际的好处。激发他迫切兴趣的是另外一些东西。当一动不动地躺在梅查疲惫熟睡的身体旁边时，他对它们进行了长时间的思考，刚刚过去不久的回忆和感觉像滚滚洪流一般汹涌而至：他们扶着她的丈夫穿过酒店门厅的情景，给他钥匙的夜间管理员，电梯，到达房间，压抑的低语声和笑声。之后，德·特洛埃耶像个茫然的动物那样目光呆滞地看着他们，而女人和马克斯脱光衣服，热切而毫不羞怯地想要征服对方。他们吮吸着对方的嘴唇和身体，艰难地退入卧室，没有关门就把床罩扯了下来。他带着绝望的狂暴沉入女人的身体，那更像是在索债，而不是出于激情，或者爱意。

他小心翼翼地关上身后的门，尽量不发出声音，走到走廊上。地毯让他的脚步悄无声息，他没有乘电梯，而是从宽阔的大理石台阶下了楼，心里思考着接下来的行动。梅查的项链并没有在皮尔斯-阿洛轿车里。在酒店门口下车时，当马克斯让司机在那里等着并让他之后送他去卡博托旅馆时，他已经把手枪还给了彼得罗西并拿回了那串珍珠项链，装进口袋，而梅查和她丈夫都没有察觉。它一直都在那里，现在也还在那里。马克斯用手按住外套左侧鼓鼓的口袋，穿过门厅的廊柱，轻轻挑起眉毛问候了夜间管理员并来到外面，彼得罗西正在路灯下的车子里睡觉：他的帽子放在一旁的副座上，盖住了一份对折的《民族报》，脑袋后仰靠在皮椅背上。马克斯用指关节敲了敲玻璃，他抬起头来。

"劳驾，请带我去布朗海军上将大街……不，不用了。您不用戴帽子。之后您就回家吧。"

一路上他们一句话也没说。时不时地，就着从正墙或围墙上反射过来的灯光，以及清晨渐渐亮起的灰白色天光，马克斯注意到后视镜里司机偶尔会与他的视线相遇的无声目光。当皮尔斯-阿洛轿车在旅馆门口停下时，彼得罗西下车为马克斯开门。后者也下了车，手里拿着帽子。

"谢谢，彼得罗西。"

司机面无表情地看着他。

"没什么，先生。"

马克斯朝门口走了一步又突然停住，转过身来。

"很荣幸认识您。"他加了一句。

尽管在模糊的光线中很难确定，他感觉到彼得罗西露出了微笑。

"恰恰相反，先生……是我荣幸才对。"

现在轮到马克斯笑了。

"那支勃朗宁很棒。好好留着它。"

"我很高兴它对您有用。"

当交谊舞男神色如常地从手腕上褪下那块浪琴表时，司机的目光中隐约闪过一丝茫然。

"不是什么贵重的东西。"他边说边把它递给他，"但我口袋里一个比索也没有了。"

彼得罗西在手指间转着那块表。

"您不必如此。"他反对道。

"我知道。而这让我更应如此。"

两个小时后，马克斯·科斯塔整理完行李并从卡博托旅馆叫了一辆出租车，从港口的船坞登上卡雷拉公司连接拉普拉塔河两岸的明轮蒸汽船；不久之后，办理完移民和海关手续，他在蒙得维的亚下了船。几天后警方的调查重现了交谊舞男在乌拉圭首都短暂停留期间的活动，表明他在从布宜诺斯艾利斯出发的航程中结识了一个墨西哥籍的女人，她是专业歌唱家，受雇于皮加勒皇家剧院。马克斯与她一起住进了维多利亚广场酒店的一个豪华房间，第二天早晨他就从那里消失了，留下了自己的行李和那个愤怒的墨西哥女人极不情愿，却不得不面对的一大笔账单——住宿，各种服务，有香槟和鱼子酱的晚餐——次日一位工作人员拿着前一天下午马克斯在城里最好的皮草店为她买的白鼬皮大衣叫醒了她；根据马克斯的指示，当时他身上没有足够的钱，因此需要等到第二天银行开门的时候，在酒店交货。

那时候，马克斯已经登上挂着意大利国旗的远洋邮轮“绿伯爵号”，它驶往欧洲并在里约热内卢停靠；三天后他在里约上岸，从那一刻起就失去了行踪。能确定的最后一件事是，在离开蒙得维的亚之前，马克斯已经把梅查·英仲扎的项链卖给了一位在安第斯大街上开古董店的罗马尼亚珠宝商，他是有名的销赃者。那个名叫特罗亚内斯库的罗马尼亚人在给警方的证词中承认，他为这串项链——两百多颗完美的原版珍珠——支付了三千英镑。根据市场行情，这相当于它真实价值的一半多一点。但那个由朋友的朋友介绍来的、在瓦卡洛咖啡馆里把它卖给了他的年轻人，似乎很着急做成这笔生意。当然，那是个可爱的小伙子，穿着考究且有教养，带着迷人的微笑。要不是因为揣着那两百颗珍珠，还那么着急，他会认为他是个完美的绅士呢。

第六章　英国人大道

在维多利亚酒店吃过晚餐后他们出来散步，享受宜人的温度。梅查已经把马克斯介绍给了其他人——“一位亲爱的朋友，我都不记得认识他多少年了”——而他以一如既往能够让他自如应对各种情况的冷静，轻而易举地融入了那群人：他自然亲切的风度来自得体的举止和谨慎的智慧，这在过去曾让无数扇大门为他敞开，那时候每一天都是一次决斗和一场生存之战。

“所以您住在阿尔玛菲？”豪尔赫·凯勒问。

马克斯的平静无懈可击。

“是的。有时候是。”

“那是个美丽的地方。我真嫉妒您。”

是个讨人喜欢的男孩，马克斯心想。身材很好：就像驰骋在大学赛场的美国小伙，但英俊的欧式面容又带着一丝古典气质。他已经摘下了领带，衬衫袖口卷到小臂上，他把外套搭在肩膀上的样子不太符合人们通常对于一个国际象棋世界冠军应有的印象。而推迟的比赛似乎并没有困扰他。晚餐时他表现得风趣而大方，与自己的老师及助手卡拉佩蒂安互相开着玩笑。吃甜点时后者想要离席去分析保密的那步棋的各种变化，加紧进行他和伊琳娜·亚赛诺维奇明天早餐后要与凯勒一起着手处理的工作。正是卡拉佩蒂安在离开前建议他们去散个步。对你有好处，他这样告诉年轻人，可以让头脑清醒一下。散会儿心，让伊琳娜陪着你。

“你们合作多久了？”当助手走开时马克斯问。

“太久了。”凯勒叹了口气，他快活的语调就像一个老师刚转过身就开始议论对方的学生。“意思是超过我人生一半的时间。”

“比起我你更听他的。”梅查说。

年轻人笑了。

“你只是我的母亲……而埃米尔是地牢的看守。”

马克斯望着伊琳娜·亚赛诺维奇，问自己她在多大程度上是凯勒所影射的那个地牢的钥匙。严格来说她并不算漂亮，马克斯心想。或许是有魅力，因为她的青春，那条如此“摇摆伦敦”风格的短裙，那双深邃漆黑的大眼睛。看上去沉默而甜美。一个聪明的女孩。与其说是情侣，她和凯勒似乎更像在大人背后用表情手势和眼神互相交流的同学，仿佛将他们连结在一起的象棋是一种叛逆同盟。一个聪明而复杂的恶作剧。

“我们喝点什么吧。”梅查提议，“在那里。”

他们一边聊天，一边沿着圣安东尼奥和圣弗朗西斯科路走向特拉蒙塔诺王朝酒店的花园，那里被灯光照亮的九重葛、棕榈树和洋玉兰之间有一个小亭子，一队乐手正在三十多个人面前演奏音乐，他们穿着有领运动衫、搭在肩上的绒线衫、迷你裙和牛仔裤，坐在位于悬崖顶附近的舞池四周的桌子上，下面是海湾的夜色和尽头那不勒斯遥远的灯光。

“我记得，我母亲从来没有说起过您……你们是在哪里认识的？”

“在一艘船上，二十年代末。它驶往布宜诺斯艾利斯。”

“马克斯是船上的一位交谊舞男。”梅查补充道。

“舞者？”

“职业的。他与女士们和女孩们跳舞，跳得相当不错……他与我第一任丈夫那支著名的探戈很有渊源。”

年轻的凯勒对这句话无动于衷。或许探戈并不怎么吸引他，马克斯推断，或许是他不喜欢提起她母亲之前的婚姻生活。

“啊，那个。”他冷淡地说，“探戈。”

“那您现在做什么？”伊琳娜问。

胡根托布勒医生的司机做了一个恰到好处的表情，既有说服力又不太具体。

“做生意。”他回答，“我在北部有一家诊所。”

“挺不错的。”凯勒评价道，“从探戈舞者变成了一家诊所和阿尔玛菲一栋别墅的主人。”

“其间还是有些不太顺利的时期。”马克斯说，“漫长的四十年。”

“您认识我父亲吗？埃内斯托·凯勒？”

一个含糊的、试图回忆的表情。

“有可能……我不确定。”

马克斯与梅查的目光相遇了。

“你在里维埃拉见过他。”她平静地说，“西班牙内战期间，在苏济·费里奥尔家里。”

“啊。真是这样……当然。”

他们四个人要了酒水：汽水、矿泉水以及马克斯的一杯尼格罗尼鸡尾酒。当侍应生举着满满当当的托盘回来时，鼓手敲起架子鼓和钹，两位电吉他手奏起音乐，而歌手——一个戴着假额发、身穿奇特外套，模仿詹尼·莫兰蒂[①]风格的英俊熟男——则开始演唱《不要告诉妈妈》。豪尔赫·凯勒和女孩迅速吻了对方一下，走入舞池，伴随着活泼的扭摆舞旋律在人群中灵活地跳起舞来。

“难以置信。”马克斯评论。

“你觉得什么难以置信？”

“你的儿子。他的个性。他的举止。”

她缓缓地看了他一眼。

“你是指作为一个国际象棋世界冠军的争夺者吗？”

“正是。”

---

① 意大利老牌著名歌手。

“我明白了。我想你期待的是一个苍白而孤僻的男孩，在一朵七十四格的云上。”

“类似这样。是的。”

梅查摇摇头。你不该自欺欺人，她提醒他。云也在那里。虽然看上去不像，年轻人依然在下着那局推迟的比赛。而让他与众不同的，毫无疑问，正是他应对这一切的方式。有些大师将自己隔绝在世界和生活之外，像僧侣们一样全心投入。但豪尔赫·凯勒不是这样。他下棋的方式，恰恰在于将象棋投射到世界和生活之中。

“在那个给人正常的错觉、如此充满活力的外表下，”她总结道，“有一种与你我完全不同的关于空间和事物的观念。”

马克斯点点头，他正在观察伊琳娜·亚赛诺维奇。

“那她呢？”

“她是个古怪的女孩。我自己是看不穿她脑子里想些什么的……毫无疑问，她是个伟大的棋手。高效而清醒……但我不知道她的行为方式在多大程度上是出于本心，或是由她与豪尔赫的关系所决定的。我不知道她以前是什么样的。”

“我从来没想到女人里面也能有好棋手……我一直认为这是个男人的游戏。”

“并非如此。有很多大师级别的女棋手，尤其是在苏联。问题是很少有女人能获得世界冠军。”

“为什么？”

梅查喝了口水，沉思了片刻。埃米尔·卡拉佩蒂安，她最后说，对此有一个理论。下几局棋与参加挑战赛或世界冠军赛是不一样的：后者需要持续的付出、极端的专注和极高的情绪稳定性。对于经常经历生理波动的女人们而言，在一次持续数星期或数月的高水平赛事期间保持这种始终如一的稳定性更难。诸如生育或者月经这样的因素，可能会打破对一项激烈的国际象棋赛事而言不可或缺的平衡。因此很少有女人能够达到这样的水平。

“而你同意？”

“有一点。是的。”

“伊琳娜也这么想吗？”

“不，完全不是。她认为没有什么不同。”

“那你儿子呢？”

“他认同她。他说这是态度和习惯的问题。他认为接下来的几年中事情会有很大变化，无论是国际象棋还是其他一切……他认为事情已经在改变了，比如年轻人们的革命、登月成功、音乐、政治等等。”

“他肯定是对的。”马克斯承认。

“你说的好像你很遗憾。”

她饶有兴趣地打量着他。她的话听上去更像挑衅，而不是随口说出的评论。他报以优雅的手势。伤感的。

“每个时代都有属于它的时刻。”他语气温和地表示，“以及属于它的人。我的时代很久之前就结束了，而我讨厌赖着不走。那有失风度。”

微笑让梅查再次变得年轻起来，他心想，就像抚平了她的皮肤。或许是她眼神里友爱的光芒，此刻它与他记忆中的一模一样。

“你依然能说出漂亮的句子，我的朋友。我总是问自己你是怎么想出来的。”

交谊舞男显得毫不在意，仿佛答案再明显不过了。

“这儿借一点那儿借一点吧，我想……然后就是选择合适的时机把它们说出来的问题了。”

“你的风度依然如故。你还是我四十年前在那艘干净洁白得就像刚刚在沸水中洗过一样的轮船上认识的，那个完美的诱惑者。”

“你依然充满活力。只要看看你与儿子和其他人在一起的样子就知道了。”

第一句话听起来像是哀叹，而梅查若有所思地打量着他。也许她突然警惕起来。有那么一秒钟马克斯感到自己的伪装正在脱落；为了争取时间，他朝桌子俯下身，为女人的杯子倒满水。当他靠回到椅子上时，一切重回掌控之中。但她依然注视着他，目光如炬。

“我不明白你为什么要这样说话。这种苦涩的语气。你过得并不差。”

马克斯做了个不明确的手势。他告诉自己，那也是在下棋。也许他这一生就没做过别的。

“疲惫，也许应该这么说。”他谨慎地回答，“一个男人应当知道抛下雪茄、酒精或生命的那一刻何时到来。”

“又一个漂亮的句子。是谁说的？”

“我忘了。”此刻他微笑着，再次控制住了局面。“甚至有可能是我说的，你猜吧。我太老了，已经不知道了。”

“还有何时抛下一个女人吗？……你曾经是这方面的专家。”

他带着精心计算过的混合了爱意和责备的神情望着她；然而梅查摆摆手，拒绝了它。她没有接受他的示好。

“我不知道你在抱怨什么。”她坚持道，“或者在假装抱怨什么。你曾经过的是一种危险的生活……你曾经可以拥有一个截然不同的结局。”

“你的意思是穷困潦倒吗？”

“或者身陷囹圄。”

“这两者我都经历过。”他承认，“次数不多，时间也不长，但我经历过。”

“你换了一种生活，这太令人震惊了……你是怎么做到的？”

马克斯再次做出了一个包含想象中所有可能性的含糊表情。只一个多余的细节，常常就能毁掉最好的伪装。

“战后我交了那么一两次好运。朋友和生意。”

“也许，还有个有钱的女人？”

“我不觉得……我不记得了。”

从前的马克斯此刻会镇定而优雅地点起一支烟，适时地停顿一下。

但他已经不抽烟了；此外尼格罗尼让他的胃有点难受。因此他只是表现得无动于衷。他一心只想就着一杯温水吃一小勺淡味果盐。

“你不怀念吗，马克斯？……那个时代。”

她观察着自己的儿子和伊琳娜，他们正在公园的路灯下跳舞。现在是一支摇滚。马克斯看着他们在舞池中起舞，随后注视着阴影中泛黄的叶子或者已经落在桌子旁边地上的枯叶。

“我怀念我的青春，”他回答，“更确切地说是因为青春而有可能实现的东西……另外，我发现秋天让人平静。在我这个年纪它让人觉得安全，远离春天带来的恐惧。”

“你就别这么礼貌了。说‘我们这个年纪’好了。”

“永不。”

“你是个傻子。”

一阵令人愉快的沉默，再度包含着友爱的意味。梅查从外套口袋里掏出一包烟放在桌上，但一根也没点上。

“我知道你指的是什么。”她最后说，“我也是如此。有一天我意识到街上讨厌的人更多了，酒店已经不再那样雅致，旅行也不再那么有趣了。城市变丑了，男人们变得粗鲁有余而魅力不足……而最后，欧洲的战争将剩下的也荡涤殆尽了。”

她再次沉默了一会儿。

“不过幸好我有豪尔赫。”

马克斯凝神地点点头，回味着刚刚听到的那句话。他并没有说出口，但是她错了。至少，关于他她错了。他的问题并不在于对昨日世界的怀念，而是一种更为庸俗的东西。他一生中的大部分时间都试图在那个世界里活下去，让自己适应一个崩塌时将他也一并拖垮的舞台。当那一幕发生时，想要从头再来已经太晚了：生活已不再是一个有着赌场、高档酒店、远洋邮轮和豪华特快列车的广阔猎场，怎样梳发缝或如何点烟已不再能够影响一个年轻勇士的命运。酒店，旅行，城市，粗鲁有余而魅力不足的男人，梅查说得格外准确。那个老派的欧洲，那个在舞厅和宫殿里跳起拉威尔的波莱罗舞和《老卫队的探戈》的欧洲，已不再能透过一杯香槟反射的亮光欣赏了。

“我的上帝，马克斯……那时的你多么英俊。你那份兼具了如此优雅和卑鄙的稳重。”

她无比入神地注视着他，像是在他老去的容颜中寻找她认识的那个漂亮的年轻人。他顺从地，仿佛是在炫耀自己非凡的自制力一般地——唇间带着一抹成熟男人既来之则安之的淡淡笑意——接受了考验。

“独一无二的故事，是吗？”她最后温柔地说，“你和我……我们，‘波洛尼奥船长号’，布宜诺斯艾利斯和尼斯。”

马克斯冷静极了，他一言不发，只是朝着桌子微微欠身，握住女人的一只手吻了它。

“我那天说得不对。”梅查用明亮的目光回报了这个举动，“你的模样正合你的年纪。”

对方耸耸肩，谦虚得恰到好处。

“这不是真的。与其他人一样，我就是个见识过爱情和失败的老家伙。”

她的笑声引来了来自邻近几张桌子的目光。

“该死的海盗。这句话也不是你说的。”

马克斯连眼睛也没眨一下。

“你试试。”

“说这个的时候你年轻了三十岁……警察审问你的时候你也是这么一张扑克脸吗？”

“什么警察？”

现在他们两个都笑了。马克斯也是，笑得很厉害。发自内心。

“你倒是的确很好。”之后他说，“你曾是……你是我见过最漂亮的女人。最优雅和最完美的。仿佛人生路上有聚光灯追随着你的脚步，始终把你照亮。就像那些看上去在演绎由她们自己创造的神话的电影明星。”

梅查突然严肃起来。片刻之后他看见她勉强露出微笑。仿佛离他很远。

“聚光灯很久以前就熄灭了。”

“不是这样的。”马克斯反对道。

她又笑了，但是是不一样的笑容。

“听着，够了。我们是两个虚伪的老家伙，在年轻人跳舞的时候你骗我、我骗你。”

“你想跳舞吗？”

“你别犯傻……既老，脸皮又厚，还傻。”

音乐的节奏已经变了。那个戴假额发、穿古怪外套的歌手去休息了：乐器演奏的《在小教堂里哭泣》的旋律响起，舞伴们在舞池中彼此相拥。豪尔赫·凯勒和伊琳娜也是如此。女孩把脑袋靠在棋手的肩膀上，双手环绕在他的颈后。

“他们看上去很相爱。”马克斯评论。

“我不知道该不该这么说。你应该看看他们面前摆着棋盘分析棋局的样子。她可以毫不留情，而他会像一只狂怒的老虎那样做出决定……经常是埃米尔·卡拉佩蒂安不得不充当裁判。但这种组合非常有效。”

马克斯回过头关切地看着她。

“那你呢？”

“哦，这个。就像我之前说过的，我是母亲。我置身事外，就像现在这样。观察他们。专注于满足他们的需要。后勤事务……但我时刻都清楚自己的位置。”

“你可以过你自己的生活。”

“谁说这不是我自己的生活呢？”

她轻轻地用指甲敲着那包烟。最后她拿了一支，马克斯殷勤地为她点燃它。

“你的儿子很像你。”

梅查吐出一口烟，突然有些怀疑地看着他。

“哪方面？”

“外表，毫无疑问。瘦，高。他微笑时眼睛里的某种东西让人想到你的眼睛……他的父亲，那个外交官，他是什么样的？我真的不太记得了。一个讨人喜欢而且优雅的男人，对吧？……在尼斯的那顿晚餐。其他就没什么了。”

她饶有兴趣地听着，来自附近海面轻柔至极的微风吹散了她面前螺旋形的灰色烟雾。

“他的父亲有可能是你……你从来都没想到过这个吗？”

“别说这些荒唐的话。我求你了。”

“这并不荒唐。你想一下。豪尔赫的年纪。二十八岁……这对你没什么启示吗？”

他在椅子上不安地动了一下。

“拜托。也可能是……”

“也可能是任何人，你是想说这个吗？”

她突然显得很不高兴。脸色阴沉。她把香烟狠狠地按在烟灰缸里，将它熄灭了。按。

“你别慌。他不是你的儿子。”

不管怎样，马克斯没有放下那件事。他依然忧心忡忡地思考着。做着荒唐的计算。

“最后那一次，在尼斯……”

“噢，真讨厌。上帝啊……你和尼斯都见鬼去吧！”

那是个清新而灿烂的早晨。蒙特卡洛，巴黎酒店房间的窗前，在万里无云的晴空中刮了两天的密史脱拉风①摇晃着树木的枝丫，吹下了秋

① 地中海北岸的一种干冷北风或西北风。

天的第一场落叶。马克斯抹上发胶梳平的头发，脸上还有刚才面部按摩后留下的清香，他仔细地关注衣服的每一个细节，完成了着装：他扣上背心的纽扣，穿上五个月之前在伦敦由安德森和谢泼德裁缝店量身定制的价值七个几尼[①]的栗色哈味呢西装外套。接着他在胸袋里放了一块白色手帕，最后整了整红灰色条纹的领带，瞥了一眼棕色皮鞋以确认它们足够锃亮，并把放在斗橱上的物品装进口袋：一支派克自来水笔，一只装了二十支土耳其烟的玳瑁烟盒——这一只上面的确刻着他自己的名字缩写——以及一个装着两千法郎、赌场私人俱乐部季度卡和竞技俱乐部会员卡的真皮钱夹。镀金的登喜路汽油打火机放在窗边的早餐桌上，下面的报纸上有西班牙内战的最新消息——头条是“佛朗哥的军队试图收复贝尔奇特”。他将打火机装进口袋，把报纸扔进纸篓，拿起毡帽和马六甲竹手杖，出门来到走廊上。

走下富丽堂皇的楼梯的最后几级台阶时，他在门厅的玻璃圆顶下面看见了两个男人。他们戴着帽子，坐在右侧的那张沙发上，靠近酒吧大门；一开始他以为他们是警察。在三十五岁这个年纪——他从七年前开始就不再在豪华酒店和远洋邮轮上当交谊舞男了——马克斯拥有一种能够探测到危险情况的职业本能。他只是飞快地瞥了那两人一眼便确定情况的确危险：看到他出现的时候他们彼此交谈了几句，而此时正明显饶有兴趣地看着他。为了避免在门厅里引发尴尬的场面——也许他们会逮捕他，虽说在摩纳哥他并无前科——马克斯貌似随意地朝那两个男人走过去，假装要去酒吧。当他走到他们那里时，两人站了起来。

“科斯塔先生吗？”

“是的。”

“我叫毛罗·巴尔瓦雷思科，我的朋友叫多梅尼克·蒂尼亚内罗。我们可以聊一会儿吗？”

---

① 英国旧金币。

说话的那个人——他的西班牙语纯正，但带着明显的意大利口音——有着结实的肩膀、鹰钩鼻和机智的眼睛，身穿一套有些修身的灰色西服，裤子的膝盖处鼓了起来。另外那个人要更加矮胖一些，长了一张南方人的忧伤面孔，左边脸颊上有一大块圆斑，穿着配了一条过宽的领带的三件套西服——马克斯注意到它皱皱巴巴的，肘部都发亮了——以及一双脏鞋。两人的年纪应该在三十五到四十岁之间。

“我只有半个小时。之后我有个约会。”

“足够了。”

那个鹰钩鼻的笑容友好得让人心慌——经验告诉马克斯一个微笑的警察比一个严肃的警察更危险；但如果那两个人是司法人员，马克斯心想，这并不是一种常规的方式。另外一方面，他们知道他的名字也没什么奇怪。他在蒙特卡洛登记的名字是马克西莫·科斯塔，他的委内瑞拉护照是真实并符合要求的。他还在巴克莱银行分行拥有一个存有四十三万法郎的账户；在酒店的保险箱里，还有另外四万法郎可以担保他是一位值得尊敬的客人；或者，至少是不欠债的客人。然而，那两个人身上有一种令人不安的东西。他在艰难的土地上训练出来的嗅觉闻到了麻烦。

“我们能请您喝一杯吗？”

马克斯朝酒吧里面看了一眼：酒吧侍应埃米利奥正在美式吧台后面晃动一个鸡尾酒调制器，几个客人坐在装有玻璃壁灯和漆面木板的墙壁之间的皮座椅上，喝着餐前酒。那里并不是与那两个人谈话的理想场所，于是他指了指面向大街的旋转门。

“我们去对面吧。到巴黎咖啡去。”

他们穿过赌场前面的广场，对小费记性奇佳的门卫冲马克斯打了个招呼。来自北方的风为近处的大海染上了一层比平时更加深浓的蓝色，山峰将沿海地貌分割成灰色和赭色的陡崖深谷，在蓝色海岸那片广阔的别墅、酒店和赌场风光中显得更加清楚而切近：一条七十公里长的大道上站满了静候顾客的侍应生，慢吞吞地等玩家来的赌金收付人，着急盼望有钱男人的女人，以及像马克斯本人那样，期待时机从这一切之中获利的精明的谋生者。

“要变天了。”那个名叫巴尔瓦雷思科的人望着天空，对自己的同伴说。

出于某种他没有细想的原因，马克斯觉得这听上去像一句威胁，或是警告。无论如何，他越来越能确定有麻烦正在靠近。他一边努力保持头脑冷静，一边在咖啡馆阳伞下面最安静的地方挑了一张桌子。左侧是赌场宏伟的正墙，巴黎酒店和竞技俱乐部则在广场的另一边。他们坐下来，侍应生过来为他们点了饮料：巴尔瓦雷思科和蒂尼亚内罗要了意大利本国的仙山露苦艾酒，马克斯则要了一杯里维埃拉鸡尾酒。

“我们想给您一个提议。”

“您说‘我们’的时候，指的是谁？”

意大利人摘下帽子，接着用一只手摸了摸头。他的秃顶晒成了古铜色。加上那副宽阔的肩膀，那让他看起来像个竞技者。运动员。

“我们是中间人。”他说。

“谁的中间人？”

一抹疲惫的微笑。意大利人望着侍应生放在他面前的那杯红色酒水，没有去碰它。他面容忧郁的同伴已经拿起了自己的那杯，小心地举到嘴边，似乎在怀疑里面放的那片柠檬。

“合适的时候再说。”巴尔瓦雷思科回答。

“好吧。”马克斯准备点支烟，“我们来看看这个提议吧。”

“一份在法国南部的工作。报酬很高。”

马克斯没有点燃打火机，而是非常平静地站起来，叫来侍应生并要了账单。他有太多应付挑动者、告密者和便衣警察的经验了，不会在那种情况下多做停留。

“很高兴认识两位，先生们……我之前说过我有个约会。祝你们拥有美好的一天。”

那两个人依然坐在那里，不为所动。巴尔瓦雷思科从口袋里掏出一张身份证件，打开给他看。

“这是件严肃的事，科斯塔先生。官方的。”

马克斯看了看证件。意大利国徽和首字母缩写 SIM 旁边贴着证件主人的照片。

“我朋友也有一个和这一样的……对吧，多梅尼克？”

另外那个郁闷地点点头，似乎对方问起的不是他的身份证件，而是他有没有得结核病。他也已经摘掉了帽子，露出来的油腻腻的黑色卷发更加凸显了他的南部人长相。西西里或卡拉布里亚人，马克斯猜测。脸上全是南部人才有的那种忧伤。

“它们是真的吗？”

“像神坛上的祭品一样真。”

“不管是不是，我觉得两位的管辖范围似乎只到文蒂米利亚为止。”

“我们来这里出差。”

马克斯重新坐了下来。就像所有读报的人一样，他很清楚意大利的领土主张，自从墨索里尼上台以来，该国便要求恢复法国南部的旧边界，将版图扩张至瓦尔河。另外他也了解，在西班牙内战以及欧洲和地中海地区政治局势紧张的大背景下，包括摩纳哥和直到马赛为止的法国沿海地区的海岸线是意大利和德国特勤人员的一处聚集地。同时他还知道，SIM 的意思是军事情报局，这个名字背后是意大利法西斯政权的海外秘密特务。

“在进入正题之前，科斯塔先生，请允许我告诉您，我们完全了解您这个人。”

“怎样算完全？”

“您自己判断吧。”

说完那番开场白，巴尔瓦雷思科一边喝着苦艾酒——慢慢地停顿着喝了三口——一边极有效率地在将近两分钟的时间里，将马克斯过去几年在意大利的职业历程概括了一遍。除了其他小案件，这包括在一个名叫豪厄尔斯的美国女人位于罗马巴布伊诺大街的公寓中盗走了她的珠宝，在同一城市的大酒店里对一个比利时女人犯下另一起盗窃案，撬开博尔扎诺一栋属于格列柯·德·安德烈侯爵夫人所有的别墅的保险柜行窃，以及在威尼斯达尼埃利酒店的一间套房里偷走了巴西女高音歌唱家弗洛林达·萨尔加多的珠宝和钱。

“这全都是我干的？”马克斯的反应很平静，“您别吓唬我。”

“全都是。我不吓唬您。”

“那我到现在都还没被抓起来可是件怪事……罪行累累，铁证如山啊。”

“没人提到过证据，科斯塔先生。”

“啊。”

“实际上官方从来都没有证实过对您的任何一点怀疑。”

马克斯交叉双腿，终于点上了烟。

“您不知道听到这个有多么令我心安……现在您说说想让我干什么吧。”

巴尔瓦雷思科把帽子拿在两只手里转来转去。与他的同伴一样，他的双手有力，指甲很短。必要时，那肯定是一双危险的手。

“有一件事。”意大利人说，“一个我们必须解决的问题。”

“在摩纳哥这里吗？”

“在尼斯。”

“那与我有什么关系？”

“虽然您拿的是委内瑞拉护照，但您拥有意大利和西班牙国籍。您在某些圈子里有不少关系，混得很不错。还有另一点优势：您从来没和法国警方有过什么过节；与我们就更没有了。这能为您提供体面的伪装……是吧，多梅尼克？”

对方再次蠢笨如常地点点头。他似乎习惯了由同伴来负责工作中的谈话部分。

“你们希望我做什么？”

“希望您的本领能为我们所用。”

“我有各种各样的本领。”

“具体来说，”巴尔瓦雷思科再次看看同伴，似乎在征求他的同意，但对方一言未发，连表情都没有变一下。“我们对您轻而易举就能够进入某些冤大头的生活这一点很感兴趣，尤其是有钱的女人。在某些场合您还展示出了飞檐走壁、破窗而入以及打开上了锁的钱柜的惊人本领……最后这个细节让我们为之震惊，真的；我们甚至与您的一位老朋友恩里科·福萨塔罗聊了聊，他澄清了我们的疑问。”

马克斯熄灭了自己的烟，依然面不改色。

“我不认识这个人。”

“那就怪了，因为他似乎对您评价很高……是吧，多梅尼克？……他说您是个实实在在的好小伙和一位杰出的绅士。”

马克斯保持着那副让人难以看穿心思的表情，心里却因为关于福萨塔罗的记忆露出了微笑：他是个瘦高个儿，举止极有风度，曾在一家名叫孔福尔蒂的保险箱制造厂工作，之后则将自己的技术知识用在了洗劫它们上面。他们是一九三一年时在卡普萨·德·布加勒斯特酒店的咖啡馆认识的，曾经多次进行合作共同谋利。是他教会了马克斯用钻石切割玻璃窗和玻璃柜，以及使用锁匠工具打开钱柜的方法。恩里科·福萨塔罗自诩自己的作案手法干净，给受害者带来的困扰最少。“你可以偷有钱人，但不能虐待他们。”他经常这么说，“他们通常买了失窃保险，但没有为受到侮辱投保。”直到他重新投身社会之前——如同他的许多同胞一样，他最终加入了法西斯政党——福萨塔罗都是欧洲高端浪荡子世界里的一个传奇。他喜欢读书，有一次他曾在维罗纳的一幢房子里中止了偷窃行动，什么也没有拿走，因为他发现房主是加布里埃尔·邓南遮[①]。还有一件著名的轶事是，有一天夜里，福萨塔罗用一块浸了乙醚的手帕将

① 加布里埃尔·邓南遮（1863—1938），意大利诗人、记者、小说家戏剧家和冒险者。

保姆弄晕后，当同伙在房子里洗劫的时候，他一直在用奶瓶给一个在摇篮里醒着的婴儿喂奶。

“或者说，”巴尔瓦雷思科总结道，“除了是个讨人喜欢的小白脸之外，您还是个人物。讲究的法国人通常把这个叫做‘撬窃贼’。虽然是白手套的。”

“我应该表现出吃惊吗？”

“没有必要，因为对我们来说对您的了解没什么价值。我的同事和我有国家机器为我们服务。您知道，意大利警方是欧洲最高效的。”

“可以媲美盖世太保和NKVD[①]，我明白。说到效力的话。”

另外那个人脸色一沉。

“您指的无疑是OVRA的人，也就是法西斯政治警察。但我的朋友和我是缉私队士兵。您明白吗？……我们属于军事部门。”

“这让我安心多了。”

在几秒钟的沉默中，巴尔瓦雷思科明显有些不快地考虑着马克斯话里包含的讽刺意味。最后他露出了以后再说的表情。

“有几份对我们来说很重要的文件。”他解释道，“它们在国际金融界一个非常有名的人物手中。由于与西班牙局势有关的复杂原因，那些文件被存放在尼斯的一栋房子里。”

“你们想让我为你们拿到它们？”

“完全正确。”

“把它们偷出来？”

“不是偷出来，而是拿回来。物归原主。”

在马克斯表面的漠然之下，他的兴趣正在增加。他无法不感到好奇。

“那是些什么文件？”

---

① NKVD是苏联在斯大林时代的主要政治警察机构——内务人民委员部的缩写，其下属的国家安全总局是克格勃的前身。

"到时候您会知道的。"

"为什么恰恰是我？"

"正如我之前说过的，您在那种场合如鱼得水。"

"你们把我当成罗坎波勒①了，还是什么？"

不知为何，这个连载小说中人物的名字让蒂尼亚内罗的脸上浮现出一抹淡淡的微笑，有一瞬间他收起了那副好像死人的表情，挠了挠脸颊上的圆斑。之后他继续带着永远都在等坏消息的人才有的表情看着马克斯。

"这是特务行动……你们是间谍。"

"这听上去太戏剧化了。"巴尔瓦雷思科用两根手指夹住裤子，徒劳无功地想要重新折出已经消失的裤线。"其实我们只是单纯的意大利国家公务员而已。有用餐补贴、开支表以及诸如此类的东西。"他朝另外那个人转过身，"是吧，多梅尼克？"

马克斯可不觉得事情就这么简单。至少他那部分不是。

"战争时期特务的下场是死亡。"他说。

"法国并没有参战。"

"但可能很快就会。现在的时局很坏。"

"您要取回的文件涉及的是西班牙……最坏的情况就是有被驱逐的风险。"

"我可不想被驱逐。我喜欢法国。"

"我可以向您保证风险是极小的。"

马克斯着实惊讶地看看这个又看看那个。

"我还以为秘密警察有自己的人员可以应付这种情况呢。"

"这就是我和我的朋友现在试图做的。"巴尔瓦雷思科露出了耐心的微笑，"让您成为我们的人员。要不然，您觉得这些事该怎么做呢？……候选者们不会自己走过来说：'我想当间谍'。有时候要用爱国主义说服他们，有时候要用钱……并无证据表明您曾对西班牙内战的任何一方表

① 十九世纪一本法国小说中一个介于冒险家和绅士大盗之间的人物。

现出好感。事实上这对您来说似乎无所谓。”

“其实我更是阿根廷人，而不是西班牙人。”

“想必是因为这个。不管怎样，排除了爱国动机，我们还有经济动机。在这方面您倒是表现出了坚定的信仰。我们被授权为您提供一笔可观的报酬。”

马克斯双腿交叉，两只手放在上面的那条腿上，十指相扣。

“有多可观？”

巴尔瓦雷思科略微朝桌子俯下身，压低了声音。

“以您认为合适的货币支付的二十万法郎，预付一万法郎用于开支，以里昂信贷银行蒙特卡洛支行开具的支票形式……您现在就能拿到这张支票。”

马克斯带着一贯漫不经心的表情看了看咖啡馆附近那家珠宝店的招牌。它的主人，一个名叫冈珀斯、与他时有生意往来的犹太人，每天下午都会从赌场玩家手中买回相当一部分自己当天早上卖给他们的珠宝。

“我手头有自己的事。这意味着我要中止它们。”

“我们认为我们开出的报酬足够补偿您了。”

“我需要时间考虑。”

“您没有这个时间。我们只有三个星期来完全解决它。”

马克斯的目光从左边移到右边，从赌场正墙移到巴黎酒店和与之相邻的竞技俱乐部大楼，它的广场旁边永远都停着一排闪闪发光的劳斯莱斯、戴姆勒和帕卡德，司机们在车窗旁围成一圈聊天。三个晚上之前他正是在那里交了一桩好运：那是一个风韵犹存的奥地利中年女人，和克拉根福的一位人造皮革制造商离了婚，他与她相约四天后在蓝色列车上再见。另外还有竞技俱乐部里的一匹“马”①，当时停在数字 26 上的象牙小球让马克斯赢了一万八千法郎。

---

① 原文为法语“cheval”，指一下子赢了一大笔钱。

“我换一种方式说吧。我习惯了独来独往。我自在惯了，从来没想过要替某个政府做事。法西斯也好，国家社会主义也好，布尔什维克或者傅满楚①也好，对我来说都一样。”

“当然，您有自由决定是否接受。”巴尔瓦雷思科的表情却在暗示着完全相反的意思，“不过您也应该考虑到一些事情。您的拒绝会引起我们政府的不满。对吧，多梅尼克？……毫无疑问，这会让我们的警方在您无论因为何种原因决定踏上意大利的土地时，重新考虑他们的立场。”

马克斯迅速在心里盘算了一下。禁止进入意大利对他而言意味着放弃卡布里和阿尔玛菲海岸古怪的美国女人，在佛罗伦萨郊区租别墅住的无趣的英国女人，还有热衷于赌场和酒店酒吧、会把老婆独自留在科蒂纳丹佩佐和威尼斯彩色岛的德国和意大利新贵。

“不仅如此。”巴尔瓦雷思科继续陈述道，“我的祖国与德国和其他中欧国家的关系很好。更不用说佛朗哥将军极有可能在西班牙取得胜利了……您知道，各国警方通常要比国际联盟②更有效力。有时它们会彼此合作。一国警方对您本人的强烈兴趣肯定会惊动其他国家。那样一来，您所谓的能够单独自在工作的地方就要令人恼火地缩水了……您能想象到吗？”

“我能想象到。”马克斯心平气和地承认。

“那么现在您想象一下相反的情况吧。未来的种种可能。好盟友以及一片广阔的猎场……另外还有您因此能赚到的钱。”

“我需要更多细节。看看你们提出让我去做的事情有多少可能性。”

“后天您会在尼斯得到这些信息。您在内格雷斯科酒店有一个预订了三个星期的房间：我们知道您总是住在那里。那还是一家不错的酒店，对吧？……不过我们更喜欢吕尔酒店。”

---

① 英国推理小说作家萨克斯·罗默创作的傅满楚系列小说中的邪恶角色。

② 简称国联，是第一次世界大战后成立的国际组织，宗旨是减少武器数目及平息国际纠纷。第二次世界大战后被联合国所取代。

“你们会住在吕尔酒店？”

“我们想啊。可我们的上司认为豪华酒店应该留给您这样的明星。我们住的是港口附近一栋简陋的出租房。对吧，多梅尼克？……扣眼里别着栀子花的高级间谍是电影里才会有的东西……在那个英国人希区柯克，还有类似这样的傻瓜拍的电影里。”

在巴黎咖啡馆那次谈话的四天之后，马克斯——白色卡其布长裤，海军蓝西装外套，身旁的椅子上放着手杖和巴拿马草帽——坐在佛雷加特酒吧面对尼斯英国人大道的阳伞下眯起眼睛，海湾刺眼的反光让他有些目眩。周围全是迷人的白色、粉色和奶油色的浅色调建筑，海水反射的阳光太强烈了，以至于街对面的海滨大道上来来往往的人们，像是在逆光处鱼贯而行的无名影子。

几乎感觉不到旺季结束了，他想。市政工人们从地上扫掉了更多枯叶，日出和日落时分，风景也染上了秋日的灰色和珍珠色调。然而，树上还挂着橙子，密史脱拉风让天空依然晴朗无云，海水保持着深蓝色，沿着卵石滩的一长溜酒店、餐馆和赌场前面的那条路上，每天都人来人往。在沿海的其他地方，高档商店已经开始停业，淋浴房被拆掉了，酒店花园里的遮阳篷也消失了，而尼斯的旺季在冬天却依然延续。尽管自从人民阵线入侵南法以来出现了带薪休假旅游潮——那年有一百五十万工人享受了火车票折扣——这座城市依然留住了自己的“原住民”：富有的退休人员，带着狗来的英国夫妇，用香蒂莉帽子和面纱掩饰岁月痕迹的老年贵妇，或是被迫卖掉了自己的豪华别墅，但依旧住在市中心的简陋公寓里的俄国家庭。就算是在最炎热的时候，尼斯也从不换上夏装：裸背、海滩装和麻鞋这些在附近的地方令人心神荡漾的东西都被认为是不雅观的；而美国来的游客、闹哄哄的巴黎人和想要出风头的英国中产女人马不停蹄地赶去戛纳或蒙特卡洛，与她们一样离开的还有在里维埃拉泛滥成灾的德国和意大利生意人，这些在纳粹和法西斯的庇护下粗俗肥胖的新贵。

其中一个背光款步而行的人影与众不同，渐渐靠近露天卡座和马克斯时，它有了轮廓、自己的容貌和沃斯香水的味道。那时候他已经站了起来，整理着领带结；他带着如同浸漫一切的阳光那样轻松而明亮的微笑，向刚到的女人伸出双手。

“上帝保佑，男爵夫人。你美极了。”

“马屁精。”

阿西娅·施瓦岑贝格坐下来，摘下墨镜，要了一份加沛绿雅汽水的苏格兰威士忌，用她那双隐约有些斯拉夫人特质的大大的杏眼看着马克斯。后者指指桌子上的室外菜单。

“我们去一家餐馆还是你想简单地吃点？”

“简单地吃点。这里就很好。”

马克斯看了看菜单，它后面印着马蒂斯一幅绘有地中海宫殿和几棵海滨大道棕榈树的画作。

“鹅肝酱配滴金甜白？”

“完美。”

女人笑得露出了非常洁白的牙齿，门牙上略微沾了一些她经常留在各处的口红印：香烟上，杯沿上，告别时吻过的男人们的衬衫领子上。不过这个——除了沃斯香水之外，它极衬肌肤，但就马克斯的品位而言过于浓烈了——是她身上唯一的违和之处。与里维埃拉街头许多外国冒险家的假头衔不同，阿纳斯塔西娅·亚历山德罗芙娜·冯·施瓦岑贝格的头衔是真的。她的一个兄弟是尤苏波夫亲王的朋友，曾参与对拉斯普京[①]的刺杀；她的第一任丈夫在1918年被布尔什维克主义者处死了。不

① 即格里高利·叶菲莫维奇·拉斯普京（1869—1916），是俄国沙皇尼古拉二世时的东正教国师，后因荒淫引起公愤，被尤苏波夫亲王、狄密翠大公、普利希克维奇议员等人合谋刺死。

过，男爵夫人的头衔来自她与一位普鲁士贵族的第二次婚姻，后者死于一次心脏病突发，是在自己的爱马“偷食者”在1923年的多维尔大奖赛中以一头之差输掉比赛时倒下的。尽管阿西娅·施瓦岑贝格没有其他生活来源，但由于很有人脉、身材高挑苗条，举止也十分优雅，她曾为几家法国最重要的时尚品牌做过一段时间的模特。在远洋邮轮和高档酒店的阅览室里依然能够找到的《时尚》和《名利场》杂志的旧合订本里，到处都是由爱德华·史泰钦[①]或者西伯格兄为她拍摄的硬照。事实上，虽然快五十岁了，她穿衣打扮的方式——深蓝色的短上衣配上奶油色的哈伦裤，根据马克斯的“火眼金睛”判断是爱马仕或夏帕瑞丽牌的——依然令人眼花缭乱。

“我需要认识一个人。”

“男人还是女人？”

“女人。在尼斯这里。”

“难吗？”

“有一点。很有钱也很有地位。我想进入她的圈子。”

女人听得出奇地认真。她在计算自己的好处，马克斯猜想。多年以来，除了卖掉承诺属于自己的俄国家庭所有的古董之外，她依靠提供人脉关系为生：参加宴会的邀请，拿到一处出租别墅或一家会所式餐厅桌位的门路，时尚杂志上的报道以及诸如此类的东西。在里维埃拉，阿西娅·施瓦岑贝格男爵夫人是一种社交皮条客。

“我不问你想干什么。”她说，“因为我一般能想象到。”

“这次没那么简单。”

“我认识她吗？”

“要不是这样，我就不会打扰你了……再说了，有谁是你不认识的，

---

① 爱德华·史泰钦（1879—1973），美国著名摄影师，被誉为第一位现代时尚摄影师。

阿西娅·亚历山德罗芙娜？”

鹅肝和葡萄酒来了，马克斯有意在他们用餐的时候停顿了一下，女人并没有显示出不耐烦。当他们五年前在圣莫里茨大使馆的除夕宴会上相识时，两人曾有过一次短暂的“调情”。事情并没有进一步发展，因为他们同时都发现对方是个一文不名的骗子；于是次日早晨起来，她在金丝晚礼服外披上貂皮大衣，他则一丝不苟地穿着燕尾服，两人在昂塞尔曼餐厅吃起了热巧克力蛋糕。从那以后他们保持着朋友关系，互惠互利，井水不犯河水。

“今年夏天有人在隆尚拍到你们在一起。”马克斯最后说，“我在《嘉人》，或者另外一本这类杂志上看到了照片。”

男爵夫人挑起修得极细、在镊子除毛和冷霜乳液的基础上用眉笔描出轮廓的眉毛，露出由衷的惊讶表情。

“苏珊娜·费里奥尔？”

“正是。”

男爵夫人往后靠到椅背上，把一条腿搭到另外一条腿上，椅子的藤条发出轻响。

“这可是个大猎物，亲爱的。”

“所以我来找你了。”

马克斯掏出烟盒，打开来递给她。他俯身为她点火，之后点上了自己的烟。

“我这边没有任何问题。”男爵夫人若有所思地抽着烟，“我很多年前就认识苏济了……你需要什么？”

“没什么特别的。一个拜访她住处的合适机会。”

“只有这个？”

“对。其余的是我的事。”

一口烟。缓慢。谨慎。

“其余的我什么也不想知道。”她说得很清楚，“但我提醒你她不是个随便的女人呢。没听说有过哪怕一次风流韵事……不过自从西班牙发生战争以来，所有一切确实也变得不成样子了。难民，还有其他人，大家不停来来去去……乱成一团。”

那个词，难民，用得不对，马克斯心想。它让人想起出现在外国记者拍摄的照片里的那些可怜人：皮肤的沟壑里蓄着泪水的农民面孔，逃避轰炸的家庭，睡在破破烂烂的衣服包上的脏小孩，除了生活已经一无所有的绝望和悲苦的人们。然而，很大一部分在里维埃拉寻求庇护的西班牙人与这个毫无关系。他们舒舒服服地在与自己祖国相似的气候中安顿下来，租下别墅、公寓或者酒店房间，在太阳下把皮肤晒成古铜色，频频光顾昂贵的餐厅。还不只是那里。四个星期前，当为一次最终没有如他所愿的行动做准备时——他的生涯之中并不只有成功——马克斯在佛罗伦萨与好几个这种流亡者打过交道：他们在卡索内餐厅吃早餐，在皮乔洛或者贝蒂餐厅吃晚餐。对于那些得以幸免于难并保住海外账户的人而言，西班牙内战不过是一种暂时的不适。一场遥远的风暴。

“你也认识托马斯·费里奥尔吗？”

“我当然认识。”女人抬起一根手指作为警告，“小心这个人。”

马克斯回想着那天早晨与那两个意大利间谍在本市赌场旁边马塞纳广场上的莫诺咖啡馆中进行的对话。当时巴尔瓦雷思科和蒂尼亚内罗坐在两份柠檬刨冰面前，由前者——另外那个沉默而忧伤，与在蒙特卡洛时一样——详细为他讲述所要进行的工作的细节。苏珊娜·费里奥尔是关键人物，巴尔瓦雷思科已经说明过了。她在尼斯博龙山下的别墅，是一个为她哥哥的机密事务准备的私人秘书处。托马斯·费里奥尔到蔚蓝海岸来时会住在那里，而小会客厅的保险箱里存放着他的文件。您的工作是进入他们的朋友圈、调查情况并拿到我们需要的东西。

阿西娅·施瓦岑贝格依然在好奇地观察马克斯，仿佛在评估他有多大可能成功。她似乎并不打算在他身上押上五法郎的一注。

“费里奥尔，”短暂的停顿之后她补充道，“可不是那种能允许你愚弄他妹妹的人。”

马克斯无动于衷地收下了这句警告。

“他在尼斯吗？”

“他来来去去的。一个月前我们碰到过几次：在瑞赛维餐厅吃晚餐时以及在杜尔茜·马丁内斯·德·奥斯今年夏天在昂蒂布租的房子里举行的宴会上……不过大部分时间他都在西班牙、瑞士和葡萄牙。他与布尔戈斯政府[①]的关系很密切。有人说，而且我也相信，他依然是佛朗哥将军最倚重的银行家。全世界都知道他为西班牙军官暴动最初的开支提供了资金……”

马克斯望着露天卡座后面停在人行道路牙上的汽车，以及依然在大道的逆光一侧鱼贯而行的人影。另外一张桌子上有一对带着一只长得像是名种的肉桂色瘦狗的情侣。狗的女主人，一个身穿轻薄连衣裙、戴着丝绸褶皱软帽的年轻女孩，拽着链子不让狗去舔邻桌男人的鞋子，后者正忙着装填烟斗，目光茫然地落在库克旅行社的招牌上。

“给我两天。”男爵夫人说，“我要研究一下用哪种方式。”

“我的时间不多。”

“我会尽我所能。我想费用是由你来负责吧。”

他心不在焉地点点头。附近桌子上的男人已经点燃了烟斗，此刻他正或许是无心地看着他们，但却让马克斯觉得不舒服。那个陌生人身上有某种熟悉的东西，他心想，虽然他无法确定是什么。

“你要花的钱不会少，”男爵夫人坚持道，“我告诉你苏济·费里奥尔可不好钓。”

马克斯再次望着她。

“有多贵？……我想的是六千法郎。”

“八千，亲爱的。一切都贵得要命。”

---

① 指西班牙内战期间佛朗哥在布尔戈斯市成立的政府。

拿烟斗的男人似乎对他们完全没了兴趣，他边抽烟边欣赏沿着大道走动的人影。借助桌子的掩护，马克斯谨慎地掏出他事先装在外套内侧口袋里带来的信封，又从自己的皮夹里拿了一千法郎添上。

“我肯定你花七千就能办好。”

“是的。”男爵夫人笑了，“我会办好的。”

她把信封装进包里，两人道了别。他站在那里等她走远，然后结了账，戴上帽子，从桌子间穿过时他经过了那个拿烟斗的男人，对方似乎并没有太注意他。片刻之后，当他踏上连接露天卡座和人行道的三级台阶中的最后一级时，他终于记了起来。那天早晨，他见过那个男人，坐在莫诺咖啡馆前面让一个擦鞋匠为他擦皮鞋，当时他正在与意大利间谍们谈话。

“有个问题。”梅查·英仲扎突然说。

他们已经聊着日常琐事，在圣弗朗西斯科路和特拉蒙塔诺帝国酒店的花园旁边慢慢地散了一会儿步。下午过半，一轮曚昽的太阳斜挂在主码头左边的悬崖上，将海湾上的薄雾染成了金色。

“严重的问题。”片刻之后她补充道。

她刚刚抽完了剩下的烟，在铁栏杆上按掉火星后，把它扔了出去。马克斯惊讶于女人的语气和态度，一动不动地注视着她的侧脸。她眯起眼睛，坚定入神地望向大海。

“索科洛夫的那步棋。”她最后说。

马克斯专心听着，一头雾水。他不知道她指的是什么。推迟的那局比赛昨天刚刚结束，结果是和棋。每位棋手各得半分。他知道的就这么多。

“一群无赖。”梅查嘀咕着。

马克斯的迷惑转为茫然。她的语气轻蔑，带着一丝怨恨。到目前为止的一个新动态，他心想。也许“新”这个字并不准确。一种来自他们共同的遥远过去的语气，从遗忘中温柔地浮现出来。马克斯听过，从前就听过。此间隔了一个世界，或是一生。这种冷淡而有教养的鄙夷。

“他知道那步棋。”

“谁？”

她的两只手插在开衫口袋里，耸了耸肩膀，仿佛答案显而易见。

“俄国人。他知道豪尔赫要下的那步棋。”

过了一会儿他的思路才清晰起来。

“你是说……”

“索科洛夫是有备而来的。而且不是第一次了。”

一阵漫长的沉默。令人惊恐。

“他是世界冠军。”马克斯强迫自己发挥想象，试着去消化那句话。“发生这种情况很正常。”

女人将目光从海湾上移开，落在他身上，但没有开口。一点也不正常，她的眼神在说，发生这种事情或者以这样的方式发生。

“你为什么告诉我这个？”他问。

“为什么正好是你？”

“正是。”

她歪着头，似乎在思考什么。

“因为也许我需要你。”

马克斯愈发惊讶，他用一只手撑住了悬崖的栏杆。他的姿态中有某种不安全感，类似于突然感知到一个出乎意料的，几乎是威胁性的纷乱局面。胡根托布勒医生的司机对于自己在苏莲托虚假的社交生活有着特定的计划；这些计划并不包括梅查·英仲扎需要他，而是恰好相反。

“为了什么？”

“一步一步来。”

他试图整理自己的思绪。思考如何对某件他依然未知的事情采取行动。

“我在想……”

梅查镇定地打断了他的话。

“我有一段时间都在思考你有能力做什么。”

她说得很轻柔，眼睛直视着他，似乎在窥伺他会如何回答。不言不语。

“关于什么？”

“关于我，这些天。”

一个漫不经心、几乎隐而不发的反对表情。这是最好的马克斯，生在伟大时代的他，此刻表现得有些受伤的他。消除能想象到的任何一点对于他声誉的质疑。

“你很清楚地知道……”

“哦，不。我不知道。”

她离开了栏杆，在棕榈树下朝着圣弗朗西斯科路走去。他愣了一会儿，几乎有些夸张地跟过去并追上了她，带着无声的埋怨走在她身旁。

“我真的不知道。”梅查若有所思地重复道，“但我指的不是这个……让我担心的不是这个。”

马克斯的好奇心让装出来的那份绅士的委屈烟消云散。他亲切而又潇洒地伸出一只手，让两个正在拍照的饶舌的英国女人为自己的同伴让开了路。

“与你的儿子和那些俄国人有关吗？”

女人没有立刻回答。她在修道院正墙的一角停下了，站在通往回廊的小小拱门前。她似乎在犹豫是否应该继续往前走，或是她接下来说的话是否合适：

“他们有个线人。内部的。有某个内鬼告诉了他们豪尔赫是如何备战的。”

马克斯惊愕地眨了眨眼睛。

“一个间谍？”

“是的。”

“这儿，在苏莲托？”

“要不然是哪儿呢？”

“这不可能。你们只有卡拉佩蒂安、伊琳娜和你……还有其他我不认识的人吗？”

她阴郁地摇摇头。

“没有了。只有我们。”

她从拱门下面走过去，马克斯跟在后面。穿过阴影中的走廊后他们走进了荒芜的回廊里，那片从围绕花园树木的石柱和尖形穹窿间透过来的绿色阳光之中。有那么一步秘密的棋，梅查压低声音解释道。比赛中止时她儿子放进密封的信封里、交到赛事裁判手中的那步棋。那天晚上以及次日早晨他们都在分析这步棋以及它的衍生战术，核对索科洛夫每一种可能的应对。豪尔赫、伊琳娜和卡拉佩蒂安大师以一种系统的方式研究了所有变化，为其中的每一种准备战术。研究完盘面之后——这需要不少于二十分钟——他们一致认为最有可能的是，索科洛夫会用一只象吃掉一个兵作为应对。这时就有机会用一匹马和一个后为他布下一个圈套，而他唯一的脱身之计是象的一步险棋，这十分符合凯勒的棋风和神风敢死队式的想象力；但却不符合他对手保守的棋风。然而，当裁判打开信封并下出那秘密的一步棋时，索科洛夫回以直接将自己带入陷阱的一步，用象吃掉了兵。凯勒移动了自己的马和后，布下事先设定的圈套。而这时候，索科洛夫毫不慌乱，他只用了八分钟来分析凯勒、伊琳娜和卡拉佩蒂安花了一整夜去研究的问题，就用自己的象下出了最为冒险的那个变化。正是他们之前认为他永远不会尝试的那一种。

“可能是巧合吗？”

“国际象棋里没有巧合。只有臭棋和好棋。”

“你是说索科洛夫知道你儿子要下的那步棋，以及如何回避它？”

“是的。豪尔赫那一步是精心策划过的妙棋。不在逻辑之中的一步棋。不可能在八分钟内破解。”

“也不可能有其他人牵涉其中了吗，比如酒店的雇员？……或者窃听器？”

“不。我确认过了。完全是我们的问题。”

“仁慈的上帝啊……那是唯一的可能？卡拉佩蒂安或者那个女孩？”

梅查欣赏着小花园里的树木，依然没有说话。

“难以置信。”他评论道。

她几乎是惊讶地回过头，流露出一种奇怪而鄙夷的表情。

“为什么难以置信？……这只不过是人生，背叛是常事。”她似乎倏然神伤，“你应该一点也不觉得吃惊才对。”

马克斯决定避开这块暗礁。

“应该是卡拉佩蒂安，我想。”

“也有同样的可能是伊琳娜。”

“你是认真的吗？”

作为回答，她勉强露出了一丝冰冷的微笑，从中可以读出各种复杂的解释。

“为什么豪尔赫的老师或者女友要背叛他？”马克斯问。

梅查做了个不耐烦的动作，似乎懒得去列举显而易见的事。接着她用不带感情的声音连续说了好几个可能性：个人原因，政治，金钱。不过，她过了片刻补充道，背叛的动机是最不重要的。会有时间去调查的。眼下要紧的是保护她的儿子。苏莲托对决进行到了一半，第六局比赛将在明天举行。

“所有这一切，近在咫尺的世界冠军头衔。你想象一下这种灾难。这种伤害。”

那两个拍照的英国女人刚刚进来。梅查和马克斯在回廊里走着，彼此拉开了距离。

“如果不是我起了疑心，”她继续道，“我们去都柏林时已经被卖给敌人了。”

“你为什么信任我？”

“我告诉过你了，”又是那种冰冷的微笑，“我有可能需要你。”

“我不明白为了什么。我，对象棋……”

“不只是象棋。我也说过了：一步一步来。”

他们再次停下了脚步。女人背靠着一根柱子，而马克斯忍不住带着昔日的迷恋回忆她。尽管时隔多年，梅查·英仲扎依旧忠于来自她美丽血统的模子。她已经不像三十年前那样美了；但她的模样依然令人想到一只沉静的、举止协调而优雅的羚羊。这让他脸上漾开了一缕略带伤感的微笑。他聚精会神的凝视让他眼前的女人的面容奇迹般地与他记忆中的合二为一：那样一个独一无二的女人，在业已遥远的过去，那个繁复的大世界是对她们言听计从的同谋、逆来顺受的欠债人和光辉灿烂的舞台。他惊讶的双眼前重新显现出所有这种往昔之美的魔力，几乎胜过了憔悴的皮肤、来自岁月和衰老的皱纹与斑点。

“梅查……”

“闭嘴。别说了。”

他沉默了一会儿。我们想的不是同一件事，他得出结论。或者至少我认为不是。

“你们会对伊琳娜，或者卡拉佩蒂安做什么？”

“我儿子想了一晚上，今天早上我们一起分析过了……来一招引蛇出洞。”

“引蛇出洞？”

她压低了声音，因为英国女人们已经从花园那边走了过来。他们要计划某一个，或者好几个特定的战术，并验证对手的反应。根据索科洛夫的应对，可以确认对手的分析师中是否有人事先预料到了。

“这种方法可靠吗？”

“并不完全可靠。俄国人可能会装出慌乱或有困难的样子，以掩饰自己事先知情。或者他是靠自己解决了问题。但这也许能为我们提供某种线索。索科洛夫的自信可能对我们有所帮助。你注意到他通常对豪尔赫表现出来的轻蔑态度了吗？……我儿子的年轻和傲慢举止刺激了他。这也许就是世界冠军的弱点之一。他自认为没有危险。而现在我开始明白为什么了。”

“你们会对谁进行测试？……伊琳娜还是卡拉佩蒂安？”

“对他们两个。豪尔赫找到了两种理论上的新发现：关于同一个极为复杂的局面的两种思路，从未在共同练习中被使用过。这两种思路对应着索科洛夫最喜欢的开局之一，他打算用它们设置圈套……他会让卡拉佩蒂安分析其中一种思路，让伊琳娜分析另一种。为了让他们相信两人在研究同一种思路，他会以避免相互干扰为由，禁止他们互相谈论这个问题。”

“你是说，然后他会使用其中的一种思路？以此找出叛徒？”

“比这个要复杂，不过你可以大概这么理解……对。根据索科洛夫的反应，豪尔赫会知道他对两种思路中的哪一种做了准备。”

“我看你非常肯定伊琳娜丝毫不会怀疑你儿子的诡计……同床共枕意味着分享秘密。”

“经验之谈？”

“常识之谈。男人和女人。”

你不认识豪尔赫，她几乎是微笑着回答。在涉及象棋的问题上，他守口如瓶的能力。他对于所有人和所有一切的不信任。不信任他的女朋友，他的老师。甚至他的母亲。这还是在平常的时候。而你看看这些天，中间有多少烦心事。

“难以置信。”

“不。只是象棋而已。”

此时马克斯终于懂了，他冷静地考虑了一下种种可能：卡拉佩蒂安和那个女孩，在经过枕头的考验之后依然活下来的秘密、怀疑和背叛。

生活的教训。

“我还是不知道你为什么对我讲这个。你为什么相信我。我们有三十年没见了……你现在几乎不认识我。”

她离开柱子，将脸靠近他的脸。低语时，几乎是贴在一起；那一刻，穿过流逝的岁月，在时间和衰老的痕迹上，马克斯感觉到了过去的声响，一种久违的源自近处这个女人的兴奋的战栗传遍了他的身体。

“伊琳娜和卡拉佩蒂安放出的诱饵并不是唯一一步事先策划好的棋……必要时，还有一个后招，一个有点幽默感的分析师或许会将它命名为‘英仲扎防御’……或者是‘马克斯变化’。而那一步，亲爱的，将由你来下。”

“为什么？”

“你知道为什么……不过你也许笨得不知道。你不知道。”

第七章　关于小偷和间谍

天使湾依然是深浓的蓝色。尼斯堡高耸的岩石为海岸抵挡着密史脱拉风，它几乎没有吹皱那片海滨的水面。马克斯靠在罗巴卡珀堤岸的石栏杆上，将视线从一艘驶离港口的单桅小帆船的白帆上移开，看着身旁的毛罗·巴尔瓦雷思科，后者敞着外套，松着领带，双手插在皱巴巴的长裤的口袋里，帽子朝后仰着。意大利人眼睛下面挂着疲倦的黑眼圈，他的脸需要一位理发师的刮胡刀和肥皂。

“有三封信，”他说，“是用打字机写的，被归档在费里奥尔在他妹妹别墅的办公室的保险箱中的一个文件夹里……当然，那里还有更多文件。但我们只对这些感兴趣。”

马克斯看了看另外那个男人。多梅尼克·蒂尼亚内罗的样子也不比他的同伴强：他站在几步之外的地方，面容疲惫地靠在一辆装有法国牌照和瑞士产挡泥板的老式黑色菲亚特514轿车车门上，神情萎靡地望着一战死难者纪念碑。两人看上去像是度过了难熬的一晚。马克斯想象他们为了赚到低级间谍那份微薄的薪水，彻夜未眠地监视着某个人——也许就是他自己——或是从附近的边境开车过来，迎着照亮了蜿蜒黑暗的柏油路的路灯一支接一支地抽着烟，一路上能看见的只有路旁树干上刷的白漆。

“绝不能把信搞错，”巴尔瓦雷思科继续说道，“就是这三封，没有其他的了。您在取信前要确认，并把文件夹留在原处……最好是让托马斯·费里奥尔过一段时间才能发现丢了东西。”

“我需要一个确切的描述。”

“您很容易就能认出来，因为它们带有官方抬头。它们是在去年 7 月 20 日到 8 月 14 日之间寄给他的，就在西班牙军官叛乱之后不久。”意大利人犹豫了一下，考虑再补充些什么是否合适。“信上的落款是齐亚诺伯爵。”

马克斯无动于衷地接受了这些信息，他把手杖放在胳膊下面，从口袋里掏出烟盒，轻轻叩了叩一支香烟的一端，把它放进嘴里，没有点燃。就像所有人一样，他很清楚齐加莱亚佐·亚诺伯爵是什么人。他的名字占据着报纸头条，经常能在画报和新闻纪录片中见到他的脸：这位黝黑、英俊、相貌出众、永远身着军装或名牌服装的领袖女婿——他娶了墨索里尼的一个女儿——也是意大利法西斯政府的外交部长。

“知道更多信息会有用的。那些信的内容是什么。”

“您需要知道的东西并不多。它们是关于西班牙最初的军事行动以及我们政府对莫拉和佛朗哥将军爱国主义起义的支持的秘密信件……出于与我们以及与您都无关的原因，需要把这些信件拿回来。”

马克斯听得极其专注。

“这些信为什么会在这里？”

“去年七月的事件发生时，托马斯·费里奥尔正在尼斯。博龙的别墅是他那些天的住处，而马赛机场是他租用的一架专机的好几个航班的连接点，供他往来于里斯本、比亚里茨和罗马。他的秘密邮件经过这里很正常。”

“我猜，那些信会牵连到某些人……他或是其他人。”

巴尔瓦雷思科露出了不耐烦的表情，用一只手摸了摸没刮胡子的脸颊。

“我们不是付钱让您去猜的，科斯塔先生。除了对您的工作有用的技术方面，这些信的内容与您无关。甚至与我们也无关。请将您的才智用来思考如何拿到它们。”

说最后那些话的时候他朝同伴打了个手势，后者离开汽车慢悠悠地朝他们走过来。之前他从汽车的杂物抽屉里拿出了一个信封，那双忧伤的眼睛正不信任地打量着马克斯。

“这里有您向我们要的信息。”巴尔瓦雷思科说，“包括一份别墅以及另一份花园的平面图。保险箱是舒茨林牌的，嵌在主办公室的一个柜子里。”

“哪一年的？”

“一九一三年。”

马克斯把信封拿在手里。是密封的。他把它收进外套的内侧口袋里，没有打开。

“别墅里有几个仆人？”

蒂尼亚内罗没有张嘴，伸出了一只五指张开的手。

“五个，”巴尔瓦雷思科确认道，“女仆、女管家、司机、园丁以及司机。只有前三个人住在别墅里。他们睡在二楼……另外，入口处的小房子里还有一个看门人。”

“狗呢？”

“没有。费里奥尔的妹妹讨厌狗。”

马克斯算了一下打开一只舒茨林保险箱所需要的时间。感谢老合伙人恩里科·福萨塔罗的教导，昔日交谊舞男的履历上有两只库宝保险箱和一只鲁迪梅耶保险箱，这还不算半打带有普通锁的箱子。舒茨林保险箱产自瑞士，在机械装置方面稍微有些过时。在条件理想并不犯错误的情况下，运用合适的技术，所需的时间不会超过一个小时。不过他也知道问题不在于这一个小时，而是在于来到保险箱前并拿到它。冷静工作并不要烦躁。不要累垮了。

“我需要福萨塔罗。”

“为什么？”

“钥匙。这种保险箱是带数字锁的。告诉他我需要一整套小孩手。”

"一整套什么？"

"他知道的。另外我还需要预支更多的钱。我的花销太大了。"

巴尔瓦雷思科保持沉默，仿佛没有听见最后那些话。他注视着自己的同伴，后者已经重新靠回了菲亚特轿车上并再次望着一战死难者纪念碑：岩石墙面上被打穿的拱门中放着一个巨大的白色骨灰盒，下面刻有"尼斯市献给它为法国而死的孩子们"的文字。

"这勾起了多梅尼克的伤心回忆。"巴尔瓦雷思科说，"他在卡波雷托失去了两个兄弟。"

他摘掉帽子用一只手摸着头，神色疲惫。此时他看着马克斯。

"您从来没当过兵吗？"

"没有。"

他连眼都没眨一下。意大利人一边转着帽子，一边似乎正在观察他，仿佛这能帮他看穿对方的回答是否真诚。也许当过兵会为性格打上可见的烙印，马克斯心想。就像神甫。或者妓女。

"我当过。"巴尔瓦雷思科过了一会儿说，"在伊松佐。打奥地利人。"

"真有意思。"

另外那个再次向他投来一个质询而怀疑的眼神。

"那次战争中我们是法国人的盟友。"他在片刻的沉默之后说道，"下一次不会是这样了。"

马克斯抬眉毛的样子老实得恰到好处。

"会有下一次吗？"

"毫无疑问。所有这些英国式的自大，加上法国式的愚蠢……以及在暗处密谋的犹太人和共产党人。您明白我说的吗？……这一切是不会有好结果的。"

"当然。犹太人和共产党人。幸好德国有希特勒。不要忘了还有你们的墨索里尼。"

"毫无疑问。法西斯意大利……"

他突然疑神疑鬼地停住了，似乎刚刚觉得马克斯心平气和的赞同态度有些可疑。他瞥了一眼旧港口的入口和矗立在堤坝尽头的路灯，然后再次望向远方散落着粉色和白色别墅的翠绿山坡下，一直延伸到罗巴卡珀堤岸另一边的海岸和城市那漫长的弧线。

“这座城市会重新属于我们的。”他阴郁地眯起眼睛，“总有一天。”

“我对此并无异议。但我提醒您我需要更多的钱。”

再一次的沉默。好不容易，意大利人才从他的爱国梦中回过神来。

“多少？”

“再要一万法郎。不管是法国的还是你们的，这个城市都贵得很。”

对方做了个不太有把握的表情。

“我们会看看能怎么办的……您已经认识苏珊娜·费里奥尔了吗？您找到接近她的方式了吗？”

马克斯拢起双手，点燃了已经在手指间夹了一会儿的烟。

“我受邀明天去吃晚餐。”

巴尔瓦雷思科目光中突然流露出赞许。诚心诚意的。

“您是怎么做到的？”

“这不重要。”他吐出的烟立刻被微风吹散了，“从那里开始，一旦摸清了环境，我会随时告诉你们的。”

意大利人歪嘴笑着，用眼角的余光打量着他熨得完美无瑕的定制西装，查维特牌的衬衫和领带，购自维也纳的希尔牌男鞋锃亮的皮革。马克斯觉得自己在那个眼神中觉察到的，是一种同时包含了钦佩和怨恨的光芒。

“那您别耽搁太久才告诉我们，或者采取行动。时间是所有人的敌人，科斯塔先生。对我们不利。”他戴上帽子，朝他同伴的方向点点头。“这包括多梅尼克和我。也包括您。”

“俄国人在苏莲托争夺的远不止一个大奖，”兰贝图奇说，“在冷战、原子弹和其他因素之外，他们也不会放过国际象棋……他们哪里都要插一脚，这很正常。”

隔着一面多彩的塑料流苏帘子，从厨房传来收音机里帕蒂·普拉沃《伤心的男孩》的歌声。在靠近临街大门的一张桌子上，泰代斯科“上尉”无精打采地收起棋盘上的棋子——这天下午他输掉了两盘——餐馆老板则用短颈方酒瓶倒了三满杯红酒。

“克里姆林宫的人，”兰贝图奇把酒杯放在桌子上，继续说道，“希望证明他们的大师要强过西方国家的大师。这就说明苏联也要更强，将最终赢得政治上的胜利，如有必要的话，还有军事上的胜利。”

“他们是对的吗？”马克斯问，“俄国人在国际象棋上更有能力？”

他只穿着衬衫，领口敞开，外套搭在椅背上，听得很用心。兰贝图奇做了个向俄国人的才能致敬的手势。

“他们不是没有理由自负。他们收买并牢牢控制了国际象棋联盟……现在只有豪尔赫·凯勒和博比·菲舍尔能够构成实质上的威胁。”

“但他们迟早会占得上风。”“上尉”说，他已经合上了棋盒，正在呷着红酒。“这些非正统、不正经的男孩们带来了一种新的玩法。更具想象力。他们将那些老恐龙们从自己习以为常的封闭、墨守成规的模式里逼出来，迫使他们涉足未知的领域。”

“无论如何，”兰贝图奇说，“直到现在都是他们说了算。那个慢得要死的家伙，被博特温尼克击败了，后者一年之后又输给了亚美尼亚的彼得罗辛。全是俄国人。或者，更确切地说是苏联人。现在的世界冠军则是索科洛夫：除了俄国人还是俄国人，一个接一个。莫斯科方面不希望情况发生改变。”

马克斯将酒杯举到唇边朝外面望去。竹棚下面，兰贝图奇的妻子正在把餐巾叠成方形，在空酒瓶里放上蜡烛，等着这个季节不太可能在下午这个时间出现的客人。

“那么，”马克斯小心地试探道，“这种情况下有间谍活动也很正常……”

兰贝图奇赶走一只停在他手腕上的苍蝇，挠了挠有些年头的阿比西尼亚文身。

“再正常不过了。”他说，“每次比赛都是一场足够拍出一部间谍片的阴谋纠葛……他们给棋手的压力很大。成为一名苏联精英棋手意味着作为官方冠军过上一种特权生活，或者承受一旦输掉比赛就会遭到惩罚的风险。克格勃从不饶恕。”

“你们记得斯特列尔佐夫吧。”泰代斯科说，“那个足球运动员。”

装着红酒的酒瓶再一次为桌上的酒杯倒满酒，“上尉”和兰贝图奇说起了斯特列尔佐夫的故事：世界上最好的足球运动员之一，可以和贝利媲美，却因为违反官方规定遭到了镇压：他拒绝离开当时自己的球队鱼雷队加盟莫斯科迪纳摩队，也就是克格勃的关系球队。于是他们找了另一个借口对他启动了司法程序，把他送到了西伯利亚的一个农场。五年后回来时，他的职业生涯已经结束了。

“这就是他们的手段。”兰贝图奇总结道，“对索科洛夫也是一样。他在棋盘前看起来是个安静的家伙，但其实是在故作镇静……他要面对整个分析师和顾问团队、私人保镖以及赫鲁晓夫打来为他加油鼓劲并告诉他无产阶级天堂的目光也在注视着他的电话。”

泰代斯科表示同意。

“真正的苏联神话，”他表示，“在于有人背负着这一切，却还能下好棋。还能集中精力。”

“其中会有肮脏的把戏吗？”马克斯谨慎地问。

对方眯起他仅有的那只眼睛，歪嘴笑了。

“尤其有。从无足轻重的小事到精心策划的复杂诡计。”

他说了几件事。上一届世界冠军赛上，当索科洛夫在马尼拉对阵科恩时，一位苏联大使馆的官员坐在第一排，用闪光灯拍照干扰以色列人。也有人说瓦尔纳奥运会上俄国人在观众中间安插了一个灵学家来扰乱他们对手的心智。还有人断言在索科洛夫对阵南斯拉夫人孟费洛维奇的卫冕之战上，他的顾问通过他在比赛期间吃的酸奶来向他传递战术指示。

“不过其中最妙的，”他最后说道，“是对付鲍勃科夫的那个，这名棋手在雷克雅未克大奖赛上脱离了苏联：他们在酒店的洗衣房里用淋病病菌污染了他的内裤。”

这是个合适的时机，马克斯心想。该进入正题了。

“那么，”他似乎不经意地说，“混进对手分析师中的间谍呢？”

“分析师？”兰贝图奇好奇地看着他，“天哪，马克斯……我看你对技术问题很有了解嘛。”

“这几天我读了些东西。”

有时会出现这种情况，那两个人表示。有几个轰动一时的案例，比如在索科洛夫从彼得罗辛手中夺走世界冠军头衔之前不久，刚与后者交过手的挪威人阿龙森的一位助手的声明。那位分析师是一个名叫伯恩的英国人，他承认曾经给每局下注两千卢布的俄国赌棋中间人传递过消息。后来人们得知这些报告实际上被克格勃拿到了，并从那里到了彼得罗辛的助手手中。

“这样的事情有可能正在这里发生吗？”

“鉴于苏莲托和世界冠军头衔之间千丝万缕的联系，”泰代斯科说，“什么都有可能发生……象棋并不总是在棋盘上下的。”

兰贝图奇的妻子拿着一把扫帚和一只簸箕进来并赶他们到街上去，好给房子通风并打扫桌子之间的地面。于是他们赶紧喝完红酒出去了。桌子和凉棚后面，胡根托布勒医生的银云轿车的镀银天使在樱桃红车头上格外显眼。

“你老板还没回来？”兰贝图奇艳羡地看着轿车问。

“暂时还没有。”

“我真羡慕你这种工作制。你不觉得吗，‘上尉’？……干一阵子活然后自己安安静静地待一阵子，直到老板回来。”

三个人都笑了。他们漫步走过防波堤和石砌码头，一艘渔船刚在那里靠岸，有几个无所事事的人凑上前去看它运来了什么。

“凯勒和索科洛夫有什么特别的地方？”兰贝图奇问，“以前你对国际象棋不感兴趣，马克斯。”

“坎帕内拉大奖赛勾起了我的好奇心。”

兰贝图奇冲泰代斯科挤挤眼睛。

“坎帕内拉，或许还有那天晚上与你一起来吃晚餐的那位女士吧。”

“据我所见，她可不是什么女管家。”另外那个插话道。

马克斯看看“上尉”，后者笑得很有深意。之后他再次转向兰贝图奇。

“你已经告诉他了？”

“那当然了。要不然，我能告诉谁呢。还有，我从来没见过你像在那顿晚餐上那样优雅。而我，假装不认识你……上帝知道你在动什么心思！”

“你可是伸长了耳朵想探个究竟呢。”

“看到你那副美男子的模样我就忍不住想笑，你都这把年纪了……你让我想起了维托里奥·德·西卡演假贵族时的样子……”

他们依然站在码头上，靠近渔船的地方。当船员卸箱子的时候，在堆在一起的渔网和曳绳钩之间穿梭的微风中有鱼鳞、硝石和焦油的味道。

“你们这两个老看门婆……两个长舌妇。”

兰贝图奇放肆地点点头。

“跳过开场白吧，马克斯。直奔主题。”

“她只是……或者说曾经是。是一位故人。”

两位棋手像是同谋一般交换了一个眼神。

“她也是凯勒的母亲。”兰贝图奇反对道，“你别做出这副表情，因为我们在报纸上看到过她的照片。很容易就能认出来。”

“这与象棋完全没关系。与她儿子也没关系……我说了这是一段昔日的友谊。”

最后那句话让两个人都面露狐疑。

“一段昔日的友谊，”兰贝图奇说，“让我们聊了半个小时的俄国棋手和克格勃。”

“从另一方面说，也是个激动人心的话题。”泰代斯科附和道，“无可反驳。”

“好吧。行了……你们就别管了。”

兰贝图奇答应了，但依旧一脸戏谑。

“随便你吧。每个人都有自己的秘密，这是你的事。但你要付出代价……我们要去维多利亚酒店看比赛的入场券。它们贵得要死，所以我们没去。既然现在你有影响力了，事情就不一样了。”

“我会尽力而为的。”

对方把烟头也吸干净了，直到火星烫到了手指。接着他将它扔到水里。

“多年的遗憾。她曾是个美丽的女人，嗳？……一见难忘。”

“是的，我想是这样。”马克斯望着码头下方漂浮在油腻水面上的烟蒂，“她曾经非常美丽。”

透过一扇面向地中海敞开的大窗户，正午的阳光照亮了马克斯桌子脚下的一大方木地板。他正坐在漫步栈桥赌场里他最喜欢的地方：那是一处建在深入海中的木桩之上的豪华建筑，面对吕尔酒店，从那里可以欣赏到尼斯海岸、沙滩和英国人大道，就像置身于一艘停泊在海岸几米之外的船上。挨着他桌子的窗户朝向天使湾东部；远处依稀可见城堡顶部、海港入口以及尼斯的远角，维拉弗朗什公路在那里绿色的山岩之间蜿蜒盘旋。

他在看见那个男人之前先看见了影子。最初觉察到的是英国烟草的味道。马克斯正俯在盘子上，马上就要将一份沙拉吃完，这时候飘来烟斗的烟草香气，地板轻轻地咯吱作响，那方明亮的地面上出现了一个暗色的身影。他抬起目光，看见一张礼貌的笑脸、一副圆形贝壳眼镜和一只拿着烟斗的手——另一只手里有一顶皱巴巴的巴拿马帽——指着他对面、桌子另一边的那张空椅子。

“下午好……您能允许我在这里坐一会儿吗？”

这句用完美的西班牙语说出的请求并不常用，这令马克斯觉得茫然。他看着刚来的那个人——入侵者，这么说比较准确——叉子还举在手里，不知该如何应对这种不礼貌的行为。

“当然不能。”他定了定神，最后回答，“您不能。”

对方站在那里，显得有些踌躇，像是在期待一个不同的答案。他依然微笑着，但此时的神色更加不快而斟酌。他看起来不太高。他站着，马克斯估算，也只比他高了一个头。他的外表整洁无害，尤其是加上那副眼镜以及搭配背心和领结的栗色西装，这身衣服在他瘦骨嶙峋、貌似虚弱的身板上略显肥大。一道完美、居中、笔直得像是鸭嘴笔画出来的发线，将他梳成背式、用发蜡抹得油亮亮的黑发分成完全对称的两份。

“恐怕我的头开得不好。”陌生人仍然没有收起微笑，“所以请您原谅我这张笨嘴并再给我一次机会。”

说完那句话，他没有等对方回答，便非常灵活地退开了几步并再次走上前来。突然之间他看上去不再那么无害了，马克斯心想。也不那么脆弱了。

“下午好，科斯塔先生。”他平静地说，“我叫拉斐尔·莫斯塔萨，我有一件重要的事情要与您谈谈。要是我能坐下来，我们会聊得更自在一些。”

他的微笑毫无二致，但此刻眼镜镜片后面，却多了一种几乎是金属色的光芒。马克斯已经把叉子放在了盘里。他从最初的惊讶之中回过神来，靠到藤椅背上，用一块餐巾擦拭嘴唇。

“我们有共同利益。”对方坚持道，“在意大利以及这里，尼斯。”

马克斯看了看远处系着白色长围裙的侍应生，他们正站在摆放在大门附近的盆栽旁边。餐厅里再无他人。

“您坐吧。”

“谢谢。”

当不速之客在椅子上坐下并轻轻在窗框上叩空烟斗的烟锅时，马克斯已经想起来了。过去两天里他见过那个男人两次：当他与意大利探员们在莫诺咖啡馆谈话时，以及他与施瓦岑贝格男爵夫人在海滨大道对面的佛雷加特酒吧的露天卡座见面期间。

“劳驾，您继续吃。”对方一边说，一边对其中一名朝他们走来的侍应生摇了摇头。

马克斯靠在椅子上，带着隐隐的不安打量着他。

“您是谁？”

“我刚刚告诉过您。拉斐尔·莫斯塔萨，商务旅行者。如果您愿意，请叫我菲托……大家通常都这么叫我。”

“谁？”

对方挤挤眼睛，没有回答，仿佛他们分享了一个有趣的秘密。马克斯从来没听说过那个名字。

“商务旅行者，您说。”

“正是。”

“哪种商务？”

莫斯塔萨的笑容愈发明显，看上去像他系领结的方式一样随意：清晰可见，和蔼可亲，或许还有一点散漫。但他眼中依然有着金属光芒，仿佛是眼镜片冷却了他的目光。

“如今所有生意都有联系，您不觉得吗？……但这并不重要。重要的是我有个故事要讲给您听……一个关于金融家托马斯·费里奥尔的故事。”

马克斯一边毫无惧色地听着那些话，一边将酒杯——一瓶完美的勃良第红葡萄酒——举到唇边。他重新把酒杯精确地放在它之前在白边桌布上留下的印子上。

“抱歉……您说关于谁的？”

“噢，得了。拜托。相信我吧。我向您保证这是个有趣的故事……您允许我给您讲讲吗？”

马克斯碰了一下酒杯，这一次没有拿起来。尽管窗户开着，他还是突然感觉到一阵燥热。让人不舒服。

“您有五分钟。”

“您别这么吝啬……您听着，然后看看再给我多少时间。”

莫斯塔萨时不时咬一下熄灭的烟斗，用一种低调的语气开始讲述。托马斯·费里奥尔，他说，是去年支持西班牙军事政变的保皇党阵营中的一员。实际上正是他负担了最初的开支，并持续这么做。众所周知，他的巨额身家已经让他成为了叛军的官方银行家。

“您得承认，”他停下来用烟斗杆指着马克斯，“我的故事开始让您感兴趣了。”

“有可能。”

“我告诉过您了。我很擅长讲故事。”

莫斯塔萨继续说了下去。费里奥尔与共和国的对立不仅仅是意识形态上的：他曾经多次试图与历届共和国政府达成协议，但这种尝试却毫无结果。出于某种原因，他们不信任他。1934 年曾有一次几乎将他投入监狱的司法调查，他动用了很多钱和很多关系才得以脱身。从那以后，他的政治倾向可以用他一次在与朋友共进晚餐时说的一句话来概括：“有共和国就没我。”这种情况持续了一年半，他一直在打击共和国。所有人都知道去年七月那些事件背后有他的钱。与阴谋家们的信使在圣让德吕会面后，费里奥尔通过德累斯顿银行的一个账户，自掏腰包支付了 7 月 18 日和 19 日将佛朗哥将军从加那利群岛送往摩洛哥的飞机和飞行员的费用。而当这架飞机在空中飞行时，远海上五艘为国有坎萨公司运送两万五千吨石油的德古士运油船，调头驶向了叛乱者控制下的地区。那条电报指令说的是：别担心付款。这笔款项是托马斯·费里奥尔承担的，现在依然如此。有人计算，单是为叛军供应石油和燃料，这位金融家就已经投入了一百万美元。

“但还不仅仅是石油。”莫斯塔萨停顿了一下，以便马克斯领会那条信息，然后继续说道。“我们知道叛乱的头几天，费里奥尔与莫拉将军在他在潘普罗那的将军府中见过面，向他出示了一张带有价值六亿比塞塔背书的清单……有一个有趣的细节非常符合他的风格，那就是他没给他钱，连提都没提。他只是向他展示了自己作为担保人的可靠地位。主动提出为他提供一切支持……这包括他在德国以及意大利商界和金融界的人脉。”

他停下来，吸着熄灭的烟斗，眼睛依然看着马克斯，这时候一个侍应生收走了他的空酒杯，另外一个则为他端上了主菜，是一份尼斯风味牛排。那一方阳光从地上移动了一点，照到了桌子的白色桌布。此刻阳光从下方照亮了莫斯塔萨的脸，凸显出他脖子左边、颌部下面一块丑陋的疤痕，马克斯之前并没有注意到它。

“叛军方面，”等到只剩下他们二人时莫斯塔萨继续说道，“还需要空军。空中军事支持，首先是为了将在摩洛哥的叛乱军队运输到半岛，之后是为了将其用于轰炸行动。叛乱发生四天之后，通过纳粹驻法国及葡萄牙的军事专员，佛朗哥将军亲自向德国要了十架荣克斯战斗机。意大利则由费里奥尔负责。”他用手肘撑着桌子，略微俯身。“……您看，我们终于说到了吧？”

马克斯努力想继续自然地吃饭，但这太难了。吃了两口，他就把刀叉一起放在盘子一侧，正好是五点钟方向。之后他用餐巾擦了擦嘴，将浆过的衬衫袖口靠在桌布边缘，一言不发地看着莫斯塔萨。意大利方面的支援，后者略作停顿之后继续说道，是通过外交部，也就是齐亚诺伯爵提出的。首先是在他与费里奥尔在罗马进行的一次私人谈话中，之后是通过商定行动细节的书信往来。意大利在赛尔德尼亚准备了十二架萨伏亚战斗机；而齐亚诺，在咨询了墨索里尼之后，承诺它们将于八月的第一周在得土安被交付到叛乱军官手中，但需要提前付清一百万英镑。莫拉和佛朗哥没有这笔钱，可费里奥尔有。于是他提前支付了部分款项并为余款做了担保。7月30日，这十二架飞机出发前往摩洛哥。三架在海上失踪了，但其余的及时到达并将摩尔人雇佣军和西班牙军团运往半岛。四天之后，在费里奥尔的雇用下携带为这些飞机准备的武器和燃料从拉斯佩齐亚出发的意大利商人“埃米利奥·莫尔兰迪”，在梅利利亚靠岸了。

“我说过，意大利为萨伏亚战斗机开价一百万英镑；但齐亚诺是一个排场很大的人。非常大。他的妻子埃达是领袖的女儿，这为他提供了数不清的好处，但也迫使他花掉了很多钱……您跟得上吗？”

“完全可以。”

“太好了，因为现在我们就要说到将您与这件事情联系起来的部分了。”

一名侍应生收走了马克斯那盘几乎没动过的食物。后者依然一动不动，双手放在桌沿，望着交谈者。

“您为什么会认为我与此有关？”

莫斯塔萨没有立即回答。他再次看着那瓶斜靠在藤篮里的红酒。

“如果您不介意我的好奇心，请问您喝的是什么？”

“香贝丹。”马克斯不动声色地回答。

“年份？”

“一九一一年。”

“没有走味吗？”

“这瓶没有。”

“真棒……我很想喝一点。”

马克斯向侍者示意了一下，后者拿来一只酒杯倒满了酒。莫斯塔萨将烟斗放在桌布上，迎光赏酒，惊叹于勃艮第红酒浓烈的酒色。接着他将酒举到唇边，面露喜色地品味着它。

“我跟了您一段时间了。”他突然说，似乎刚刚记起马克斯的问题。“那两个家伙，意大利人……”

他就此打住，任对方去想象一条线索何时将他引到了另一条线索上。

“之后我调查了一下我能对您的前科做点什么。”

说完这个，莫斯塔萨重新捡起了故事线。希特勒和他的政府讨厌齐亚诺。后者并不缺乏常识，一直都表示支持意大利置身于柏林的某些利益之外。他现在依然这样认为。因此，作为一个谨慎的人，他在合适的地方保有秘密的银行存款。以防万一。出于政治原因他不得不转移在英格兰的一个巨额账户；不过现在他用的都是欧洲大陆的银行。主要是瑞士银行。

“齐亚诺要求就萨伏亚战斗机一事收取百分之四的个人佣金：四万英镑。将近一百万比塞塔，由费里奥尔以苏黎世银行的一个账户作为担保，之后以现金支付，用黄金的形式汇入了马略卡岛拉帕尔马的西班牙银行……您觉得如何？”

“很多钱。”

“不止如此。”莫斯塔萨又喝了一些红酒，“这是一起重大政治丑闻。”

尽管马克斯是个冷静的人，他也已不再费力去掩饰自己的兴趣。

“我懂了。”他说，“您是想对我说，只要它被公布于众。”

“这才是关键。”莫斯塔萨伸出一根手指，挡住了正沿着杯柄滑向桌布的一滴红酒。“对我说到您的人，科斯塔先生，将您形容为一个非常英俊而精明的家伙……第一点打动不了我，假如您不介意我这么说的话。一般情况下，我的喜好很正常。但我很高兴能确认另外一点。”

他停顿了一下，又品了一些勃艮第红酒。

“托马斯·费里奥尔是只狡猾的狐狸。”他继续道，“所有事都要白纸黑字地写下来。当时事出紧急，那是一笔安全的生意，另外齐亚诺的佣金在罗马并不是什么秘密。他岳父完全知情也并不反对，只要事情像直到目前为止一样，是暗中进行的……因此费里奥尔设法为战斗机的事留下了书面记录，包括齐亚诺本人的签名，并在其中提到了他那百分之四的三封信……剩下的事就很容易想象了。”

“为什么他们现在想要取回那三封信？”

莫斯塔萨一脸满足地欣赏着自己几乎空掉的酒杯。

“原因可能有很多。意大利政府内部的紧张局势，齐亚诺在那里的地位遭到了其他法西斯家族的反对。后者的未雨绸缪，因为现在叛军已经有了获胜的可能。又或许是希望从费里奥尔手里夺回一份能让他用来进行外交勒索的资料……总之齐亚诺想要这些信，而有人雇了您去取它们。”

所有的一切都明显得令人难以承受，以至于马克斯将他之前的保留都放到了一边。

“我还是不明白一件我或许也对其他人说过的事。为什么是我……意大利应该有合适的间谍。”

“我的看法非常简单。”莫斯塔萨已经拿起了烟斗，掏出一只装着烟草的油布袋，开始用食指往下压着将烟锅填满。“这里是法国，而国际政治局势非常微妙。您是一个没有政治关系的个人。某种意义上的无国籍人士，可以这么说。”

“我有委内瑞拉护照。”

“这种护照我能买上半打，如果您不介意我吹牛的话。另外，不管有没有被证实，您在欧洲和美洲的好几个国家还有犯罪前科……如果有什么出了差错，您将为此负责。他们可以否认一切。”

“那么您在这其中弹的是什么琴？”

莫斯塔萨掏出一盒火柴点燃烟斗，从吐出的头几口烟里看了看他。几乎有些吃惊。

“天啊，我还以为到了这个时候，您已经意识到了。我为西班牙共和国工作。我是好人那一边的……假设在这种故事里我们能说有一边是好人的话。”

作为发表在画报上的连载故事的一个走马观花的读者——在远洋邮轮上、火车上和酒店里——马克斯以前总是将“间谍”这个词与错综复杂的跨国冒险以及尽量避免暴露在光天化日之下的阴险之徒联系在一起。因此他很吃惊菲托·莫斯塔萨竟如此自然地提出陪他返回内格雷斯科酒店，并沿着海滨大道来一次惬意的——这个形容词是莫斯塔萨自己说的——漫步。他并未反对，他们像两个谈论日常琐事的熟人那样聊着天走了一段路，一如这个时间在酒店正墙和海岸之间来来往往的其他人。就这样，莫斯塔萨非常平静地抽着烟斗，那顶皱巴巴的巴拿马草帽在他的镜片上投下阴影。他将这件事的细节陈述完毕，同时回答了马克斯——尽管一切看起来风平浪静，他还是没有放松警惕——时不时提出的问题。

“总而言之：我们会比法西斯付给您更多的钱……更不用说共和国方面理所当然的感激之情。”

“这个可是价值连城啊。”马克斯肆意嘲讽道。

莫斯塔萨微微笑了，不太明显。几乎像个老好人。他下颌上的疤痕让那个笑容有点模棱两可。

“您别这么恶毒嘛，科斯塔先生。毕竟我代表的是西班牙的合法政府。民主对法西斯，您知道的。”

昔日的交谊舞男晃着手杖，用余光观察他。要不是因为那副眼镜，这个西班牙探员完全是穿了便服的职业骑手的模样；他站起来走动时显得更加矮小和瘦弱。然而，马克斯的职业本能之一包括通过非表情或者非语言上的细节对男人和女人进行分类。在他那个不确定的世界里，说到有用的信息，常规的表情或话语全都没什么价值，就像老道的纸牌玩家为对手确认自己出老千的举动一样。马克斯从经验中学会的是另外一些阅人法则。而他与菲托·莫斯塔萨共处的四分之三个小时已经足够让他感觉到，对方诚实的说话方式、说起自己为正义一方工作时的亲切自然，可能比意大利政府对探员令人难以接近的粗鲁态度更加危险。另外一方面，他也很惊讶自己竟然没发现他们用报纸挡着脸坐在路边的长凳上，跟踪他们的足迹，心烦意乱地证实菲托·莫斯塔萨给他们带来了多少麻烦。

“你们为什么不去偷信？”

莫斯塔萨走了几步，但没有回答。最后他露出坦然的表情。

“您知道托马斯·费里奥尔经常怎么说吗？……他说他没兴趣在选举之前收买政客，因为不知道他们是否能掌权。当他们已经执政时再买更便宜一些。”

他静静地用力吮着自己的烟斗，身后留下了一长溜烟。

“我们面对的是类似的情况。”他最后补充道，“既然可以利用其他已经开始进行的行动，我们为什么要组织一项既花钱又冒险的行动呢？”

说完那句话，莫斯塔萨就像之前一样轻声笑着走了几步。他似乎很享受谈话的走向。

“共和国并不富裕，科斯塔先生。我们的比塞塔也严重贬值。由墨索里尼支付您大部分的薪酬这一点有着某种诗意的公正。”

马克斯望着停在地中海宫——沿着天使湾柔和的弧线一直延伸到无尽之处的一系列大型酒店建筑——宏伟正墙前面的劳斯莱斯和凯迪拉克。在尼斯的那个部分，那些会令人感觉到扰乱了世界安逸面貌的东西已经完全被从有钱游客的眼前抹去了。那里只有酒店、赌场美式酒吧、优质沙滩，附近开有咖啡馆和餐厅的市中心，以及住宅区山坡上所有的豪华别墅。没有一间工厂，没有一家医院。作坊，雇员和工人们的房子，监狱和墓地，甚至最近在宪兵同情的目光中高唱《国际歌》或《马赛曲》、分发《工人之声》或者大喊着“犹太人去死”彼此对峙的示威者们，也离那里远远的，只待在大部分常常光顾英国人大道的人们从来不会涉足的街区。

“有什么能阻止我拒绝您的条件吗？……或者将您的提议告诉意大利人？”

“没有什么能阻止您。”莫斯塔萨客观地承认道，“您看，只要有可能，我们是多么愿意光明磊落地行事啊。没有威胁也没有勒索。由您自己来决定是否合作。”

“要是我不干呢？”

“啊，这就是另外一个问题了。在那样的情况下，请您明白我们会尽可能去改变事情的进程。”

马克斯扶了扶帽檐，向刚刚与他们擦肩而过的两张熟面孔——一对匈牙利夫妇，在内格雷斯科酒店住在他的隔壁房间——打招呼。

“要是您不把这个，”他低声嘲讽道，“称为威胁的话……”

莫斯塔萨报以一个夸张的无奈表情。

“这是个复杂的游戏，科斯塔先生。我们完全不会与您作对，除非您的所作所为将您置于敌方阵营。只要不是这样，您就会拥有我们最大的善意。”

“物化为比意大利人开出的更多的钱，您之前说过。”

“当然。只要别高到天上去。”

他们依然慢步走在海滨大道上。迎面而来的一直是优雅的人们，身着剪裁精良的春秋季服装的男人，无精打采地遛着纯种狗的美丽女人。

“这个有趣的城市啊。”莫斯塔萨对着两位穿着考究并与一条俄罗斯狼狗同行的女士评论道，“满是寻常男人无法靠近的女人。不过，我们自然是可以的……不同之处在于我要为此花钱，而您却恰恰相反。”

马克斯环顾四周：女人，男人，全都一样。总而言之，那是些钱包里装了五张一千法郎的钞票也不新鲜的人。闪亮的镀铬汽车缓慢行驶在临近的道路上，徜徉在因为它们的存在而锦上添花的明媚景致中。整条街道就是一片广阔的喧嚣，来自校准得当的摩托声，开怀放肆的谈话声。

来自昂贵而无忧的舒适生活。我付出很多代价，他苦涩地想道，才到了这里。穿梭在这片安逸的风景中，远离那些充斥着变质食物的气味、被这样的地方排除在外的郊区。

“但您别认为这一切是钱的问题。”莫斯塔萨说，“在我的上司看来，我猜，我的个人魅力也能发挥作用。我对您应该很有说服力。让您相信为一些像墨索里尼、希特勒或佛朗哥这样的无耻之徒工作，与为西班牙的合法政府工作是不同的。”

“您就免了这部分吧。”

莫斯塔萨又笑了，就像前几次一样。温和而隐约。

“好吧。我们抛开意识形态问题……集中说我的个人魅力吧。”

他停下来轻轻在将大道和海滩隔开的栏杆上叩着烟斗，将它倒空。然后把它收进了外套的一个口袋里。

“我对您印象不错，科斯塔先生……尽管您的职业可疑，您依然是英国人口中的‘体面人’。或者说，至少看上去是。我花了一段时间调查您的履历，也顺便关注了一下您的举止。与您共事将会很愉快。”

“那么权限问题呢？”马克斯反对道，“意大利人可能会生气。他们有理由生气。”

作为回答，对方的微笑更加尖锐了。只有一瞬间而已：一闪而过，几乎是令人厌恶的凶光。他脖子上的伤疤在大道上刺眼的光线下显得更深了。

“我无法现在答复您。”马克斯说，“我需要考虑一下这件事。”

镜片在巴拿马草帽的阴影中闪了两下。莫斯塔萨点点头，表示理解。

“我会处理的。您静下心来思考，与此同时继续与您的法西斯朋友合作。我会在暗中监视您的进展，不会让您觉得难受的。强行干涉，正如我之前说过的，完全不是我们的意图所在。我们更愿意相信您的常识和理智……任何时候，哪怕是到了最后，您都将有机会接受我的提议。不必着急。”

“必要的时候，我在哪里能找到您？”

莫斯塔萨做了个泛泛而不具体的手势，既可以指他们所在的地方，也可以泛指法国南部。

“这几天，当您做决定的时候，我会在马赛处理另外一件悬而未决的事情。因此，我会来来去去。不过您别担心……我们会保持联络的。”

他伸出右手等待着马克斯的手，后者在握住它时感到对方用力而坦率的一握。太用力了，他心想。太坦率了。之后菲托·莫斯塔萨迈开大步离去了。有那么一会儿，马克斯能够看见他矮小灵活的身影，在来往行人的一角显得格外孤独。后来他只能看见在人群中移动的浅色帽子，不一会儿就再也看不到了。

就像前几天一样，这是个清澈而明媚的早晨，那不勒斯海湾闪着蓝色和灰色的光芒。侍应生们拿着装有咖啡壶、小面包、果酱和黄油的托盘在维多利亚酒店的露台上走动，穿梭在覆盖着白色桌布的铁桌之间。马克斯·科斯塔和梅查·英仲扎在位于石扶手西边角落旁的桌子前吃早餐。她身穿鹿皮外套、深色半裙和比利时风格船形皮便鞋。他，则是自从入住酒店以来一贯的晨装：法兰绒长裤、深色小西装以及颈间的丝巾。沐浴后仔细梳理的灰发还是湿的。

“已经有解决问题的方法了吗？”马克斯问。

桌前只有他们俩，旁边的桌子也没有人。尽管如此，她还是压低了声音。

“可能有……今天下午我们会知道是否奏效。”

“伊琳娜和卡拉佩蒂安都没有怀疑？”

“完全没有。目前看来，避免他们互相干扰的借口是有用的。”

马克斯若有所思地把一点黄油抹在一块切成三角形的吐司上。他与女人的相遇是出于偶然。当时她正在看一本书——《The Quest for Corvo》：标题他完全看不懂——此刻书被放在桌上她的空咖啡杯以及一个带有酒店标志并装着两根熄灭的穆拉蒂烟头的烟灰缸之间。当她合上书并熄灭第二支烟时，他穿过了自由大厅的玻璃门，走过来问候她，而她则邀请他在自己身旁坐下。

"你说过我会做些什么。"

她专注地看了他几秒钟，试图回忆。最后她微笑着向后靠到椅子上。

"马克斯变化？……一步一步来。"

他咬着自己的吐司并喝了一口牛奶咖啡。

"卡拉佩蒂安和伊琳娜已经在研究你儿子的想法了吗？"他用餐巾擦了擦嘴之后问，"你对我说过的引蛇出洞计划？"

"他们已经开始了。分头行动，正如我们所预计的。他们俩以为自己在分析同一个情况，但并非如此……豪尔赫依然要求他们不要讨论这件事，借口是他不想他们互相干扰。"

"谁的进展更大？"

"伊琳娜。这对豪尔赫有好处，因为他最不希望是她……所以下一局比赛他会采用这种新战术，目的是尽早消除对她的怀疑。"

"那卡拉佩蒂安呢？"

"他让埃米尔继续花更多时间更加深入地进行分析，因为他想将它留到都柏林。"

"你觉得索科洛夫会掉进陷阱吗？"

"很有可能。这正符合他对豪尔赫的期待：弃子以及深入、冒险而聪明的进攻……凯勒风格。"

这时候马克斯看见卡拉佩蒂安从远处经过，手里拿着报纸，正朝大厅走去。他指给梅查看，她面无表情地目送着他。

"要是他就太令人难过了。"她说。

马克斯忍不住露出吃惊的表情。

"你宁愿是伊琳娜？"

"埃米尔自从豪尔赫还是个小男孩时就与他在一起了。他亏欠他太多。我们亏欠他太多。”

“但那两个孩子……总而言之。爱情还有其他的一切。”

梅查看着被她抖落的烟灰覆盖的地面。

“哦，这个啊。”她说。

之后，毫无过渡地，她说起了如果索科洛夫上钩的话，下一步将要进行的动作。如果那两个人中有一个是线人，他们不想打草惊蛇。面对近在眼前的世界冠军之战，应当让苏联人安心，这样索科洛夫就不会怀疑到他们从苏莲托就开始设计他。当然，在都柏林之后，无论这个间谍是谁，他都不会再与豪尔赫共事。有办法在引发或不引发风波的前提下将他打发走，就看哪种合适。这种事之前就发生过：一个法国分析师曾在库拉索岛大奖赛中泄密，当时豪尔赫对阵的是彼得罗辛、塔尔和科尔奇诺伊。那次是卡拉佩蒂安意识到了这一点并找出了内鬼。最后他们在没有任何人怀疑动机为何的情况下解雇了他。

“那也有可能是一种替罪的伎俩。”马克斯说，“……是卡拉佩蒂安嫁祸于人的诡计。”

“我这样想过。”她阴沉地回答，“豪尔赫也这样考虑过。”

然而，他的儿子亏欠大师太多，过了一会儿她补充道。当她说服卡拉佩蒂安与他共事时他才十三岁。他们共处了十五年，便携式棋盘随便往哪里一摆，就在火车上、候机室里、酒店里下棋。备战比赛，研究开局、变化、进攻和防守。

“豪尔赫生命中大半的时间，我都看见他们在比赛前吃早餐的时候作为对手过招，重复前一天夜里制定的计划或者一边下一边即兴发挥。”

“你宁愿是她。”马克斯温柔地说。

梅查像是没有听见这句话。

“他从来都不是一个特别的孩子……或者不是太特别。人们认为伟大的棋手比其他人智商更高，但这不是真的。豪尔赫只是很早就显示出他在同时关注好几样不同的事情时特别的能力，德国人将它叫做一个以

‘verteilung’结尾的长词，还有对于数列的抽象思维能力。”

“伊琳娜和他是在哪里认识的？”

“一年半以前，在蒙特利尔大奖赛上。她那时在与亨利·特伦奇，一个加拿大棋手谈恋爱。”

“发生了什么？”

“在组织方的一次派对上相遇之后，伊琳娜和豪尔赫坐在一个公园的长凳上度过了一晚，聊象棋一直聊到天亮……后来她离开了特伦奇。”

“看上去她很适合他，不是吗？……她让他在这样的情况下变得正常。”

“她对此有帮助。”梅查承认，“无论如何，他不是一个着魔的棋手。他不是那种在一局漫长的比赛中任由不安和紧张入侵自己的人。他的幽默感和某种疏离感帮了他。他最喜欢说的话之一是‘我没打算为了这个发疯’……这种态度很大程度上让这件事没那么病态。就像你说的，让他变得正常。”

她低着头，若有所思地停顿了一会儿。

“我想是的。”她最后得出结论，“伊琳娜对此也有帮助。”

“如果他的女友是向俄国人传递消息的人，我想，这可能会对他的专注度产生影响。他的表现。”

梅查并不担心问题的这个方面。她儿子，她解释道，有能力以同样的强度、用貌似同步的方式处理好几件事；但从来不会失去对主要问题的控制。那就是象棋。他根据每一时刻事情的优先顺序集中精力的能力是惊人的。他似乎像是迷失在遥远的梦境中，却会突然之间眨眨眼，回过神来，微笑着回归正题。这种来去自如的能力是他最特别的地方。如果不是这些正常的短路，他的生活将会很不一样。他会变成一个古怪或不幸的人。

“因此，”沉默了一阵之后，她继续道，“既然他可以专注到非人的程度，他也有能力投入与他的比赛完全无关的事情。等待时，他会在脑海中下其他棋。冷静分析内鬼的事，思考一次旅行或一部电影……解决另外一个问题，或者考虑与它有关的方面。在他小的时候，有一次，他一动不动、一言不发地在棋盘前待了二十分钟，对一步棋进行分析。当他的对手表现出不耐烦时，他抬起眼睛说：'啊，是轮到我下了吗？'"

"你还没有告诉我你的想法……你是否认为是她泄露了信息。"

"我已经告诉你了：是伊琳娜与是卡拉佩蒂安的可能性相等。"

他挑起眉毛，强调了一件显而易见的事。

"她似乎是爱他的。"

"天哪，马克斯。"她嘲弄地打量着他，几乎有些吃惊。"你说出这种话？……从什么时候开始爱情成了背叛的阻碍？"

"给我一个具体的理由。为什么她会把他出卖给俄国人？"

"这个问题也不像你问出来的……埃米尔为什么会出卖他呢？"

她面无表情地抬起目光，马克斯跟随着她视线的方向。三层楼之上，在隔壁建筑露台的拱梁下面，豪尔赫·凯勒和女孩正探出身体欣赏风景。他们穿着白色的浴袍，看上去像是刚刚起床。她抓着男孩的一条胳膊，靠在他的肩上。过了一会儿他们发现马克斯和梅查在那里，于是朝他们的方向挥了挥手。他回应了，而女人则没有动，只是望着他们。

"你与他的父亲，那个外交官的婚姻持续了多久？"

"不太久，"她沉默了一会儿说，"我保证我努力过了。我猜是有了儿子之后让我有了这个想法……说到底，所有女人在她生命的某一刻都是自己子宫或心的暂时受害者。但与他在一起这完全不可能……他只是一个好人，让人受不了的不是他太过优秀的品质，而是他永不放弃任何一样品质，并以此为豪的坚持。"

她停住了，这时候一抹古怪的微笑浮现在她的嘴角。她将右手放在桌布上，旁边有一小滴咖啡留下的污渍。她的手腕上有其他类似的痕迹。枯萎的肌肤之上，岁月和苍老的斑痕。突然间，关于三十年前光润而温热的肌肤的回忆，让马克斯变得无法承受。为了掩饰自己的不安，他俯身朝桌上的咖啡壶里看了看。

“你从来不会这样，马克斯。你一直都知道……哦，见鬼。有好几次我都在想你是从哪里学会了如此冷静。那份谨慎。”

他做了个给她再倒点咖啡的手势，她摇头拒绝了。

“如此英俊。”她补充道，“上帝啊。你曾是如此英俊……如此谨慎，如此无赖又如此英俊……”

他有些不自在，专心注视着她的空咖啡杯。

“再给我讲一些豪尔赫的父亲的事吧。”

“我说过你在尼斯见过他：在苏济·费里奥尔家里的那次晚餐……你记得吗？”

“隐约记得。”

梅查神情疲惫地慢慢将手从桌布上收走。

“埃内斯托极有教养也非常出色，但他缺少阿尔曼多的天赋和想象力……一个在你身边只会谈论自己，而只将你当做借口的男人。也许你真的对他们说的东西感兴趣，但他们却未必知道。”

“这是常有的事。”

“你从来不会这样……你永远都懂得倾听。”

马克斯露出一个世故的表情，带着一贯的谦卑。

“职业策略。”他承认。

“问题是事情变了样，”她继续道，“最终我利用了我们女人在痛苦时能够产生的一丝怨恨……实际上我并不太痛苦，但这个他也未必知道。有好几次他都试图从我们所谓的平庸而失败的关系中叛逃；而就像大部分男人一样，他所能到达的最远的地方就是别的女人的阴道。”

这从她口中说出并不显得低俗，马克斯心想。就像镌刻在他记忆中那么多其他的东西。以前他曾听她使用过更为激烈的词语，带着同样的几乎技术性的冷酷。

“我倒是的确走得很远，你知道的。”梅查接着说，“我指的是某种不道德的行为。以不道德作为结论……作为对道德的无效性以及消极不公的觉悟。”

她再一次漠然地注视着地面上的烟灰。之后她抬起眼睛望向侍应生，后者告诉他们早餐服务马上就要结束了，接着问他们是否还想要些什么。梅查看他的样子似乎像是没听懂他在说什么，或者神游到了远方。最后她摇摇头。

“其实我失败了两次。”侍应生走远后她说，“作为不道德的女人与阿曼多在一起以及作为道德的女人与埃内斯托在一起。所幸，是我的儿子改变了这一切。他的存在为我提供了另一种可能。第三条路。”

“你对你的第一任丈夫记忆更深吗？”

“阿曼多？……我如何能够忘记他？他著名的探戈曲跟了我一辈子。从某种方式来说，就像跟着你。它还在那儿。”

马克斯再次将视线从她的空咖啡杯上移开。

“随着时间的推移，我知道了我们在尼斯时还不知道的事。”他说，“他们杀了他。”

“是的。一个名叫帕拉库埃略斯的地方，在马德里附近。他们把他从监狱里弄出来到那里枪毙。”她几乎难以觉察地耸耸肩膀，承受着发生在太久之前、已经结了痂的悲剧。“一派抓了可怜的加西亚·洛尔卡上街游行，让他成为死去的圣徒，另一派则这样对待我的丈夫……当然，这也放大了他的传奇。神化了他的音乐。”

“你没回过西班牙吗？”

“回到那个悲惨、充斥着怨恨、带着圣器室的味道、被黑道分子和下三滥流氓统治的地方？……从来没有。”她望向海湾，露出讥诮的微笑，“阿曼多是一个文雅、有教养并崇尚自由的人。一个美妙世界的创造者……假如他依然活着，他会鄙视这些残酷的军人以及穿蓝制服、皮带上别手枪的混混，就像鄙视杀害了他的文盲。”

沉默片刻之后，她质询地转向他。

“那你呢？这些年你的生活怎么样？……你真的回西班牙了吗？”

马克斯临时挤出一个表情，它跨越了紧张的时局，那些在贪婪奢华的新贵、重建的村镇和城市、重归原主的酒店、在新政府的庇护下欣欣向荣的行业和给嗅觉敏锐之士准备的大把机会之间的时代。他用这个含糊的表情概括了那些充满行动和可能性的年代，大把大把从这里流到那里、为有天赋和勇气追逐它们的人而准备的金钱：黑市，女人，酒店，火车，边境，难民，在旧欧罗巴的废墟之中坍塌的世界，从一次冲突到另一次更加恐怖的冲突，狂热地相信着当这一切结束时所有事情都会有所不同。

“有几次。世界大战期间我在两边跑来跑去，在西班牙和美洲之间。”

“不怕潜水艇吗？”

“怕得要死，可是没有选择。你知道的。生意嘛。”

她再次露出几乎是感同身受的微笑。

“是的，我知道了……生意嘛。”

他带着刻意的天真低下头，心里知道女人正在看着自己。他们俩都明白生意这个词是概括事情的一种方式，不过梅查不知道它有多概括。实际上，在欧洲战争年间，伊比利亚半岛于马克斯·科斯塔而言是一处收获颇丰的猎场。拿着他的委内瑞拉护照——他花了不少钱才租到这个国籍，它让他几乎免掉了所有麻烦——他在酒店、舞厅、驻有乐团的下午茶室、美式酒吧和餐馆，冬季运动场，夏天的旅游旺季，美丽女人和钱包厚实的男人常常光顾的高级社交场所中，挥洒着自己的社交魅力。那个时候，他一贯的冷静已经到了炉火纯青的境界；而其结果就是一连串实实在在的成功。那些失败和没落的年代，那些最终将他带入幽井的灾难，离他还很遥远。佛朗哥的新西班牙让他收获颇丰：马德里和塞维利亚好几次有利可图的行动，在巴塞罗那、马赛和丹吉尔之间一次精心策划的三角骗局，圣塞巴斯蒂安一位非常富有的寡妇，以及埃什托里尔赌场一笔在辛特拉的一处别墅中顺利收尾的珠宝生意。在最后的这次事件中——那个不太有魅力的女人，是西班牙王位继承人堂胡安·德·波旁的表亲——马克斯重新跳了舞，好好跳了一番。包括拉威尔的波莱罗舞曲和《老卫队的探戈》。他应该是跳得棒极了；因为一切结束后，女受害者是第一个在葡萄牙警方面前为他开脱的人。不可能怀疑马克斯·科斯塔，她断言道。这个百分百的绅士。

“是啊。”梅查再次望着那两个年轻人已经离开的露台，若有所思地说。“阿曼多是不同的。”

马克斯知道她说的不是他。知道女人依然在想着杀死了阿曼多·德·特洛埃耶的西班牙，那个她永远不想回去的地方。尽管如此，他还是感到有些不是滋味。一丝残留的昔日对于那个男人的怒气。实际上，他只与他打过没几天交道：在“波洛尼奥船长号”上以及在布宜诺斯艾利斯。

“你之前说过了。他文雅、充满想象并热爱自由……我还记得你身体上被打过的伤痕。”

她察觉到他的语气，正责难地看着他。之后她将脸转向海湾，朝着维苏威火山黝黑山锥的方向。

“已经过去很久了，马克斯……你说这个不太合适。”

他没有回答。他只是看着她。女人被阳光刺得眯起了眼睛，这个动作让她眼周的细纹成倍增加。

“我很年轻时就结婚了。”梅查补充道，“而他让我探身去看自己的幽井。”

“从某种方式来说，他毁了你。”

她在做出回答之前摇头否认。

“不。不过细微差异也许就在于‘某种方式’。认识他之前一切就已经在那里了……阿曼多只不过是在我面前摆上了一面镜子。引着我游览了自己的阴暗角落。或许连这个也没有。也许他的角色只是向我展示了它们。”

“而你与我游览了它们。”

“你喜欢看，就像我也喜欢。你记得酒店里的镜子吧。”

“不。我喜欢在你看的时候看着你。”

突如其来的响亮笑声，仿佛让女人金色的眼睛青春重现。她依然面朝海湾的方向。

“你没有堕落，我的朋友……你从来不是那样的男人。恰恰相反。永远那么干净，虽然你行事卑鄙。那样无邪。那样直率地忠于你的谎言和背叛。一个好士兵。”

“上帝啊，梅查。那时你……”

“那时的我如何现在已经不重要了。”她回过头来面对他，突然严肃起来。“可你依然是个骗子。你别这么看我。我太了解这种眼神了。比你想象的更为了解。”

“我说的是实话。”马克斯反对道，“我从来不相信我对你来说有什么重要的。”

“所以你在尼斯那样一走了之？没有等待结果？……我的上帝。像所有人一样愚蠢。这就是你的错误。”

她向后靠在自己的椅背上。她那样待了一会儿，像是在面前这个男人老去的容貌之中搜寻确切的记忆。

“那时你正在敌方的领土上，”她最后说，“面对着连续不断的激烈战事：只要看看你的眼睛就知道了。在那样的情况下，我们女人发现你们男人是会死的，你们只是路过，正在去往不知哪条前线的路上。我们感觉到自己可以多爱你们一点点。”

“我从来没喜欢过战争。像我这样的家伙通常会输掉战争。”

“现在无所谓了。”她冷漠地表示赞同，“不过我很高兴你没有毁掉你好小伙的微笑……你所保持的如同滑铁卢最后一个场景一般的优雅。你很是让我想起那个我忘掉的男人。你老了，我说的不是身体上的。我想这会发生在所有把握住了某种东西的人身上。……你很有把握吗，马克斯？”

“不太有。我只有把握人们会怀疑，回忆并死去。”

“应该是这个。是怀疑让人们保持年轻。而笃定就像是一种恶性病毒。它让你染上衰老。”

她已经重新把手放到了桌布上。那被生活和岁月染上斑点的皮肤。

“回忆，你说。人们回忆并死去。”

“在我的年纪，是的。”他肯定道，“已经只剩这个了。”

“那么怀疑呢？”

“很少。只有不确定，那不一样。”

“我让你想起了什么？”

“那些我忘掉的女人。”

她似乎觉察到了他的激动，因为她微微斜过头，好奇地打量着他。

“你撒谎。”她最后说。

“证明它。”

“我会的……我向你保证我会的。只要给我几天时间就好。”

他用金菲士酒润了润嘴，观察了一下其余的宾客。几乎全部人都已经到了，人数不超过二十个。那是一次正装聚会：绅士们身着燕尾服，大部分女士是裸背礼服。几乎所有人佩戴的珠宝都少而低调，文质彬彬的谈话通常都是以法语或西班牙语进行的。他们是苏珊娜·费里奥尔的朋友和熟人。有一些战争难民，但并非新闻画面通常展示的那种；其余是由常住在尼斯及周边地区的国际人士组成的。借那次晚宴的机会，女主人向她的当地朋友介绍了科尔先生和科尔太太，一对成功离开红色地区的加泰罗尼亚夫妇。他们十分幸运，除了在巴塞罗那由高迪建造的一栋建筑里的一间公寓、帕拉莫斯的一幢乡间别墅以及几间目前由其员工管理的工厂和仓库之外，科尔夫妇还在欧洲各家银行中存有等待事情重回正轨所需要的钱。几分钟之前，马克斯参与了科尔太太——宽臀大眼，矮小活泼——一次热烈的谈话，其间她向好几位宾客讲述了她和她的丈夫一开始是如何在比亚里茨和尼斯之间犹豫不决的，而他们决定选择后者的原因是宜人的气候。

“亲爱的苏济热情地为我们找了一处可以租下来的别墅。而且，是在博龙……萨伏伊也很好，但还不一样。独立别墅终归是独立别墅……另外，坐上蓝色列车我们距离巴黎只有一步之遥。”

马克斯把空酒杯放在一张桌子上，透过旁边一扇大窗户他可以看见灯火通明的房子外部的景致：主入口前面的细卵石路以及种着大型绿植的转盘，棕榈树和意大利柏下面成排的汽车在灯光下闪闪发亮，司机们正聚在石台阶的一侧抽烟——马克斯是乘坐施瓦岑贝格男爵夫人的克莱斯勒帝国轿车来的，此时她正坐在隔壁的大厅里与一位巴西电影演员聊天。花园里种的树木后面，尼斯像一个环抱着幽暗大海的明亮拱形那样伸出海湾，漫步栈桥这个小小的闪光楔形就像镶嵌其上的一件珠宝首饰。

“再要一杯鸡尾酒吗，先生？”

他摇头拒绝了，当侍应生离开时他环顾了一下四周。大厅里有一支小型爵士乐队正在演奏，他们在插在蓝红琉璃花瓶里的花束散发的芬芳中欢迎宾客。距离晚餐还有二十分钟。透过玻璃大门，可以看见餐厅里有为二十二个人准备的餐具。根据入口处乐谱架上摆放的卡片，科斯塔先生被分到了一个几乎在餐桌尽头的位置。毕竟，他在那里唯一的身份就是施瓦岑贝格男爵夫人的同伴；而这个，从社交角度来说，并不是太重要。当他被引见时，苏珊娜·费里奥尔向他致以恰到好处的微笑和无可指摘的问候，完全是一个高效并了解自身义务的女主人应该说的——很高兴您能来，非常荣幸——在请他入场前，她将他介绍给了几位宾客，把他带到侍应生附近并暂时遗忘了他。苏珊娜·费里奥尔——好友们叫她苏济——是一个非常瘦削的棕皮肤女人，几乎与马克斯一样高，五官棱角分明、线条硬朗，其中那双漆黑的眼睛尤为突出。她并没有穿常规的晚装：而是身着一条凸显她极为苗条的身材的银条纹白色连体裤，马克斯愿意用自己的一个珍珠贝袖扣打赌，它衬里上的某个地方肯定缝着香奈儿的标签。托马斯·费里奥尔的妹妹故作娇弱地在朋友间穿梭，对这一点她自己肯定再清楚不过。来的路上，施瓦岑贝格男爵夫人曾倚在轿车后座上评论道，优雅可以通过金钱、教育、勤奋和智慧获得：但要完全自然地展现优雅，亲爱的——路灯光照亮了她不怀好意的微笑——则需要小时候在货真价实的东方地毯上爬过。至少，要两代人。而费里奥尔一家——他们的父亲在一战期间从马略卡走私烟草赚到了第一桶金——只是从上一代才开始成为巨富的。

“当然，也有例外。你就是其中一个，我的朋友。我很少见到有谁能像你这样穿过酒店门厅，为一位女士点烟或者向酒水总管要一杯红酒。要知道我出生时列宁格勒还叫圣彼得堡呢……你想想我见过什么，我现在见的是什么。”

马克斯走了几步，像猎人那样小心地巡视着大厅。尽管这栋别墅是典型的世纪初建筑，它内部的摆设实用而简单，符合当下的时尚：笔直而简洁的线条，除了几幅现代绘画之外空白的墙壁，铁艺、抛光木材、皮革和玻璃的家具。昔日的交谊舞男那双在辛勤谋生的职业生涯中练就的灵活的眼睛，不会漏过环境或宾客身上的任何一个细节。着装，珠宝，佩饰，谈话。香烟的烟雾。借着掏烟的机会他在大厅和门厅之间停下来，瞥了一眼通往二楼的楼梯。根据他在内格雷斯科酒店房间里研究过的平面图，那后面就是费里奥尔来尼斯时使用的书房和办公室。靠近书房并不难：门开着，尽头书架上镀金的书本闪闪发光。他手里拿着打开的烟盒走了几步之后再次停住了，这一次假装注意正在通往花园一侧的玻璃门旁的盆栽之间演奏舒缓摇摆曲《我无法开始》的那五个身穿高档服装的乐手。他靠在书房的门上，身边是一对正在低声争执的法国夫妇——女人金发碧眼、很有魅力，眼皮上抹了太多眼影——他终于点燃香烟，朝屋里看了看并找到了办公室的门，报告里说它通常是用钥匙锁上的。要想进去并不难，他得出结论。它们全都在一楼，而且没有铁栅。保险箱在一个嵌入墙壁的柜子里，靠近一扇窗户。只要能从外面看到，这扇窗户就是一条可能的路。另一条路，是正在演奏的乐手们身旁那扇通往一个露台的玻璃门。用钻石头或螺丝刀对付窗户，撬锁器对付办公室的门锁。在里面花一个小时，再加上一点运气就全部解决了。至少，是这个阶段。

他独自一人在门厅待了太久，这有些不合适。他一边抽烟一边不动声色地环视四周。最后几位宾客到了。他之前已经接触了几个人，脸上带着恰到好处的微笑，嘴里说着和蔼可亲的话语。与女士们交往举止得体，对于丈夫和男伴则报以貌似坦率的亲切态度。晚餐后几对夫妇跳起了舞。一般说来这能为马克斯提供几乎不会失手的机会——尤其是与已婚女人：她们经常都有麻烦，这能扫除道路上的障碍并让他少费一番口舌——但那天夜里他并不打算深入如此危险的领域。他不能引起别人的注意。在那里不行，完全不行，他的责任太重了。然而，走动时他不时会感觉到她们的目光。几句窃窃私语：这个漂亮的男人是谁，等等。那时候马克斯三十五岁，察言观色已经十五年了。所有人都将他的到场归结于他与施瓦岑贝格男爵夫人的模糊关系，而他们这么想是好事。他决定走近正在一张带有钢架的皮沙发上聊天的两男一女，女人和其中一个男人坐着，另外一个男人站着。刚到不久，他便已经与坐着的男人说笑过了：一个有些肥胖的家伙，留着金色的小胡子，板寸头，面容亲切，他给了他名片：埃内斯托·凯勒，智利驻尼斯的副领事。那个女人他也熟悉，不过并不是那天晚上认识的。一个女演员，他记得是。也是西班牙人。美貌而严肃。孔奇塔·某某。蒙特亚古多，也许吧。或者蒙特内格罗。有一瞬间，还站在那里的时候，他在一张窄玻璃桌上摆的一面平框椭圆形大镜子中看见了自己：黑色光面翻领之间的衬衫，胸袋上方露出的手绢，恰到好处地长过他修腰燕尾服外套两只衣袖的浆过的袖口，它们全都白得发亮；一只手漫不经心地插在长裤右侧的口袋里，另一只夹着香烟的手半举着，露出价值八千法郎的百达翡丽超平精密怀表的金链和金盒的一部分。之后他看看漆皮皮鞋下面的白棕色大菱格地毯，想起了——他依然时常想起他——他的朋友鲍里斯·多尔戈鲁基-布拉加提翁队长。要是还活着，看到他在那里的模样，喝了两杯白兰地的鲍里斯会如何谈论或者嘲笑他。从在布宜诺斯艾利斯的里亚丘埃洛河岸玩耍的孩子，或者手握步枪顶着烈日、在风干的尸体间沿着蒙特阿鲁伊特炙热的山坡往上爬的士兵开始，马克斯·科斯塔走过了一条很长的路，才最终踏上了蓝色海岸这栋别墅的地毯。还要走一段艰难的路，才能到达书房尽头那间如同命运一般深不可测的、紧闭的办公室。他一边短促而精确地吐出一口烟，一边想到某些路上的意外和风险从来不会完全消失——在关于意大利间谍的回忆之外，关于菲托·莫斯塔萨的回忆再次让他焦虑起来——以及，从本质上说，他生命中唯一真正简单的日子就是每天夜里，在沉入一个永远模糊不清而忐忑不安的梦境前，他得以抛在身后的那一天。

这时候他闻到了近处一种柔和的女士香水味。琶音，他本能地认了出来。转过身时——自从布宜诺斯艾利斯之后已经过了九年——他在自己身边看见了梅查·英仲扎。

第八章　人生苦短

“你还是抽这种土耳其烟。”她说。

她目光里的好奇多过震惊，似乎在试着把散落的碎片安放到合适的地方：他剪裁合身的名牌服装，他的容貌。顶灯的反光像是悬挂在女人的睫毛上。近处台灯的反光则从勾勒出她肩膀和胯部的晚礼服象牙色的锦缎、她裸露的手臂和背部深深的开衩处倾泻而下。她的皮肤是古铜色的，发型时髦，比在布宜诺斯艾利斯时稍长；略带波浪，中分露出前额。

“你在这里干什么，马克斯？”

片刻的沉默之后她对他说。这不是问题而是结论，而且意思很明显：那是无论如何都不可能发生的。梅查·英仲扎在“波洛尼奥船长号”上认识的这个男人的任何一条生命轨迹都不可能自然而然地将他带到那座房子里。

“回答我……你在这里干什么？”

此刻，她的坚持有些强硬。而马克斯，在最初的惊愕——以及萌生的恐慌——之后开始恢复冷静，他明白继续沉默是个错误。他克制退缩以及自我保护的欲望——他觉得自己像一只刚刚被淋上柠檬汁的生蛤蜊——看着那双蜜色的眼睛，试图用一个微笑化解一切。

“梅查。”他说。

那只是一种争取时间的办法。她的名字和微笑。他全速思考着，或者尝试这么做。徒劳无功。他迅速而谨慎、几乎是难以觉察地朝两边瞥了一眼，以防他们的对话引起某位宾客的注意。女人发现了这个举动，因为在那两道棕色眉笔描成的纤细眉毛之下，她眼睛里金色的光芒变得冷酷起来。她依然美极了，他荒唐地想。更加窈窕并且更有女人味。接着他看了看她微张的、涂着深红色唇膏的嘴——不过，它表现出的怒意依然少过期待——视线最后滑落到她的颈项。然后在那条项链上停住了：隐约闪着柔和光芒的美丽珍珠，绕成三圈。这一次他的惊愕之情溢于言表。它与他九年前卖掉的那条一模一样，或者就是同一条。

也许正是那一点救了他，之后他必定会得出这样的结论。他看着项链时的惊恐表情。她就像透过一块玻璃看穿了他的思想，眼中突然流露出胜利之色。首先，讽刺的眼神取代了鄙夷；接着是轻微而克制的笑声，她的喉咙和嘴唇颤动着，最终哈哈大笑起来。她抬起了一只手——另外那只手上拿着一个小小的长款蛇皮手包——将涂着与唇膏同样颜色的指甲油、除金色婚戒之外再无其他首饰的纤长手指，按在珍珠上。

“一个星期之后，我在蒙得维的亚找回了它。是阿曼多帮我去找的。”

她丈夫的形象在马克斯的记忆中一闪而过。布宜诺斯艾利斯之后，他曾在画报上看到过他的照片，甚至在电影新闻片里见过他两次，背景音乐是他著名的探戈曲。

“他在哪里？”

他一边说着一边不安地环顾四周，考虑阿曼多·德·特洛埃耶的出现会在多大程度上加剧事情的严重性；但当看见她黯然地耸耸肩膀时，他平静下来。

“他不在……现在，他离得很远。”

马克斯是个有办法的人，时间锻炼了他在面对复杂情况时的品性。保持对情绪的控制在很多时候意味着死里逃生。那一刻，在试图快速而准确地思考的同时，他也很清楚一旦表现出惊慌，自己就会无限接近法国监狱，这足以帮他定下神来。一个能够重新控制局面，或者尽量减少伤害的途径。不可思议的是，他的直觉告诉他，能够救他的正是那条项链。

“项链。”他说。

他不知道接下来该说什么；这只是为了再次赢得时间并建立起一个防御点。但那已足够。她又摸了一下珍珠。这一次，她没有像之前那样笑出声，但她的眼神恢复了挑衅。胜利者的微笑。

“阿根廷警方对我们很不错。我丈夫去报失珍珠项链时他们接待了他，还帮他与他们的乌拉圭同行取得了联系……阿曼多去了蒙得维的亚并从你卖掉项链的那个人手里把它拿了回来。”

他已经抽完了烟，两指间夹着冒烟的烟蒂四处张望，似乎找地方把它放下需要他集中全部的注意力。最后他在附近一张小桌子上面摆的一个厚雕花玻璃烟灰缸里按灭了它。

“你已经不跳舞了吗，马克斯？”

终于，他正视了她。尽其所能冷静地直视她的眼睛。他想必沉着得恰到好处，因为在这个语气尖酸的问题之后，她只是若有所思地看着他，之后沉默地点头肯定了某种他无从探知的想法。像是觉得男人的平静既值得赞许又有趣。他心平气和的无耻。

“我现在过的是另外一种生活。”他说。

“里维埃拉不是个过这种生活的坏地方……你与苏济·费里奥尔有什么交情？”

“我是和一个朋友一起来的。”

“什么朋友？”

“阿西娅·施瓦岑贝格。”

“啊。”

宾客们开始朝餐厅走去。之前与法国人争执的年轻金发女子从附近走过，身后是她的男伴；她留下了一缕俗气的香水味，而他正在从一块怀表上看时间。

“梅查。你……”

“得了吧，马克斯。”

“我听到过那支探戈。千百次。”

“是。我想是吧。”

“我想对你解释几件事。”

“解释？”又是两道金光一闪，“这不适合你……看见你时我还在想这些年让你变好了一点。比起你的解释，我宁愿你厚颜无耻。”

马克斯觉得不应该对此作出评论。他依然笔直地站在女人身边，神色平静，右手的四根手指插在外套口袋里。接着他看见她露出一丝微笑，似乎在嘲笑自己。

“我在远处观察了你一会儿。”她说，“在走过来之前。”

“我没有看见你。抱歉。”

“我知道你没看见我。你当时很专注，若有所思。我问自己你在想些什么……你在这里做些什么以及想些什么。”

她不会告发我的，马克斯心想。至少，今晚不会。或者在喝咖啡和抽烟之前不会。然而，尽管暂时对此有把握，他意识到这是个容易摔跤的地方。他需要时间来思考，确认梅查·英仲扎的登场是否会让事情变得复杂。

“我一下子就认出了你。”她继续说道，“我只是想决定要怎么做。”

她指指门厅的另一侧，一道将它与上一层楼连接起来的楼梯。楼梯脚下有些种着大型榕属植物的花盆以及一张桌子，一个侍应生正在收拾上面的空杯子。

“我从楼梯上下来时注意到了你，因为你没有坐下。你是为数不多的几个没有坐下的人之一……有坐着的男人也有站着的男人，我一般不相信后一种。”

“从什么时候开始？”

“从我认识你开始……我几乎不记得见过你坐着。在‘波洛尼奥船长号’上没有，在布宜诺斯艾利斯也没有。”

他们朝餐厅走了几步，在门口停下来，依照乐谱架的卡片纸确认自己的座位。马克斯责怪自己之前没有看全桌子周围标注的名字。然而，她的名字就在那里：英仲扎女士。

“那你在这里做什么？”他问。

“我住在附近，因为西班牙的局势……我在昂蒂布租了一栋房子，有时候会来拜访苏济。我们从上学时起就认识了。”

餐厅里，宾客们在桌子周围各自的椅子上坐下了，桌布上有一整套闪闪发光的银餐具，旁边是一些红色、绿色和蓝色的螺旋形水晶烛台。招待宾客的苏珊娜·费里奥尔有些不解地注意到了梅查和马克斯；她吃惊地看到他——他能肯定这位女主人甚至都不记得他的名字——正在与自己的女友单独交谈。

“那你呢，马克斯？……你还没告诉我你在尼斯做什么。虽说我能猜到。”

他微微笑了。带着寻常而亲切的疲惫。精确到毫米。

“也许你猜错了。”

“我发现你改进了这个微笑。”此刻她讽刺地赞叹着从上到下打量他，“这些年你还改进了什么？”

他远远看见苏莲托大教堂附近的伊琳娜·亚赛诺维奇：墨镜，印花超短连衣裙，平底凉鞋。女孩正在看着意大利大道上一间服装店的橱窗，而马克斯在近处，从街道的另一头窥视着她，直到她继续朝塔索广场方向走去。实际上他并非出于某个特定的原因跟着她：既然他了解到她与俄国棋手的人可能存在一种秘密联系，他只是感觉想要暗中观察她。也许，是好奇心。想离阴谋结点再近一点的渴望。他已经有过机会这样观察埃米尔·卡拉佩蒂安了，早餐后他在酒店的一间小厅里看见了他，他庞大的身躯嵌在一张扶手椅中，周围全是报纸。只需互相礼貌地打个招呼，对于好天气发表几句评论并就比赛进程简单聊几句，让对方放下摊在膝盖上的报纸，短暂而不过分热情地——甚至在象棋问题上，卡拉佩蒂安似乎也并不打算进行单音节词汇之外的谈话——与这位有教养、优雅、一头灰发、笑容和蔼、看起来与他学生的母亲有着故交的绅士交谈一番。最后，当马克斯起身让对方得以再次安心埋头阅读摊开的报纸时，他得到的唯一的结论是这位亚美尼亚人盲目地相信他多年的学生在俄国棋手面前拥有优势；以及，无论苏莲托之战的结果如何，卡拉佩蒂安都肯定豪尔赫·凯勒将在几个月之后成为世界冠军。

“他是国际象棋的未来。”在谈话里最长的一次发言中，他应马克斯的要求总结道。“在他席卷棋盘之后，俄国人的防御风格闻着会有一股樟脑丸味。”

卡拉佩蒂安不像是个叛徒，这是马克斯的结论。当然，不像是会为了三十个银卢布出卖自己多年徒弟的人。然而，通过他本人和别人付出的代价，生活已经教会胡根托布勒医生的司机，人类与背叛或欺骗之间的界线细如发丝。尤其是，还在犹豫的叛徒，很容易会被遭到他背叛的人最后推上那么一下，那便是额外的助力。没有人能逃过这个，隔了一段距离跟在豪尔赫·凯勒的女友身后，走在意大利大道上的时候，他带着一种几乎是事不关己的释然这样想道。看着镜子里自己的眼睛，又有谁能说：我从未背叛，或是我永远不会背叛呢。

女孩在牧神餐厅的一张桌子旁坐下了。马克斯想了一会儿，假装不经意地走过去与她攀谈。在那之前，出于本能，他偷偷看了一眼四周。这并不是因为他料到会有苏联间谍躲在广场上的棕榈树后面，而是因为这种谨慎是他多年的训练和有用的潜意识行为的一部分。老狼没了尖牙，秃了尾巴，他在内心深处幽默地说了这么一句箴言，并不意味着它的狩猎地就因此不出意外了。

对于年轻女人的回忆，坐下时他这样想道。他曾留存的。他所了解的。是另一代人，或者隔了好几代人。他打量着女孩的超短裙和裸露的膝盖得出结论，要了一杯尼格罗尼，随心所欲地聊起天来。

“苏莲托很舒服……你们去过阿尔玛菲了吗？卡普里呢？”昔日无

往不胜的微笑，练习并试验过几千次的得体举止。“这个时候游客要少一些……我向您保证那里值得一去。”

她并不是特别漂亮，他再一次心想。也不丑。其实，是年轻。关键是新鲜的肌肤和外表，就像佩姬萨热①的某一支广告。总而言之，是二十多岁的魅力，对于有些人来说二十多岁就意味着魅力。伊琳娜已经摘掉了墨镜——大得过分，白色镜框——除了那双灵动的大眼睛周围的浓黑眼影之外素面朝天。她的头发用一条宽发带束起来，发带上印着与连衣短裙同样的欧普图案。一张平凡的、此时显得亲切的面孔。象棋并不会留下性格烙印，马克斯在心中得出结论。在男人或女人身上都没有。超常的智力，数学的大脑，非凡的记忆力，它们可以自然地与普通的微笑、乏味的谈吐、庸俗的举止和谐共存。其他男人和女人身上如同生命的流逝本身那样寻常的表象。国际象棋选手们甚至不比其他人更加聪明，两天前他曾听梅查·英仲扎这样说。那只是另外一种智慧。用不同波长播出的广播设备。

“我从未想象过梅查会与一群棋手在一起，以这种方式照顾她的儿子。”马克斯投石问路地说，“我对于她的记忆是不同的。在这一切之前。”

伊琳娜显得很有兴趣。她俯下身用手肘撑着桌子上，旁边是一杯漂浮着冰块的可口可乐。

“你们很久没见过面了吗？”

“很多年了。”他说，“我们的友谊由来已久。”

“哦，多么幸福的偶遇啊。苏莲托。”

“是的。非常幸福。”

一个侍应生端着酒水过来了。女孩好奇地打量着马克斯，他则将杯子举到嘴边。

---

① 法国彩妆品牌。

“您认识豪尔赫的父亲吗？”

“一面之缘。在战前不久。”他慢慢地把杯子放到桌上，“实际上我更熟悉她的第一任丈夫。”

“德·特洛埃耶？那位音乐家？”

“正是他。写了那支著名探戈的那位。”

“啊，当然。探戈。”

她望着正停在广场上等待客人的马车。棕榈树下的阴凉里百无聊赖的车夫们。

“那相比之下是个奇妙的世界吧。那些服装和那种音乐……梅查说您是个非同一般的舞者。”

马克斯做了个落落大方的手势，半是礼节性的反对，半是高尚的谦逊。他三十年前就学会了这个，从亚历山德罗·勃拉塞蒂[①]的一部电影里。

“她过奖了。”

“那她那时候是什么样的？”

“优雅。非常美。我认识的最有魅力的女人之一。”

“我觉得这样想象她很奇怪。她是豪尔赫的母亲。”

“她作为母亲的时候是什么样的？”

一阵沉默。伊琳娜用一根手指碰了碰她杯子里的冰块，但没有喝。

“我并不是最合适的人，我想。说起这个的话。”

“太大包大揽了？”

“从某种意义上来说，她造就了他。”女孩再次沉默了片刻，“没有她的努力，豪尔赫不会是现在的样子。也不会是他可能成为的样子。”

“您的意思是，他会更加幸福？”

“哦，不，拜托。不是这个。豪尔赫是个幸福的男人。”

---

① 亚历山德罗·勃拉塞蒂（1900—1987），意大利著名电影演员。

马克斯礼貌地表示赞同，又喝了一口自己的酒。他无需费力回忆就能记起那些幸福的男人，而他们的妻子曾与他一起欺骗了他们。

“就像其他母亲一样，她从未想要创造一个怪物。”伊琳娜过了一会儿补充道，“她一直像对待一个普通孩子那样教育他。或者说试图将此与象棋兼容。她做到了，一部分。”

她望向广场，一脸担心地说完了最后那些话，仿佛梅查·英仲扎随时都可能出现在那里。

“他真的是一个与众不同的孩子吗？”

“您试想一下。他四岁时靠看着他母亲写就学会了写字，五岁时记住了世界上所有的国家和首都……她很快意识到，不仅仅是他能够成为什么样的人，还有他无论如何都不应该成为什么样的人……她为此付出了艰巨的努力。”

“艰巨”这个词似乎在一瞬间绷紧了她的面容。

“她依然在为此努力。”她补充道，“每时每刻……像是害怕他掉进那口深井。”

她没有说一口深井，马克斯注意到，而是那口深井。一辆轰鸣着从附近驶过的兰美达摩托的噪音似乎惊扰了她。

“她不是没有道理。”她凄然地低声说，“我见过很多人掉进那里。”

“您夸张了。您还年轻。”

她露出了一种似乎让她老了十岁的微笑：仓促而几乎有些粗暴。之后她再次放松下来。

“我从六岁开始下棋。”她说，“我见过很多结局悲惨的棋手。在棋盘之外，变成了他们自己的讽刺画。要想成为第一，需要地狱般的煎熬。尤其是当你从来没有成为过第一的时候。”

“您梦想过成为第一吗？”

“您为什么用梦想过？……我依然在下棋。”

“对不起。我不知道。我以为分析师就像西班牙斗牛士的副手。没能成为第一流的人就会去当助手。但我没有想过要冒犯您。”

她看着马克斯的双手。手腕处的老年斑。精心剪平的指甲。

“您不懂失败是什么。”

“什么？”他几乎强忍着才没有放声大笑，“我不懂什么？”

“看看您就知道了。您的外表。”

“啊。”

“面对棋盘并看到一次战术失误的后果。证明你的天赋和你的生活多么轻易就能烟消云散。”

“我明白……但您也别觉得太有把握。说到失败，那并不是棋手们的特权。”

她就像没听见一样。

“我也能记住全世界所有的国家和首都。”她说。“或者类似的东西。但事情并不总能得到应有的结果。”

此刻她微笑着，几乎像个英雄。面对观众。只有一个女孩，马克斯心想，才能这样微笑。相信这个微笑的效果。

“身为女人，这很难。”微笑褪去时她这样说，“现在依然是。”

从露台上的一张桌子移到另一张桌子的阳光，照亮了她的脸。她烦躁地眯起眼睛，戴上墨镜。

“认识豪尔赫给了我一个新的机会。在很近的地方体验这一切。”

“您爱他吗？”

“您真是没礼貌……是年龄给了您这个权利吗？”

“当然。这肯定是有某些好处的。”

一阵沉默。车辆的喧嚣。远处的一声汽笛声。

“梅查说您曾是个英俊的男人。”

“我曾经是，确实。如果她这么说的话。”

此时阳光照到了马克斯，女孩的墨镜巨大的镜片上映出了他的模样。

马克斯交叉起双腿，看了一会儿那对青春而裸露的膝盖。平底皮凉鞋露出双脚，脚趾甲涂成很深的红色，几乎是紫红。

“有时候我在棋盘前看着他。”她继续说道，“一如既往地下出一着险棋，我会想我真是太爱他了……另一些时候我看到他犯错，某个战术是我们一起准备过的，而他在最后时刻决定改变，或者犹豫是否执行……那一刻我着实讨厌他。”

她沉默了一会儿，似乎在考虑自己刚说的话是否准确。

“我想他不下棋的时候我更加爱他。”

“这是自然。你们是年轻人。”

“不……年轻与此无关。”

此刻的沉默如此漫长，以至于他以为谈话结束了。他招呼了一下侍应生，并用两根手指做了个签名的手势，要求结账。

“您知道吗？”伊琳娜突然说，“当豪尔赫参加比赛的时候，每天早晨，他母亲都会提前十分钟下来吃早餐，以确保他到的时候一切正常。”

他觉得在她的语气里听出了一丝不快。一种怨恨的回声。他了解这种回声。

“然后呢？”他温柔地问。

“没什么。”伊琳娜摇摇头，深色镜片上马克斯的影子晃了晃。“他下楼时她就在那里，一切准备妥当：橙汁、水果、咖啡和吐司。只等他来。”

一艘驶出尼斯港的船上红色和绿色的灯光，在路灯的逆光处大海与天空的幽深暗影之间缓慢移动。城市被城堡山大块的阴影与港口分离开来，宛如一道略微向南凸出的明亮线条，沿着天使湾的弧线朝另一边延伸，其间有几个独立的小点脱离在线条之外，正是被附近看不见的高地托起的缘故。

“我觉得冷。”梅查·英仲扎蜷缩起来。

她坐在自己开到那里的汽车的方向盘前面，身上穿着浅色礼服，肩上披着带长流苏的刺绣真丝披肩。旁边座位上的马克斯朝仪表盘俯过身，脱下外套，给女人披上。穿着衬衫和薄薄的西装背心，他也感觉到了正开始从合上的车篷缝隙中透进来的拂晓的冷意。

阴暗中，梅查在自己的包里搜寻着什么。他听见她揉皱了一个空烟盒。晚餐后她没有烟了，因为到那里之后她就一直在车里抽烟。仿佛像过了永恒那么久，马克斯心想。自从他在桌边自己的位子上坐下以来。那时他的两旁是担任梵克雅宝珠宝设计师的瘦削、成熟而优雅的法国女士，以及那个抹着俗气香水的金发女孩：一位名叫埃娃·波佩斯库的歌手兼演员，其实是个可爱的共餐者。晚餐期间，马克斯照顾到了两位女士并与她们交谈，不过最后他和金发女孩聊得更多，因为她很高兴坐在自己左边的这位英俊漂亮的绅士是阿根廷裔——探戈让我疯狂，她欢呼道。女孩经常笑，尤其是当马克斯低调而着实巧妙地模仿莱斯利·霍华德或劳伦斯·奥利弗等电影演员各种各样的点烟或拿酒杯的方式，或是脱口而出几件有趣的轶事——他是令人愉快的叙述者，而他带有西班牙口音的法语也很讨女士们喜欢——让那位珠宝设计师饶有兴致地微笑并朝他们倾过身体的时候。每当年轻的波佩斯库欢笑时，马克斯都像晚餐上的其他时候一样掩饰自己的不安，因为他能感觉到梅查·英仲扎从桌子另一端、与留着金色小胡子的智利人同坐的地方投来的目光。吃甜点时，他看见她喝了两杯咖啡并抽了四根烟。

之后一切正常。没有刻意为之，自从所有人都离开餐厅之后，她和马克斯就避开了对方。再晚些时候，当他在与科尔夫妇、年轻的波佩斯库和那个智利外交官聊天时，房子的女主人走过来告诉男爵夫人，她有一位亲密的女友独自从昂蒂布的家里过来，由于身体不适正打算回去，要是阿西娅·施瓦岑贝格愿意让马克斯陪着这位朋友，她将十分感激，因为她刚刚得知他们是旧相识。马克斯确认了这一点，表示乐意效劳，施瓦岑贝格在最初一阵短暂而几乎难以觉察的犹豫之后同意了。当然没有什么不便，她友好地表示愿意帮忙。另外，她恶俗地加了一句，马克斯对任何一位身体不适，尤或身体健康的女士而言都是完美的伴侣。随后是心知肚明的微笑，借口，感谢，在男爵夫人向马克斯投去意味深长的一瞥之后——你能做到这些事情真是了不起，她似乎赞许道——他在苏珊娜·费里奥尔的带领下离开了，在去往门厅的路上，后者再次带着无法掩饰的好奇用余光打量他。梅查·英仲扎正裹着披肩在门厅等候，正式道别后他们来到外面，而令他惊讶的是并没有司机开着大轿车在等他们，而是一辆已经发动的双座雪铁龙7C小汽车，一个男仆刚刚把它停到那里。梅查站在打开的车门前，迎着照亮台阶和转盘的路灯光，用从包里掏出的一管口红和一面镜子为嘴唇上妆。接着他们上了车，她一言不发地开了五分钟，马克斯则借别墅墙上的灯光看着她的侧脸，直到汽车停在海边靠近拉塞莱托的一处被松树和龙舌兰环绕的瞭望台上。从那里可以远远望见灯塔的亮光和港口入口，幽暗的城堡山以及后面灯火通明的尼斯。于是她停了车，他们说起话来。他们依旧在说话，间或有漫长的沉默，一边在黑暗中抽着烟。他们几乎看不见对方——只有远处灯塔的微光或香烟的火光——不看对方。

“劳驾，给我一根你的土耳其烟吧。”

她依然保留了马克斯在“波洛尼奥船长号”上称赞不已的口吻和落落大方的姿态，那是她那一代的年轻女人所特有的，是电影、小说和女性画报滋养了它们。但九年之后她已不再是个女孩。她应该有三十二或三十三岁了，他凭回忆计算。比他小两三岁。

“当然。抱歉。”

他从外套的内侧口袋里掏出烟盒，摸索着找出一根烟，用登喜路打火机点燃了。之后，没等火苗熄灭，他就吸了第一口并直接把它放到她的唇间。在灭掉打火机之前他再一次看见她朝向大海的静止侧脸，就像灯塔的光束每一次在阴暗中将它照亮的时候。

“你还没告诉我你的丈夫在哪儿。”

整个晚上他都在反复思考这个问题。尽管时隔已久，依然有太多太多回忆涌现在他的脑海。太多激烈的画面。阿曼多·德·特洛埃耶的缺席在某种程度上割断了这种情景。让那一切都不完整了。愈发不真实。

梅查重新开口之前，香烟的火星闪了两下。

“他被囚禁在马德里……军事叛变之前几天他们抓了他。”

“哪怕他这么有名？”

一阵苦涩的笑声。几乎低不可闻。

“你不如说正是因为这个。那是西班牙，你忘了吗？……嫉妒、残暴和卑劣的天堂。”

“就算如此，我也觉得这太乱来了。为什么抓他？……我不知道他还从事政治活动。”

“他从来没有就此表过态。可是正如他有共和国和左派的朋友一样，他也有保皇派和右派的朋友。除此之外还要加上他在国际上的成功激起的怨恨……作为压死骆驼的最后一根稻草，他对《费加罗报》发表的关于混乱局势和政府无能的声明为他引来了更多敌人。这还不够，共和国的特勤部长是共产党，也是个作曲家，平庸至极。我能对你说的就这么多了。”

“我还以为他的声望能让你们幸免于难呢。有权有势的朋友，在国外的名气……”

“他是这么想的。我也是。可是我们错了。”

“你当时在场吗？”

梅查点点头。军官暴动时他们正在圣塞巴斯蒂安；阿曼多·德·特洛埃耶看到事态发展之后，说服她穿过了边境。他原本计划与她在比亚里茨会合，但在那之前他想开车去马德里处理一些家务事。他刚到那里就被抓走了，是女门房举报的。

“你有他的消息吗？”

“只有三个月前从莫得罗监狱里写来的一封信。好像他还在那儿。我通过朋友活动过，毕加索和国际红十字会也在为此奔走……我们尝试用国民军控制区[①]的另外一名囚犯交换他，但直到目前为止还没有结果。我很担心。关于两个阵营处决犯人的消息很多。”

“你有财产维持这种生活方式吗？”

“西班牙的情况是意料之中的，所以阿曼多采取了预防措施。而我有合适的人脉能让一切在这种疯狂结束之前正常运转。”

马克斯看了看灯塔的亮光，什么也没说。他思索着能靠金钱逃过一劫的合适人脉，还有在苏珊娜·费里奥尔晚宴的宾客看来，什么是正常运转。他不再去想这个，因为那样做的结果是一种熟悉的、由来已久的、怨愤难平的刺痛感。实际上，他心想，阿曼多·德·特洛埃耶被女门房举报并被民兵带往监狱并不是什么难以理解的事，世上的一切都是如此。有的时候，有人要以彼之名，或取而代之，来为合适的人付出代价。而这代价太小了。但尽管如此，梅查用来形容西班牙局势的“疯狂”一词也不失准确。几个月前，因为生意上的事，马克斯用他的委内瑞拉护照去了一趟巴塞罗那。五天的时间足以见证共和国在混乱中越陷越深的悲伤演出：加泰罗尼亚分离主义者、共产主义者、无政府主义者、苏联间谍，每个人都各自为战，在远离战斗前线的地方相互残杀。在消灭内部敌人时比对抗佛朗哥党人时更为暴虐。嫉妒、残暴和卑劣，梅查说得多么精准。那是一个正确的诊断。

“幸好我没有孩子。”她说道，“特洛伊起火时抱着他们逃跑太不方便了……你有孩子了吗？”

“据我所知没有。”

短暂的沉默。他觉得，几乎是如履薄冰。他猜中了下一个问题。

“你也没结婚吗？”

他暗自微笑。梅查看不见他的脸。

“据我所知，也没有。”

---

① 右翼人士常用的说法，即西班牙内战时期佛朗哥政府控制的地区。

她对这句玩笑没有反应，又是一阵沉默。瞭望台的石矮墙下方十米处，尼斯的灯光在黑暗宁静的水面上闪烁。

“有一次我觉得远远看见了你。在隆尚的跑马场，三年之前……有可能吗？”

“有可能。”他撒了谎，他从未去过隆尚。

“我向我丈夫要了望远镜，但已经无法证实了。我找不到你了。”

马克斯望着此刻已经看不见的拉塞莱托岩石方向的夜色。远处松树的树影之间，是苏珊娜·费里奥尔别墅的黑色剪影。我得从那里过去，他想，我尝试下手的那天。从岸边过去的话，找一个不引人注目的地方翻过围墙似乎并不难。无论如何，都有必要在白天的光线下仔细看一下各处。详细研究一下那个区域。怎么进去，还有，尤其是怎么出来。

“我关于你的回忆很奇怪，马克斯……《老卫队的探戈》。我们短暂的奇遇。”

他的注意力慢慢回到女人说的话上。回到阴影中她静止的侧脸。

“多年以来我一直听到这支曲子。”她说，“到处都能听见。”

“我想你丈夫那一次赌赢了拉威尔。”

“你真的记得吗？”她显得很吃惊，“探戈对波莱罗舞曲的赌？……那非常有趣。拉威尔表现得像个好小伙。在巴黎普莱耶大厅首演的当晚，他认输了，出钱请斯特拉温斯基和其他朋友在维福大酒店吃了一顿晚餐。”

“你丈夫创作了一曲杰出的探戈。它是完美的。”

“其实是我们三个人共同创作了它……你跳过这支曲子吗？”

“很多次。”

“与其他女人，这是自然。”

“当然。”

梅查把头靠在座位上。

“我的手套如何了？……白色的那只，那你记得吗？你用来当做手帕放在外套里的……我最后拿回来了吗？”

“我想是的。我不记得把它留下来了。”

“真遗憾。”

按在方向盘上的一只手里拿着烟，灯塔每一次的光线变换都会照亮那上面浮动的螺旋形烟圈。

“你思念你的丈夫吗？”

“有时候。”梅查过了一会儿才回答，“但里维埃拉是个好地方。一种只接纳有钱人的外国军团：属于一个或另一个阵营，或者两个阵营的西班牙逃亡者；不喜欢墨索里尼的意大利人；躲避纳粹的德国富豪……我唯一的烦恼是有一年多没去西班牙了。这场愚蠢而残酷的战争。”

“只要你想，没什么阻碍你去国民军控制地区。昂达亚边境是开放的。”

“愚蠢而残酷这个说法对两边都适用。”

火星又亮了一下。之后她摇下车窗玻璃，把燃烧的烟头扔向夜色。

“无论如何，我从未依靠过阿曼多。”

“你指的只是钱吧？”

“我发现昂贵的衣服并没有掩盖你的无礼，亲爱的。”

他知道女人正在看他，但他的目光依然停驻在远处忽明忽暗的灯塔上。梅查动了一下，他再次感觉到她近在咫尺的身体。温热的，他回想起来。苗条、柔软而温热。他曾在苏珊娜·费里奥尔家中欣赏过她的裸背：象牙色锦缎礼服背后的开衩，裸露的手臂，低下头时颈项的弧线，她与其他宾客交谈时的动作，亲切的微笑。当她从餐桌或大厅的另外一头发现他正在观察自己并用那双波光流转的金色眼睛注视着他时，突如其来的严肃。

“我还是个小女孩时就认识阿曼多了。他有阅历，还有想象力。”

马克斯的回忆横冲直撞，猛烈得令人难受。满溢的感觉，他心想。比起感情他更愿意用这个词。他努力重新控制住自己。专心去听她在说什么。

“是的。”梅查坚决地说，“阿曼多最好的地方是他的想象力……一开始是这样的。”

她任由车窗在晚风中敞开着。过了一会儿她转动手柄把玻璃摇上来。

“他开始对我说起他认识的其他女人。”她接着说道，“对我而言那是个游戏……它让我兴奋。一种挑战。”

“他还打你。狗娘养的。”

“你别这么说……你不理解他。所有的一切都是游戏的一部分。”

她又动了一下，马克斯听见晚礼服在皮座椅上无比轻柔的摩擦声。当他们离开苏珊娜·费里奥尔家时，他礼貌地轻轻托了一下她的腰请她先出门，之后走在她前面下了台阶。那一刻，他绷紧了神经，专心应付着那个特殊的情况，感觉——也许是感情，心想——不知不觉地经过了他的身体。而此时，在这个几乎私密的阴暗车厢里，他回忆着晚礼服是如何勾勒出她的臀部，感到了一种真实的、真切到极致的欲望。对那肌肤和身体惊人的贪婪。

“我们最终从语言发展到了行动。”她说，“看与被看。”

他的思绪像是从远方回到她说的话上，过了一会儿才察觉她依然在谈论阿曼多·德·特洛埃耶。谈论至少在布宜诺斯艾利斯的两三段插曲中，马克斯本人曾作为见证者和惊讶的共享者经历过的那种关系。

“我领悟了，或是他帮助我领悟了，混乱的放纵。我甚至从未在自己身上想象过的欲望……而它激发了他的欲望。”

“你为什么对我说这个？”

“你的意思是，现在？……今天？”

她沉默了好一会儿。似乎为他打断了她，或是为那个问题感到吃惊。再次开口时她的声音听起来晦暗。

“最后那一夜，在布宜诺斯艾利斯……”

她又一次突兀地停住了。她打开车门，走出汽车，穿过松树下的黑暗，一直走到岩石和大海上的矮石墙前面才停下来。马克斯茫然地等了一会儿，最后去与她会合了。

“群交。”他听见她说，“多么丑陋的词语。”

夜色中，远处尼斯的灯光似乎在闪烁，每隔一会儿就会被灯塔的亮光盖过。梅查裹紧那件黑色的燕尾服上衣，下面露出大披肩的浅色流苏。穿着衬衫和背心的马克斯感到了寒意。他什么也没对她说，便又靠过去一点并拉开女人手中外套的翻领，在内侧口袋里寻找烟盒。一瞬间，这个动作让他无意蹭到了女人丝绸披肩和锦缎晚礼服下面没有穿内衣的胸部。梅查顺从地由他这么做了。

“钱让一切都变得容易。阿曼多可以给我买任何东西。在任何情况下。”

马克斯叩了叩合上的烟盒里面的最后一支烟，把它送到嘴边。他毫不费力地想象着——在布宜诺斯艾利斯的最后一晚，他所见所为的已经够多了——她指的是什么情况。打火机短暂的火光照亮了他护住火苗的双手后面，那条近在咫尺的珍珠项链。

“多亏他，我才发现了那些能够延长快感的乐事。”她补充道，“它们让它更加浓厚而强烈……也许更加肮脏。”

马克斯尴尬地动了一下。他不喜欢听到这个。然而，他无法忍受地想到，他自己也曾参与其中。他曾是必不可少的合作者，或者同谋：铁路酒吧，玛歌之家，金发探戈女郎，灌满了酒精和可卡因的阿曼多·德·特洛埃耶，躺在皇宫酒店套房的沙发上，而他们正在他浑浊的目光前面，不知羞耻地占有彼此。直到此刻，一回想起这个，他都会兴奋起来。

“然后你出现了。”梅查继续说道，“在随着邮轮一起摇晃的舞池里……带着你那好小伙的微笑。和你的探戈。恰好是在你应该出现的那一刻。然而……”

远处灯塔的光束正沿着拉塞莱托的岩石以及傍海别墅的围墙渐渐转

向别处，梅查在这样的亮光中向后退了一点。

“你那时是多么愚蠢啊，亲爱的。”

马克斯靠到矮墙上。那个晚上他所期待的并不是这样的对话。它既不是指责也不是威胁，他心想。他曾花了一部分时间来准备面对其他东西，而不是这个。他准备好了直面一个因被欺骗而变得危险的女人自然会有的责备和怨恨；而不是梅查·英仲扎的话语和沉默中流露出的诡异感伤。他突然意识到欺骗这个词并不合适。梅查从未感觉到被欺骗。就连那天清晨，在布宜诺斯艾利斯的皇宫酒店，当她醒来发现他已经走了而珍珠项链也不见了的时候也没有。

“这条项链……”他开口说，但突然意识到了自己的笨拙，于是缄默了。

“哦，上帝啊。”女人无限鄙夷，“假如还有必要向你证明什么的话，我现在就把它丢到海里去。”

突然间，马克斯嘴里的烟味变得苦涩。他起初有些不知所措，像话正说到一半那样半张着嘴，接着被一种奇异而突兀的柔情所打动。与内疚如此相似。假如可以，他会靠近梅查抚摸她的头发。假如她允许的话。而他知道她是不会允许的。

“你想要什么，马克斯？”

此时，她换了一种语气。更加坚硬。她瞬间的软弱，他心想，只占据了短短几个词语的篇幅。带着一种异于往常的、他直到这一刻之前都不相信会出现在自己身上的不安情绪，他问自己他的软弱会持续多久。这片刻之前他刚刚察觉的温柔心跳会持续多久。

“我不知道。我们……”

“我说的不是我们。”她再度起了疑心，“我再问一次，你在尼斯寻找什么……在苏济·费里奥尔的家里。”

“阿西娅·施瓦岑贝格……”

“我知道男爵夫人是什么人。你们不可能是情侣。她与你不相配。”

“她是一位故人。有些事情很巧。”

“听着，马克斯。苏济是我的朋友。我不知道你有什么企图，但我希望那与她无关。”

“我没什么企图。对谁都没有。我对你说过我过的是另一种生活了。”

“这样最好。因为只要有一点怀疑，我就打算告发你。”

他的笑声几乎难以觉察。并无把握。

“你不会这么做的。”他试探道。

“你不要冒险去验证。这可不是‘波洛尼奥船长号’的舞池。”

他朝女人迈了一步。这一次，并不是事先计划好的。那里面有一种真诚的冲动。

“梅查……”

“你别过来。”

她已经脱掉了外套，仍由它掉在地上。马克斯脚边一团深色的阴影。白色披肩在松树的影子间向后退去，非常缓慢，像个幽灵。

“我希望你从我以及我认识的人的生命里消失。现在就消失。”

当马克斯手里拿着外套欠身时，雪铁龙的马达声响起，车灯照得他目眩，将他的侧影投射在矮石墙上。之后轮胎咯吱咯吱地碾过路上的沙砾，汽车朝着尼斯方向远去了。

竖起燕尾服的翻领以抵挡黎明的寒意，沿着拉塞莱托到港口的公路返回酒店，是一次漫长而难熬的跋涉。在卡西尼码头的背光处，马克斯幸运地找到了一辆马车，车夫正在自己的座位上酣睡。他坐在帆布车篷下面，晃晃悠悠又昏昏欲睡地攀上罗巴卡珀堤岸，他听见马蹄踏过坚硬的沥青路，此刻一束紫罗兰色的光正开始分开大海与天空的暗色阴影。这也是我的人生经历，他这样想道，或者是它的一部分：带着堕落女子或放荡夜晚的气息在清晨里寻找一辆出租车，而这两者其实并不矛盾。与照亮港口和城市郊区的微弱光线形成对比的是，转过城堡山时他的眼前出现了远处灯火通明的英国人大道，像一道延伸至无穷无尽的弧线。到彭切特时他觉得饿了并想抽烟，于是他告别了车夫，穿过萨莱亚大道的拱门，在鲜花市场垃圾腐烂的气味中，在幼小的香蕉树深色的枝叶下面，一边走一边寻找那里早早开门的某家咖啡馆。

他花十二法郎买了一包高卢人牌香烟，并花三法郎要了一杯咖啡和一片加了新鲜淡奶油的烤面包，之后站在一扇临街的窗户前抽起了烟。外面的天色变得灰蒙蒙的，两位市政工人在扫去干枯的花朵、枝条和花瓣之后，连上一条带有长长的铜喷嘴的水管开始往地上洒水。马克斯思索着前一天夜里发生的以及未来几天一定会发生的事，试图将梅查·英仲扎以一种出乎意料的方式刚刚引入他计划和生活的意外因素纳入合理的范围之内。为了恢复对行为和情感的控制，他试着将注意力集中到他或多或少预料到了的技术细节；专注于可能的危险和变化。只有这样才行，他对自己说。只有通过这种方式他才能面对纷乱的局面，面对可能犯下将他推向灾难的错误的风险。他想到了意大利间谍，想到那个说自己名叫菲托·莫斯塔萨的男人，他不自在地在椅子里动了动，似乎黎明的寒意透过玻璃窗渗入了他的身体。我输不起，他心想，不能让梅查、回忆和这一切的后果蒙蔽了理智。不能让九年之前以及那一天夜里发生的事，不合时宜地组合到一起，扰乱他面对那么多其他事情时所需要的坚定脉搏。

在五分钟时间里他考虑了一下逃走的可能性。到酒店去，收拾行李逃往别的猎场，等待更好的时机。他一边反复思考这个可能性，一边环视四周，希望能获得灵感。他寻找着过去的信心，对他美妙的职业和多舛的人生有用的笃定信念。墙上用图钉钉了两幅旅游海报，一幅是法国铁路，另一幅是蓝色海岸。马克斯嘴里叼着一支烟，眯起眼睛，若有所思地看着它们。他非常喜欢火车——超过远洋邮轮或者商业航班上封闭的精英社会——以及它所提供的丰富奇遇，在一个和另一个车站之间悬而未决的生活，建立起有利可图的人脉的可能性，餐车里非同一般的顾客群。独自一人或在一个女人的陪伴下，躺在卧铺车厢包间的窄床上一边抽烟，一边聆听车轮在铁轨连接处发出的声响。在他印象中最近搭乘过的一节卧铺车厢里——东方快车，从伊斯坦布尔开往维也纳——他曾在一个寒冷凌晨的四点钟，默默地穿上衣服，无声地关上通往车厢走廊的包间门，把行李箱和一本假护照留在检票员的小隔间里，大衣口袋鼓鼓囊囊地装着价值两千英镑的珠宝，在布达佩斯站下了车。至于第二幅海报，欣赏它时他的脸上浮现出了一抹微笑。他认识艺术家画的这个地方：松树间一个可以望见胡安海湾的瞭望台，那里有一块地皮，一年半以前，为了一笔丰厚的中介佣金并在一位名叫桑多尔·埃斯特哈齐的匈牙利老朋友的协助下，马克斯帮忙将它卖给了一个美国富婆——曾德尔太太，加利福尼亚圣芭芭拉的曾德尔和施特劳斯公司的所有者。在一段从赌场轮盘赌、探戈和皎洁月光中滋生的亲密关系的进程中，他令她相信在那块海边的土地上投资四百万法郎是个好主意。不过他漏掉了一个重要的细节，那就是海岸边那条一百米宽的带状区域，属于其他业主所有并且不包含在交易之内。

我不会离开，他得出结论。世界挤得太紧了，“远走高飞”这个词越来越没有什么意义。那里与任何一个地方一样好，甚至更好：温和的气候和理想的周边环境。如果欧洲爆发战争，那将会是个躲避暴风雨或者从中谋利的好地方。马克斯非常了解这个地方，他在当地没有前科，而无论在世界上的什么地方他都会遇到警察、威胁和危险。一切机会都有它的代价，他心想。它等待转动的轮盘。这包括齐亚诺伯爵写给托马斯·费里奥尔的信件，菲托·莫斯塔萨危险的微笑以及意大利间谍令人不安的严肃态度。而从几个小时前开始，这一悬而未决的事件也包括了梅查·英仲扎。

人生苦短：

一点点梦，

一点点爱。

结束了！日安！

他凝神地低声哼唱着。像个宿命论者。没有人说将巴拉卡斯街区那间简陋的出租房，非洲那座两边堆满了干尸、让哪怕最残忍的人也笑不出来的山坡抛在身后，是一件容易的事。有一种人——他就是其中一个——除了不归路之外再无其他选择。没有回程票的未知旅程。在这样的思绪中，他喝完剩下的咖啡站起身来，昔日那种兀自锻造而成的职业性的冷静，又重新回来了。一段时间以前，毛里齐奥，这个四十年来马克斯见他站在自己的柜台前、向世界上最富有的男人和女人要钥匙的威尼斯达尼埃利酒店的门房，在收下他刚刚给的丰厚小费时对他说："唯一称得上是诱惑的只有女人，科斯塔先生。您不觉得吗？其余一切都是可以商量的。"

一点点梦，

一点点爱……

他不慌不忙地走出咖啡馆，双手插在口袋里，嘴里叼着另一根烟，踩着反射出黎明灰色天光的潮湿地面向电车站走去。幸福是令人愉悦的，他心想。以及在你幸福的时候知道这一点。萨莱亚大道上已经不再有干枯花朵的气味，取而代之的是湿漉漉的铺路石和滴落着清晨露水的小树的味道。

马克斯坐在观众中间，头顶上是维多利亚酒店大厅画着小天使和蓝色天空的天花板，他从墙上对棋手每一步棋进行重现的棋盘上跟踪着比赛的进程。计时器上一次响起啪嗒声之后——豪尔赫·凯勒的第十三步棋——只有彻彻底底的寂静。大灯柔和的灯光只照亮了桌子、两张椅子、棋盘和棋手所在的主席台，房间的其他地方几乎都处在阴影之中。外面天色渐晚，透过巨大的窗户，可以看见悬崖上通往苏莲托港口的公路旁边，树木的枝桠染上了明亮的红光。

马克斯无法理解正在他眼前进行的比赛的细节。由于梅查告诉过他，他知道执黑的豪尔赫·凯勒应该以特定的方式移动卒和象，这是其他更为冒险和复杂的动作的前奏。如果索科洛夫掌握的信息是通过伊琳娜的分析获得的，根据这些信息，他将有可能从那里开始做出预想准备好的应对。在凯勒牺牲这个卒之后，他的对手应当在等待他用一个象向一匹马——马克斯觉得是位于棋盘上白棋左侧的那个——发起一次危险进攻；这样一来，预防这步棋并做出反击的应对将是把白棋中的一个卒往前移动两格。

“这两格将暴露伊琳娜。”下午比赛前他们在门厅相遇时，梅查简要地说，“而其余任何一招棋都会指向卡拉佩蒂安。”

马克斯右侧，“上尉”泰代斯科仅有的一只眼睛盯着展示棋局的板子，正用一只尖角纸袋当做烟灰缸抽烟。在马克斯的要求下，他不时会朝他倾过身去低声点评某个局或者某步棋。在他身旁，兰贝图奇——他为此穿上了外套并打上了领带——两手相握并转动着食指，专心致志地关注着比赛的细节。

“索科洛夫在盘中占据绝对优势。”泰代斯科很小声地说，“我觉得，凯勒只有解放他的象才有可能扭转局势。”

“他会这么做吗？”

“这个我就不知道了。这些家伙能够比我能想象到的超前好几步。”

正在听自己的朋友说话的兰贝图奇，也再次低声确认了这一点：

“将要出现一个典型的凯勒式突袭了。是的。假如能前进，这个象可是带着火药味的。”

“那黑棋的卒呢？”马克斯问。

另外两个人看看展示板又看看他，显得有些迷惑。

“什么卒？”“上尉”问。

马克斯对棋盘上势力消长的过程一无所知，他更多是在观察两位棋手。索科洛夫被尼古丁熏黄的手指间夹着一根燃烧的香烟，垂下忧伤的金发脑袋，而他湿润的蓝眼睛正在研究着棋子的局位。另外一边，豪尔赫·凯勒并没有在棋盘前面。他的领带松开了，外套搭在椅背上，刚刚站起来——马克斯发现他在长时间的等待期间经常这样做，目的在于消除麻木感——并把双手插在口袋里，凝视着地面走了几步，仿佛在用运动鞋大步丈量。比赛开始时，他一如既往地拿着一瓶橙汁，坚定地走进来，没有看任何人。他与坐在那里等他的对手握了手，把瓶子放在桌上，观察了一下索科洛夫如何开局，并移动了一个卒。大部分时间里，他或是低着头把前额靠在棋盘前交叉的手臂上一动不动，或是直接对着瓶子喝一口橙汁，或是像现在这样，站起来走上几步。而俄国人却一次也没有离开过自己的座位。他靠在椅背上，经常像是不需要棋盘似的看着自己的手，下得极其平静：徐缓，沉着，印证着他苏联城墙的绰号。

棋子的毛毡底轻轻地落在木棋盘上，接着是索科洛夫触动弹簧让对手的计时器走起来时发出的啪嗒声，凯勒回到了自己的椅子上。一阵克制的、几乎低不可闻的窃窃私语声传遍了大厅。年轻人看着对手刚刚夺走的黑卒，它与其他被吃掉的棋子一起放在一边。裁判的助手立刻在展示板上重复了俄国人的那步棋，它似乎为凯勒直到此刻都被封锁的一个象扫清了道路。

“这对他不妙。”“上尉”低声说，“我觉得俄国人犯了个错误。”

马克斯望着坐在第一排的梅查，他看不到她的脸：只能看见银色的短发，静止不动的脑袋。她旁边隐约可见伊琳娜的侧脸。女孩的眼睛并没有关注展示板，而是在看棋盘和棋手。隔壁座位上，埃米尔·卡拉佩蒂安正半张着嘴看得入神。俄国代表团全都坐在一起，占据了第一排的尽头和第二排的一部分：马克斯数了数，十八个人。他一个一个打量他们——在西方过时的服装，白色衬衫，窄领带，冒着烟的香烟，看不透的脸——忍不住问自己他们中有多少人是为克格勃工作的。或者其中有没有哪个人不是。

当凯勒将象往前移动到白棋的一个卒和一个马附近时，距离俄国人走完上一步棋还不到五分钟。

“这就是了。”泰代斯科满怀期待地喃喃道。

“这家伙开始了。”兰贝图奇小声说，“不过你们看俄国人有多冷静。连眼睛都没眨一下。”

观众中再次出现短暂的骚动，之后是彻底的寂静。索科洛夫陷入了沉思，除了点起一根烟之外完全不动声色，此刻他正更加专注地看着棋盘；据马克斯所知，也许白棋的卒封住了可能发生之事的关键。当凯勒喝了一口橙汁，正打算重新站起来的那一刻，对方将这个卒移动了两格。他的动作突然、带有攻击性，并且几乎有些粗暴地拍下了计时器的按钮。他像是故意为了把对手按在椅子上才这么做的。事情就这样发生了。年轻人半坐半站地停在那里，观察了一下俄国人——整局比赛里面他们的目光第一次相遇了——再次非常缓慢地坐下了。

“几乎直击要害。”泰代斯科钦佩地低语道，他终于明白了那步棋的意义。

“怎么了？”马克斯问。

“上尉”迟迟没有回答，他正专注于此刻棋盘上快速的、几乎是挑衅式的你来我往。象吃卒，马吃象，卒吃马。啪，啪，啪。计时器每隔三四秒钟就响一次，似乎这一切都是事先设计好的。也许的确是，马克斯心想。

“白棋的这个卒挡住了象的进攻，迫使改变发生。”泰代斯科终于说。

“硬生生挡住了。”兰贝图奇肯定道。

“而他很快就看到了。就像一道闪电。”

凯勒手里还拿着从对手手里捕获的上一枚棋子。他把它放在一旁，与其他的摆在一起，喝了一口橙汁并微微低下头，仿佛突然感觉到了一次漫长努力之后的倦怠。接着，他貌似偶然地回过头，面无表情地朝母亲、伊琳娜和卡拉佩蒂安的方向看了一眼。索科洛夫依然是一副忧伤的模样，他撑在桌子上往前移动了一点，俯身向年轻人动了动嘴唇，低声说了什么。

“怎么了？”马克斯询问道。

泰代斯科摇摇头，仿佛一切都尘埃落定了。

“我猜他在向他提出‘尼奇亚’……和棋。”

凯勒正在研究棋局。他似乎并没有在听俄国人说话，从他的表情中看不出任何东西。他也许在思考是否还有哪步棋可走，马克斯心想。或是在想着另外的事情。比如，那个背叛了他的女人，以及为什么会这样。最后他同意了，两个人站起来握手时，他都没有看自己的对手。距离她儿子五步之外，坐在第一排的梅查·英仲扎在过去的几分钟里都没有动。而卡拉佩蒂安大师则依然半张着嘴，显得不知所措。他们中间，伊琳娜正盯着棋盘和空椅子，一脸漠然。

第九章　马克斯变化

梅查·英仲扎在圣切萨雷奥大街上的一个报刊亭前停下来买报纸。马克斯在她身边，一只手插在灰色休闲外套的口袋里，看着寻找提到前一天比赛的版面。在《晨报》题为“第六场比赛平局收场”的头条下面，隔了四栏的地方，刊登着一张棋手们离开棋盘那一刻的照片：俄国人很严肃，面无表情地注视着凯勒的脸，后者回过头，像是在想着比赛之外的事，或是看着摄影师身后的某个人。

“这是个复杂的上午。”梅查合上报纸说，“他们三个还在开会讨论：埃米尔、豪尔赫和伊琳娜。”

“她一点也没起疑心吗？”

“完全没有。所以他们在讨论。埃米尔昨天不理解我儿子为什么要那样下。他们拿着象棋，布局又解局……我离开他们的时候，伊琳娜正在责怪豪尔赫接受了平局……”

“厚着脸皮装无辜？”

他们一路下坡。梅查把报纸装进肩上背的一个大帆布皮包里，她穿着鹿皮外套，披着一条秋天色调的印花丝巾。

“并不完全是。”她回答，“就比赛当时的情况，他是可以继续的；但他不想再冒险了。确认伊琳娜为索科洛夫工作这件事让他有点慌了神……也许他会在压力之下无法坚持到最后。所以他接受了俄国人的提议。”

“不管怎么说，他忍住了。他在台上显得很平静。”

“他是个情绪稳定的孩子。他对此有准备。”

“在那个女孩面前呢？……他掩饰得好吗？”

“比她好。你知道吗？……对他而言这不是伪装，也不是虚伪。你或者我会在给伊琳娜来个第三级[①]之后把她轰走。实际上，我会掐死她……我下意识想要这么做。但豪尔赫却在那里，和她一起坐在棋盘前，再自然不过地与她商量着分析并拆解棋局。”

那条街很长，某些路段有点狭窄，遇到商店将货品摆到外面的地方就更窄了。马克斯不时放慢脚步让对面过来的行人通过。

“这个打击不会太大了吗？”他问，“他能继续集中精力一如既往地下棋吗？”

“你不了解他。在他身上这种冷漠是可以理解的。他会继续下棋。这一切只不过是一局比赛，有时在酒店大厅里决出胜负，有时候则在其他地方。”

他们穿过明明暗暗的空间，房子高大的正墙上反射出的金色阳光间或照亮了它们。皮具店和旅游纪念品店夹在进口商品店、蔬果店、鱼店和熟食店中间，食物的味道与皮革和香料的气息混合在一起。阳台上晒着衣服。

“他对此什么也没说。”一阵短暂的沉默之后梅查继续道，“但我能肯定，现在他正在脑海中与两个对手对弈。俄国人和伊琳娜……同时进行。”

她再次沉默了，目光漫不经心地落在一间女装店上——嬉皮风格，来自波西塔诺的亚麻。

“过一段时间，”她接着说，“等苏莲托的事结束了，豪尔赫会将视线从棋盘上移开，分析究竟发生了什么。情感方面的。对他而言那才是艰难的时刻。在那之前，我并不担心。”

---

① 这是通过拷打进行逼供的委婉说法。

“现在我明白索科洛夫的安全感了。”马克斯说，“过去几场比赛中的自负。”

“他犯了个错误。他应该多等一些时间再下那步棋。把戏演好。就算是世界冠军也不可能不到二十分钟就领会那个复杂至极的棋局并作出合适的决定……而他只花了六分钟。”

“草率？”

“我猜，是虚荣。假如他分析得更久一些，就会存在索科洛夫是自己得出这个结论的可能性，那会让我们怀疑伊琳娜到底是不是有罪。但是我想豪尔赫激怒了他。”

“他每次都从椅子上站起来是为了刺激他？”

“当然。”

他们在塞迪莱·多米诺瓦凉廊附近，那里有六个游客正在听一位说德语的导游讲解。避开那群人之后，他们左转走进了朱利亚尼大街上狭窄的阴凉。尽头矗立着大教堂红色和白色的钟楼，逆光得厉害，上面的时钟显示时间是上午十一点二十分。

“我无法想象一位世界冠军会犯这种错误。”马克斯说，“我以为他们不那么……”

“有人性？”

“对。”

所有人都会犯错，她这样回答。走了几步，她又若有所思地说：“我儿子让他大受刺激。”面对世界冠军赛的压力，之后她向马克斯解释道，是巨大的。豪尔赫在桌子周围踱步，他那种似乎毫不费力的下棋方式。所有那些表面上的轻浮都体现了他的态度。而俄国人则完全相反：认真，系统，谨慎。呕心沥血。昨天下午，尽管他一如既往的平静，这位有头衔、政府和国际象棋协会撑腰的世界冠军，却忍不住想要教训一下自己的挑战者，这个被资本主义和西方媒体宠坏了的小子。帮他摆正自己的位置。他恰恰是在豪尔赫再次从桌前站起来的时候移动了自己的卒。你就待在那儿，他的举动是这个意思。坐着好好想想。

“说到底，他们是会犯错的。”她似乎在自言自语，“他们会恨也会爱，就像所有人一样。”

马克斯与她并排走在一起。时而摩肩。

“又或许不是。”梅查低了一下头，似乎在自己的论证中发现了一个漏洞。“也许并不像所有人那样。”

“那伊琳娜怎么样？她的表现正常吗？”

“完全不要脸。”她讥讽地笑了，突然冷酷起来。“她非常平静地扮演着忠诚的合作者和恋爱中的女孩的角色。要不是知道我们所了解的情况，我都会相信她是无辜的……你根本不知道一个女人在利益攸关时能伪装到什么程度！”

马克斯完全知道，但他没有开口。他只是沉默地牵动嘴角，陷入了回忆：在酒店房间里与自己的丈夫或情人通电话的女人，赤身裸体地躺在床单下面或上面，靠在枕头上，而上面还有那一刻正心悦诚服地听她们说话的他的脑袋。在持续几天、几月或几年的地下情中，她们的冷静毫无破绽，连声音也不抖一下。在相同的情形下，任何一个男人只要说上几句就会露出马脚。

“我在想难道不能检举这种背叛行为吗。”马克斯说。

“向谁？”她再次笑了，显得无法置信。“意大利警方？国际象棋协会？……我们所处的是一个私人环境。有具体证据的话，我们可以制造一起丑闻，或许能在豪尔赫输掉的情况下让这次比赛作废。但就算有证据我们也拿不到什么好处。只不过会影响五个月后世界冠军赛的气氛。索科洛夫还是会在他现在的位置上。”

“那卡拉佩蒂安呢？他已经知道伊琳娜的事了吗？”

豪尔赫昨天夜里与他的老师谈过了，梅查说。他并没有表现得非常震惊。这种事情是会发生的，他说。另外一方面，这也不是他面对的第一起间谍事件。那个亚美尼亚人是个平和的男人。很务实。他不支持马上把女孩赶走。

“他认为，而我儿子也同意，最好是让伊琳娜和俄国人保持信任。给她伪造的信息，准备假的开局……在她不知情的前提下将她作为双面间谍。”

“但他们最后会发现的。”马克斯直言道。

“这个骗局还能再持续几场比赛。我们已经比了六场：索科洛夫赢了两场，豪尔赫一场，还有三场平局，这意味着分差只有一分。还有四场要比。这提供了有趣的可能性。”

“那可能会发生什么？”

“如果我们准备好合适的陷阱并且俄国人掉进去的话，这个骗局会奏效两三次。也许他们会将其归结于信息错误、不准确或临时作出的改变。等到第二或第三次，他们会起疑心。假如一切过于明显，他们会推断伊琳娜在与豪尔赫合作，或者我们操纵了她……但还有另外一种可能：现在不要滥用我们了解的情况。通过伊琳娜测定毒量并带她去都柏林，让她为我们所用。”

“可以这么做吗？”

“当然。这就是象棋。欺骗、谋杀与战争的艺术。”

他们穿过意大利大道上的车流。摩托车和汽车，排气管冒出的烟。为了过马路，马克斯拉住了女人的手。过斑马线时，梅查离得很近，轻车熟路地靠在他胳膊上。他们就这样看着摆满电视机的橱窗的玻璃上映出的自己。片刻之后，温和而自然地，她松开了马克斯的手臂。

“重要的是世界冠军头衔。”她心平气和地继续道，“这只是一次战术演习：一种以官方决赛的方式与挑战者进行的对决。要是在都柏林的时候俄国人也信任伊琳娜就太好了。你想象一下索科洛夫在那里发现我们从苏莲托就开始控制他的间谍时会怎么样……这个打击可能是巨大的。致命的。”

“豪尔赫能承受这种压力吗？让那个女孩在他身边待上五个月？”

“你不了解我的儿子：他在涉及象棋时的冷酷……如今伊琳娜只是盘中的一枚棋子而已。”

“之后你们会对她做什么？”

“我不知道。”她的声音里再次有了金属的硬度，“我也不在乎。世界冠军赛结束后我们会解决所有问题，这是当然。到时候我们会看是公开还是私下解决。但作为一名国际棋手，伊琳娜已经完了。她最好还是找个洞把自己永远埋起来。我会尽我所能为此努力……往她的老巢里熏烟，把这只小狐狸扔到那里去。”

“我在想是什么让她走到了这一步。她从何时开始为索科洛夫做事的。”

“亲爱的……俄国人和女人永远都说不好。”

这么说的时候她皮笑肉不笑，几乎有些令人讨厌。作为回应，他露出了一个优雅而好脾气的表情。

“激起我的好奇心的是俄国人。”他说，“我与他们打交道比与女人要少。”

听到那句话，她哈哈大笑。

“上帝啊，马克斯。哪怕你已经不是做这个的年纪，连发蜡都不抹了，你依然是个让人受不了的小滑头……一个跳探戈的小白脸。”

“但愿我还是。”此时他也笑了，整了整他系在敞开的衬衫领口下面的那条胡根托布勒医生的丝巾。

“他们可能一开始就让伊琳娜混了进来，作为一种长期战术。”梅查回到正题，“也可能是后来以成百上千种理由策反了她：金钱，许诺……一个像她这样的年轻女孩，有国际象棋天分和控制了国际象棋协会的俄国人的支持，前途一片光明。她只是与所有人一样野心勃勃。”

他们站在大教堂的铁栅栏前面，门开着。

“屈居人下并不好过。”她补充道，“不再屈居人下具有很大的诱惑力。”

石钟楼上响起钟声。梅查抬眼看了看，接着用丝巾包住头穿过了门厅。他跟着她，他们一起走进空荡荡的中殿，马克斯的鞋子慢慢踩在大理石地面上的声音回响其中。

“那你会做什么？”

“一如既往地协助豪尔赫……协助他下棋。帮他在这里以及在都柏林获得胜利。”

“我想，会有一个终点的。”

“什么的终点？”

“你在他身边的日子。”

梅查望着教堂镀金的穹顶。从侧面天窗上透进来的阳光令《圣经》场景周围闪着金色和蓝色的光芒。尽头的背光处，圣体龛的灯亮着。

“等我们到达那个终点时，我会知道它在哪儿的。”

他们绕过廊柱，漫无目的地走在教堂的一侧，注视着祈祷室和画作。有幽闭和温热的蜡烛气息。在一个壁龛里，燃烧的蜡烛上方，有黄铜和蜡制成的船模型及其他供品。

“五个月是很长时间了。”马克斯执意道，“你觉得你儿子能够伪装到这种程度？”

“为什么不能？”她似乎着实惊讶地看着他，“难道伊琳娜不正在这样做吗？”

“我说的还有感情。他们睡在同一个房间。同床共枕。”

一个奇怪而疏离的表情。几乎有些残忍。

“他不像我们。我告诉过你了。他生活在彼此隔绝的世界里。”

一位神甫从圣器室里出来，好奇地看了看他们，之后穿过中殿走到大祭坛前画下十字祈福。当他们重新迈开脚步，朝街上走去时，梅查压低声音，几乎在窃窃私语。

“在涉及象棋的时候，豪尔赫能够以一种惊人的公正态度看待自己……就像在不同的房间进进出出，而不会把其中一个房间的东西带到另一个房间。”

穿过门厅时，阳光照得他们目眩。梅查将丝巾披到肩上，在脖子上松松地系了个结。

“当俄国人发现这一切时会怎样对待伊琳娜呢？”马克斯问。

“这我不关心……不过他们也许会把她关进卢宾卡监狱，或者一个类似的可怕的地方，之后将她流放到西伯利亚。”

她走在前面，已经穿过了铁门，正快步走在意大利大道的斑马线上，似乎想起了某件紧急的事。他加快脚步，赶上了她。

“我想，我们是时候采用——”走到她身旁时他听见她说，“马克斯变化了。”

说完那句话，她突然停了下来，以至于他呆在那里看着她，一脸茫然。之后，她令人吃惊地将脸几乎凑到了男人脸上。此刻她的眸子里有一种琥珀的硬度。

“我想让你为我做些事。”她的声音很轻很轻，“或者，确切地说，是为我的儿子。”

黑色菲亚特轿车在罗塞蒂广场上的斯圣雷帕拉塔大教堂旁边停住了，从车上下来三个男人。听见发动机声，马克斯从《侦察报》——法国的工人示威活动，莫斯科的大清洗，德国的集中营——上抬起目光，从帽檐下看了一眼，发现他们正慢慢靠近，走在中间的最瘦也最高。当他们来到他位于中央大街转角的桌子前时，他折起报纸，叫来了侍应生。

“两杯茴香酒配水。”

他们站在他面前，看着他。与毛罗·巴尔瓦雷思科和多梅尼克·蒂尼亚内罗不同的是，那个瘦高个穿着一套优雅的栗色交织布西装，戴一顶鼹鼠灰的博萨利诺帽子，古怪而玩世不恭地斜向一侧的眼睛。领带下面，蓝白色宽条纹衬衫的领口扣着一枚金别针。他一只手上拿着一个小小的皮公文包，是医生们常用的式样。马克斯和他都非常严肃，互相打量了良久。侍应生端来酒水，收走空杯子，在桌上放了两杯帕斯提斯酒、两杯冰水、小勺和方糖。而他们四个人就那么待在那里，一个人坐着，其余的人站着，没有说话。马克斯将一柄小勺架在一个酒杯上，在里面放了一块方糖，倒上水，让水滴带着溶化的方糖落到绿色的酒里。接着他把酒杯放到瘦高个面前。

“我想，”他说，“你还是喜欢一贯的喝法吧。”

微笑如刀锋一般突然划开对方的脸，露出一排丑陋发黄的牙齿，这让他的面容显得愈发消瘦。之后他将帽子往后扶了扶，坐下来将酒杯举到唇边。

“我不知道你的朋友们喝什么。”马克斯边说边以同样的方式调好了自己的那杯酒，“我从来没见过他们喝茴香酒。”

“我什么也不喝。”巴尔瓦雷思科说着也坐了下来。

马克斯尝了一口又甜又烈的茴香酒。另外那个意大利人蒂尼亚内罗依然站着，带着他一如既往忧郁而多疑的表情四处探究。作为对他同伴一个眼神的回应，他从桌边走开，去了报刊亭；马克斯猜测，从那里他能够以一种不引人注目的方式监视广场。

他重新打量起那个瘦高的男人。他的鼻子很长，大眼睛，眼窝深陷。比上一次更老了，他心想。但微笑还是一模一样。

“据说你成了法西斯，恩里科。”

“现在这个时局，你总得是个什么。”

毛罗·巴尔瓦雷思科又往椅子上靠了一点，似乎没有把握自己是否会喜欢那番对话。

“我们说正事吧。”他建议道。

马克斯和恩里科·福萨塔罗一边喝酒，一边继续看着对方。剩最后一口时，意大利人像祝酒那样将轻轻举了举杯子，之后才喝完了余下的酒。马克斯也这么做了。

“要是你愿意，”他说，“我们就不必谈论已经过去了这么长时间，我们都这么老了之类的事情了。”

“好的。”福萨塔罗表示赞同。

“你现在做什么？”

“我过得还行。我在都灵有一个正式职位……皮埃蒙特政府的公务员。”

“警察？”

意大利人露出了一个戏剧化的受伤表情。

“公共安全局。”

“啊。”

马克斯想象着那个情形，不由笑了。办公室里的福萨塔罗。照顾小鸡的狐狸。他们最后一次见面是在三年前合作一笔分两个阶段进行的生意时：位于佛罗伦萨山上的一栋别墅和怡东酒店的一间套房——马克斯负责事先在酒店里施展魅力，而福萨塔罗负责夜里在别墅完成技术工作——能看见阿诺河和那些将不幸的人们殴打致死后唱着《青年》①在诸圣广场上游行的黑衬衫小分队。

“一个舒茨林牌保险箱。”他简单地介绍道，“一九一三年产的。”

“他们已经告诉过我了：经典款保险箱，仿木，锁上带有假框……你记得里沃利大街上的那栋房子吗？你带去普罗考普餐厅吃晚餐的红发英国女人的？”

“是的。但那次开锁的事是由你来负责的。我负责那位太太。”

“无所谓。这是容易的那种。”

“我想，建议由你来做这个也没用了吧。既然事已至此。”

对方再次咧开嘴露出牙齿。那双深陷的深色眼睛似乎在请求理解。

---

① 是意大利国家法西斯党的颂歌，曾在1943年至1945年期间被当做意大利的国歌。

“我说了这不是一款复杂的保险箱。是弹簧锁，而不是球形锁：三个密码锁加上钥匙。”他摸了摸外套的一个口袋，掏出几幅用晒图纸复印的画。“我拿了几张平面图过来。只要一会儿就足以让你了解情况了……你是白天动手还是夜里动手？”

“夜里。”

“你有多少时间？”

“不太多。快一点比较好。”

“你能用转轮打孔吗？”

“我不能使用工具。房子里有人。”

福萨塔罗皱起脸。

“徒手的话你至少需要一个小时。你记得布拉格的那个潘泽保险箱吗？……它把我们弄疯了。”

马克斯笑了。一九三二年的九月。半夜里他在一个女人的床上挥汗如雨，旁边是一扇可以看见圣尼古拉教堂穹顶的窗户，一直到那个女人睡着了。福萨塔罗则在那位不在家的丈夫楼下的办公室里，借着一柄手电筒的亮光无声无息地干活。

“我当然记得。”他微笑道。

“我带了一张这种款式的原始密码组合清单，也许能帮你省点时间和力气。”他弯腰拿起放在腿中间的公文包，把它递给他。“我还给你带了一套一百三十把装的小孩手扁钥匙，是在工厂里冲压的。”

“天哪……”公文包很重。马克斯把它放在脚边的地上。“你是怎么弄到的？”

“在意大利拥有一间政府办公室所能带来的好处会令你震惊的。”

马克斯掏出玳瑁烟盒，放在桌上。福萨塔罗毫不见外地将它打开，往嘴里塞了一支烟。

“你看起来还不错。”他放下烟盒，做了个意指巴尔瓦雷斯科的表情，后者正一言不发地听着他们的谈话。“我的朋友毛罗说你过得挺好。”

"我没什么可抱怨的。"马克斯俯身用打火机为他点烟。"或者说直到不久之前，我都不抱怨了。"

"时局复杂啊，我的朋友。"

"还用你说。"

福萨塔罗吸了两口烟，满意地看了他一眼，对烟的质量表示赞许。

"这两个小伙子不坏。"他指指依然站在报刊亭旁边的蒂尼亚内罗，随后又做了个将巴尔瓦雷斯科也包含在内的手势。"当然了，他们也许会很危险。但又有谁不是呢？……我与那个愁眉苦脸的南方人打的交道不多，但毛罗和我以前曾经有过工作往来……对吧？"

对方没说什么。他已经摘掉了帽子，正用一只手摸着自己棕色的秃顶。他显得很疲惫，一心只想结束那场谈话。他和他的同伴，马克斯心想，永远都面容疲惫。也许这是意大利间谍的一个特点吧，他得出结论。疲惫。他们的英国、法国或德国同行也许会对自己的工作表现出更大的热情。也许是这样的。信仰可以移山，他常常这么说。对于某些职业而言拥有信仰应该很有帮助。

"所以当你的名字因为这件事情被提及时，他来问了我。"福萨塔罗继续道，"我告诉他你是个好小伙，很讨女人喜欢。你比谁都会穿高档服装，而在舞池里你令专业舞者黯然失色……我还说，要是有你的模样和口才，我几个世纪前就退休了：我一点也不在乎替一个富婆看狗。"

"你也许言过其实了……"马克斯微笑道。

"有可能。但请理解我的处境。对祖国的责任。'相信，服从，战斗'①……所有这一切。"

之后是一阵无声的停顿，福萨塔罗借此吐出一个完美的烟圈。

"我想你知道，或者你怀疑，毛罗并不姓巴尔瓦雷斯科。"

马克斯看了看被提到的那个人，后者正漠然地听他们说话。

---

① 意大利法西斯的一句口号。

“我姓什么都无所谓。”他说。

“没错。”马克斯客观地承认。

福萨塔罗又吐了个烟圈，这一次没有那么完美。

“我们的国家很复杂。”他说，“积极的一面是在意大利人之间，永远都有某种方式能让我们彼此理解。警察和小偷……墨索里尼之前是这样，他在的时候是这样，以后如果他有一天走人的话，也会是这样。”

巴尔瓦雷斯科依旧面无表情地听着，马克斯对他的印象开始好转了。说回间谍之间的对比，他想象了一下同样的对话发生在其他人之间将会如何：一个英国间谍的爱国心会受到侮辱，一个德国间谍会茫然而鄙视地看着他们，而一个西班牙间谍，在表示福萨塔罗说得完全有道理之后，会为了取悦某人，或者只是因为嫉妒他的领带而跑去告发他。他打开烟盒递给巴尔瓦雷斯科，但对方摇头拒绝了。在他背后，蒂尼亚内罗已经拿着一份报纸去广场上的一张木头长凳上坐下了，似乎有些腿疼。

“你建立起了一些很好的关系，马克斯。”福萨塔罗说，“要是一切顺利，你会有些新朋友……正确的阵营。着眼未来总是好的。”

“就像你一样。”

他说这句话时正忙着点烟，并无明显的意图；但福萨塔罗定定地看着他。四秒钟之后，意大利人露出了对于人类无尽的愚蠢抱有不可动摇信念的人才会有的伤感微笑。

“我老了，我的朋友。我们所了解的世界，让我们赖以为生的世界，已经被判了死刑。如果爆发另一场欧战，它将扫除一切。你相信吗，就像我一样？”

“我相信。”

“那么请你站在我的立场。我五十二岁了：老得无法继续撬锁并摸黑潜入别人的房子了……另外，因为这个我在牢里蹲了七年。我是个鳏夫，有两个单身的女儿。再没有什么能像这个一样激起一个人的爱国心了。它让你像罗马人那样伸出手臂，对别人摆到你面前的无论什么东西致敬……意大利是有未来的，我们在世界好的那一边。我们有工作，在建造楼房、体育场和战舰，给共产党人喂蓖麻油并踹他们屁股。”说完这些，为了让对话显得不那么严肃，福萨塔罗朝巴尔瓦雷斯科的方向挤挤眼，后者依然不动声色地听着。“有时候，让宪兵站在你这边也不错。”

有两个衣着光鲜的女人经过，咚咚咚地迈着步子朝中央大街的方向走去：帽子、皮包和窄裙。她们当中的一个非常漂亮，有一瞬间她与马克斯的目光相遇了。福萨塔罗一直目送她们转过街角。永远不应将性爱与生意混为一谈，以前马克斯经常听他这么说。除非性爱能对生意有所帮助。

“你记得比亚里茨那次吗？”福萨塔罗问他，“米拉马尔酒店那件事？”

他露出微笑，他记得。这似乎让他的面容再次年轻起来，让他深陷的眼睛有了神采。

“过去多久了？”他接着问，“五年？”

马克斯点点头。意大利人愉悦的表情令人想起海边的栈桥，海滩酒吧里从来不会出错的侍应生，穿着收腰阔腿睡衣的女人，赤裸的小麦色后背，熟悉的面孔，有电影演员、歌手、商界和时尚界人士云集的派对。与多维尔和戛纳一样，夏天的比亚里茨是一处好猎场，为懂得如何寻觅的人提供了大把机会。

“那个演员和他的女友。”福萨塔罗回忆道，他依然笑眯眯的。

接着他坦然自若地告诉巴尔瓦雷斯科，马克斯和他是如何在一九三三年的夏天围绕一位名叫莉莉·达米塔的电影演员安排了一次绝妙的诡计。马克斯是在奇贝塔海湾认识她的，花了整整三天时间陪着她上午去海滩、下午去酒吧、晚上去舞会。到了关键的那天晚上，当万事俱备，只差带她去米拉马尔酒店的舞厅，以便福萨塔罗潜入她的别墅卷走价值估计一万五千美元的珠宝和现金时，他的男朋友，一位著名的好莱坞演员，在放弃一次拍摄之后突然出现在酒店门前。不过，有两件事幸运地帮了马克斯一把。首先，这位爱吃醋的男友在路上喝了不少酒；因此，当他的未婚妻挽着马克斯的胳膊从一辆出租车上下来时，他没有完全保持好平衡，脚下一滑，朝她优雅的情夫下颚挥出的那一拳因此落了空。另外一方面，恩里克·福萨塔罗就在事发地的十米之外，正坐在一辆租来的轿车的方向盘前，准备好去将别墅洗劫一空。于是，当看见那一幕发生时，他从车上下来，走到他们身边。趁着莉莉·达米塔像一只鸡雏被杀死的母鸡那样尖声大叫时，在酒店门房和门童幸灾乐祸的目光中——常常酗酒的男演员在酒店员工们中间并不受欢迎——福萨塔罗和马克斯两个人不慌不忙、有条不紊地揍了那个美国男人一顿，以此弥补刚刚从他们手里溜走的一万五千美元。

“你知道那男人叫什么吗？”福萨塔罗继续对巴尔瓦雷斯科说道，此时后者明显听得津津有味了。“他的名字正是埃罗尔·弗林！”他拍着马克斯的胳膊，放声大笑。“正如你所见，这家伙和我打花了喋血船长本人的脸！”

“你知道书是什么吗，马克斯？……在国际象棋里。不是一本书，而是那本‘书’。”

他们正在维多利亚酒店的花园里，沿着在各种各样的树木之间宛如隧道一般延伸的小路散步，灼烈的阳光透过树枝洒落光斑。藤架上密密麻麻的攀援植物后面，海鸥正在苏莲托的悬崖之上滑翔。

“每一位棋手都是由自己的记录组成的。”梅查·英仲扎继续道，“他的比赛和分析。盘中的每一步棋背后都是成百上千个小时的研究，不计其数的开局、战术和变化，是团队或个人的工作成果。一位大师记得几千件事：前辈们的战术，对手们的棋局……所有这一切，除了记住之外，还要将它们系统化为研究资料。”

“一种手册？”马克斯问。

“正是。”

回酒店的路上，他们走得不慌不忙。几只蜜蜂在欧洲夹竹桃间盘旋。随着他们愈来愈深入花园，身后塔索广场上车辆的喧嚣渐渐消失了。

“棋手在旅行或工作时是不可能不带个人文档的。”她接着说，“那种他能从一个地方随身携带到另一个地方的东西……一位大师的书里包含了他毕生的努力：开局和变局、对其对手的研究、分析……一般是笔记本或文档。豪尔赫的书是八个厚厚的本子，皮质封面，上面有他过去七年里的笔记。”

他们在玫瑰花坛前停住了脚步，那里有一张落满枯叶的桌子，旁边是一条瓷砖长凳。没有书，梅查把包放在桌子上，一边坐下一边说道，一个棋手就等于不设防。就算记忆力再好的人也无法把所有东西都背下来。豪尔赫的书里包含一旦失去就很难对抗索科洛夫的信息：比赛、对于进攻和防守的分析。多年的劳动成果。

“你想象一下，比如说，这个俄国人很讨厌国王让棋开局法，一种基于牺牲一个卒的开局方法。而从未用过国王让棋开局法的豪尔赫，正考虑在都柏林冠军赛上使用它。”

马克斯站在她面前，听得很专心。

“所有这些都会写在书里？”

“当然。你想想，要是豪尔赫的书落到别人手里，该有多么可怕。那么多努力都白费了。他的秘密和分析都落到了索科洛夫手里。”

“不能重新把书复原吗？”

“这需要再花上一辈子。另外还有心理打击：知道对方了解你的计划和想法。”

她朝马克斯背后看了看，后者顺着女人视线的方向半转过身去。苏联代表团住的那栋楼离他们很近，就在三十步之外。

“你可别告诉我伊琳娜把豪尔赫的书给了俄国人……”

“幸好没有。要不然，我的儿子在索科洛夫面前就完蛋了，无论是在这里还是在都柏林。是另外一件事。”

一阵短暂的沉默。那双金色的眼眸，在从藤架上浓密的枝叶间透进来的阳光中显得更加清澈，正一动不动地注视着马克斯。

“这就需要你了。”她说。

说这句话时，她脸上几乎带着奇怪的笑意。难以琢磨。马克斯抬起一只手，像是在要求对方静一静，好让他听清一个音符或一个模糊的声音。

“恐怕我……”

说到这里他正打算停下来，因为他说不下去；然而梅查不耐烦地抢了白。她已经把包打开了，在里面翻找。

“我想让你帮我儿子拿到俄国人的书。”

马克斯目瞪口呆。毫不夸张。

“我觉得我没太听懂。”

“那我解释给你听。”她从包里拿出一包穆拉蒂并往嘴里塞了一根烟，“我想让你去偷索科洛夫的开局书。”

她说得极其平静。马克斯机械性地想去找打火机；然而他动弹不得，手还插在口袋里，完全惊呆了。

“我要怎么做？”

“到俄国人的公寓里把它拿过来。”

“就这么简单？”

“就这么简单。”

近处，蜜蜂的嗡嗡声更响了。马克斯对此无动于衷，他依旧看着女人。突然有一种想坐下来的欲望。

“我为什么要这么做？”

“因为你之前做过。”

他在她身旁坐下，还是有些困惑。

“我从来没偷过俄国人的象棋书。”

“但你偷过许多其他东西。”梅查从包里拿了一盒火柴，自己点上了烟。“有一样是我的。”

他把手从口袋里拿出来，摸了摸下巴。所有那些莫名其妙的话都是怎么回事，他一头雾水地想。他到底卷入了，或者他们想让他卷入什么见鬼的事情。

“你是一个小白脸和小偷。”梅查一边把烟驱散，一边冷静地说。

“我已经不是了……现在我不做这个了。”

“但你知道如何去做。你记得尼斯吧。”

“莫名其妙。尼斯的事已经过去快三十年了。”

女人没说什么。她抽着烟心平气和地看着他，似乎把能说的都说了，而事情并不取决于她。她乐在其中，他突然恐惧地想道。此情此景和我的惶惑让她觉得快乐。可是这远非一个玩笑。

“你想让我进入苏联代表团的公寓、找到索科洛夫的象棋书并把它交给你？我要怎么做？……上帝啊，你想让我怎么做？”

“你懂这个，也有经验。你知道该怎么处理。”

“你看看我。”他弯下腰摸着自己的脸，仿佛一切都在那里清晰可见。“我不是你记忆中的那个我了。不是布宜诺斯艾利斯的那个，也不是尼斯的那个。现在我有……”

“可失去的东西了？”她从无限遥远的地方看着他，轻蔑而冷酷。“你想说的是这个吗？”

“我已经很久都不冒某些风险了。我在这里生活得很平静，与警方相安无事。我完全退休了。”

他不自在地猝然站起来，沿着回廊走了几步。他疑惧地看着俄国人住的那栋楼赭色的墙壁——突然间他觉得它们阴森森的。

“还有，对于这种事而言我也太老了。”他的语气中流露出真挚的沮丧，“我没有力气也没有心气了。”

他转过身来对着梅查。她依然坐在那里，冷静地抽着烟看他。

“我为什么要这么做？”他抗议道，“告诉我……在我这个年纪，我为什么要冒险？”

女人张嘴想要说些什么，但还没开口就沉默了。她就这样若有所思地待了几秒钟，手指间夹着烟雾缭绕的香烟，注视着马克斯。最后，带着无限的鄙夷和突如其来的狂怒，就像突然将压抑已久的怒火发泄出来一般，她狠狠地将烟按在大理石桌上。

“因为豪尔赫是你的儿子。白痴。”

他小心翼翼地掩饰着在心中为自己辩白的冲动，去昂蒂布看了她。最后他对自己说，让她有几天时间脱离他的控制，是件危险的事。万一她对苏珊娜·费里奥尔说了些什么或吐露了什么秘密，他就会陷入险境。对他而言弄到地址并不难。只要打个电话给阿西娅，让后者简短调查一番就够了。就这样，在与梅查·英仲扎相逢两天之后，马克斯就在戈若普郊外一栋旁边种着月桂树、金合欢和含羞草的别墅的铁栅栏前下了出租车。他沿着一条白色小路穿过花园，那辆双座雪铁龙就停在那里，道路两旁丝柏的树冠在近处宁静明亮的海面上投下交错的阴影。他一直走到那栋坐落在一座陡峭的小山丘上的房子前面：一幢度假小木屋风格的建筑，带有宽敞的露台和面朝花园和海湾敞开的巨大拱门之下的阳光游廊。

她表现得并不吃惊。一个女佣开了门并静悄悄地消失了，而她以令人茫然的自然姿态接待了他。她穿着一件束腰的日式睡袍，令她苗条的身形显得更加修长，并微微勾勒出臀部的曲线。她正在一个室内庭院里为盆栽浇水，将马克斯引到客厅时，她赤裸的脚丫在黑白两色的细砖上留下了湿漉漉的脚印。客厅的装修是最近几年风靡里维埃拉的露营风格：可折叠的座椅，可以收起的桌子，嵌入式的家具，玻璃，铬以及裸露的白色墙壁上两三幅孤零零的画，一座美丽、空旷、线条简单、只有富人才能住得起的房子。梅查给他倒了杯酒，他们抽了烟，心照不宣而彬彬有礼地聊了聊日常琐事，仿佛最近那次相逢和在苏珊娜·费里奥尔家中晚餐之后的告别是以世界上最正常的方式发生的：在西班牙局势尚未好转期间租的这栋别墅，这个地方有多么适合过冬，让天空保持蔚蓝无云的密史脱拉风。后来，当共同话题全都被谈完了，这种流于表面的谈话开始变得尴尬时，马克斯提议去附近的某个地方，胡安松树餐厅或伊甸岩餐厅，一边吃饭一边继续聊天。听到这个提议后梅查沉默良久，若有所思地低声重复了最后那个词，最后让马克斯趁她去换出门的衣服时自己随便吃点什么。我不饿，她说，但我觉得散个步不错。

于是他们就到了那里：漫步在根植于沙地的浓密松林、岩石和正午太阳下闪闪发光的海岸上的缕缕海藻之间，面前是无限开阔的绿松石色海湾以及一直延伸到昂蒂布古城墙的海滩。梅查已经把睡衣换成了黑色长裤和蓝白条纹的海魂衫，戴上了墨镜——深色镜片后面，她只画了一点点眼影。她的凉鞋与马克斯棕色的布洛克鞋一起踩在碎石小路上。后者只穿着一件衬衫，头发上抹了发胶，没戴帽子，外套搭在胳膊上，衬衫的袖口在古铜色的手腕上挽了两层。

“你还跳探戈吗，马克斯？”

“有时候跳。”

“包括老卫队的探戈吗？……我猜，你还是跳得很好吧。”

他尴尬地看向别处。

“已经不如从前了。”

“你的意思是，你不再需要以此为生了吗？”

他选择不作回答。他想着“波洛尼奥船长号”的舞厅里，她第一次在自己双臂间起舞的情景。想着照亮了布朗海军上校大街的旅馆房间里她苗条身体的阳光。想着在布宜诺斯艾利斯的龌龊之地，当她将探戈女郎从他身上推开并取而代之时，她的嘴和她毫不羞怯而暴力的舌头。她丈夫茫然的眼神，当他们在他因为酒精和毒品而混沌的双眼前面相拥时她下流的笑声，之后就在那儿，在酒店房间里，他们淫荡而毫无顾忌地赤裸着身体，贪婪地交合。他也想起了那之后的九年间他是如何成百上千次地回忆起它，每一次有乐队演奏起阿曼多·德·特洛埃耶谱写的旋律，或听到它在广播或留声机里响起的时候。那支探戈——最后一次是五个星期之前，他在戛纳的加尔顿酒店与一位德国钢铁实业家的女儿跳的——追着马克斯跑了半个世界，永远都让他有一种空虚、怀念或失去的感觉：对于梅查·英仲扎的身体一种尖锐而具体的强烈思念。思念从近处凝视他的那双睁得大大的、因为愉悦而静止了的金色眼睛。思念他记忆中依然温热而潮湿的美妙肉体，他是如此强烈地记得它，而此刻它以一种如此奇异的方式再次距离他只有——这之于他依然是个意外——咫尺之遥。

“说说你自己吧。”她说。

“我的哪个部分？”

“这个。”她对他做了个似乎将他包含进去的手势，“这些年里造就的部分。”

马克斯谨慎地开始讲述，小心翼翼地点到为止。他巧妙地糅合了现实与虚构，不失风趣地将能够掩饰他人生的坎坷细节的轶事和美好的情境串在一起。他自然而然地轻易就根据他此刻扮演的人物改写了自己的真实生活：一个在生意场上一帆风顺的成熟男人，火车、远洋邮轮以及欧洲和南美高档酒店的常客，在时间的流逝以及与非富即贵之士的交往中日臻完美。说的时候他并不知道她是否相信；但不管怎样，他努力回避了任何映射他真实活动中的阴暗面或者后果的东西：他在哈瓦那监狱待过很短一段时间，但事情顺利得到了解决；一位波兰石油富商的妹妹自杀后，他曾在克拉科夫与警方打过一次后果并不严重的交道；或是在出了一次与诈骗沾边的老千之后，离开柏林的一家地下赌场时他差点就中了一枪。他也没有说起那些年间他易如反掌赚到又同样易如反掌花掉的钱，他在蒙特卡洛作为应急资金保留的存款，或是他与保险箱终结者恩里科·福萨塔罗那份久远而有用的交情。当然，他也没有提到一九三一年秋天他在比亚里茨爱苑海滩认识的雌雄大盗，他与二人的临时合作，以及它是如何破裂的。其中的女人——一个名叫伊迪丝·凯西的忧伤而动人的英国女人，专门洗劫钻石王老五——自作主张地拉近了与马克斯的关系，而他们的亲密程度最终惹恼了她的同伴：一个粗鲁但狡猾、无所谓自己叫麦克唐纳还是麦吉尔的苏格兰男人，在经历了丑陋的一幕之后，他多少算得上合理的醋意终结了三人之间一年以来有利可图的合作。出乎他们意料的是，那时马克斯被迫使出了自己在非洲时从外籍军团那里学到的几个黑招，打得那个麦克唐纳还是麦吉尔或者叫其他名字的家伙流着鼻血瘫在多维尔海湾酒店一个房间的地毯上。在伊迪丝·凯西的高声咒骂中，马克斯逃到了走廊上，从他们的生命中消失了。

“那你呢？”

“哦……我啊。”

她正一言不发地听得入神。听到马克斯的问题，她在墨镜后面露出了含糊其辞的微笑。

“大世界。那些画报上是这么说的，对吧？”

他想伸手摘掉她的墨镜，看看她眼睛里是什么表情，但却不敢这么做。

“我一直不明白你丈夫……”

他在这里停住了，但她什么也没说。深色的镜片上映出马克斯的身影，它们像在质询什么。等着他说完那句话。

“他那种……”他开口说道，但再度尴尬地打住了。“我不知道。你和他。”

“以及第三个人，你是想说这个吗？”

一阵沉默。漫长的沉默。知了在松树下唱得正欢。

“布宜诺斯艾利斯并不是第一次，也不是最后一次。”梅查终于继续道，“阿曼多用自己的方式看待人生。两性之间的关系。”

“不管怎么说，是一种独特的方式。”

一阵并不快乐的笑声。干巴巴的。她微微抬起双手，表示惊讶。

“我从来没想过你在这种问题上是个清教徒，马克斯……在布宜诺斯艾利斯可不会有人这么说。”

他用脚在沙子上画画。也许是一颗心，他心想。可是刚才她在他似乎要画出一支穿心而过的箭时抹掉了它。

“开始时它是个游戏。撩动人心。一种对教养和道德的挑战。后来它成了其余的一部分。”

她穿过成缕的海藻，朝海岸方向走了几步，直到像是潜入耀眼的绿松石色的水面之中。

“从一开始起，它就一点点发生了。我们新婚之夜的次日早晨，阿曼多就设计好了让送早餐来的女服务生撞见我们赤身裸体地在床上做爱。我们笑得像两个疯子。”

马克斯觉得目眩，为了在逆光处看见她的脸，他不得不用一只手遮着眼睛。但他看不清女人的表情。只有明亮海湾中的一个影子。而她依然在单调地，几乎是无动于衷地诉说。

“有一回，在一次晚餐之后，我们回家了。有个朋友与我们同行：一位非常英俊的意大利音乐家，卷发，面容苍白。他叫丹布罗西奥。阿曼多设法让我和意大利人在他面前做爱。全神贯注地看了很久之后他才加入了我们，面带微笑，眼睛里有一种奇异的光芒。他那特别的爱好几乎具有数学式的优雅。”

“你每次都……喜欢吗？”

“并非每次都是。尤其是一开始的时候。常规的、天主教式的正确教育，是不可能在一夜之间就忘记的。但阿曼多喜欢超越某些界限……”

马克斯的舌头与上颚贴到了一起。阳光灼烈，他觉得非常渴。还有一种奇怪的烦躁：几乎是身体上的不适。他很想原地坐下，哪怕是冒着弄脏裤子的风险，席地而坐。他后悔把帽子留在了别墅里。但他知道问题不在于阳光，也不在于炎热。

“那时我很年轻。”她继续道，“觉得自己像一个登上舞台寻求观众肯定的演员，期待听到掌声。”

“你爱他。这能解释很多事情。”

“是的……我想那时候我是爱他的。非常爱。”

说这句话时她低下了头，若有所思。之后她环视四周，仿佛在寻找一个画面或一个词。也许是一个解释。最后，她像是放弃了，露出了自嘲的无奈表情。

“一段时间之后我才明白问题并不只在他，也在我。我自己的阴暗角落。有时候，他甚至会打我。或者我打他。否则，我永远不会走得这么远。哪怕是为了取悦他也不会……某一次，在柏林，他让我与陶恩沁恩大街酒吧的两个年轻侍应生上了床。那天晚上他甚至都没碰我。当其他人完事时，他通常会过来找我；但那一次他就在那儿待着，抽着烟看着，直到一切结束……那是我第一次真正享受被观察的感觉。”

她的声调毫无变化，语气中不带任何感情。她也可以是在朗读，马克斯心想，一份药品说明书。然而，她却似乎很关心自己所说的话在他身上产生的效果。他惊讶地发现，那是一种疏离而冰冷的好奇心。几乎是人类学式的。这与此刻他自己茫然的感情形成了强烈的反差，几乎像与一个影子的黑色轮廓对峙的那道光。当发现自己因为那个女人感受到了妒意时，他的恐惧多过困惑。那是一种诡异而新鲜的悲痛，直到这一天之前他都不曾了解。突如其来的未曾满足的欲望。兽类愤怒的怨怼。

“阿曼多在那一点上指引了我。”她说，“他以特有的有条不紊的耐心教会了我用头脑去思考性。它广阔的可能性。肉体只是一部分，他说。其余一切必不可少的、无法避免的一种物化形式。问题在于和谐。”

他们停了一会儿。返回沙滩和松林之间延伸的土路上时，梅查自然而然地扶住男人的胳膊，脱下凉鞋倒沙子。

“后来我就去睡了，听着他在书房的钢琴前工作，直到天亮。而我更欣赏他了。”

他终于将舌头和上颚分开了。

“你依然在用头脑思考吗？”

他的声音听起来沙哑。干涩。开口说话时他几乎觉得疼。

“你为什么问这个？”

“你丈夫不在这里。”他宽泛地指了指海湾、昂蒂布和其他地方，“我想，他也不会很快回来。带着他数学式的优雅……”

梅查定定地看着他，充满敌意的戒备。

“你想知道我是否会和其他男人上床？或者女人？即便他不在？……我会，马克斯。”

我不想待在这里，他心想，他被自己吓到了。不想站在这种让我的判断力变得迟钝的光线下。它让我的思维和嘴巴都干了。

“是的。”她又说了一遍，“有时候我会。”

她再次停下脚步，面对着海滩耀眼的反光。温柔的海风吹动着她被里维埃拉的阳光晒成浅古铜色的皮肤上的头发。

“就像阿曼多。”她凄然地补充道，“或者就像你自己一样。”

她墨镜的镜片上映出海岸的线条、一大片绿色的松林和孔雀蓝色的大海边的沙滩。马克斯认真地观察着她，目光停驻在她那件腋下已经有了轻微汗迹的条纹衫里面的肩膀和躯体上。她比在布宜诺斯艾利斯时还要美，他几乎绝望地想。太美了，美得不真实。她应该已经三十二岁了：完美、成熟、充满女人味的年纪。梅查·英仲扎属于这样一种女人，她们貌似遥不可及，是他在轮船的甲板上和前线的战壕里的梦中人。几千年来男人战斗、焚城、杀戮，就是为了得到这样的女人。

“这附近有个地方，”她突然说，“叫做信号灯旅馆……离灯塔不远。”

他看着她，起初有些不解。梅查指着左边的棕榈树和龙舌兰旁边的一栋白色别墅，它后面有一条深入松林的路。

“那是个为过路游客准备的很便宜的地方。它门口的洋玉兰下面有一间小餐厅。他们出租房间。”

马克斯是个够胆量的人。他的个性和经历造就了他。正是这种胆识让他挺直膝盖、闭紧嘴巴、纹丝不动地站在女人面前。害怕自己的一句蠢话或一个不合适的表情，会割断某根悬着一切的细线。

“我想和你上床。”面对他的沉默，梅查干脆长话短说。“我现在就想要。”

“为什么？”终于，他一字一句地问。

“因为这九年里当我用头脑思考时，你常常会出现。”

“抛开一切？”

“抛开一切。”她微笑了，“包括那串珍珠项链。”

“你以前去过那家旅馆吗？”

“你问得太多了。而且全都是蠢问题。”

她抬起一只手，将手指放在马克斯干燥的嘴唇上。温柔摩挲，饱含奇异的征兆。

“我当然去过。”过了一会儿她说，“那里有一个墙上有大镜子的房间。正好用来看。”

百叶窗是长条薄木板拼成的，中间留有空隙。下午的阳光从这些缝隙里透进来，在床和女人沉睡的身体上投下一道道交替的光影。在她身旁，不想吵醒她的马克斯转过脸，从近处打量她印上了一缕阳光的侧脸，微张的嘴巴和随着轻柔的呼吸一动一动的鼻翼，带有深色乳晕的赤裸的乳房以及它们中间正在阳光下闪闪发亮的细密汗珠。还有那光洁的皮肤，在小腹处收拢又再次分叉延伸至大腿，守护着她的下体，男人的精液依然从那里徐缓滴落，落在带着肉体气息和漫长拥抱留下的淡淡汗味的床单上。

马克斯把脑袋从枕头上抬起来一点，朝后面看了看，欣赏着墙上的镜子里那两具静止的身体。镜子很大，上面的水银因为时间的流逝和疏于打理而变得斑驳，与这个房间以及它平庸的布置非常相称：一个斗橱，坐浴盆和脸盆架，一盏落满灰尘的台灯和一些通过陶瓷绝缘体连到墙壁上的扭曲电线，墙上有一张颜色暗淡的旅游海报，让人没什么兴趣——紫色松树间的一轮黄色落日——造访维勒弗朗什。总而言之，是那种似乎特意为了商务旅客、逃犯、寻短见的人或是偷情者而准备的房间。假如不是睡在他身边的女人以及从百叶窗里透进来的缕缕阳光，那里会让马克斯觉得压抑，令他想起类似的并非出于喜好，而是出于需要才经常前往的地方。然而，自从他们进门之后，梅查就表现得很高兴，似乎很满意这间没有自来水的陋室和那个收了四十法郎后既没要身份证也没问任何问题就把钥匙交给了他们的懒洋洋的女老板。一关上门，她的声音就变得更加沙哑，皮肤也发烫了；马克斯还在说推开窗户后的优美风景可以弥补房间的简陋，她却走到了离他很近的地方，像是呼吸急促似的半张着嘴，打断了他的策略性谈话，抬起胳膊，脱掉条纹汗衫，露出比其余裸露在阳光下的皮肤更加苍白的乳房。马克斯惊呆了。

“你太英俊了，看得我心痛。”

她一丝不挂，抬起一只手，用一根手指抵着他的面颊将他的脸转向一边，继续观察他。

“今天我没戴项链。”片刻之后她加了一句，声音很低。

“真遗憾。”他恰巧这么说。

“你是个无赖，马克斯。”

“对……有时候。”

之后一切都按部就班地发生了，一系列由肉体、唾液、触感和恰到好处的湿度组成的复杂程序。自从她用双脚猛地将最后一件衣物甩远，在马克斯刚刚拿掉床罩的床上展开身体，他就发现她异乎寻常地兴奋，准备好了迎接他的加入。看起来，他心想，那个旅馆房间正在创造奇迹。不过不必着急，他攥紧剩下的理智对自己说。于是他尽量延长前戏，知道正在自己的神经和肌肉上带着痛楚的震动——他把牙齿咬得咯吱作响，因为快感和压抑的疯狂大声喘息——迸发的欲望可能会让他坏了好局。九年时间不能在三十分钟里消解。于是他用自己的沉着和经验来延缓这一切，爱抚，交合，她有时施加的几乎极端的暴力——当他试图主宰她时，她两次打了他耳光——愉悦的呻吟和在两次爱抚、两种或者二十种不同方式的亲吻、吮吸和噬咬之间见缝插针的呼吸。马克斯已经忘了墙上的镜子，但她没有；最后他撞见了她朝镜子投去的目光，当他在她的身体里和嘴里忙碌时她将脸转向一边，看着自己也看着他。终于马克斯也侧过脸，在那里看见自己仿佛正深陷于一场残酷的战役，他在女人身体之上的后背紧绷着，当他试图按住并控制她时，他手臂上皱波状的肌肉和筋腱几乎要爆裂开来。而她像个动物那样凶狠地反抗着，用嘴咬、用拳打，直到突然之间，她从镜子里专注地看着他的反应，温驯而顺从地献出了自己，终于，或再一次地，用她因为愉悦而瘫软的身体接纳了他，在愈来愈长的退缩之后，任由自己沉溺在那古老的投降仪式之中。在镜子里看过自己和她之后，马克斯重新转过脸从近处观察她，那张距离他的眼睛和嘴唇只有两寸的面孔，他看见那双蜜色的眼眸里闪过一丝嘲弄，嘴角浮现出一缕否认了一切的挑衅微笑：男人表面上的控制和她自己的屈服。于是意志最终抛弃了马克斯；他像一个被打败的角斗士那样，把脸埋在女人的颈项，对周围的一切失去了概念，缓慢、剧烈，最终毫无防备地，将精液倾射在梅查·英仲扎幽暗温热的小腹上。

第十章　象牙球之声

马克斯这一晚睡得并不好。我以前睡得更好一些，这天早晨从混沌的梦中惊醒时他这样想道。用博朗牌电动剃须刀刮胡子时，他注视着酒店卫生间的镜子里映出的他疲倦脸庞上的黑眼圈，还有最近在时间和生活的侵蚀之外因为烦躁而生出的斑点，心里依旧想着这个。当所有一切几乎都要，或者他以为都要得到回报时，失败、最后一刻的无奈局面和意外事件、新的不确定因素，不合时宜地碰到了一起；此时再将为已经历过的事贴上新的标签已经太晚了。在前一晚那个难熬的梦里，当他半睡半醒地在床单上辗转反侧时，他有好几次觉得听见昔日的笃定像摔在地上的陶瓷水槽那样轰然坍塌的声音。他坎坷人生的所有收获，哪怕短短几个小时之前他以为已将它从一场接一场的灾难中拯救了出来，依然只是一种世故的漠然，呈现为殷勤的沉着。但这种平和的宿命论，最后的棱堡，直到昨天以来都是他唯一财产的精神状态，刚刚被撕得粉碎。直到他上一次与梅查·英仲扎在酒店花园谈话之前，马克斯都以为，在他这个年纪，怀着一位疲于奔波的老人的宁静心境安安稳稳地睡一觉，是他能够享受的最后一点不会被生活夺走的特权。

他的第一个念头，多年以来嗅到危险时的本能，是逃走：立刻结束这场毫无意义的——他不愿说是浪漫的，因为他一直讨厌这个词——荒唐冒险，在一切变得复杂、他脚下的道路崩坏之前回到他在奥里亚纳山庄的工作中。像一个输得起的人那样扮个鬼脸，忘掉曾经的自己，承受现在的自己，并接纳他永远无法成为的自己。然而，却有某些动力，他心想。某些直觉，某些有时会让男人迷失，但有时也会让球落在轮盘中合适的格子里的好奇心。就算天性再谨慎的兔子，这条路一旦在面前出现，它们就不可能避开。当用之前从未提出的问题的答案作为诱饵的时候。

这些答案中的一个可能就在维多利亚酒店的台球厅里。他已经找了它一会儿，并惊讶地发现居然是那个地方。叫他去那里的是埃米尔·卡拉佩蒂安，因为马克斯问他是否见过豪尔赫·凯勒。他们是不久之前在露台上碰到的：亚美尼亚人正在与伊琳娜吃早餐，他们表现得如此正常——她亲切地微笑着问候了马克斯——显然年轻的分析师并不知道她与俄国人的关系已经被发现了。

“台球？”马克斯显得很吃惊。那与他对一位棋手的印象可没什么关系。

“这是他训练的一部分。”卡拉佩蒂安解释道，“他有时候跑步，或者练习游泳。有时候则关上门来几次台球连击。”

“我永远也想不到这个。”

“我们也想不到。”亚美尼亚人耸了耸有力的肩膀，却并不怎么幽默。马克斯发现他会避免看伊琳娜太长时间。“但豪尔赫就是这样。”

“他一个人玩吗？”

“几乎从来都是。”

台球室在二楼，阅览室的后方：一面镜子反射着从一扇面向露台敞开的窗户中射入的光线，一个带有球杆架的记分牌以及狭长的水平式黄铜台灯下面的一张法式台球桌。豪尔赫俯在桌子上，一个球接一个球地打着，除了末端包着布的台球杆极为柔和的响声，以及台球准确到几乎有些单调地彼此撞击时发出的声音之外，再无其他声响。马克斯站在门口，观察着棋手：他全神贯注，每一杆都打得很准，仿佛象牙台球的每一次三重奏都为绿色毛毡桌面上的下一次撞击做好了准备，似乎只要他想，这一连串撞击就会无穷无尽地持续下去。

马克斯贪婪地注视着年轻人，就连最小的细节也不肯放过；专心地尽可能去关注他从前未曾觉察到的东西。开始时，单纯出于自卫心理，他在记忆中搜寻着埃内斯托·凯勒，一九三七年的秋天他在苏珊娜·费里奥尔家中的晚餐上认识的智利外交官那遥远而模糊的面容——他记得他是金头发，优雅，讨人喜欢——并试图将它与这个从一切官方证据来看都是他儿子的人的外貌重叠。之后他试着将那段记忆与关于梅查·英仲扎的记忆，她二十九年前的模样，通过基因从她传递到这个此刻静静站在台球桌前，一边研究球的位置一边用白垩粉摩擦球杆末端的男孩身上的东西，结合在一起。苗条，高大，身形挺拔。当然，像他的母亲。但也像曾经的马克斯自己。他们的容貌和身材相仿。的确如此，他的胃里突然空了，当年轻人朝台球桌凸起的边缘俯下身时，散落在他额前的浓密黑发，与梅查·英仲扎——从“波洛尼奥船长号”起，马克斯就记得她的头发是非常浅的栗色，差不多是麦色的——或者给了他姓氏的男人的头发太不一样了。假如棋手像马克斯在自己的头发与他的一样漆黑浓密时那样，用发胶梳成背头，他的头发就和他一模一样了。就像同样年纪的他用一只手拂过鬓角，将它抚平，之后在乐队奏出的旋律中缓缓走上前，轻轻并一下鞋跟，嘴角带着微笑，邀请一位女士走进舞池的时候，他所拥有的头发。

不可能，他怒气冲冲地得出结论，拒绝了这个念头。他甚至都不会下象棋。他气自己还留在那里，站在台球厅的门槛上，暗中窥视别人的面孔。这种事情只会发生在电影、戏剧和广播小说里。如果这是真的，第一次看到这个年轻人或第一次与他交谈时他就应该有所感觉。他应该会注意到内心的某种震动：一个信号，一丝战栗。也许，是一种亲近感。或者只是一段回忆。很难相信天生的本能会在这种事实面前无动于衷。在所谓的证据面前。血缘的声音，从前关于百万富翁与孤女的音乐剧是这么说的。可是马克斯从未听见过这个声音。就连此刻也没有听见，他确信这是一种无从解释的错误和令人不适的烦扰，这种毁灭的确信让他头晕目眩，一生中他从未受过这样的折磨。这一切全都不可能。不管梅查·英仲扎是不是在撒谎——最有可能的是她的确撒了谎——那只是一番邪恶而危险的胡说八道而已。

“日安。”

不管怎么说，他很容易就能与人攀谈起来。这在任何情况下都不难，而台球是个不错的话题。马克斯从在巴塞罗那的时候起就打得相当好。那时还是酒店门童的他，从小费里拿出三个比塞塔，在唐人街一间破妓院的台球室里下注玩三十一分①和查波②：站在门口的女人，戴着领带夹或裤背带的皮条客，停满苍蝇的脏灯罩投射在台布上的绿光下被汗水和香烟熏得油腻腻的皮肤，在瞄准球杆的手里烟雾缭绕的香烟，台球的连击声以及有时与游戏完全无关，而是对外面声音的诅咒或谩骂，比如在台球室一片寂静时，听见穿麻鞋的急促脚步声，警察的口哨声，工团成员零星的枪声，步枪枪托架在地上时的响声。

“您打台球吗，马克斯？”

“有时候。”

豪尔赫·凯勒面容可亲，尤其是散落在他前额的刘海，让他极具潇洒、随性的气质。不过，与他对刚刚到来的这个人露出的微笑形成反差的是他疏离的眼神，他正专注于击球和此后三个象牙台球的碰撞。

“要是您愿意，就拿根球杆吧。”

他是个好球手，马克斯心想。有条理且有自信。也许这与他是一名棋手有关：大局或空间观、专注度以及这一类人具备的其他特点。事实上这个年轻人对连击的掌控轻松得令人不解，仿佛他在合适的走位出现之前就能算到，而且是提前了许多杆。

---

① 一种纸牌游戏。

② 一种台球游戏。玩法是在桌面上立五根代表不同分值的小棍，用球先将小棍全部撞倒的一方获胜。

“我不知道您这个也打得好。”

“我更希望您用‘你’来称呼我。”凯勒回答。

“我不知道你台球也打得好。”

“其实不好。这么打和与别人对打，打三边球，是不一样的。”

马克斯走到架子前挑了一根球杆。

“我们接着打美式台球吗？”年轻人问。

“随便你。”

对方同意了，继续打起来。他用轻柔的击打在球台一侧做出一个又一个的连击，始终试图让两个球尽可能地靠近。

“这是一种集中注意力的方法。”他的眼睛并没有离开球局，“思考的方式。”

马克斯饶有兴趣地观察着他。

“你能看得到几个连击？”

“您这么问真幽默。”凯勒笑了，“很明显吗？”

“我不懂象棋，但应该是有些相似吧，我想。看得到棋招或看得到连击。”

“我至少看到三个。”年轻人指着球、台角和台边。“那里，还有那里……也许五个。”

“这真的与象棋相似吗？”

“并不是相似，但有共通之处。每个局面都存在好几种可能。我试着预见接下来的走位，并促成它们。就像下棋一样，这是逻辑思维的问题。”

“你这么训练吗？”

“说它是训练有些夸张了……它有好处。有助于花最小的力气锻炼大脑。”

他在丢了一个容易的连击之后停下来。他明显是出于礼貌才这样做的：球之间的距离并不远。马克斯伸出球杆并朝桌面俯下身，击球的时候象牙台球轻轻发出响声。中间球五次画出准确的角度从弹性台边去而复返。

“您打得也不错。”年轻人评论道，“您经常打吗？”

“打一点。年轻时比现在打得多。”

马克斯刚刚丢了第六个连击。凯勒在他的球杆上抹了白垩粉，朝桌子俯下身去。

“我们来打三边球？”

“好的。”

台球们碰撞得更加猛烈了。年轻人连续打出了四个连击；最后一次，他有意将马克斯的母球送到了一个相对于另外两个球而言很有难度的位置。

“我见过你的父亲。”马克斯目光尖锐地研究着三球局。“很久以前，在里维埃拉。”

“我们与他一起生活的时间很短。我母亲很快就离婚了。”

马克斯用球杆打出干脆的一击，试图从与其余两个球相反的那一侧逆向击球。

“我认识他的时候你还没出生呢。”

对方没有回答。他沉默不语，马克斯则打进了第二个球，由于第三个球有些困难，他将豪尔赫的母球送到了糟糕的位置，困在一个桌角。

“伊琳娜……”马克斯开口说。

对方抬起杆尾正要做出立杆打击，却中止了这个动作，望向马克斯，仿佛在想他知道些什么。

“我认识你母亲好多年了。”后者为自己辩白。

凯勒几乎将球杆贴着球，上上下下移动了好几次，似乎拿不定主意是否要完成这一击。

“我知道。”他回答，“从布宜诺斯艾利斯开始，她的前夫也在。”

最后他没有把握地击了球，失误了。他观察了一会儿台面，最后阴郁地转头面对马克斯。几乎在将自己犯错的责任归结于他。

“我不知道我母亲对您说了关于伊琳娜的什么事。”

“很少……或者说得足够多。

“想必她有自己的理由。但我的事情，与您无关。我管不着您与我母亲谈了些什么。”

“我并不是想要……”

“当然。我知道您并不想。”

马克斯观察着年轻人的手：纤细，手指修长。食指的指甲略有点弯，和他的一样。

“你小的时候，她……”

凯勒抬起球杆，打断了他。

“我可以对您说实话吗，马克斯？我在这里为我的未来而战。我有自己的问题，职业上的和个人的。而您，一个我母亲之前从未说起过的人，突然出现了。出于某种我不了解的原因，她与您之间的关系亲密得出奇。”

他撂下最后那句话，看了看台球桌，仿佛刚刚想起它在那里。马克斯拿起近处的红球，心不在焉地掂了一下，重新将它放回原处。

“她没对你说过更多关于我的事吗？”

“很少：老朋友，探戈的年代……所有这些。我不知道你们以前是否有过一段罗曼史。但我了解她，我知道什么时候某人对她具有特别的意义。这不常发生。”尽管并没有轮到他，凯勒还是伏在桌上，用球杆击球，球在碰到三侧台边之后完成了一次干净的连击。“与您相遇的那天，我母亲一整晚没有合眼。我听到她走来走去……第二天早上，她房间里的烟味比什么时候都重，烟灰缸里装满了烟头。”

他轻轻地击中了象牙球。凯勒全神贯注，他把头发向后一捋，将球杆末端在他按在毛毡台面上的那只手的手腕上蹭了一下，再次击球。他从来不会紧张，上一次他们谈话时梅查这样说。他既没有负面情绪也不知道悲伤是什么。他只是下棋。而这来自于你，马克斯；而不是我。

“想必您能理解我的怀疑。”年轻人说，“我的麻烦事已经多得处理不过来了。”

“听着。我从来没想要……我只是住在这里。这是一个不寻常的巧合。”

凯勒看上去并没在听。他正在研究母球，它所在的位置有些难打。

“我不想失礼……您和蔼可亲，所有人对您的印象都很好。就像我说过的，我母亲似乎非常欣赏您，虽然方式有点奇怪。可是有些东西我无法相信。我不喜欢。”

这一次球杆击得很猛，吓了马克斯一跳。散开的台球撞上好几侧的台边，滚到了令人无从下手的地方。

“也许是您微笑的方式。”凯勒接着说，“我的意思是，只有嘴在微笑。眼睛却是另外的表情。”

“你微笑的方式与之相似。”

话一出口，马克斯就后悔了。为了掩饰对自己愚蠢的愤怒，他假装正在非常专注地研究台球。

“所以我说嘛。”凯勒客观地回答，“就像我以前见过这种微笑似的。”

他沉默了一会儿，严肃地思考着自己刚才说的话。

“又或许，”他说，“是我母亲有时候看您的方式。”

马克斯掩饰着自己的慌乱，朝桌子俯下身，想要打个三边球却失误了。

“伤感？”凯勒将白垩粉抹到自己的球杆末端，“同情的悲伤？……可以这么说吗？”

“也许吧。我不知道。”

“我不喜欢我母亲这样的眼神。那种悲伤之中的同情是怎么回事？”

“这个我也不知道。”

“我想知道你们之间发生了什么。虽然现在地点不对，时间也不对。”

“你问她吧。”

“我已经问过了……‘啊，马克斯。’她只是这么说。决定封闭自己时，她就像一只冰柜里的钟。”

突然之间，仿佛一下子失去了玩的兴趣，年轻人把白垩粉扔在桌沿上。接着他走到墙上的架子前，将球杆放回原处。

“之前我们说过对连击或移动做出预测。”一阵沉默之后他说，“自从我看到您来，这种情况就出现了：您的球局里有某种让我怀疑的东西。我身边的威胁已经太多了……我想请您从我母亲的生活中消失，但这太失礼了。我算什么人呢。所以我请您离开我的生活。”

马克斯也放下了自己的球杆，做了一个礼貌的抗议手势。

“我从来没有试图……”

“我相信。是的。但无所谓……请您离我远一点。”凯勒指着台球桌，仿佛他与索科洛夫就将在那里一决胜负。“至少，直到这个结束为止。”

东边，在尼斯港灯塔和博龙山的后面，分散的云朵正在海面上慢慢聚拢。菲托·莫斯塔萨弯腰挡住微风，点燃烟斗，吐出好几口烟，他看了一眼雾蒙蒙的天际线，从贝壳眼镜的镜片后面对马克斯挤挤眼。

“要变天了。”他说。

他们正在的卡洛·腓力切国王的雕像下面，靠近沿着俯瞰港口的公路延伸的铁栏杆。莫斯塔萨约了马克斯在一家小咖啡馆见面，后者到那里时却发现它关门了；于是他看着停泊在码头的船只、尽头的高楼大厦以及老佛爷商场巨大的广告招牌，在街上等他。一刻钟之后他看见莫斯塔萨到了：他瘦小而灵活的身影从罗巴卡珀堤岸坡道上不慌不忙地靠近，帽子随随便便地向后仰着，系着领结的衬衫外面的外套敞开着，两手插在长裤口袋里。见小咖啡馆关着门，莫斯塔萨无声地做了个无可奈何的表情，一边从口袋里掏出油布包开始装填烟斗，一边走到马克斯身边并隐约有些好奇地瞥了他一眼，似乎在证实对方等的时候在看什么。

"意大利人失去耐心了。"马克斯说。

"您又和他们见过面了吗？"

马克斯确定莫斯塔萨事先就知道这个问题的答案。

"昨天我们聊了一会儿。"

"对。"过了一会儿，对方在两口烟中间承认，"我知道一点。"

他若有所思地望着停泊的船只，堆在通过码头的铁轨旁边的大包、桶和箱子。最后，他半转过头，视线依然没有从港口移开。

"您已经做出决定了吗？"

"我所做的是把您的事告诉他们。您的提议。"

"这不奇怪。"莫斯塔萨叼着烟斗的嘴边浮现出一抹带有哲学意味的微笑。"您要尽可能地保护自己。我理解。"

"我很高兴您如此善解人意。"

"我们都是人，我的朋友。我们有自己的恐惧、野心和谨慎。……他们对您透露的事情反应如何？"

"他们没告诉我。他们听得很专心，彼此对视了一下，我们就开始说别的事情了。"

对方点点头，表示赞同。

"好小伙。很专业，当然。他们预见到了这一点……与这样的人一起做事很有意思。或者与他们作对。"

"我很高兴看到这种'公平竞争'。"马克斯挖苦道，"你们三个人可以见面商量一下，或者作为同行友好地互相捅上几刀。这样我的生活会简单许多。"

莫斯塔萨笑出声来。

"一步一步来，亲爱的朋友……那么，告诉我，最后您的决定是什么。法西斯还是共和国。"

"我还在考虑。"

"当然。但您的时间不多了。您想什么时候进入那所房子？"

“三天之后。”

“有什么特别的原因吗？”

“因为某人家中的一次晚餐。我得知苏珊娜·费里奥尔会外出几个小时。”

“那仆人怎么办？”

“我会想办法解决的。”

莫斯塔萨一边吸烟斗，一边看着他，似乎在评判他的每个答案是否妥当。最后他摘下眼镜，从外套上侧的口袋里掏出手帕，非常卖力地擦了起来。

“我要请您帮个忙，科斯塔先生……无论您的决定是什么，请告诉您的意大利朋友们您最终决定为他们做事。尽可能多告诉他们一些关于我的细节。”

“您是认真的吗？”

“完全是。”

莫斯塔萨对着光看了看眼镜，满意地重新把它戴上了。

“还不止如此。”他补充道，“我想让您真的为他们工作。光明正大的。”

刚把烟盒拿出来打开的马克斯愣在那里。

“您的意思是把文件交给意大利人？”

“正是。”间谍坦然地面对着他惊骇的目光，“毕竟，是他们策划了这项行动。并承担了费用。我觉得这很公平，您说呢？”

“那您怎么办？”

“哦，您别担心。这是我的问题。”

马克斯没有拿烟就又把烟盒收了回去。他失去了抽烟的欲望，甚至是继续留在尼斯的欲望。这个陷阱最糟糕的地方在哪儿呢，他心想。我会被这张蜘蛛网上哪一点困住。或者吞掉呢。

“您约我来这里就是为了对我说这个？”

莫斯塔萨轻轻碰了碰他的手肘，示意他再靠近一些围住港口上方高地的铁栏杆。

“来。您看，”他的口吻几乎是温柔的，“这下面是安费尔内码头……您知道这个安费尔内是谁吗？一位曾在特拉法加角[①]指挥‘敬畏号’的尼斯海员。他拒绝与海军司令迪马努瓦尔一起逃走，而是战斗到了最后……您看见这艘停在码头的商船了吗？”

马克斯说是的，他看到了——那是一艘黑色船身、烟囱上有两道蓝条的货船。接下来，莫斯塔萨用几句话概括了一下这艘船的历史。它的名字叫“卢恰诺·坎福拉号”，它的底舱里装载着运送给佛朗哥军队的战争物资：铵盐、棉花以及黄铜和铜坯料。它计划在几天后出发开往马略卡岛的帕尔玛，有可能是托马斯·费里奥尔为上面的货物付了钱。这一切，莫斯塔萨补充道，都是由一群法西斯间谍组织的，他们以马赛作为基地并在一艘停靠在蒙特卡洛的游艇上拥有一个短波电台。

“你为什么要告诉我这些？”马克斯问。

“因为这艘船和您有一些共同点。它的托运人认为它会一直开往它在巴利阿里群岛的目的地；他们不知道，尽管有很多东西会坏掉，它的停靠港将是瓦伦西亚。我刚好正在劝说船长和机轮组长，告诉他们从各个方面来说，投靠共和国一方对他们都更有好处……正如您所见，科斯塔先生，您并不是我失眠的唯一原因。”

“我还是不明白您为什么要对我说这些。”

“因为这是事实……也因为我能肯定，在您某一次谨慎而坦诚地冲动行事时，您一有机会就会将它告诉您的意大利朋友。”

马克斯脱下帽子，用一只手摸了摸头发。虽然海面上聚起了云，从东面吹来微风，他还是觉得太热。突然一阵难受的燥热。

“您肯定是在开玩笑吧。”

---

① 此处指1805年发生在法国和西班牙联合舰队与英国海军之间的特拉法加海战。

“完全不是。”

“这不会让您的行动陷入危险吗？”

莫斯塔萨用烟斗杆指指他的胸口。

“亲爱的朋友，这就是行动的一部分。好好照顾自己，将击球进洞的工作交给我吧……我只请您保持您到现在为止的这个样子：一个对靠近他的所有人都诚实、尽其所能从这个阴谋中脱身的好小伙。没有人会指责您任何事。我相信意大利人会像我一样尊重您的坦诚。”

马克斯怀疑地打量着他。

“您想过他们也许想干掉您吗？”

“我当然想过。”对方不动声色地笑了，仿佛一切都显而易见。“对我的职业而言，这是一个额外的风险因素。”

之后他停住了，没有再说话。几乎像在神游。他欣赏了片刻“卢恰诺·坎福拉号”，转身面对着马克斯。与领结形成对比的是，他的微笑令人想到一个无孔不入的老“包打听”。

“问题是有时候，在这种麻烦事里，”他摸着下颌下方的疤痕说，“死掉的是另外一些人。而一个低调的人，也能像任何人一样危险……您，比如说，从来没想过成为一个危险的人吗？”

“没太想过。”

“真遗憾。”他再次好奇地打量着他，像是刚刚在他身上发现了一个之前未曾察觉的细节。“我在您的性格中隐约看到了某种东西，您知道吗？……某些品质。”

“也许我没有必要成为这样的人。我与世无争也过得不错。”

“您一直都是这样吗？”

“您看我的样子就知道了。”

“我羡慕您。真的。我也喜欢做这样的人。”

莫斯塔萨徒劳无功地吸了几口烟斗，把它从嘴里拿出来，不高兴地看着烟锅。

“您知道吗？”他一边摸索小袋子，一边继续说道，“有一次我在火车头等车厢里，与一位非凡的绅士聊了一夜。另外，他还是个很可爱的家伙。您让我想起了他……我们成了好朋友。清晨五点时我看了看表，觉得自己知道得够多了。于是我去走廊上抽烟斗，守在外面的某个人进去朝那位非凡而可爱的绅士脑袋上开了一枪。”

他掏出一盒火柴重新点燃烟斗，显得十分专注于这件事。

“应该很美妙，对吧？”他说，一边甩着火柴将它熄灭。

“我不知道您指什么。”

对方饶有兴趣地看着他，吐出几口浓烟。

“您对帕斯卡有什么了解吗？”他出人意料地问。

“和对间谍的了解差不多。”马克斯承认道，“也许更少。”

“他是一位哲学家……苍蝇的力量，他曾写过。它们能够赢得战斗。”

“我不明白您的意思。”

莫斯塔萨露出一抹兼具赞许、讽刺和忧伤的微笑。

“请相信我是嫉妒您的。真的……当一个漠然看风景的外人想必是件令人心安的事。认为自己与您的法西斯朋友和我都没有关系。试着对所有人都坦诚，不站队，然后安稳入睡。是独自一人还是身边有人，这个我不管……但睡得安稳。”

马克斯被狠狠激怒了。他想去揍那张友爱得莫名其妙、离他只有三拃远的冰冷笑脸。但他意识到，虽然那张笑脸的主人是一副弱不禁风的模样，它可不会轻易让人揍。

“你听着。”他说，“我要失礼了。”

“别担心，哥们儿。来吧。”

“您的战争、您的船和您那些齐亚诺伯爵的书信对我来说就是个屁。”

“我欣赏您的直白。”莫斯塔萨承认。

“我不在乎您是不是欣赏。看见这只表了吗？看见这身在伦敦定制的西服了吗？看见我在巴黎买的领带了吗？……我花了很多力气才得到这一切。将它们穿得自然。我费尽心血才到了这里……而现在，等我到了，结果却有许多人，以这样或那样的方式，坚持要找我麻烦。”

“我理解……您所渴望的那个有利可图的欧罗巴像一朵枯萎的百合那样凋谢了。”

“那就给我点时间，你们这些见鬼的家伙。让我享受一会儿。”

莫斯塔萨似乎在心平气和地思考那句话。

“是的。”他承认，“您说得没错。”

马克斯双手扶着栏杆，朝外面弯下腰，俯瞰港口，仿佛想要尽量呼吸更多的海风。清一清肺。雷瑟夫餐厅后面，从岸边的岩石上能远远看见苏珊娜·费里奥尔的房子，就在散落于博龙山绿色山脊之上的白色和赭色别墅中间。

“你们让我陷进了某件我不喜欢的事情里。”过了一会儿他继续道，“我唯一的愿望就是一次性结束。让你们所有人都从我眼前消失。”

莫斯塔萨弹了弹舌头，一脸同情。

“那我可有几个坏消息。”他回答，“因为我们是不可能消失的。我们是未来；就像机车，飞机，红旗，黑色、蓝色或棕色的衬衫一样……您太晚才到了一个被判了死刑的派对上。”他用烟斗指着继续在海面上聚拢的云，“那里正在形成一场暴风雨，非常近。这场暴风雨将冲走一切；当它结束时，没有什么回到从前。那时候这些从巴黎买的领带对您的用处就不大了。”

“我不知道豪尔赫是不是我儿子。”马克斯说，“实际上我没办法知道。”

“当然没有。”梅查·英仲扎说，“你只有我的一面之词。”

他们坐在卡布里岛小广场上一个露台的一张桌子旁，旁边是教堂的台阶和俯瞰从桥那里一路向高处延伸的路边房屋的钟塔。他们是下午三点左右从苏莲托坐了半个小时船过来的。是梅查的主意。豪尔赫在休息，她说，而我有好多年没去岛上了。她邀请马克斯陪她一起去。

“那段时期，你……”他开口说。

“你是想问，我有过其他男人吗？”

马克斯没有马上回答。他望着坐在附近的桌子前或者在夕阳下的背光处漫步的人们。从隔壁的桌子上零星传来用英语、意大利语和德语进行的谈话。

“就算另外那个凯勒也有可能。”他似乎是从一次漫长而复杂的论证中得出了结论，“名义上的父亲。”

梅查发出轻蔑的笑声。她把玩着颈间戴的丝巾，丝巾下面是灰色毛绒衫，黑色长裤勾勒出她比二十九年前更加修长瘦削的双腿。她穿着一双没有扣袢的黑色百丽格皮鞋，椅背上搭着帆布皮包。

“听着，马克斯。我没有任何兴趣让你在你我人生的这个阶段认个儿子。”

“我并不是想……”

她抬起一只手，打断了他。

“我能想象到你想干什么和你不想干什么。我只是回答你的一个问题……我为什么要这么做，你说。为什么要冒险从俄国人那里把那本书偷过来。”

“我已经不从事这些活动了。”

“也许吧。”

梅查一脸心不在焉地伸出手，去拿桌子上面马克斯的红酒杯旁边的杯子。他再一次注视着她的皮肤，它像他自己的一样因岁月而枯萎了。手腕处的老年斑。

“以前的你更有趣。”她深思熟虑地说，“当你还冒险的时候。”

“而且年轻得多。”马克斯不假思索地回答。

她嘲讽地看着他。

“你变了这么多吗？或者说我们变了？……一点也没有从前那种手痒的感觉吗？你的心脏没有比平时跳得更厉害吗？”

她观察着他作为答复所露出的优雅而无奈的表情：一种与他那有意漫不经心地搭在白色棉质马球衫肩部的蓝色毛绒衫，灰色亚麻长裤，像从前一样梳成背头、发线高而完美的银发相称的神情。

“我在想你是如何做到的。”女人继续说道，“是什么从天而降的好运让你得以换一种生活……还有她的名字叫什么。或者她们。那些替你买单的女人。”

“没有‘她’。”马克斯尴尬地低下一点头，“好运，仅此而已。你已经说了。”

“一种安定无忧的生活。”

“正是。”

“正如你所梦想的。”

“那倒不至于。但我没什么可抱怨的。”

梅查望着从小广场通往切里奥宫的台阶，似乎在从那里经过的人群中间寻找一张熟悉的面孔。

“他是你的儿子，马克斯。”

一阵沉默。女人小口小口地、几乎是思量着喝完了剩下的红酒。

“我并不是想让你为任何事买单。”过了一会儿她说，“你不必对他和我的生活负责……我只是在给你一个帮助他的理由。有效的理由。”

为了让自己不要显得心烦意乱，马克斯假装整理裤子上的褶皱。

“你会去做的，对吧？”梅查问。

“也许是他的手。”最后，他承认道。“他的头发也像我……或许还有他举手投足间的某种东西。”

“拜托，请你别再想了。你接受或拒绝都行。但别再这么痛苦了。”

“我不痛苦。”

“你痛苦。一个痛苦的老头，想要摆脱一个迟到而意外的负担。可是并没有任何负担。”

她站起来，拿起包，看了看钟楼。

“七点一刻有一班汽船。我们最后散个步吧。”

马克斯戴上眼镜去看账单。之后他把眼镜塞进长裤口袋里，掏出钱包在桌上放了两张一千里拉的钞票。

“豪尔赫从来都不需要你。”梅查说，“他有我。”

“以及你的钱。安定无忧的生活。”

“这听上去像是指责，亲爱的。可要是我没记错的话，你一直都在追逐金钱。你将它放在其他所有可能存在的东西之前。而当你似乎有了钱的时候，你也不讨厌它。”

他们朝石栏杆走去。柠檬园和葡萄园向着下方的悬崖延伸，被笼罩着那不勒斯湾的霞光染上了红色。夕阳开始沉入海面，远处的伊斯基亚岛变成了一个暗色的剪影。

“不过，你有两次错失了机会……你在我的事情上怎么能这么傻？这么笨，这么盲目？”

“我当时太忙了，我想。一心只想活命。”

“你没有耐心。你不能等待。”

“你脚下踩的是不同的路。”马克斯字斟句酌，“是让我不自在的地方。”

“你可以改变这个。那时的你是个懦夫……不过，你最后在无意中做到了。”

她像是冷得哆嗦了一下。马克斯注意到了这一点，把毛绒衫递给她；然而她摇头拒绝了。她用丝巾裹住灰色短发，在下巴下面系了个结。之后她与男人一起靠在石栏杆上。

“你爱过我吗，马克斯？”

不知所措的马克斯没有回答。他固执地望着红色的海面，心中正试图将内疚这和忧伤这两个词区分开来。

"哦，我真傻。"她飞快地抚过他的一只手，"当然是的。你爱过我。"

悲恸是另一个合适的词，他心想。一种潮湿、隐秘的哀痛，为了曾有过而已不在的回忆。为了此刻已经不可能的温暖和身体。

"你不知道这些年你失去了什么。"梅查接着说，"看着你儿子长大。随着他渐渐睁开眼睛，通过他的眼睛看世界。"

"假如这是真的，为什么是我？"

"你的意思是，我为什么要生下你的儿子？"

他没有立刻回答。教堂的钟声响起，余音长久回荡在岛上的群山间。女人再次看看钟，离开栏杆朝连接广场和码头的缆车车站走去。

"事情发生了。"当他挨着她在车厢里的长椅上坐下时，她说。他们是缆车上唯一的乘客。"就是这样。然后我需要做出决定，而我决定了。"

"留着他。"

"这个词不错。留着他，没错。只为我一个人。"

"他父亲……"

"哦，对。他父亲。正如你说的，他很合适。一开始，他很有用。埃内斯托是个好男人。对孩子很好……后来这种需要就消失了。"

缆车轻轻颠簸着，在浓密成墙的植被和海湾黄昏的风景中向下驶去。这段短短的旅程的其余时间是在寂静中度过的，直到马克斯最后打破了沉默。

"今天上午我和你儿子说话了。"

"真稀奇。"她似乎真的吃了一惊，"我们一起吃饭时他什么也没说。"

"他让我离他远一点。"

"不然你以为呢？……他是个聪明的孩子。他的直觉不只对象棋有用。他在你身上嗅到了某种可疑的味道。你出现在这里以及其他东西。实际上，我想他是通过我嗅到的。你对他来说无所谓。是我对你的态度引起了他的警惕。"

当他们到达港口时，太阳已经隐去了，码头开始蒙上灰暗的色调和阴影。他们走在码头边上，望着停在岸边的渔船。

“豪尔赫本能地感觉到我们之间有一种特殊的关系。”梅查说。

“特殊的？”

“久远的。错误的。”

说完这个她沉默了一会儿。马克斯小心地迎合着她，不敢说话。

“之前你问了我一个问题。”最后，她说，“你觉得我为什么愿意生下这个孩子？”

这时轮到马克斯沉默了。他看看这边，又看看那边，最后慌乱地微笑着认了输。可是她依然在全神贯注地等待着一个答案。

“其实，你和我……”他贸然说道，并没有把握。

又是一阵沉默。梅查看着他，天色暗下来，周围的世界似乎正在慢慢死去。

“自从船上舞厅里的第一支探戈开始，”马克斯说，“我们的关系就很奇怪。”

她依然注视着他，此刻她眼中彻底的鄙视让马克斯几乎要用上力气才能不将视线移开。

“就这样吗？你说奇怪？……慈悲的上帝啊。自从我们跳那支探戈起我就爱上了你……几乎爱了一辈子。”

二十九年前在尼斯湾，当马克斯·科斯塔和梅查·英仲扎走在英国人大道上时，夜幕也正要降临。天色已几乎完全变得混沌，最后的亮光在深色的云朵间迅速暗下去，天际线与在海滩上的卵石间鸣响的汹涌海水融为一色。零星的大雨点在地面上飞溅，让棕榈树一动不动的叶子看起来楚楚可怜，预示着一场更为强烈的降雨即将到来。

“我要离开尼斯了。”马克斯说。

“什么时候？”

“过三四天吧。等我结束一笔生意之后。”

“你还回来吗？”

“我不知道。”

她对此没有再说什么。她踩着高跟鞋稳稳地走在湿漉漉的地面上，双手插在一件灰色雨衣的口袋里，收得很紧的腰带勾勒出她苗条的身材。头发拢在一顶黑色贝雷帽里。

“你还继续留在昂蒂布吗？”马克斯问。

“是的。也许整个冬天。至少，在西班牙的战事继续以及我等待阿曼多的消息期间。”

“你有更多消息了吗？”

“没有。”

马克斯把雨伞挂在胳膊上。之后他摘下帽子甩掉雨水，再重新戴上。

“至少他还活着。”

“是几个星期之前还活着。现在我不知道。”

地中海宫的灯刚刚亮起来。似乎是对统一信号的回应，这条宽阔的弧形大道沿街的路灯突然全都亮了，在酒店和餐馆正墙上投下交替的光影。在与吕尔街的交界处，漫步栈桥赌场前面的阳篷下守着一位穿制服的门卫，有三个衣着考究的年轻人正在那里暗暗打量着到来的轿车和从车上下来、朝放着音乐的赌场里走去的女人，想试试运气。他们当中显然没有人能付得起一百法郎的入场费。他们平静而又渴望地看着梅查，其中一个走近马克斯向他要一支烟。他身上有俗气的古龙水味。他非常年轻，也相当英俊，发色极黑，深色眼睛，长得像意大利人。他与其他人穿的一样：收腰交织布外套、假领子以及领结。燕尾服像是租来的，鞋子也不太好，但那个年轻人的举止带着一种有教养而骄傲得几乎有些无礼的沉着劲儿，这不禁让马克斯露出了一抹微笑。他停下来，解开巴宝莉风衣，掏出玳瑁烟盒打开来递给他。

“再拿两支给您的朋友吧。”他建议。

对方略有些茫然地看着他。接着他拿了三支烟，对他表示感谢，最后看了一眼梅查就去和其他人会合了。马克斯继续往前走。他用余光看见女人正饶有兴致地观察着他。

“昨日回忆。”她说。

“当然。”

当他们走远时，漫步栈桥赌场里的音乐耗尽了最后几个音符，乐队奏起另一首曲子。

“我不相信。”梅查笑着挽起马克斯的胳膊，“你为我准备了这个……小白脸也不会这么做。”

马克斯也笑了，他像她一样吃惊：《老卫队的探戈》的旋律正从赌场的舞厅里流淌而出，回荡在拍打着海滩上的卵石的海浪声中。

“你想进去跳这支舞吗？”他开玩笑道。

“你连想都别想。”

他们走得很慢。边走边听。

“真美。”探戈曲消失时，她说，“比拉威尔那支曲子更美。”

他们沉默不语地走了一段路。最后，梅查轻轻按了一下马克斯的胳膊。

“没有你这个中间人，那支探戈是不会存在的。”

“我不信。”他反对道，“我能肯定的是假如没有你，你丈夫是永远也写不出来的。这是你的探戈，不是他的。”

“别说傻话。”

“我和你跳了舞，你别忘了。在布宜诺斯艾利斯的那间仓库里……我记得他是如何看着你的。我们所有人是如何看着你的。”

当他们走过帕隆河上的那座桥时，已经完全入夜了。河的左边，花园后面，路灯照亮了马塞娜广场。一辆电车从远处经过，在细密幽暗的树丛之间，除了触轮的火花，几乎什么也看不见。

“告诉我，马克斯。”她抚摸着雨衣下面的脖子，“你是从一开始就计划好了要拿走项链，还是随着事情发展临时起意的？”

“临时起意。”他撒了谎。

“你撒谎。”

他再坦诚不过地看着她的眼睛。

“完全没有。”

几乎没什么车：路上的马车竖着车篷点着灯，马蹄踏过湿漉漉的树叶，几辆汽车的车灯时明时暗，发出潮湿而朦胧的光。他们漫不经心地穿过柏油路，将海滨大道甩在身后，走进萨莱亚大道附近的街道。

“那个破地方叫什么？”梅查问。“跳探戈的。”

“铁路酒吧。在巴拉卡斯车站旁边。”

“它还开着吗？”

“我不知道。我再也没回去过。”

大滴大滴的雨水再次落在马克斯的帽子上。不过，没有必要撑开雨伞。他们加快了脚步。

“我想再去这样的地方听一次音乐，和你一起……尼斯有吗？”

“你是说脏地方吗？”

“我是说特别的地方，傻瓜。有点下流的。”

“就像昂蒂布的旅馆？”

“比如说。”

“有镜子还是没镜子的？”

作为回答，她强迫他停下脚步并低下头。接着她吻了他的嘴唇。那是个仓促而沉重的吻，负载着回忆与近在眼前的企图。马克斯感到自己被急切的欲望冲昏了头脑。

“当然。”他说，“这样的地方到处都有。”

“告诉我一个吧。”

“这里我只知道‘猎杀之狮’。老城区的一间舞厅。”

“我喜欢这个名字。”梅查开心地做出拍手的样子，“我们现在就去吧。”

马克斯挽起她的胳膊逼她重新迈开步子。

“我还以为我们要去吃晚餐呢。我在教堂旁边的布多餐厅定了位子。”

梅查将脸埋在他的肩膀上，几乎拦住了他的去路。

“我讨厌这家餐厅。”她说，“它的老板总是出来打招呼。”

“这有什么不好吗？”

“太不好了。当裁缝、理发师、厨师与客人混到一起时一切都烦透了。”

“还有探戈舞男。”马克斯笑着说。

“我有个更好的主意。”她提议道，“我们在拉坎布斯餐厅随便吃点：生蚝还有一瓶夏布利酒。然后你带我去那个地方。”

“听你的。不过在进去之前，你得把项链和手镯收到包里……我们别冒险。”

他们正站在萨莱亚大道的一盏路灯旁边。她抬起头，眼睛像黄铜或铜一般闪闪发亮。

“从前的姑娘和小伙们也会在那儿吗？”

“恐怕不会。”马克斯露出宿命论者的微笑，“那里有的是如今的姑娘和小伙。”

‘猎杀之狮’并不是个坏名字，但有些名不副实。那里有装在冰桶里的廉价香槟，落满灰尘的幽暗角落，一位性别不明、嗓音沙哑、一身黑衣模仿艾迪特·皮雅芙的歌手，以及从夜里十点开始的好几场脱衣舞表演。那是一种人造、刻意的氛围，介于过时的阿帕切和陈旧的超现实主义风格之间。桌子旁边坐了几个想入非非地渴望着体验激情的美国和德国游客，一些从维勒弗朗什来的水手以及三四个电影里的无赖模样的家伙，鬓角修得尖尖的，身穿深色条纹西服，马克斯猜他们是老板雇来暖场的。梅查觉得无聊，第二支脱衣舞——一个有一对汹涌的雪白巨乳的埃及女人——只跳到一半她就再也坚持不住了；于是马克斯要了账单，为他们几乎没碰过的那瓶酒付了两百法郎，两个人又出来了。

“就这样？”梅查显得很失望。

“在尼斯，是的。或者差不多是。”

“那带我去‘差不多’的那个地方吧。”

作为回应，马克斯边撑开伞，边指了指街的尽头。屋檐滴着水。他们正在圣约瑟夫大街上，距离与去往城堡的上坡路交叉的路口不远。唯一的一盏路灯附近有两个女人，正躲在一家关了门的花店的瓦檐下。他们挽着手，在雨声的笼罩下，慢慢朝她们走去。看到他们过来，其中一个女人退到了旁边的一扇大门前；但另一个女人一动不动地任由他们靠近。她又瘦又高。身穿俄国羔皮领子长衫和极窄的深色裙子，长度到小腿肚子。裙子清晰地勾勒出她的臀部，凸显出修长的双腿，而那双厚底楔形高跟鞋则衬得她的腿更长了。

“是个美人。”梅查说。

马克斯看了看女人的脸。路灯的灯光下，她画着深浓唇妆的面孔显得年轻。眼睛上涂着厚厚的睫毛膏，被雨水沾湿的帽子短短的帽檐下露出眉笔描出的两道细眉。

“也许是个美人。”他承认。

“她的身体优美、灵活……还算优雅。”

他们到了女人所在的地方，她正看着他们：她出于职业习惯飞快地瞥了一眼马克斯，当发现他和他的女伴挽着胳膊时，她的目光变得黯淡而漠然。之后是一个好奇的眼神，通过衣着和外貌评价梅查。从雨衣和贝雷帽似乎并看不出什么；但马克斯注意到她立刻盯住了鞋子和包，似乎在责备对方竟然不在乎它们会被雨淋坏了。

“问问她要收多少钱。”梅查悄声说。

说这句话的时候她几乎有些激动地靠向马克斯，视线并未离开那个女人。他茫然地望着梅查。

“这不关我们的事。”

“问问她。”

女人听到了他们的对话——是用西班牙语说的——或者是猜到了。她认为自己明白了，目光从他移到了她身上。她紫红色的唇边露出一抹微笑，半是轻蔑半是鼓励。梅查的鞋子和包已经不再重要了。它们不再标志着界限和距离。

“多少钱？”梅查改用法语问她。

带着职业性的谨慎，女人回答说这取决于他们。取决于服务的时间和先生的喜好。或者女士的喜好。她挪到一边以便更好地躲雨，一只手放在胯部，越过两人的肩膀朝远处看了看，之后离灯光远了一点。

“与他做，我看着。”梅查冷若冰霜地说。

“你想都别想。”马克斯抗议道。

“闭嘴。”

女人说了个数字。马克斯再次欣赏着她在长筒裙包裹下的那双纤细的长腿。事与愿违的是，他竟然觉得兴奋。不过并非因为那个妓女，而是因为梅查的态度。有一瞬间他想象着附近的一个按小时出租的房间，一张铺着脏床单的床，他进入那个瘦削而灵活的身体，而梅查正专注地看着他们，一丝不挂。之后他来到她身边，带着另外那个女人的湿度，进入她里面。再一次占据那具天然、和谐、生来完美的，此刻他能感到正在自己的手臂旁贪婪颤动的肉体。

“带上她和我们一起走。”梅查突然要求道。

“不。”马克斯说。

在内格雷斯科酒店里，越下越大的雨正用力敲打着窗玻璃，他们两人带着如赴战场一般绝望而剧烈的激情征服着对方：喘息、扭打或呻吟之外只剩沉默的贪婪，它来自燃烧而绷紧的肉体，灼热的唾液，梅查在男人耳边喃喃不绝的淫词浪语，夹杂着突如其来的放肆咒骂。对于那个瘦高女人的回忆始终伴随着他们，清晰得就像她真的在那里看着他们或是被他们看着，温顺地服从于他们渗透着汗水与欲望、凶狠而从容地纠缠在一起的身体。

“当你在她里面时我会打她。”梅查舔着马克斯颈项的汗水，几乎窒息地低语道，“我会咬她的背，折磨她……对。让她尖叫。”

在极端暴力的那一刻，她打得马克斯的鼻子流了血；当他试图止住飞溅到床单上的血滴时，她继续发疯地亲吻他，直到让他伤得更厉害，她的鼻子和嘴都沾上了血，疯狂得像一头残忍地撕咬和吞食猎物的母狼；而他抓住床边的铁条，寻找一个支点以求在临渊一线上控制住自己，他不得不咬紧牙关，压抑着从五脏六腑迸出，如同这个世界一样古老的野兽一般痛苦的嗥叫。他用尽全力延缓着无法抗拒的欲望，不可能的后退，对于彻底沦陷直到失去意识的渴望，陷入将他拖入疯狂和遗忘的女人那没有灵魂、没有世界、没有生命的深井之中。

“我想喝点什么。”过了一会儿她按灭了一支烟，说道。

马克斯觉得这是个好主意。他们在散发着强烈肉体与性爱气息的身体上套上衣服，沿着宽阔的台阶下楼来到圆形门厅里用原木装饰的酒吧，西班牙来的酒保阿道弗正打算打烊。看清来人是谁后他皱起的眉头松开了：多年以来，对阿道弗而言，马克斯都是精英团体的一员，这并不是以正规方式定义，也不是由顾客的经济地位决定的，而是服务员、出租司机、餐厅领班、卖花人、擦鞋匠、酒店门房以及大世界的各个环节中其他不可或缺的人员只需眼睛一瞥，就能靠着经验或直觉识别的。这种善意不是偶然的。马克斯懂得与小人物为善对他这类人的生活多么有用，他努力抓住一切机会，借助一种结合了高贵的同志情谊、用心周到的对待以及恰到好处的小费的办法——从另一方面说，这也是他的个性使然——拉近这种关系。

“三杯西印度朗姆酒，阿道弗。两杯给我们，一杯给你。”

尽管酒吧主动提出摆一张桌子——他为他们重新打开了墙上的铜壁灯——他们还是在楼上一层木扶手下面的吧台旁的高脚凳上坐下了。他们沉默地喝着酒，彼此离得很近，望着对方的眼睛。

“你身上有我的味道。”她说，“我们的味道。”

的确如此。浓烈，非常真切。马克斯微笑着低下头：开始冒出胡碴的黝黑面孔上，突然出现了一个大大的洁白的笑容。虽然下楼前在脸上涂了粉底，梅查的下巴、脖子和嘴上依然留着他蹭出的红印。

“你太英俊了，坏蛋。”

她摸摸他还在微微出血的鼻子，接着用手指在吧台上放的一块刺绣小餐巾上面按了一个红色指印。

“而你是一个梦。”他说。

他喝了一口自己的酒：冰凉，完美。阿道弗有一只调鸡尾酒的妙手。

“小时候我梦见过你。”他若有所思地补充道。

听起来像是真心的，而他也的确如此。梅查微微张着嘴，轻轻地急促呼吸，专心地看着他。马克斯用一只手揽住她的腰，感受着锦葵色的绉绸下面她完美的臀部。

“所有债都是要还的。”她收起那块沾了血的餐巾，开玩笑道。

“那我希望以前就还清了。要不然，这账单要吓死人了。”

她用手指按住他的嘴唇，让他不要说话。

“让我们品尝一点这幸福的幻影吧①。”她说。

他们再次沉默了。马克斯享受着鸡尾酒和近在咫尺的女人，对于她的皮肤和肉体的真切感觉。与不久之前的愉悦相连的寂静。那并不是幸福的幻影，他在心中这样说。他真的觉得幸福，为活着，为没有什么阻断了他来到这里的路而欢喜。那条多灾多难，永无尽头的长路啊。一想到要离开她他就生出一种无法承受的撕裂感。几乎是狂怒。他想要远远躲开那两个意大利人和菲托·莫斯塔萨。他想看到他们全都去死。

“我饿了。”梅查说。

---

① 原文为法语，出自古巴法语诗人阿尔芒·戈多伊（1880—1964）的一首诗。

她望着阿道弗，那是一个习惯了全世界——包含服务——全都呼之即来的人才会有的习惯。酒保语气熟练地道了歉。这个时间所有地方都关了，他说。不过，他思考了一会儿之后补充道，如果两位愿意与他同行，他可以想点办法。之后他关了灯，用一种图谋不轨的眼神请他们跟着他从后门出去，走下几级昏暗的楼梯到地下室去。他们被这场意想不到的冒险逗乐了，手拉着手跟在他后面，穿过一段长长的走廊和一间废弃的厨房来到一张桌子前，那上面有一堆亮闪闪的浅口锅，旁边是一条未去骨的西班牙火腿——真正的阿尔普哈拉产的塞拉诺火腿，阿道弗一边拿掉盖在上面的罩布，一边骄傲地说——

“你刀使得好吗，堂马克斯？”

“好极了……你想，我出生在阿根廷。”

“那么要是您愿意，就开始切吧。我去给两位找一瓶勃艮第红酒。”

一回到房间，马克斯和梅查就再次急不可耐地脱光了衣服，带着重新燃起的渴望合二为一，就像那是第一次。那个夜晚接下来的时间他们是在半梦半醒之间度过的，每一次醒来他们都会彼此爱抚，彼此关注着对方渴求的欲望。之后，伴随着从窗口透入的第一道晨光，他们睡着了，这次是以一种不同的方式：一个深沉而精疲力竭的梦，让他们静静安眠，直到马克斯睁开眼睛。他没有看表就来到窗前，窗帘之间透进来灰蒙蒙的亮光和外面依然淅淅沥沥的雨声。远处，一只狗正孤零零地在海滩的卵石上面游荡。玻璃上的雨滴淌成了细细的斜线，它后面的大海是一块蒙着浅灰色迷雾的铜版，而棕榈树湿漉漉的树冠正忧伤地垂向海滨大道闪闪发光的柏油路面。于是马克斯再一次望向赤裸的女人，那个趴在零乱的床单间沉沉睡去的美丽身体，他知道那道被秋雨蒙上浊意的灰蓝色亮光，预示着他很快就将要永远地失去她了。

正如马克斯所知，苏联代表团并不住在苏莲托维多利亚酒店，而是住在与花园毗邻的几栋公寓里。根据前台斯帕达罗给他的消息，整幢副楼都被俄国人占据了。米亚伊尔·索科洛夫住在楼上的公寓：一间宽敞的住所，越过那些百年巨松，从它的阳台上可以看见占据了悬崖边缘的主楼后整个那不勒斯海湾的景致。这位冠军就在那里居住并与他的助手们准备比赛。

马克斯坐在石头搭的花架下，拿着“上尉”泰代斯科借给他的一副德国国防军望远镜，一边假装看鸟，一边观察副楼。结论不太鼓舞人心：通过常规道路进入似乎是不可能的。昨天下午他终于相信了这一点，夜里吃过晚饭，当两个人也坐在花园里的同一个地方时，他把这件事告诉了梅查·英仲扎。俄国人的随从占据了底下几层楼，马克斯指着亮着灯的窗户说。只有一道楼梯和一台电梯，连接着共用的门厅和其他所有地方。我听说，那里始终都会有人守卫。没有人能在不被人看见的情况下到达索科洛夫的房间。

“肯定会有什么办法的。”梅查反对道，“今天下午有比赛。”

“恐怕太仓促了。我还不知道该怎么做。”

“后天他们会再进行一场比赛，要到夜里才会结束……这样你就有时间了。你从来都知道怎么对付那些锁。你有……我不知道怎么说——工具？撬锁器？”

马克斯耸肩的方式中带有多年从业生涯养成的冷静。

“锁不是问题。临街大门上是一把现代的耶鲁锁，很容易开。套房的那把锁则更简单：很常见，是老式的。”

他沉默下来，目光忧虑地望着阴影中的建筑。就像一位登山者观察着一座山峰难以攀登的那一面。

“问题在于怎么到那里。”他概括道，“在不引起任何一个见鬼的布尔什维克注意的情况下上楼。”

“布尔什维克。”她笑了，“已经没有人这么说了。”

火光一闪。梅查点燃了一支烟。是他们到花园里之后的第三支。

“你必须试试，马克斯。你之前做过。”

一阵沉默。香烟清淡的味道飘浮在空气中。

“你记得尼斯的事吧。”她提醒道，“苏济·费里奥尔的房子。”

真是可笑，他心想。或者说荒谬。她把那个当成论据来用。

“不只是在尼斯。”他平静地回答，“但那时我只有现在一半的年纪。”

他有一会儿没说话，计算着不可能的可能性。寂静的花园里能听见从塔索广场上某间酒吧里传来的一阵遥远的音乐声。

“要是我被抓住了……”

他黯然地就此打住了。其实他几乎没有意识到自己说出了声。

“你会很惨。”她承认，“毫无疑问。”

“我不太担心我会很惨。”他兀自露出不安的微笑，“但我一直在想。我害怕进监狱。”

“太奇怪了，听你说这些。”

她似乎真的很吃惊。他做了个无所谓的手势。

“以前我也害怕过；但现在我六十四岁了。”

音乐声依然在远处回响。快节奏，现代。距离远得让马克斯无法听出是什么旋律。

“这不是演电影。”他继续道，“我不是加里·格兰特，那部讲酒店大盗的荒唐片子里的家伙……现实生活从来没有幸福的结局。”

“傻瓜。你以前比加里·格兰特有魅力多了。”

她拉起他的一只手，将它轻轻按在自己的双手之间：纤细，骨感。而且，温暖。马克斯依然专心地听着远处的音乐。当然了，他笑着得出结论，那不是一支探戈。

“你知道吗？……你才像那个女孩，那个女演员。或许是她像你……她总是让我想到你：瘦，优雅。你现在依然像。是的……或者她依然像你。”

“他是你的儿子，马克斯。至少请相信这一点。”

“他也许是。”他回答，“可是你看。”

他抬起女人的手放到自己的脸上，让她摸一摸他的面庞。体验时间的触感。

“也许有另外一条路。”她的触碰像是一记爱抚，“也许你明天应该研究一下，在白天的光线下。你会想到办法的。”

“假如有另一种方式，”他几乎没有在听她说话，“假如我更加年轻灵活一些……恐怕，需要太多假如了。”

梅查将手从他脸上收回来。

“我会给你我的一切，马克斯。只要你开口。”

他转过身，惊讶地看着她。他看见阴暗之中，一个被远处的灯光和香烟的火光勾勒出来的侧影。

“当然，这是一种修辞方式。”他说。

侧影动了一下。此刻有两道铜色的目光注视着马克斯。女人定定地看着他的眼睛。

“是的，这是一种修辞方式。”香烟的火光亮了两下，“但我会给你的。我愿意给你。”

“包括你在洛桑家里的一杯茶吗？”

“当然。”

“包括珍珠项链吗？”

另一阵沉默。漫长的沉默。

“别傻了。”

烟头落在地上，熄灭了。她再一次握住他的手。远处广场上的音乐也停了。

“我的心真该死。”他说，“你让我觉得自己是个风流的傻瓜。你让我变年轻了。”

“我正有此意。”

他犹豫了一下。只是一下而已。他忍住马上就要脱口而出的那句话的嘴在隐隐作痛。

“我一分钱也没有，梅查。”

她过了两秒钟才开口。

“我知道。”

马克斯无法呼吸。他又惊又惧。

“你怎么会知道？”他的内心终于因为惊恐爆发了，“你知道，知道什么？”

他想把手抽出来，坐起来。从那里逃走。但她温柔地阻止了他。

“你不住在阿尔玛菲，而是住在这儿，苏莲托。你在一栋名叫奥里亚纳山庄的别墅里当司机。过去几年你过得并不好。”

幸好我坐着，马克斯用空出来的那只手撑住长凳心想。要不然我会一下子摔在地上的。像个白痴那样。

“你一出现在酒店我就做了调查。”梅查说。

他一头雾水地想要理清念头和感觉：屈辱，羞愧。所有那些天来无用的欺骗，闹的笑话。像一个小丑那样自命不凡。

“你一直都知道？”

“差不多是。”

“你为什么不揭穿我？”

“有好几个原因。首先，是好奇。看到一如既往的那个马克斯是件妙事：优雅，满口谎言并毫无道德感可言。”

她沉默了片刻。他依然将他的手握在自己的双手之间。

“我也很喜欢和你在一起。”她最后说，“一直都喜欢。”

马克斯抽出手站了起来。

“其他人知道吗？”

“不。只有我知道。”

他需要空气。深呼吸，从相互矛盾的感情中解脱出来。或许他需要一杯酒。烈酒。将他的灵魂搅得天翻地覆。

梅查依然坐着，非常平静。

“要不是中间隔着豪尔赫，在其他情况下……呵。这会很有意思。与你在一起。看看你想要什么。你想到什么程度。”

她沉默了一会儿。

“你想要什么？”

“现在我不确定了。也许是回到过去的时光。”

“哪个方面？”

“所有一切，也许。”

她慢慢站起来。马克斯觉得，几乎是努力地站起来。

“过去的时光已经死了。它们过时了，就像我们的探戈一样。像你所谓的从前的姑娘和小伙一样死去了，或者就像你自己……就像我们。”

她像二十九年前在尼斯，他们去“猎杀之狮”的那个夜晚那样抓住他的胳膊。

“我很开心。”她说，“看到你因为我而重生。”

她握住他的一只手，轻轻将它举到唇边。温柔地呵了口气。她的声音里带着笑意。

“试着像我曾经看着你那样再一次看着你。”

太阳已经升高了。马克斯将棱镜望远镜贴在脸上，继续研究维多利亚酒店旁边的公寓楼。他刚才在那幢楼周围走了走，仔细观察了一下朝向主路的那扇门；现在他正置身于九重葛和柠檬树之间，察看另一侧。近处有一个小池塘和一个带长凳的亭子。他走近亭子，从那里窥探之前看不见的部分。此刻整面正墙都映入他的眼帘，包括索科洛夫的阳台和红瓦飞檐，后者边缘有一道用于收集雨水的檐沟，上面能看见避雷器的天线。檐沟和避雷器，马克斯心想，需要有人爬上去确保它们处于正常状态。带着一丝希望，他检查了正墙的每一寸地方。在那里看到的东西让他露出了一抹久违的、青春重现的微笑，仿佛抹去了岁月在他脸上留下的蚀痕：墙上嵌着几级从花园一直向上攀升的铁台阶。

马克斯把望远镜收进套子里，装作散步的模样靠近那幢楼。他走到台阶下面，抬眼望去。它们已经氧化了，墙壁上留着锈迹；但看上去挺结实。第一级台阶离地面很近，就在一个花坛上面。地面到屋顶的距离有四十多米，而台阶与台阶之间离得并不远。这似乎是一项可以接受的工作：做好一切防备，在黑暗中向上攀爬十分钟。有必要，他心想，一个带弹簧钩的环索用来在途中保证安全，以及在过分疲惫的情况下休息一番。其余的装备体积都不大：一个轻便的背包，一条登山绳，一些工具，一只手电筒以及一套合适的服装。他看了看表。市中心的商店，包括港口五金店，这个时间都已经开门了。他还需要一双运动鞋以及鞋油把它们全都涂成黑色。

就像巅峰时期一样，他一边转过身背朝那幢楼从花园离开，一边心想，再次行动，或者行动的紧迫性，让他兴奋起来：那种久远而熟悉的、在一杯酒或一支烟中得到缓解的不安骚动，彼时世界还是一处为智者和勇士准备的猎场。彼时生活还带着土耳其烟、皇宫酒店雅致的酒吧里的鸡尾酒，以及女人身上香水的味道。快感和危险的气息。而此时，重温着那一切，马克斯迈出的每一步都令他觉得自己再次行走如飞，重新变得灵活起来。但最妙的还不是这个。当他看着面前时，他发现自己的影子回来了。透过松树高大树冠的阳光将它投映在地面上，坚实而修长，一如往昔。它就在他脚下，它从前所在的地方。没有年纪，没有苍老的斑点，也没有疲惫。没有谎言。曾经的交谊舞男找回了失去的影子，他已经很久没有这样笑过了。

第十一章　老狼的习惯

尼斯依然下着雨。在笼罩老城的阴沉暗淡的光线中，晒在阳台上的衣服就像从悲惨生活上扯下的破布。马克斯·科斯塔穿着扣子一直扣到脖颈的风雨衣，撑着伞，躲开雨点劈啪溅落的水坑，穿过格苏广场朝教堂的石台阶走去。毛罗·巴尔瓦雷思科正在那里，靠着紧闭的大门，双手插在被雨水淋得亮晶晶的雨衣的口袋里，从湿漉漉的帽檐下向他投去质询的目光。

"就是今晚了。"马克斯说。

意大利人什么也没说，便朝德华特大街走去，马克斯跟在他后面。街角有一间酒吧；在再过去两扇门的地方，有一个像隧道般狭窄幽暗的门厅。他们沉默地穿过一个露天庭院，沿着楼梯向上爬了两层楼，楼梯的木台阶在他们脚下咯吱作响。到了第二个楼梯平台，巴尔瓦雷思科打开一扇门，请马克斯进去。后者把雨伞靠在墙上，摘下帽子，甩了甩水滴。屋里阴暗而不舒适，有煮熟的蔬菜和潮湿的脏衣服的气味。过道通往厨房的门，另外一扇虚掩的可以看见没有铺床的卧室的门，以及一间客厅，里面有两张旧扶手椅、一个斗橱、一些椅子和摆着吃剩的早饭的餐桌。多梅尼克·蒂尼亚内罗坐在桌旁，穿着没扣扣子的背心和袖子挽到手肘的衬衫，正在看《格兰古瓦报》上的漫画。

"他说他今晚会动手。"巴尔瓦雷思科说。

对方忧伤的表情似乎振奋了一点。他点头表示同意，把报纸放在桌上，做了个手势请马克斯去拿与两个脏杯子、一只油壶和一只装着吃剩的烤面包的盘子放在一起的咖啡壶。后者一边解开风雨衣的扣子，一边拒绝了。从敞开的窗户透进来的灰暗光线让房间的角落蒙上阴影。巴尔瓦雷思科脱下雨衣，将身子探出窗外，置身于那一方浑浊的亮光之中。

“您的西班牙朋友怎么样？”他朝外面看了一眼，之后问道。

“他既不是我的朋友，我也没再见过他。”马克斯平静地回答。

“自从在港口见面之后？”

“正是。”

意大利人把雨衣搭在一张椅子的椅背上，任由上面的水滴到镶木地板上。

“我们做了调查。”他说，“他对您说的都是真的：国民军在蒙特卡洛拥有电台，他们试图将‘卢恰诺·坎福拉号’带往一个属于共和国的港口……目前我们唯一无法确定的是他真实的身份。我们情报局从来没有过什么拉斐尔·莫斯塔萨的记录。”

马克斯做出一个中立的表情。像一个漠然的赌金收付人。

“你们可以跟踪他，我想。我也不知道……拍他的照片。”

“也许我们会这么做的。”巴尔瓦雷思科古怪地微笑着，“但为此我们需要知道他何时会与您见面。”

“我们没有约定什么。他想的时候就会出现并约我……上一次他是在内格雷斯科酒店门房那里留了一张纸条。”

意大利人吃惊地看了他一眼。

“他不知道您今天会进入苏珊娜·费里奥尔的房子？”

“他知道，但没做什么评论。”

“那么，他想怎样拿到那些文件呢？”

“我一点儿也不知道。”

意大利人与他的同伴交换了一个疑惑的眼神，然后再次看着马克斯。

“很奇怪，对吧？……他不在乎您把一切都告诉我们。甚至鼓励您这么做。而且今天他也没出现。”

“也许吧。”马克斯平静地承认，“但这种事情不应该由我来确认。你们才是间谍。”

他掏出烟盒打开，若有所思地看着它，似乎此刻挑选哪一支烟是件大事。最后他往嘴里塞了一支，没请他们抽就把烟盒收起来了。

“我猜你们知道他想干什么吧。”他一边点火，一边说。

巴尔瓦雷斯科走到窗口的背光处，再次探出身去观察窗外。他似乎有些担心。有了新的不安的理由。

“当然，这不寻常。以这种方式发现他的把戏。”

“也许他是想保护您。”他的同伴说。

“保护我？……为了防着谁？”

多梅尼克·蒂尼亚内罗望着自己肘部的汗毛，沉默不语。他再次不说话了，仿佛已经耗尽了张嘴的力气。

“防着我们。”巴尔瓦雷斯科代替他回答，“防着他那边的人。防着您自己。”

“等你们调查了他，请告诉我。”马克斯静静吐出一口烟，“我有其他事情要想。”

意大利人在其中的一把扶手椅上坐下来。思虑重重。

“不会对我们耍花招的，对吧？”他最后说。

“您是在说那个莫斯塔萨，还是我？”

“当然是您。”

“您告诉我怎么耍。我无法选择。但假如我是你们，我会尽量找到那个家伙。与他开诚布公。”

巴尔瓦雷斯科再次与他的同伴交换了一个眼神。之后他不满地瞥了一眼从马克斯敞开的风雨衣下面露出的衣服。

“开诚布公……从您嘴里说出来，听着很优雅。”

那两个人，马克斯再次心想，穿着皱巴巴的衣服，通红的眼睛下面挂着黑眼圈，胡子也没刮干净，看上去永远都像是一夜没睡。也许的确如此。

“现在该说重点了。”巴尔瓦雷斯科说，“您打算怎么进入那幢房子？”

马克斯观察了一下意大利人湿漉漉的鞋子，鞋尖处的鞋底已经裂开了。下这么大的雨，他的袜子应该已经湿得像海绵了。

“这是我的问题。”他回答，“我需要知道的是我们在哪里见面，我好把信件交给你们，如果我拿到的话。如果事情顺利。”

“这里是个好地方。我们整晚都会在这里等着。下面的酒吧里有电话。我们中间一人可以在那里一直待到关门，以防出现变化或新情况……您能顺利进入房子吗？”

“我想是的。西米耶区将有一次晚宴，就在以前的雷吉纳酒店附近。苏珊娜·费里奥尔是受邀宾客之一。这给了我一定的富余时间。”

“您需要的东西都有了吗？”

“都有了。福萨塔罗拿来的那套钥匙好极了。”

蒂尼亚内罗慢慢抬起目光，定睛注视着马克斯。

“我想看看您是怎么做的。”他出人意料地说，“怎么打开这个保险箱。”

马克斯惊讶地挑起眉毛。意大利人那张忧郁的南部面孔像是被一抹兴趣盎然的光辉照亮了。几乎变得可亲起来。

“我也想看。”他的同伴赞同道，“福萨塔罗告诉我们您很擅长这个……镇定而沉稳，他是这么说的。在面对保险箱和女人的时候。”

他们让我想到了什么，马克斯对自己说。那两个人在他的脑海中与某个他无法对焦的形象联系到了一起。是他们外形和举止的写照。但他无法确认它。

“你们会看得很无聊的。”他说，“这两样都是按部就班的慢活。是耐心的问题。”

巴尔瓦雷斯科露出一丝微笑。他似乎很欣赏那个回答。

“我们祝您好运，科斯塔先生。”

马克斯久久地看着他们。他终于找到了他所搜寻的那个形象：雨里湿漉漉的狗。

“我想是吧。”他再次掏出烟盒，将它打开并递给他们。“祝我好运吧。”

下午她出现的时候，马克斯正在为当晚的入室行动准备装备。听到敲门声，他从猫眼里看了一眼，穿上一件外套开了门。梅查·英仲扎正面带微笑地站在那儿，双手插在针织开衫的口袋里。一个在他记忆中属于几乎四十年前布宜诺斯艾利斯卡波托旅馆里的遥远清晨的表情，仿佛时间从不曾流逝一般——也许是马克斯以这种方式将过去与现在混在了一起。那时候她借着取回手套的理由去看他，那是他在铁路酒吧里跳探戈之前，她自己放在他的外套口袋里的，叠成了一枝奇异的白色花朵的模样。就连此刻她进入房间并四处走动的方式——安静，好奇，缓缓巡视一切——都与她的另外一副模样如此相似：当她低下头注视着马克斯那简单而世俗的世界，当她在望得见苏莲托风景的窗户前面停住脚步，或是当她看见马克斯像一位帮自己队伍备战的军官那样仔细——以及在这种昔日的备战程序中，重新感受到行动即将到来的不确定的焦躁时，带着模糊的愉悦——摆放在床上的物品，收起嘴角的微笑时：一个小巧轻便的背包，一只手电筒，一条三十米长的打好结的尼龙登山绳，一个工具包，深色衣服和一双那天下午用一小筒鞋油染成黑色的运动鞋。

“我的上帝。”她说，“你真的要这么做了。”

说这句话的时候，她脸上带着沉思、仰慕的表情，仿佛直到此刻她才彻底相信马克斯的承诺。

“当然。”他简洁地回答。

他的语气中没有任何矫饰或伪装。今天他也并不打算把自己打扮成英雄的模样。自从他下定决心并找到了，或者说他认为找到了行动的方法，他就处于一种内心平静的状态。疏离的宿命感。那些久违的模式，那些曾经与青春和活力联系在一起的举动，在过去的几个小时里重新带给他一种惊人的自信。一种舒服、熟悉而又新鲜的平和，它让这场冒险的风险、由犯错或倒霉带来的危险，都在迫在眉睫的行动面前淡去了。无论是梅查·英仲扎、豪尔赫·凯勒，还是索科洛夫的象棋书，都没有占据他思维的重心。重要的是马克斯·科斯塔——或者那个他曾经成为的人——朝时不时从镜子另一端怀疑地凝视着他的灰头发男人的老脸发出的挑战。

她依然专心地观察着他。马克斯觉得，那是一种全新的眼神。又或是一种他曾以为已经不可能的眼神。

“比赛六点开始。”她最后说，“要是一切顺利，你将有两个小时的时间在黑暗中行动。运气好的话，也许更久。”

“也许没那么久？”

“有可能。”

“你儿子知道我要这么做吗？”

“不知道。”

“那卡拉佩蒂安呢？”

“也不知道。”

“伊琳娜怎么样了？”

“他们与她一起准备了一个不会执行，或者不会完全执行的开局。俄国人会认为是豪尔赫最后一刻改变了计划。”

“这不会让他们起疑心吗？”

“不会。”

她摸了摸登山绳，仿佛它令她联想到了在此之前她从未想象过的异常情况。她似乎突然担心起来。

“听着，马克斯……你之前说得没错。比赛可能比预计的提前结束。由于连续将军引起的意外和局，弃局……这有可能导致索科洛夫和他的人回来时你还在那里的情况。”

“我明白。”

梅查似乎更加犹豫了。

“要是你发现事情棘手，就别管书了。”她最后说，“尽快离开那里。”

他感激地望着她。他很高兴听到这些话。这一次，他那老戏子的灵魂并没有拒绝露出一抹合适而克制的诱惑的微笑。

“我相信这会是一局漫长的比赛。”他说，“正如你们说的，会有验尸环节。”

她看着工具包。里面有半打有用的工具，包括一把用于切割玻璃的钻头。

“你为什么要这么做，马克斯？”

“他是我的儿子。”他不假思索地回答，“你说过。”

“你撒谎。你根本不在乎他是不是。”

“也许是我亏欠你的。”

“亏欠？……你？”

“那么，也许是因为我爱你。”

“在尼斯的时候吗？”

“一直都是。”

“多么奇怪的方式啊，我的朋友。无论是那时还是现在。”

梅查在床上马克斯的装备旁边坐下来。突然之间，他感到一种想要再次对她解释她已再清楚不过的事情的冲动。让往日的怨恨显露一点。

“你从来没想过没钱的人是怎样看待这个世界的，对吧？……他们每天早上是怎样睁开双眼面对人生的。”

她吃惊地看着他。马克斯的语气中没有苦涩，只有一种冷酷的笃定。客观的笃定。

“你从未感受过那种欲望。”他继续说道，“去发起一场针对那些不用为第二天吃什么而苦恼就能安然入睡的人的特别战争……针对那些需要你时就会来找你，对自己有好处时就抬高你，之后却不让你抬头的人。”

马克斯走到窗前，指着苏莲托的风景和梯次分布在卡波角的一片碧绿中的豪华别墅。

“我却有过这样的欲望。”他说，“而有一段时间我曾以为自己能赢。不再看着自己在这荒唐的狂欢中奔波……抚摸着豪华轿车座位上的优质皮革，用精致的水晶杯喝香槟，爱抚着美丽的女人……所有这些你的两任丈夫和你自己只是由于愚蠢的侥幸从一开始就拥有的东西。”

他停顿了一会儿，转过身看着她。从那里望去，在那样的光线中，坐在床上的她，几乎再度变得美丽。

“所以我爱不爱你，从来都一点也不重要。”

“对我而言它重要。”

“你可以负担这种奢侈。还有这种。我还有其他事情要做。爱情并不是最着急的。”

“那现在呢？”

他面带屈辱地靠近她。

“我两天前告诉过你了。我失败了。现在我六十四岁了，我很累，也很害怕。”

“我明白……是的，当然。你是为自己做的。也是同样的原因将你带到了这家酒店。其实甚至都不是我。原因不在我。”

马克斯挨着床沿，在女人身边坐下。

“是你。”他反驳道，“也许，是以一种间接的方式。是曾经的你和曾经的我们……曾经的我。”

她几乎是甜蜜地望着他。

“这些年你是怎么过的？”

“这些失败的岁月吗？……慢慢退到你现在看见我的地方。就像一支溃败的军队，一边战斗，一边一点点瓦解。”

有那么一刻，出于单纯的习惯，马克斯有冲动想要在说出这些话时伴以一抹英雄式的微笑；但他放弃了。没有必要。另外，他所说的一切都是真的。他也知道她明白这一点。

“战后我有过一段好时候。”他接着说，“到处都是生意、重建、新的可能。但那只是海市蜃楼。另外一类人出场了。另外一种无耻之徒。他们并没有更好，而是更加粗鲁。甚至要无赖也能带来好处，要看是在什么地方……我很难适应，犯了一些错误。信了不该信的人。”

“你坐了牢？”

“是的，但这个不重要。正在消失的是我的世界。应该这么说：我的手指头刚摸到它就已经消失了。而我没有意识到。”

他坐得离女人很近，又说了一些关于这个的事，她听得全神贯注。概括成短短几句话的十年或十五年：一位老人客观而扼要的陈述。共产党政府，他补充道，终结了中欧和巴尔干国家旧时熟悉的舞台，因此他回到西班牙和南美试试运气，却一无所获。另外一次机会是在伊斯坦布尔，他与一个酒吧、咖啡馆和夜总会的老板搭上了关系；可是结果也不太好。之后他在作为太太们的成熟男伴在罗马待了一阵子；一种面向美国女游客和二流外国女演员的高端小白脸：威尼托街上的斯特雷加和多内伊咖啡馆，万神殿旁边的达福尔图纳托餐厅，特拉斯特维雷区的茹甘蒂诺餐厅，或者有偿陪伴她们在孔多蒂大街上购物。

“我撞上的最后一次相对而言的好运是在几年前，在波尔多菲诺。”他总结道，“或者说我觉得我撞上了。我拿到了三百五十万里拉。”

“从一个女人那里？”

“我拿到了，那就够了。两天之后我到了蒙特卡洛，住在一家便宜的酒店里。我有一种预感。当天晚上我去了赌场，在口袋里装满了筹码。一开始我赢了钱，所以就想玩点大的。我连输了十二把，浑身发抖地从桌上站起来。”

梅查专注地看着他。一脸惊愕。

“你就这样，在那儿输了个精光？”

马克斯搬来的救兵是他昔日成熟男人的微笑，引人联想又捉摸不透。

“我还剩下两个一万五千法郎的筹码，于是我去了另外一个厅玩轮盘赌，想要翻盘。小球已经在转了，我手里拿着筹码，还没拿定主意。最后我下定决心，一切就这么结束了……从那以后的六个月我都在苏莲托，当司机。”

微笑慢慢从他脸上消散了。此刻他僵硬的嘴角带着无限忧伤。

“我累了，我之前对你说过。但我没说我有多累。”

“你还说你害怕。”

“今天我没那么害怕。或者我觉得没有。”

“你知道你的岁数恰好与象棋棋盘上格子的数量完全一样吗？”

“我没印象。”

“是这样的。你觉得怎么样？……也许是个好兆头。”

“或者坏兆头。就像我最后一次轮盘赌的故事。”

梅查沉默了一会儿。之后她低下头，望着被岁月印上斑点的双手。

“十五年前，有一次，在布宜诺斯艾利斯，我见过一个像你的男人。他举手投足的样子与你一样。我正和几个朋友一起坐在阿尔韦亚尔区的酒吧里，我看到他从电梯里出来……我抓起大衣就跟了上去，所有人都傻了眼。在那十五分钟里我以为那真的是你。我跟着他一直到了雷科莱塔区，看到他进了街角一家名叫比耶拉的车手咖啡馆。我跟着进去了。他坐在一扇窗户旁边，当我靠近时他抬起眼睛看了看我……那时我知道了那不是你。我走开了，从另外一扇门出去，回了酒店。”

“就这样？”

“就这样。但我的心脏像是要从胸口跳出来了。”

他们近距离地彼此对视，平静却紧张。在从前的时光和生命里，他心想，他们靠在一家雅致的酒吧的吧台上，这时候应该再要一杯酒或者接吻。而她吻了他。无比轻柔地，慢慢将脸贴近。吻在脸颊上。

“今晚小心，马克斯。”

英国人大道那一弯弧形的路灯光划开尼斯湾雾气蒙蒙的夜色，在后视镜里渐渐远去。马克斯驶过拉塞莱托和雷瑟夫餐厅，将车停在海边的瞭望台上，关掉雨刷器，熄灭车灯。松树树冠间落下的雨水敲打着标志201轿车的发动机罩，那辆车是他那天下午单独租来的。他借着打火机的火光看了看腕表，在那里抽了一支烟，他的眼睛渐渐适应了黑暗。博龙山边的公路上空荡荡的。

最后他下定了决心。他扔掉烟，肩上背着装有工具的沉甸甸的背包，胳膊下夹着一个包裹下了车。他的帽檐滴着水，深色雨衣的扣子一直扣到脖颈，里面穿的运动衫和长裤全是黑色的，除了一双橡胶底的凯兹帆布鞋，它们一如既往的舒适，但刚走了几步就湿透了。他在雨中弓着身子，走在公路上；走到夜色中隐约可见的别墅群附近时，他停下来判断方向。近处只有一点亮光：一栋带有高墙的房子前面亮着的路灯那潮湿的光晕。为了避开它，他离开公路，选了低处一条在龙舌兰和灌木丛之间延伸的小径。他用双手探路，以防一失足摔倒在脚下冲刷着山岩的水里。有两次荆棘扎进了他的手指，吮吸伤口时他感觉到了血的味道。雨淋得他很难受，不过当他离开小径重新向上朝公路爬去时，雨势小了一些。此时那微弱的灯光被他甩到身后，勾勒出背光处一面砖石墙壁的一角。三十步之外，苏珊娜·费里奥尔的房子阴森森地立在那里。

他在砖墙旁边蹲下，藏身在几棵棕榈树的影子里。接着他拆开包裹，那是一块厚厚的羊毛毯子。把毯子和背包扎好，让它们不再碍事之后，他爬上了一棵湿漉漉的树。树和墙壁之间的距离不到一米；但在翻墙之前他把折起来的毯子扔到了扎满玻璃瓶碎片的墙头上。之后他跳到毯子上，下面的碎玻璃已经不扎人了。他从墙的另外一面翻下来，在地上滚了几下减缓冲击力，以便不要将腿摔伤。他浑身湿透地站起来，甩了甩身上的水和泥。远处花园里的树木和花草之间，有一盏小小的灯，照亮了通往公路的铁栅栏、门卫的小亭子和入口大门。马克斯远远躲开那片有灯光的区域，从后门绕过了房子。他走得小心翼翼，因为他不想踩到水坑发出太大的声响，或者被花坛或种着花草的大花盆绊倒。又是雨又是泥，他心想，我会在房子里里外外到处留下脚印的，还有标志轿车在附近瞭望台上留下的轮胎印。他一边继续心神不宁地想着这个问题，一边躲在一个小门厅的窗户下面脱掉雨衣和帽子。他打算从那里破窗而入。不管苏珊娜·费里奥尔要过多久才能从西米耶的晚宴上回来，她都不可能不发现他的入室行为。不过，要是运气够好，当警察赶来着手开始调查时，他应该已经离开那里很远了。

苏莲托刚刚入夜。月亮还没升起来，这对马克斯的计划有好处。当他手里拿着一个大旅行包，一袭黑衣外面裹着一件外套，从自己在维多利亚酒店的房间里下来时，看守的门卫正在忙着分拣信件放入信箱，几乎没有注意到他。大堂和通往花园的楼梯上空无一人，因为所有人的注意力都集中在凯勒和索科洛夫正在酒店大厅进行的比赛上面。出去之后，马克斯从一辆意大利广播电视公司小面包车旁边经过，到了花园并沿着通往外侧铁栅栏和塔索广场的路坦然自若地走开了。半路上，当能看见车灯和广场上的路灯时，他走到一边，寻找自己两天前监视俄国代表团所在公寓楼的亭子。此刻那栋建筑几乎隐没在黑暗之中：只有大门上方的一盏灯和二楼的一扇窗户亮着。

他的心脏有些不适，它跳得太快了。就像马克斯刚刚喝了十杯咖啡时那样狂跳。其实，他半个小时之前服下的是两片在意大利大道上一家药店买到的安非他明，当时他并没有处方，脸上却恰到好处地带着正人君子的微笑；他相信在接下来的几个小时中保持额外的能量储备和清醒头脑没什么坏处。尽管如此，当他深深呼吸并一动不动地守候在那里，试着让心跳平静下来时，周围的黑暗、将要面对的挑战、让支气管受到压迫并让血管变得僵硬的确凿无疑的衰老，还是让他感觉到一种几乎是窒闷般的不适。一种与恐惧相似的忐忑。在孤独与花园的阴影中，他所计划的每一步此刻看上去都愚不可及。有那么一会儿他无法动弹，喘不过气来，直到狂乱的心跳平静下来一点。必须要做出决定了，最后他想道。后退还是继续向前。因为时间不多了。他满脸无奈地拉开旅行包的拉链，拿出里面装的一个背包；他打开背包，脱下外面穿的鞋，换上一双用鞋油染色的运动鞋。他把外套也脱了下来，将它与鞋子一起装进旅行包里，把包藏到灌木丛中。现在他从头到脚穿的都是黑的，头上系的一块深色手帕盖住了他浅色的灰发。他还在腰上拴了一条带有钢弹簧钩的尼龙环锁绳，保证自己在攀爬过程中体力不支时的安全。我这副模样肯定滑稽死了，他在心中自嘲道。在我这个年纪，还要当“入室大盗”。上帝保佑。要是胡根托布勒医生看见我：他所谓的司机正在爬墙，那就太可笑了。之后，他在躲不过的命运面前低下了头，背起背包，朝四周看了看，走出亭子，寻找着柠檬树和棕榈树影子最密的地方朝那栋建筑走去。突然，一辆汽车进入花园驶向主楼，车灯照亮了树丛间的马克斯。他不由得朝隐蔽的阴影中退去。过了一会儿，周围重新暗下来，他恢复了平静，离开藏身处来到俄国人的那幢楼前。墙角下面一片漆黑。马克斯摸索着寻找第一级铁台阶。当找到它时，他固定好背上的背包，用脚撑住墙向上爬去。他爬得很慢，每踩到一级台阶都会停下，尽量不要勉强自己以免耗尽体力。他一直攀到了房顶。

在尼斯，舒茨林保险箱——很大，漆成棕色——与恩里科·福萨塔罗描述的完全一样。它在办公室一面墙上的桃花心木柜子里，挨着地面，周围是书架、档案箱和文件夹。它的外形令人望而却步：一块表面没有锁眼或者密码盘的实心钢板。马克斯借着手电筒的光束研究了它一会儿。保险箱底座旁边有一块东方花饰的厚地毯，那正好，他心想，可以消除他不得不一把把去试那串钥匙时金属的撞击声。他照了一下左手腕上戴的表以确认时间。那将是一项缓慢的工作，需要灵敏的触觉和大量耐心。他再次移动了一下手电筒，照了照镶木地板和地毯上带着泥水的脚印，它们从他用螺丝刀撬开又重新关上的窗户那里一路延伸过来。弄得这么脏，真是倒霉；不过幸好那就是办公室的窗户，所有的一切，包括泥印子，都只留在这一个房间里。只要通往书房的门依然关着就没问题。于是他走到那扇门前，小心翼翼地确认它用钥匙锁上了。

他纹丝不动而全神贯注地站了半分钟，直到鼓膜处的脉搏平息下来，让他能够听得更加清楚。雨声可以盖住一部分他开保险箱时发出的声响；但这也会导致他听不见其他声音，让他无法在为时已晚之前发现有人靠近办公室。但无论如何，这个时间的风险很小：厨娘和园丁睡在房子外面，女管家在二楼休息，而司机则应该正坐在汽车的方向盘前，在西米耶等着苏珊娜·费里奥尔。只有女仆会在底楼，守候女主人回来。根据马克斯得到的消息，她通常会在厨房隔壁的一个房间里听广播。

他脱掉帽子和雨衣，将工具包放在地毯上，摸了摸冷冰冰的金属保险箱。舒茨林保险箱的开启机关是看不见的，而是藏在一个像框架一样嵌住箱门的板条里。加以适当的压力后，板条的一部分脱落下来，露出机关：垂直排列的四个锁，第一个是常规类型，其余的则是密码组合锁。马克斯需要先打开下面三个，这很花时间。于是他动手干起来。他摆好手电筒，从放在工具包里带来的钥匙串里挑了一把，在三个锁上都试了试，看看哪个“唱”得最响：哪个锁最敏感，能够最大程度地传递内部机关发出的声音。湿透的长裤和鞋子让他冻得发抖，难受极了，而他被路上的荆棘刺伤的双手好一会儿才平静得足以恢复足够的触觉。在每个密码锁上尝试了从 0 到 19 的所有位置后，他选中了底下的那个。接着他一点点转动钥匙，先向左再向右，然后又在另外两个锁上重复了一遍。确定正确位置可能在的区域之后，他重新回到了第一个密码上。现在一切都需要更为精确，受伤的手指有时会碍事，钥匙沾上了血。这延缓了他的动作，他骂自己怎么没想到在外面的时候戴双手套：要想发现几乎难以觉察的振动需要灵敏的触觉。最后他将第一个密码锁转到了开启数字上，弄完之后他再次看了看表。最难的那个花了二十四分钟。恩里科·福萨塔罗只需要花三分之一的时间，但一切都要好过预期。他带着满意的微笑放松了一下手指，按了按疼痛的手指肚，将钥匙插入第二个密码锁。一刻钟之后，三个锁全都被转到了正确的位置。于是他关掉手电筒，停下来休息。他仰躺在地毯上，一动不动地待了两分钟，借机聆听着房子里的寂静。那时候他试着什么也不去想，除了面前的保险箱。外面的雨声已经停了，房子里没有任何动静。他很愿意抽支烟，但这会儿不是这么做的时候。他叹了口气坐起来，搓了搓湿漉漉的裤子和鞋子里冻僵的双腿，重新开始工作。

此时一切就是耐心的问题了。如果钥匙没问题，在福萨塔罗拿到尼斯的一百三十把钥匙里面就会有一把能够打开密码锁上面的那个锁。要想找到它就需要确定它属于哪一组，然后一把一把地去试这一组里的钥匙。这所需要的时间大约在一分钟和一个小时之间。马克斯再次看了看表。如果不出意外，时间是够的。于是他开始插入钥匙。

将近半小时之后，锁对数字 107 有了反应。内部的齿轮慢慢地啪嗒一响，马克斯往外一拉，沉重的钢门很轻易就悄无声息地打开了。手电筒的光束照亮了装着厚纸板箱和文件夹的架子。纸箱里有几件珠宝和一点钱；文件夹里的，是文件。他将注意力放在后者上。巴尔瓦雷思科和蒂尼亚内罗给他看过与他要找的相似的信件，带有意大利外交部的官方抬头，以便他能认出来。他在其中一个文件夹里找到了它们：三封用打字机写的信，装在带有日期和分拣号码的纸套里。他把手电筒拿得很近，检查了一下抬头、正文和签名，以及它们下面的用打字机写的名字：G. 齐亚诺。就是这些信，毫无疑问。在 1936 年 7 月 20 日、8 月 1 日和 14 日写给托马斯·费里奥尔的。

他收起信件并将文件夹放回原处。巴尔瓦雷思科和蒂尼亚内罗告诉过他要尽量将一切维持原样，让费里奥尔兄妹晚一点才有所感觉。甚至，在开始开保险箱之前，马克斯还记下了密码锁的位置，以便在关上密码箱时将它们转回原来的样子——有的主人经常会在再次开箱前检查它们。可现在，当他移动手电筒环视办公室时，看到那扇被撬开的窗户和留得到处都是的泥水印子，他明白要想掩饰有人潜入的痕迹是不可能的。他需要好几个小时才能把它们都弄干净，而且他也没有工具。另一方面，时间快不够了。苏珊娜·费里奥尔可能正要与西米耶的东道主们道别呢。

纸板箱里没装什么东西。其中一个里面有三万法郎和一捆厚厚的西班牙共和国纸币；不同于在国民军控制区发行的纸币，它们越来越不值钱了。至于珠宝，马克斯推测苏珊娜·费里奥尔在自己的卧室另有一个箱子，因为舒茨林保险箱里装的东西很少：一个小金盒，一块罗萨达猎人怀表以及一枚镶有一颗大珍珠的领带夹。另外，还有一只装着五六十个金英镑的皮夹以及嵌着绿宝石、红宝石和蓝宝石的蜻蜓形状老别针。马克斯表情迟疑地再次照了照自己在办公室里留下的脚印。留下了这么多痕迹并且事已至此，他心想，已经无所谓了。别针和金币是危险物品，要是警方在他身上找到了它们，很容易就能识别出来。但钱只是钱。只要一转手它们的气味就消失了：它们没有身份，谁拿着就是谁的。于是，在关上保险箱、用一块手帕擦掉指纹并收起工具之前，他拿上了那三万法郎。

夜空繁星点点。公寓楼顶能看见苏莲托和海湾的壮丽夜景，但马克斯并没有条件欣赏风景。他筋疲力尽，被背上的背包弄得行动不便，挨着飞檐躺在那里，努力调整呼吸。维多利亚酒店那些窗户亮着灯的楼房后面，海是一片广阔的深色斑影，其上点缀的细微光点标识出海岸的位置，一直延伸至远处灯火通明的那不勒斯。

在心脏中突流奔涌的血液稍稍平静之后——这天晚上他比任何时候都更加庆幸自己十一年前戒了烟——马克斯恢复了一些，继续前进。他把背包从背上解下来，从里面拿出每半米就打上一个结的登山绳，想找一个结实的地方把它固定住。附近酒店的微弱灯光让他得以在考察房顶时多少能保证自己的安全，尽量不要一步迈错而踏了空。最后他用一个称人结将绳子绑在避雷器的水泥底座周围，保险起见又将它在一根烟囱的金属管上绕了一圈，之后他重新背上背包，朝左侧数了六步，躺在飞檐上，一只手抓住绳索，朝下面看去。他所在之处正下方六七米的地方，恰好就是俄国棋手的房间。他看不见里面有任何亮光。马克斯注视着阳台下面空洞的黑暗，一动不动，害怕得发抖，这时候他的脉搏又再次开始狂跳。已经不是做这种事的时候了，他心想。当然，是对他本人来说。上一次身处相似情境时，他要年轻十五岁。终于，他深吸一口气抓住了绳子。接着——翻过飞檐时檐沟划伤了他的膝盖和手肘——他一个绳结一个绳结，很慢很慢地向下爬去。

抛开恐惧不谈——他一直都害怕双手支持不住或者突然出现眩晕——往下爬比他想的要容易。五分钟之后他到了阳台上，脚下不再悬空，在黑暗中摸索着通往房间的玻璃门。要是门开着就太走运了，他一边这样想着一边戴上橡胶手套。但事与愿违。于是他求助于一把玻璃匠用的钻头切割器，以前它的效果不错：他用一只橡胶吸盘吸住玻璃上要取下的部分，绕着内侧门闩所在的位置画了个一拃大的半圆。之后他轻轻敲击玻璃，取下选定的部分，小心地将它放在地上，把手伸进去，注意着不要被玻璃割伤，抬起了门闩。门很容易就开了，为进入那个漆黑无人的房间扫清了道路。

此时马克斯依照老模式快速地行动起来。他吃惊地发现，自己的心跳有节奏而平稳，仿佛年龄在行动的这个阶段已经无关紧要，而重操旧业的他再次恢复了短短片刻之前似乎还是不可能的活力和专业的沉着。就这样，他小心翼翼地移动着，以免被任何东西绊倒，拉开窗帘并从背包里掏出了一把手电筒。房间很大但不通风，还有陈年的烟草味。屋里的一张矮桌上的确有一只装满烟蒂的烟灰缸，旁边是几个空咖啡杯和一张乱七八糟地摆着棋子的棋盘。四处移动手电筒时，光线照亮了扶手软椅、地毯、画以及一扇通往卧室和洗手间的门。另外，还有一面镜子，当马克思凑近时，他看见里面映出自己穿着黑衣、鬼鬼祟祟并且一动不动的身影。几乎因为突然出现了一个陌生人而惊慌失措。

马克斯像是厌恶在镜子里看到自己一般把手电筒移开了，他的身影再次陷入黑暗。此刻光线聚焦在一张堆满了书本和纸张的办公桌上。于是他走过去开始搜寻起来。

天色依然黑着，尼斯还在下雨，马克斯将标志轿车停在耶稣教堂旁边，裹上雨衣，戴上帽子，穿过广场，毫不在意踩到水坑里引得水花飞溅。一个人也没有。在德华特街街角大门紧闭的酒吧前那盏点亮的路灯周围，雨水在蒙眬昏黄的灯光的笼罩之下显得更为真切了。马克斯来到第二扇大门前，它开着。他走进内庭，将外面淅淅沥沥的雨声留在了身后。

门厅里的光线很暗：一只光秃秃的脏灯泡提供的光线只够看清哪里可以下脚。上面的楼梯平台还有另外一只亮着的灯泡。上楼时楼梯的木踏板在他湿漉漉的鞋子底下咯吱作响，鞋子上还沾着刚才潜入时留下的泥。他觉得自己很脏，全身湿透，筋疲力尽，只想结束了事。想了解那个问题并躺下来睡一会儿，然后拎起箱子消失。想要冷静地思考一下自己的未来。走到楼梯平台时他解开雨衣的扣子，甩了甩帽子上的水。接着他转动门上黄铜铃的钥匙，却没有等到任何反应。那让他有些不知所措。他再次转动钥匙，听了听里面的动静。什么也没有。正常的情况应该是意大利人们正不耐烦地等着他。但没有任何人来。

“我很高兴见到你。”一个声音在他背后响起。

马克斯吓了一跳，手里的帽子掉到了地上。菲托·莫斯塔萨正坐在通往二层楼的楼梯上，看上去很放松。他身穿一套宽垫肩的深色条纹西装，配着他常戴的那个领结。没穿风雨衣，也没戴帽子。

“我证实了您是一个严肃的人。”他说，“言而有信。”

说话时他似乎正在思考什么，显得不太专心，仿佛还在顾虑其他事情。对马克思的茫然无动于衷。

“您拿到您找的东西了吗？”

马克斯看了他好一会儿，没有回答。他试图弄明白莫斯塔萨和他自己在所有那一切中的角色。

“他们在哪儿？”他最后问道。

“谁？”

“巴尔瓦雷斯科和蒂尼亚内罗……那两个意大利人。”

“哦，他们啊。”

对方用一只手摸了摸下巴，露出几乎难以觉察的微笑。

“计划有变。”他说。

“我完全不知道有变。我应该见到他们。这是事先约好的。”

当莫斯塔萨若有所思地微微低下头又重新抬起头来时，他的眼镜片闪了一下。他似乎在思考马克斯说的话。

“当然……约定和任务，这是自然。”

他几乎有些不情愿地站起来，拍了拍屁股。接着他整好领结，下楼来到马克斯所在的地方。他的右手里有一把钥匙闪闪发光。

“这是自然。”他重复了一遍，把门打开。

他礼貌地退到一边，为马克斯让了路。后者走进去，第一眼看见的是血。

他拿到了。找到米亚伊尔·索科洛夫的比赛笔记太容易了，以至于马克斯有一瞬间怀疑它们是否真的是他要找的东西。但毫无疑问。借着手电筒的亮光，他戴上老花镜仔细检查了一遍，最终打消了所有怀疑。一切都与梅查·英仲扎猜测性的描述完全一致：四个用布面和硬皮装订的厚本子，与非常陈旧的大账本相似，里面用密密麻麻的小字写满了大写西里尔字母的笔记：棋局图解，记录，注释。世界冠军的职业机密。那四个笔记本就在眼前，一本叠着一本地摆在办公桌上的纸张和书本之间。马克斯不认识俄文，但很容易就能辨认出第四个本子里最后的笔记：五六行带有隐秘术语——D4T，P3TR，A4T，CxPR——的注解，就在一块来自最近一期《真理报》关于索科洛夫和凯勒在苏莲托进行的比赛的剪报旁边。

马克斯将笔记本——书，梅查是这么叫的——装进背包，把包重新背上，出门来到阳台上朝上面看去。绳子还在那里，绑得很结实。他拽了一下绳子以确认它依然牢固，接着抓住绳子准备沿着它攀上屋顶；但只试着爬了一下，他就明白自己做不到。也许他有力气可以爬到屋顶，但也很难翻过飞檐以及之前下来时划伤了他膝盖和手肘的檐沟。他错误地估计了自己的能力。或是自己的精力。一有松懈他就会摔下去。另外，他也没有考虑到之后沿着墙上的铁台阶原路返回的难度，他要在黑暗中往下爬，看不到落脚的地方。除了双手之外再无安全保障。

这种想法冲击着他，突然迸发的恐惧让他口干舌燥。他又在那里待了一会儿，抓着绳子，一动不动。他无法做出决定。接着他把手收回来，放弃了。承认他掉进了自己挖下的陷阱。过分自信，拒绝接受衰老和疲惫的证据。他永远无法从那条路到达屋顶，而他也知道这一点。

想，他痛苦地告诉自己。好好想并赶快做，不然你就走不掉了。他把绳子留在原处——从下面是不可能将它解下来的——回到房间里。出路只有一条，这个信念帮助他专注于接下来的步骤。所有问题都在于他得出结论，秘密行事。以及运气。在于楼里有多少人及他们所在的位置。在于俄国人通常会在底楼留下的看守在不在索科洛夫的套间和通往花园的出口之间。于是，马克斯尽量不弄出声音，每一步都是用橡胶鞋底的后跟先着地，他穿过房间来到走廊上，并小心翼翼地将身后的房门关上。外面有灯，还有一块铺到电梯和楼梯处的长地毯，这让他能够悄无声息地前行。他在楼梯平台停下来，朝楼梯下面探出身去听了听。一切都风平浪静。他采用同样的办法下了楼，从扶手上面往下瞥，确认道路是否畅通。他已经听不到声音了，因为他的心脏再次剧烈地跳动起来，耳蜗处的脉搏声震耳欲聋。我很久没有真正出过汗了，他心想。他的皮肤从来都不会出太多汗；然而，在长裤和黑色运动衫下面，他感到自己的内衣湿透了。

他在最后一段停住脚步，再度努力让自己冷静下来。在撞击着大脑的血流声之间，他觉得听到了一个遥远而微弱的声音。也许是一台开着的收音机或电视机。他又一次朝楼梯下面探出身去，走下最后几级台阶，小心地靠近门厅的转角。另外那边有一扇门：毫无疑问是通往花园的。左边是一条在阴暗处延伸的走廊，右边是一扇双层玻璃门，从它几乎不透光的玻璃里能看见后面的亮光。收音机或电视机的声音就是从那里传来的，此刻听得更加清楚了。马克斯摘下依然扎在头上的手帕，用它擦了擦脸上的汗水，把它装进口袋里。他渴得舌头都要贴到上颚了。他将眼睛闭上几秒，吸了三口气，穿过门厅，静悄悄地打开门出去了。夜晚清凉的空气，花园里植物的气息，像喷薄而出的乐观、能量与生命一般在树下欢迎了他。他抓住背包，在树影中狂奔起来。

“很抱歉，这里乱糟糟的。”菲托·莫斯塔萨一边关门，一边说。

马克斯没有回话。他惊恐地望着巴尔瓦雷斯科的尸体。意大利人仰面朝天，穿着衬衫，躺在地上一摊已经半凝固的血泊中。他的面孔是蜡色的，呆滞的眼睛眯着，嘴巴半张，喉咙被割开了一个深深的口子。

“你到里面去。”莫斯塔萨建议道，“尽量别踩到血。很滑。”

他们穿过过道来到里面的房间，另外那个意大利人的尸体就在那里。他脸朝下地趴在厨房的门槛上，一条手臂伸得直直的，另外一条被压在身体下面，脸浸在一摊介于红色和褐色的血泊里，血在桌子和椅子下面淌成了长长的一溜。房间里有一种既模糊又浓稠的气味，几乎像是金属。

“每个人差不多五升。”莫斯塔萨的语气冷得让人难受，似乎他真的为此感到遗憾。“总共十升。您算算要流多少血。”

马克斯瘫倒在离身边最近的椅子里。对方关心地看着他。接着他拿起桌上的一瓶红酒，倒了半杯递给他。马克斯摇头拒绝了。对着眼前这番景象喝酒的念头让他的胃一阵痉挛。

“至少喝一口吧。”莫斯塔萨坚持道，“对您有好处。”

马克斯最后照做了，他只是沾了一下嘴唇，就把酒杯放在桌子上。莫斯塔萨站在门边——蒂尼亚内罗的血流到了离他鞋子只有两拃的地方——从一个口袋里掏出烟斗，不慌不忙地往里面填烟草。

“这里出了什么事？”马克斯终于挤出一句话。

对方耸耸肩膀。

“这是职业的代价。”他用烟管指指尸体，“他们的职业。”

“是谁干的？”

莫斯塔萨略有些吃惊地看着他，仿佛这个问题让他有些摸不着头脑。

“当然是我。”

马克斯一下子跳起来，撞倒了椅子；但他突然呆在那里，因为对方刚刚从外套口袋中掏出的东西让他的动作停滞了。莫斯塔萨左手里的烟斗还未点燃，右手却握着一把闪闪发光的镀镍小手枪。然而，那并不是一个威胁的举动。他只是将它拿在手里向他展示了一下，表情无害得几乎像在为此表示歉意。他没有用武器指着他，手指也没有放在扳机上。

“请您把椅子扶起来，坐回去……我们不要这么激动。”

马克斯照他说的做了。当他重新坐下时，手枪已经消失在莫斯塔萨右边的口袋里。

“您拿到您去找的东西了吗？”后者问。

马克斯望着蒂尼亚内罗脸朝下趴在半凝固的巨大血泊里的尸体。他的一只脚上没穿鞋，鞋子在地上稍远一些的地方。露出来的袜子跟部有个洞。

“您不是用这把枪杀他们的。”他说。

莫斯塔萨点燃烟斗，一边甩灭打火机，一边吞云吐雾地看着他。

“不是，当然不是。”他肯定道，“就算是口径像这一把这么小的手枪，也会发出声音……不能吵醒邻居们。”他将外套拉开一些，展示从身体一侧的伸缩背带旁边露出的匕首柄。“当然，这样更脏。但也更隐蔽。”

他若有所思地看了一眼脚边的那摊血。似乎在考虑“脏”这个字是否合适。

“那不好受，我向您保证。”他过了一会儿补充道。

“为什么？”马克斯追问。

“要是您想的话，晚些时候我们可以聊聊这些事。现在请您告诉我是否拿到了齐亚诺伯爵的信件吧……您带在身上吗？”

“没有。”

莫斯塔萨用一根手指扶了扶眼镜，用评判的目光打量了他几秒。

“唉。”最后他说，“是防着我，还是失败了？”

马克斯保持沉默。那一刻他正忙于计算一旦交出信件，他的命还值多少钱。也许，与地上那两个血流成河的倒霉蛋值一样的钱。

“站起来转过去。”莫斯塔萨命令道。

他的语气略有些恼火，但依然不像威胁。只是在完成一道令人不快并且无从避免的手续。马克斯照做了，当对方从后面走过来搜他的身时，烟雾包围了他。搜查并无结果，而马克斯暗自庆幸自己足够谨慎，将那些信藏在了汽车的一张座椅下面。

“您可以转过来了……它们在哪里？”莫斯塔萨用牙咬着烟斗，有些口齿不清，在外套上擦拭着被马克斯的雨衣弄湿的手。“至少告诉我您是否拿到了。”

“我拿到了。”

“太好了。我很高兴听到这个。现在告诉我它们在哪儿，我们彻底了结吧。”

“了结是什么意思？”

“疑心别这么重嘛，伙计。这么咬文嚼字的。我们完全可以像文明人那样分手。”

马克斯再次看着蒂尼亚内罗的尸体。他想起他郁闷而忧伤的表情。一个悲伤的男人。看见他这样，他几乎有些动容。趴在自己的鲜血里，如此宁静无依。

“您为什么杀了他们？”

莫斯塔萨尴尬地抬起眉毛，这个表情似乎让他下颌上的伤疤显得更深了。他张口想要说什么难听的话，但又似乎考虑了一下。他飞快地瞥了一眼烟斗的烟锅，确认烟草燃烧正常，然后看着意大利人的尸体。

“这不是一本新小说。”他几乎是耐着性子说，“所以我不想将最后一章用来解释一切是如何发生的。您也不需要知道这个，而我也没有时间进行侦探式的谈话……请您告诉我信在哪里，我们彻底解决这件事。”

马克斯指着尸体。

“等您拿到信了，您也会这样解决我吗？”

莫斯塔萨看上去像在认真思考这个问题。

“您说得对。”他承认，“当然，的确没有人给您任何保证。而且我觉得光是我说的话也不够……是吗？”

“您可以这么想。”

“是啊。”

对方响亮地砸巴了一下烟斗，陷入沉思。

“我应该稍微改动一下我的履历。”他最后说，“实际上我并不为西班牙共和国工作，而是为布尔戈斯政府。为另一个阵营。”

他在镜片后面挤挤眼睛，像是在开玩笑。他显然很享受对方茫然无措的样子。

“无论如何，”他补充道，“总之肥水不流外人田。”

马克斯依然一脸惊愕地望着他。

“但他们是意大利人……法西斯特务。是您的同盟。”

“听着。我觉得，您有点天真。在这个层面的工作上没有任何有用的同盟。他们想把信件交给他们的上司，而我想把它们交给我的上司……耶稣告诫我们应当亲如兄弟，但他从来没说过你们要像表兄弟那样。要我说，那些索要飞机佣金的信件在我的上司手中会变成一个漂亮的环索。

一种把意大利人，或者他们的外交部抓得更紧一点的方法。”

“为什么你们不直接向你们的银行家费里奥尔要？”

“不知道。我收到命令，而不是机密。我猜费里奥尔也有自己的打算。也许，他想通过别的渠道获取最大利益。从西班牙人以及意大利人那里。说到底，他是个生意人。”

“那么那个关于船的诡异故事呢？”

“‘卢恰诺·坎福拉号’？……那是您帮我解决的一件本来有待处理的事。船长和机组长的确想把货物运往一个政府控制的港口；我亲自说服了他们，在告诉他们我是共和国特务之后。他们很可疑，我被委派来确认他们是否忠诚……之后我利用您向意大利人传递消息，他们很快就行动了。叛徒们被抓了起来，而那艘船则驶向了预定的目的地。”

马克斯指着蒂尼亚内罗的尸体。

“那他们……有必要杀死他们吗？”

“从技术层面来说，是的。我无法控制这个同时包含三个人的局面；另外，其中两个，还是专业的……除了清场，我别无他法。”

他从嘴里拿下烟斗。它似乎熄灭了。他在桌上轻叩翻转朝下的烟锅，将它倒空。之后他吸了一口烟管，把它收进与手枪所在相反的那个口袋。

“我们一次性了结吧。”他说，“把信给我。”

“您看到我没有把它们带到这里来了。”

“而您看到了我的论据。它们在哪儿？”

继续否认下去就太荒唐了，马克斯心想。而且危险。他只能冒险争取一点时间。

“在一个合适的地方。”

“那就带我过去吧。”

“然后呢？……我会怎么样？”

“没什么特别的。”他看着马克斯，后者的多疑让他感到自己被冒犯了。“正如我之前说的，您走您的阳关道，我过我的独木桥。每只小鸮都去找它的橄榄树。”

马克斯打了个哆嗦，无助得甚至为自己感到悲哀，有一瞬间他的膝盖要支持不住了。他这一生中对太多男人和女人说过谎，足以让他看出说谎的迹象。他在莫斯塔萨眼中读出了没有保证的未来。

“我不相信您说的话。”他无力地反对道。

“无所谓，因为您没有选择。”对方拍拍口袋，提醒他那里鼓起的手枪。“就算您认为我要杀了您，您也完全可以决定我是现在就杀了您还是之后杀您……但我再说一次这并非我的企图。如果我拿到了信，这么做没有意义。那是一种没有必要的行为。多此一举。”

“那我的钱呢？”

那只是另一次争取时间的绝望尝试。为了拖延。但莫斯塔萨结束了这场对话。

“这与我无关。”他拿起他放在一张椅子上的风雨衣和帽子。“我们走吧。”

他又一次拍拍口袋，用另外那只手指了指门。他突然表现得更为紧张而严肃。马克斯走到他前面，避开蒂尼亚内罗的尸体和鲜血，穿过过道走到巴尔瓦雷斯科的尸体旁边。他身后跟着莫斯塔萨，当他朝门闩伸出一只手时，他最后看了一眼意大利人呆滞的眼睛和张开的嘴，再次感觉到之前感觉到过的那种奇怪而悲伤的怜悯。我已经开始对他们两个有些好感了，他心想。雨里湿漉漉的狗。

门有些不好开。马克斯更加用力地拉了一把，猛地将它拽开，那一下突然的运动让他微微往后退了退。正在后面穿风雨衣的莫斯塔萨也朝后退了一步，他的一只胳膊已经套进袖子里，另一只手则谨慎地伸进了装枪的口袋。这时候，他踩到地上半凝固的血滑了一下。并不太严重：他只是脚下微微一滑，正努力想要找回平衡。马克斯心里确凿无疑地知道那是这个晚上他唯一的一次机会。于是，带着穷途末路的盲目狂怒，他朝他扑了过去。

他们两人在血泊里滑倒了，摔在地上。马克斯努力想要阻止对方拔出手枪，但在挣扎中他意识自己的对手想做的是将手伸向匕首。幸好，莫斯塔萨的另一条胳膊被风雨衣的衣袖挂住了；马克斯利用这一点稍微占据了优势，他猛击他的脸，打在他的眼镜上面。眼镜啪的一下碎了，莫斯塔萨不得不眯起眼睛，用尽全力抓住马克斯，想要把他压在下面。他那瘦削而结实的身体，其实一点也不虚弱，反而显现出极端的危险。他手中的匕首等于一项死亡判决。马克斯在搏斗中的运气还算不错，他止住了攻击，两人再一次纠缠到一起，在巴尔瓦雷斯科的血泊里滚来滚去，一个试图抓住并猛击对方，另一个则试图抽出被风雨衣挂住的手臂。马克斯绝望了，他觉得精疲力竭，也知道一旦莫斯塔萨抽出另一只手就会置他于死地。旧时的已经被忘却的回忆救了马克斯：维艾特斯街头的城郊男孩和曾在军团营地中用小刀自卫的士兵。他自己这么做过，也见别人这么做过。于是，他用尽能够集聚的全部力气，将拇指戳进敌人的一只眼睛里。手指插得很深，在一记微弱的劈啪声和莫斯塔萨野兽般的嚎叫声中，搏斗不再那样激烈了。马克斯想要坐起来，但却再一次滑倒在血泊里。他又试了一次，终于压到对手身上，后者正像一只受到折磨的动物那样呻吟。于是，马克斯将右肘作为武器，用尽全力猛击莫斯塔萨的脸部，直到手肘痛得无法忍受，直到对方停止了挣扎，那张肿胀残破的脸歪倒在一边。

马克斯瘫倒在地上，筋疲力尽。他就这样躺了很长时间，试图恢复体力，而最后他感到意识和周围发生的一切都离开了自己。他慢慢陷入昏迷，仿佛坠入一口无尽的深井。当他恢复意识时，门厅里那扇小小的窗户中映出一方浑浊灰暗的阴影，似乎预示着黎明将至。他拖着难以动弹的身体，匍匐着朝楼梯平台挪去。他的身后也留下了一道血迹，因为——他痛苦而笨拙地摸到了——他的大腿上有一处浅浅的刀伤，离股动脉很近，差一点就扎上了。不知怎么回事，在最后一刻，菲托莫斯塔萨成功拔出了他的匕首。

第十二章 蓝色列车

维多利亚酒店的房间里响起电话铃声。这让马克斯焦躁不安。这是十五分钟里的第二次了，而此时是清晨六点。第一次，当他拿起电话时，线路的另一端没有任何声音应答：只有一片寂静，之后就是通话中断的滴滴声。这一次他没有去接，任由电话一直响着，直到归于寂静。他知道那不是梅查·英仲扎，因为他们说好了要与对方保持距离。这是他们昨天晚上在牧神酒吧决定的。比赛于十点半结束。之后不久俄国人应该就发现失窃、被割开的玻璃和挂在房顶上的绳子。然而，直到过了晚上十一点，当马克斯洗完澡换了衣服，紧张地穿过花园朝塔索广场走去时，苏联代表团所在的那栋楼还是没有任何骚动的迹象。有窗口亮着灯，但一切看上去风平浪静。也许索科洛夫还没有回到他的套间，离开那里朝铁栅栏走去时他这样想道。又或许——这可能比停在门口的警车更加令人担忧——俄国人决定用一种低调的方式应对这个意外。他们自己的方式。

梅查坐在酒吧尽头的一张桌子旁，驼鹿皮大衣搭在椅背上。马克斯一言不发地坐到她身边，向侍应生要了一杯尼格罗尼，心满意足地静静环视四周，躲避着女人质询的目光。他依然潮湿的头发梳理得尤其精致，海蓝色休闲外套的翻领间衬衫敞开的领口里露出一方丝巾。

“今天下午豪尔赫赢了。”过了一会儿她说。

马克斯欣赏她的胆识。她沉着的态度。

“这是个好消息。”他说。

终于，他回头看着她。这时他微微笑了，而梅查猜到了那个微笑的含义。

“你拿到了。”她说。

那不是一个问句。他的微笑更加明显了。他的嘴角已有多年不曾露出那个胜利的表情。

“哦，亲爱的。”她说。

侍应生拿着酒过来了。马克斯喝了一口鸡尾酒，真真切切地品味着它。他高兴地发现，杜松子酒的味道稍有些浓。正是他所需要的。

“怎么样？”梅查问。

“难受。”他把酒放到桌上，“我这个年纪已经无法面对某些意外波折了。我告诉过你。”

“可是，你拿到了。那本书。”

“是的。”

她靠在桌子上，表情贪婪。

“它在哪儿？”

“在合适的地方，正如我们约定的。”

“你不告诉我是哪里吗？”

“现在还不能。就几个小时，为了安全起见。”

她紧张地望了他一眼，回味着这个答案，而马克斯知道她在想什么。有一瞬间他看见她目光里露出那久违的几乎可以称得上熟悉的怀疑。但那只持续了几秒。之后梅查微微低下头，像是觉得抱歉。

“你说得对。”她承认道，“现在你还不应该给我。”

“当然。我们之前讨论过了。这是约定。”

“看看他们如何反应吧。”

“我刚才从公寓楼旁边经过了……一切看上去都很平静。”

“他们可能还不知道。”

“我能肯定他们知道了。我到处都留下了痕迹。”

她不安地动了动。

“出什么问题了吗？”

“我高估了自己的体力。”他简单地承认道，“这让我不得不临时改变行动。”

他的目光越过环绕广场行驶的汽车和摩托的车灯，望向酒店的铁栏。他想象俄国人正在调查发生了什么，一开始是震惊，随后则是愤怒。他喝了两口酒来安抚自己的恐惧。没听见警笛声几乎让他感到奇怪。

“我差点就被困在那里了。”片刻之后他坦白道，“像个傻瓜。你能想象吗？……俄国人比赛完回来，而我就坐在那里等着。”

“他们能认出是你吗？你说你留下了痕迹。”

“我指的不是脚印或者类似的东西。我说的是迹象：一面破玻璃，一条绳子……就算是个瞎子一进房间也会注意到的。所以我说这时候他们已经知道了。”

他不安地朝周围瞥了一眼。露台开始空了，但依然有几张桌子前坐着人。

“他们没有动作让我很担心。”他说，“我的意思是，反应。这时候他们可能在监视你。还有我。”

她看看周围，神情黯淡下来。

“他们没有理由将我们与失窃联系在一起。”她考虑了一下之后得出结论。

“你知道他们很快就会搜集线索。要是他们认出了我，我已经准备好了。”

他的一只手放在桌上：瘦骨嶙峋，布满老年斑。指关节和手指上涂着红药水，因为它们在他爬上房顶并滑到索科洛夫的阳台上时被刮破了。还在疼。

“也许我应该离开酒店。”他过了一会儿说，“消失一段时间。”

“马克斯，你知道吗？”她轻轻摩挲着他手上的红印。“所有这一切听上去都似曾相识。你不觉得吗？……就像昨日重现。”

她的语气甜蜜，无限深情。露台上的灯在她眼中闪闪发光。马克斯做了个鬼脸。引人联想。

“是啊。”他说，“有一部分，至少。”

“假如我们能回到过去，也许事情会……我不知道。会不一样。”

他叫来侍应生结了帐。之后他站起来为梅查拉开椅子。

“那一次，在尼斯……”她开口说道。

马克斯把外套披在她的肩上。他的双手在落下时有一瞬间滑过了她的胳膊，宛如一记仓促的爱抚。

“我求求你不要提起尼斯。”那是一句几乎私密的低语：他很久不曾这样对一个女人说过话了。“拜托，今晚不要。现在不要。”

他说着微微笑了。当她回过头看见他的微笑时，她也笑了。

“你会疼的。”梅查说。

她在伤口上滴了几滴碘酒，而马克斯觉得她在自己大腿上放了一块白热的铁。像有几千个魔鬼在燃烧。

“疼。”他说。

“我提醒过你了。”

她挨着他，坐在昂蒂布别墅的客厅里的一张帆布铁艺沙发边缘。她身穿一件优雅的黑色睡袍，腰部束紧。敞开的睡袍下面是一件薄薄的丝绸睡衣，露出部分赤裸的大腿，光着脚。她的身体散发着一种宜人的香味，像是刚刚睡醒不久。马克斯敲门时她正在睡觉，首先被吵醒的是女仆，然后是她。此时女仆已经回自己的房间去了，他则不太体面地仰面躺在那里：长裤和衬裤褪到膝盖，露出下体，莫斯塔萨的匕首在右腿上划出了一道半拃长的深伤口。

“不管是谁干的，他都只差一点……要是伤口再深一些，你可能会流光血。”

“是啊。”

“把你的脸弄成这样的也是他吗？”

“同一个人。”

两个小时前他在内格雷斯科酒店房间的镜子里看过自己——一只眼睛乌青，鼻子流血，一片嘴唇肿了。他在酒店房间进行了临时治疗，吞了两片凡拉蒙并急匆匆地收拾东西结了账，还给了一笔巨额小费。之后他在门口依然滴着雨的玻璃门檐下站了一会儿，疑心重重地监视着街道，注意着照亮海滨大道和附近酒店正墙的路灯下面任何一个令人不安的迹象。最后，他平静下来，将行李装进标志轿车，启动发动机。车灯照亮了昂蒂布和戈若普公路旁边漆成白色的松树，他在夜色中离去。

“你为什么来这里？”

“我不知道。或许我知道。我需要休息一会儿。思考。”

实际上，他就是这么想的。有很多事情需要思考。比如，莫斯塔萨是不是死了。以及莫斯塔萨是单独行动的，还是有更多此刻可能已经在寻找马克斯的人。意大利人也是同样的问题。眼前和未来的，所有的后果，就算愿望再美好，他也无法从中找到任何令人愉快的前景。除此之外还要加上有人在德华特大街的房子里发现尸体时——两具是肯定的，也许是三具——当局理所当然的好奇心：总共有两个特勤部门和法国警方都会自问是谁介入了这一切。这还不够，画龙点睛之笔，是托马斯·费里奥尔得知齐亚诺伯爵的信件被偷时难以预料的反应。

“为什么是我？”梅查问，“为什么你要到我家来？”

“我在尼斯不认识任何信得过的人。”

“宪兵在找你吗？”

“没有。或者至少现在还没有。但今晚我担心的并不是警察。”

她专注地打量着他。疑心重重。

“他们要对你干什么？……还有为什么？”

“并不是有人要对我干什么。而是我所做过的事以及别人可能认为我做过的事。……我需要休息几小时。治疗一下。之后我就走。我不想连累你。”

她冷漠地指指伤口，以及她让马克斯躺在沙发上之前在他身下铺的浴巾上面的血迹和碘酒。

“你大半夜腿上带着刀伤到了我家，吓坏了我的女仆……你管这个不叫连累吗？”

“我说了我马上会走。等我缓过来并知道往哪里走之后。”

“你根本没变，对吧？……我不是个蠢女人。当我在苏济·费里奥尔家里看见你的时候就知道了：与在布宜诺斯艾利斯时相同的那个马克斯……这次你拿了什么珍珠项链？”

他把一只手放到女人的手臂上。他脸上介于坦诚和无助之间的表情，是他惯演的剧目中效果最好的一个。多年的练习。屡试不爽。他能靠它说服一只饿狗分他一块骨头。

“有时候一个人要为他不曾做过的事付出代价。”他迎着她的目光说。

“你真是见了鬼。”她狂怒地甩开他的手，“我能肯定你连一半的代价也没付。还有这差不多全是你干的。”

“总有一天我会告诉你的。我发誓。”

“不会有那一天了，如果我能避免的话。”

他温柔地握住她的手腕。

“梅查……”

“闭嘴。”她再次挣脱，“让我弄完这个就把你赶到街上去。”

她把一块带有橡皮膏的纱布放到伤口上，这时候她的指间触到了男人的大腿。他的皮肤感觉到温热的触感，尽管伤口就在近处，他的身体还是对闻起来好像刚刚醒来的美梦和依然温暖的床的肉体有了反应。梅查一动不动地坐在沙发边缘，漠然而沉静得像是在客观地研究一件与他们两人都毫无关系的事，她抬起目光注视着他的眼睛。

“婊子养的。”她嘀咕了一句。

之后她解开睡袍，撩起丝绸睡衣，骑到马克斯身上。

“科斯塔先生？”

一个陌生人站在维多利亚酒店房间的门槛上。另外一个，在走廊上。多年的直觉在理智确认具体的危险之前就发出了警报。就像所有面对类似处境的宿命论者，马克斯沉默地点点头。门槛上的男人为了不让他重新关上门而貌似随意地往前伸出的脚没有逃过他的眼睛。但是他并不打算关门。他知道那没有用。

“您是一个人吗？”

明显是外国人的口音。他不是警察。或者至少——马克斯贪婪地嗅着利与害——不是意大利警察。门槛上的男人已经不在门槛上了，而是在房间里面。他进来得很自然，四处打量着，而走廊上的那个还留在原地。进来的人是个高个子，栗色的头发又长又直。他有一双大手，指甲被啃过，脏兮兮的；左手的小指上带着一个粗金戒指。

“两位有什么事吗？”马克斯最后问道。

“我们需要您跟我们一起走。”

斯拉夫口音。俄国人，毫无疑问。要不然，还会是什么口音呢。马克斯朝床头柜上放的电话退去；对方看着他移动，显得无动于衷。

“把事情闹大对您没什么好处，先生。”

“出去。”

马克斯指着房门，它依然开着，门外的走廊上站着另外那个男人：身材矮小，黑色皮衣外套对于他那副令人不安的格斗士肩膀而言太窄了。他的手臂微微张开，对任何一点意外保持警惕。直发男人抬起戴着戒指的手，仿佛拿着一项无可辩驳的论据。

“要是您更喜欢意大利警察，没问题。您可以自由地做出适合您的选择。我们只不过是想谈谈。”

“谈什么？”

“您很清楚谈什么。”

马克斯思考了五秒钟，努力不要让恐惧占据上风。他的脉搏狂跳不止，觉得膝盖发软。他会跌坐在床上的，假如这不会被解读为一种退缩或证据的话。明明白白的认罪。那一刻他无声地咒骂自己。留在那里是不可原谅的，太没有预见性了，就像一只老鼠在捕鼠器的弹簧弹出时光顾着啃奶酪。竟然让他们这样认出了自己。

“不管怎么样，我们可以在这里谈。”最后他试探道。

“不。有几位先生想在另外的地方与您见面。”

“那是什么地方？”

“很近。五分钟的车程。”

直发男人边说边用一根手指敲了敲自己腕表的表面，仿佛那能证明他所言的精确性和善意。之后他朝走廊上的男人看了一眼，后者走进房间，平静地关上门，开始全面搜查。

“我哪儿也不去。”马克斯抗议道，装出远比他能感觉到的更为坚定的样子。“你们没有这个权利。”

直发男人对于房间主人的兴趣似乎中断了一会儿，他平静地任由自己的同伴行动。后者打开斗橱的抽屉，有条不紊地查看了柜子内部。接着他检查了床垫和床绷下面。最后他做了个否认的手势，用斯卡夫语说了四个词，马克斯只听懂了其中的俄语词“nichivó”：没有。

“这现在不重要。”直发男人回到被打断的谈话，“有没有权利……我说过您可以选择。与我说的那几位先生谈话还是与警方谈话。”

“我没什么可对警方隐瞒的。”

那两个人侵者此时静止不语，只是冷酷地看着他；而这种静止比沉默更令马克斯惊恐。过了一会儿，直发男人挠了挠鼻子，显得若有所思。

“我们这么办吧，科斯塔先生。”他最后说，“我和我的同伴会一人抓住您的一条胳膊，我们从这里下楼去大厅，到我们外面的车上。也许您会拒绝与我们同行，也许不会……要是您拒绝，会把事情闹大，酒店管理人员会通知苏莲托警方。那时候您承担您的责任，我们承担我们的。但是如果您心甘情愿地来，那么一切都会在暗中和平进行……您怎么决定？”

马克斯试图争取一些时间。思考。列出解决方案，可能或不可能的逃逸。

“你们是谁？……是谁让你们来的？”

对方露出了不耐烦的表情。

“是一些象棋爱好者派我们来的。想对您说说可疑的几步棋的和平人士。”

“这个我一点也不懂。我对象棋不感兴趣。”

“真的吗？……没有人会这么说的。您都这把年纪了，可是费了不少事啊。”

说话间，直发男人拿起了马克斯放在一把椅子上的外套，不耐烦地将它递给他，动作几乎有些粗暴。就像耗尽了自己的最后一点礼貌。

打开的行李箱摊在床上，已经可以关上了：装在法兰绒袋子里的鞋子，内衣，叠好的衬衫，上面是三套叠起的西服。一个上等真皮旅行袋，与行李箱是一套的。马克斯正要离开梅查·英仲扎在昂蒂布的房子前往尼斯火车站，他在蓝色列车上订了座。齐亚诺伯爵的三封信藏在行李箱里，之前他非常小心地拆下了箱子的内衬并重新贴了回去。虽说它们是烫手山芋，他还没有决定如何处理它们。他需要时间考虑将它们送去哪里。调查前一晚在苏珊娜·费里奥尔别墅和德华特大街的房子里发生的事会有什么影响。并估计它们带来的后果。

方才他整了整无懈可击的白色衣领上——他穿着衬衫和背带，背心的扣子还没扣上——打好的温莎结，并欣赏了一会儿卧室镜子里自己的脸：头发用定型水梳得油亮并露出额头，刚刚刮过胡子的脸颊上带着弗洛德剃须水的味道。幸运的是，与菲托·莫斯塔萨搏斗留下的后遗症几乎看不出来：嘴唇没那么肿了，被打中的那只眼睛看起来也好了一些。一点点粉底——马克斯用了梅查的蜜粉——盖住了眼皮下面依然乌青的印子。

当他将背心除了最底下一颗之外的扣子都扣上并转过身来时，她正在站在门口，身上穿着外出的衣服，手里捧着一杯咖啡。他没有听见她来了，也不知道她已经观察了他多久。

“火车几点出发？”梅查问。

“七点半。”

“你决定要走了？”

“当然。”

她喝了一口咖啡，若有所思地看着杯子。

“我还不知道昨晚发生了什么事……你为什么要来这里。”

马克斯将两手一摊。没什么可隐瞒的，他像是在说。

“我告诉过你了。”

“你什么也没告诉我。你只说碰到了一个严肃的问题，无法继续再待在内格雷斯科了。”

他点点头。他花了一点时间来为这番对话做准备。他知道她是不会什么也不问就放他走的，而她的确也应该得到一些答案。关于她的肌肤和嘴唇、她与他相连的赤裸身体的回忆，再次扰乱了他的心绪，令他陷入片刻的茫然。梅查·英仲扎如此美丽，离开她几乎意味着一种生理上的违背。有一瞬间他在考虑所有这些飘摇、怀疑和迫在眉睫的恐惧之中，当对于未来和现在没有一丝一毫确定的时候，爱与欲望这两个词的极限。那一场黯然的、对他而言终点与结果都是未知的逃离，让其余一切都退到了第二位。首先，他要逃命，之后才是思考那个女人在他的身体和思想上留下的烙印。当然，那也许是爱。马克斯之前从未爱过，他无从知晓。那种无法忍受的撕裂感，面对近在眼前的离别时的空虚，几乎取代了逃命和生存本能的巨大悲伤，也许这就是爱。也许她也爱着他，他突然想到。以她的方式。也许，他还想到，他们永远都不会再见面了。

“没错。”他最后回答，“一个严肃的问题……更确切地说是严重。最后变成了一次相当肮脏的争斗。因此我最好消失一段时间。”

她几乎目不转睛地盯着他。

“那我怎么办？”

“继续留在这里吧，我想。”马克斯做了一个含糊的手势，将尼斯城里的那个房间也包含了进去。“等一切平息后，我知道在哪里能找到你。”

女人蜜色的眼眸依然一动不动，显露出致命的严肃。

“就这样？”

“听着，”马克斯穿上外套，“我不想说得太戏剧化，但也许命运在玩弄我。或者都不用说也许。它肯定是在玩弄我。”

“有人在找你吗？……谁？”

“这不太好解释。”

“我有时间。你说多久我就能听多久。”

马克斯借口要检查行李是否整齐，避开了她的目光。他合上行李箱，调整好皮带。

“那么，你很幸运。我没有时间。既没有时间，也没有精力。我心里还是很乱。有些东西我没有预料到……一些我不知该如何处理的事情。”

从房子里的某个地方远远传来电话铃声。它响了四下之后很快中断了，梅查没有理会。

“警方在找你吗？”

“据我所知，没有。”马克斯用恰到好处的冷漠扛下了她的质询。“否则，我不会冒险去坐火车的。但事情可能会变，而我不想在它发生时留在这里。”

“你还是没有回答我的问题。我怎么办。”

女仆出现了。有人打电话来找太太。梅查将咖啡杯递给她，和她一起从过道离开了。马克斯把行李箱放在地上，拉上旅行包，搁在它旁边。

接着他走到梳妆台前，去找放在那里的物品：腕表、自动钢笔、皮夹、打火机和烟盒。当他将百达翡丽表戴到左手腕上时梅查回来了。他抬起目光，看到她靠在门框上，与离开之前一模一样，这个举动让他知道有事情不对了。她得到了消息，而且不是什么好消息。

“是埃内斯托·凯勒，我在智利领馆的朋友。”她冷淡而平静地说，“他说昨天晚上苏济·费里奥尔的家里被偷了。”

马克斯待在那里没动，手指还在忙着扣手表的搭扣。

“天哪……”他不动声色地说，“她怎么样？”

“她没事。”此刻梅查的语气冷得像是要往下掉冰柱，“事情发生时她不在别墅里，而是在西米耶吃晚餐。”

马克斯移开目光，伸出一只手，尽可能镇定地拿起派克钢笔。或者说假装镇定。

“有什么贵重物品被拿走了吗？”

“这应该由你来告诉我。”

“我？……”他确认笔帽盖好了，把钢笔装进外套的内侧口袋。“我为什么会知道这个？”

他再次看着她的眼睛，已经恢复了镇静。沉着。她依然靠在门框上，交叉起手臂。

“你就省省那套托辞、模棱两可和谎言吧。”她要求道，“我没心情听这些废话。”

“我向你保证我从来没有……”

“真该死。我那天在苏济家里看见你时就知道了。我知道你在暗中策划些什么，但我没有想到就是在那里。”

她靠近马克斯。自从认识她以来，他第一次看见她的面孔因为愤怒而缩紧了。强烈的收缩使她的五官在抽搐，令它们蒙上了阴影。

“她是我的朋友……你偷了她什么东西？”

“你弄错了。”

女人纹丝不动地站在他面前，几乎带着攻击性，她的眼睛里迸出威胁的光。马克斯努力控制自己才没有倒退一步。

“你的意思是，就像在布宜诺斯艾利斯时那样弄错了？”她问。

“不是那样。”

“那么，你告诉我是哪样。还有这起失窃案与你昨天晚上的情况有多大关系。你的刀伤和被打伤的地方……埃内斯托说当苏济到家时，小偷已经走了。”

他没有回答。他一边检查皮夹里的东西，一边试图掩饰自己的慌乱。

“之后发生了什么，马克斯？既然在那里没有发生暴力冲突，那么是在哪里？……和谁？”

他依然保持沉默。已经没有借口不去正视她了，因为梅查夺过马克斯的烟盒和打火机，点了一支烟。接着她粗暴地将这两样东西扔回桌子上。打火机滑下来掉在地上。

“我要去报警。”

她直接在离他很近的地方吐出一口烟，像是把烟朝他喷过去。

“你也别这样看着我，因为我不怕你……无论是你还是你的同伙。”

马克斯弯腰去捡打火机。他发现它的盖子被磕得掉了下来。

“我没有同伙。”他把打火机放进背心的一个口袋，把烟盒收进外套里。“我也不是去偷东西。我被卷进了一些不是我找来的事情里。”

“你一辈子都在找，马克斯。”

“这个不是。我向你保证，这次不是。”

梅查依然站得很近，无比冷酷地看着他。马克斯明白他不可能回避她的请求。一方面，她有权对发生的事情有所了解。另一方面，将处于愤怒而不确定的状态下的她留在尼斯，会给他已然飘摇的处境增添不必要的风险。他需要几天平静的时间。喘口气。至少，几个小时。也许，他心想，我可以控制她。归根结底，就像世界上其他的女人一样，她所求的只不过是被说服。

“这是一件复杂的事。”他承认道，夸大了自己为这番坦白做出的挣扎。“我被利用了。我没有选择。”

他精确地停顿了一下，精确到秒。梅查专心致志地倾听着，等待着，仿佛牵扯其中的是她，而不是马克斯的人生。此时，他又犹豫了片刻才说出剩下的话，将一切坦诚相告。也许说这么多是一个错误，他对自己说。但是他没有时间思考这个了。想另一条出路太难了。

“死了两个人……也许是三个。”

梅查几乎丝毫不为所动。她只是微微张开含着香烟的嘴，像是需要更多空气来呼吸。

“与苏济那件事有关吗？”

“一部分。或许是的。全都有关。”

“警方知道这个吗？”

“我想，还不知道。或许这个时候已经知道了。我没有办法去查。”

梅查很慢很慢地把香烟从嘴里抽出来，手指微微颤抖。

“他们是你杀的吗？”

“不是。”他目不转睛地注视着她的眼睛，把一切都赌上了。“一个都不是。”

那个地方不怎么样：一栋花园里长满了灌木和杂草的旧别墅。它位于苏莲托郊外的托雷安农齐亚塔和马尔恰诺之间，周围是两座挡住了大海的山丘。他们是坐着一辆菲亚特 1300 沿着坑坑洼洼的曲折公路来到这里的，直发男人负责开车，而黑衣男和马克斯一起坐在后座；此刻他们正在一个墙壁斑驳的房间里，墙上碎裂的石膏和水渍之间的旧涂料已经脱落了。仅有的家具是两把椅子，马克斯坐了其中一把，那两个人站在他两边。还有第四个人占据了另外一把椅子，正对着马克斯：皮肤苍白，浓密的红色小胡子以及带着黑眼圈的令人紧张的灰蓝色眼睛。他过时的外套的袖子里露出一双又白又长又窄的手，令人想起乌贼的触手。

“现在，”这个男人说，“告诉我索科洛夫大师的书在哪里。”

“我不知道您在说什么书。”马克斯心平气和地回答，“我来就是为了消除这个愚蠢的误会。”

对方面无表情地注视着他。在他脚边，椅子的一条腿上靠着一只破旧的黑色公文包。最后，他几乎是懒洋洋地弯下腰把它拿起来，放到膝盖上。

“愚蠢的误会……您是这样界定它的吗？”

“正是。”

“您很沉得住气。我是真心诚意地这么说的。虽说这对于您这样的人而言并不奇怪。”

“您一点也不了解我。”

“了解？……您大错特错了，科斯塔先生。我们了解很多事。比如，您并不像您所伪装的那样是个有钱绅士，而是居住在苏莲托的一位瑞士公民的司机。我们还知道您停在维多利亚酒店停车场里的车不是您的……还不止这些。我们知道您有过偷窃、诈骗和其他轻微犯罪行为的前科。”

“这是不可容忍的。你们认错人了。”

也许是时候表现出愤慨了，马克斯心想。他作势要从椅子上站起来，却感觉到穿黑色皮衣的人结实的手按在了他的一侧肩膀上。那不是一种带有敌意的施压，他这样认为。与此同时，红胡子男人打开了公文包，从里面掏出一个旅行保温瓶。

“完全没有。”他边说边拧下保温瓶的杯子，“您就是您。我请您不要折磨我的智商。我从昨晚起就没有睡觉，一直在调查这件麻烦事。这包括您、您的前科、您现身坎帕内拉大奖赛这件事以及您与挑战者凯勒的关系。所有事。”

“就算这是真的，我与你们问的那本书有什么关系？”

对方倒了一杯热牛奶，从药瓶里倒出一粒粉红色的糖衣药片一口吞下。他看上去真的很累。之后他微微摇了摇头，劝他不必再坚持否认。

“是您做的。您在夜里爬上房顶把它拿走了。”

“书？”

“正是。”

马克斯温和地笑了。面露鄙夷。

“就这样，不费吹灰之力？”

“并不是不费吹灰之力。您在这上面花了不少心思。相当令人佩服，我得承认。极为专业。”

“听着。您别开玩笑了。我已经六十四岁了。”

“今天早上拿到您的履历时我也是这么想的。但您似乎保养得不错。”他瞥了一眼马克斯手上的伤痕。“虽然我看您受了点伤。”

俄国人喝完剩下的牛奶，甩了一下杯子，把它重新拧了回去。

“您承受了巨大的风险。”他一边说，一边收起保温瓶，“我指的并不是我们的人会在楼里发现您，而是要吊到阳台上以及其他的事……您还是不承认吗？”

“我怎么会承认这样的无稽之谈？”

“听着，”他的语气依然具有说服力，“这次谈话并不是官方性质的。意大利警方还没有注意到这起失窃。我们有自己的安保措施……如果您归还那本书，一切都可以简化，假设它还在您手上，或者您告诉我们您把它交给了谁的话。如果您告诉我们您是为谁做事。”

马克斯试图快速思考。也许把书还回去是一种解决之道；但是这也会给苏联人确凿的证据来证明他们所怀疑的事情是真的。考虑到莫斯科方面的宣传手段，他问自己他们过多久会公布自己对于该事件的说法，将马克斯与豪尔赫·凯勒联系起来，使这位挑战者名誉扫地，毁掉他争夺世界冠军的可能。

“那是索科洛夫大师一辈子的笔记。”红胡子男人继续道，“有一些重要的东西取决于这些资料。今后的比赛……请您理解，为了世界冠军的声誉和我们国家的名声，我们必须把它们拿回来。这是国家事件。您偷了这本书，就是直接侵犯苏联。”

“但问题是我没有这本书，也从来没有过。我从来没有爬到过房顶上，也没有进入过不属于我的房间。”

俄国人疲惫的双眼带着令人不安的兴趣和专注打量着马克斯。

“这是您眼下的最终说法了吗？”

尽管伴随着几乎算得上友好的微笑，那个“眼下”比那双带有金属色泽的灰眼睛更加具有威胁性。马克斯感到自己的那份坚定动摇了。事情开始超出预期了。

“我不知道还能对您说什么……另外，你们没有权利把我扣留在这里。这可不是‘铁幕’。”

话一出口，他就明白自己犯了个错误。对方唇边的最后一丝微笑也消失了。

“让我对您坦承一些我自己的事吧，科斯塔先生……对于象棋，可以说，我只了解一些皮毛。我真正的专长是处理复杂的事并将它们变得简单……我在索科洛夫大师身边的职能是保证他的比赛正常进行。保证他拥有安全的环境。直到现在，从这个角度来说我的工作都无可指摘。但您打乱了这种正常。您让我遭到怀疑，您懂吗？……在国际象棋世界冠军、我的上司和我自己的职业素养面前。”

马克斯试图掩饰自己的惊恐。最后他终于张开嘴，还算坚决地吐出六个字：

“带我去警察局。”

“一步一步来。目前，我们就是警察。”

俄国人看看直发男人，而马克斯感觉到自己脑袋的左边突然出乎意料地爆出一声巨响，让他的鼓膜就像炸裂了一般轰响。突然之间椅子翻了，他摔倒在地，脸贴着地上的细砖。不知所措，脑袋像一只发了疯的蜜蜂那样嗡嗡作响。

“那么我们就不客气了，科斯塔先生。”他听见有人说，声音像是从很远的地方传来的。“我们再聊一会儿。”

当梅查·英仲扎关闭汽车的发动机时，雨刷停止工作，车玻璃蒙上了雨滴，让停在通往火车站的三重拱门前面的出租车和马车看上去变了形。虽然还未入夜，广场上的路灯却是亮着的；湿漉漉的柏油路面上映着它们的灯光，在坠落在尼斯城上的铅色暮光的倒影之间。

“我们在这里告别吧。”梅查说。

声音严肃。不带感情。马克斯转过身看着她静止的、微微俯向方向盘的侧影。凝视窗外的眼睛。

“给我一支烟。”

他在风雨衣的口袋里找到烟盒，点了一支“阿卜杜勒·帕夏”，放在梅查的唇间。她沉默地抽了一会儿。

“我想我们不会很快再见了。”她最后说。

那不是一个问题。马克斯撇撇嘴。

“我不知道。”

“等到了巴黎你会做什么？”

“继续走。”他的嘴巴撇得更厉害了，“一个静止的靶子和一个移动的靶子可不一样。所以，让它变得越难越好。”

“他们有可能伤害你吗？”

“也许……是的。有这个可能。”

她回头看着他，夹着烟的手放在方向盘上。玻璃上的雨滴令她在外面灯光照射下的脸庞变得斑驳。

“我不希望他们伤害你，马克斯。”

“我不打算让它轻易发生。”

“你还是没有告诉我你从苏济·费里奥尔的家里拿了什么。它与普通的盗窃有什么不同……埃内斯托·凯勒提到了钱和文件。”

“你不需要知道更多了。你何必要卷进来呢？”

“我已经卷进来了。”她做了个将他们俩、汽车和火车站包含在内的手势。“如你所见。”

“你知道得越少，受的影响就越小。是几张纸。信件。”

“把柄吗？”

马克斯提前预知了这个问题中含蓄的鄙夷。

“不是这种信。”他说，“不是我要敲诈。”

“那钱呢？……你真的拿了钱吗？”

“也拿了。”

梅查慢慢地点了两下头。她似乎确认了自己的想法。马克斯害怕的是，她曾有过很多时间来想。

“苏济的文件……有什么会令你感兴趣？”

“是她哥哥的。”

“啊。这样的话，你要小心。”此刻她的语气变得生硬，“托马斯·费里奥尔可不是那种左脸挨了巴掌还把右脸伸过去的人。他的身份让他无法容忍……”

“一个无名小卒？”

梅查抽完了烟，没有理会马克斯傲慢的微笑。接着她摇下车窗，把烟头扔向窗外。

“容忍像你这样的人让他觉得不痛快。”

“这些天我让太多人觉得不痛快了，我想。很多人都轮不上要我的脑袋了。”

她没说什么。马克斯看了看手表：六点五十分。距离他的火车出发还有四十分钟，车是从摩纳哥来的，而他不应该在站台上等车，暴露在太多人的目光中。他通过电话预定了头等卧铺车厢里的一个单人包间。如果一切顺利的话，一早他就在巴黎了：睡了个好觉，刮了胡子，神清气爽。再一次准备好直面人生。

“等到事情平息下来，我会试着做笔交易的。”他补充道，“让发到我手里的牌发挥作用。”

“真好笑……发到你手里的牌，你说。就像从天上掉下来的。”

“这不是我自己找来的，梅查。”

“你把文件带在身上了吗？”

他犹豫了一会儿。何必多此一举呢。

“无所谓。”他回答，“知道这个对你没什么用。”

“你想过把它们还给费里奥尔吗？……与他达成一个协议？”

“我当然想过。但去找他会有风险。再说，还有其他可能的客户。”

“客户？”

“有两个人。或者说曾有过。两个意大利人。现在他们死了……说来荒唐，但有时候我会觉得欠了他们什么。”

“如果他们死了，你就不欠他们什么了。”

“当然不欠……是不欠他们了。可是……”

他眯起眼睛，陷入回忆。那些可怜的魔鬼。滴滴答答的雨声，在玻璃窗外面汇成细流的雨水，加深了他的伤感。他再一次看看表。

“那我们呢，马克斯？你欠我什么吗？”

“等一切平息之后我会再来看你的。”

“也许我已经不在这里了。也许他们会将我的丈夫作为俘虏交换。还有越来越多的人说到欧洲会爆发另一场战争……一切都会很快改变。消失不见。”

“我应该走了。”他说。

“我不知道我会在哪里，如你所说，等到一切都平息的时候。或是变得复杂的时候。”

马克斯的一只手放到了车门把手上。他突然停住了，仿佛从车里出去就等于进入虚无。这让他黯然神伤，觉得自己脆弱。暴露在孤独和雨水里。

“我不是个爱读书的人。”他若有所思地说，“我更喜欢电影。我只会在旅途中和酒店里翻一翻快餐文学，登在杂志上的那种……但我一直都记得一句话。一个冒险者说：‘我靠我的刀和马活着’。”

他努力整理自己的思绪，搜寻着能够准确总结他想要表达的意思的话语。女人一动不动地听着，一言不发。停顿间只听见雨滴落在汽车的车厢上。此刻，非常疏缓。像是上帝在哭泣。

“我想起了一句类似的话。我靠我身上有的东西活着。靠我在路上找到的东西活着。”

“一切都有终点。”她轻声说。

“我不知道这个终点会是什么，但我知道起点……小时候我的玩具很少，几乎全都是用涂了颜色的铁皮和火柴盒做的。有些星期天，我父亲会带我去自由电影院看下午场电影：这项活动要花三十分钱，他们会送糖果，还有我从来没中过的摸彩纸券。在银幕上，伴随钢琴师演奏的背景音乐，我看见浆过的雪白衣襟，衣着华贵的男人，美貌的女人，汽车，派对和香槟酒……”

他再次从口袋里拿出那个优雅的玳瑁烟盒，但却没有打开。他只是把它拿在手里玩耍，用一根手指划过嵌在一角的金质首字母缩写 MC。

“我时常会，”他继续说道，“在加利福尼亚大街上的一家糖果店前面停下来，望着装满小点心、圆饼和蛋糕的橱窗……或者去里亚丘埃洛一直延伸到布宜诺斯艾利斯的河岸玩耍，观察从船上下来的海员：胳膊上带着刺青的男人，来自我想象中迷人的地方。”

他几乎是突兀地停下来，显得很尴尬。他刚刚意识到自己可以无穷无尽地将这种回忆串联到一起。他也发觉之前他从未说过这么多关于自己的事。对谁都没有。从来不是实话，也不是真正的记忆。

“有的人梦想着离开，并敢于离开。我这样做了。”

梅查依然沉默着，像是不敢剪断他交付给她的那根细线。马克斯深深叹息，几乎咳嗽了，他把烟盒收了起来。

“正如你说的，当然会有一个终点。可我不知道我的终点在哪里。”

他不再去看外面模糊的灯光和人影，转过身来自然而然地吻了她。温柔地。在唇上。梅查由他这么做了，没有拒绝这次触碰。一种甜美、湿润的温热，比外面的雨景更令马克斯黯然。之后，她把脸移开了一点，两个人依然注视着彼此的眼睛，离得那样近。

“你没有必要离开。”她的声音很轻很轻，“这里有千百个地方……在我身边。”

此刻，轮到他退后了一点。他依旧看着她。

“在我的世界里，”他说，“一切都出奇的简单：我是谁是由我留下的小费决定的。当一个身份遭到破坏或用不下去的时候，第二天我就会换上另一个。我靠着取信于人生存，既没有多大的怨恨，也没有多大的梦想。”

“我可以改变这个……你没有想过吗？”

“听着。前一阵子我参加过一次派对：在维罗纳城外的一栋别墅里。有钱人。吃甜点时，在主人的怂恿下，客人们开始嬉笑着用喝咖啡的小银勺刮掉墙壁上的石膏，露出了底下涂料的颜色。我看着他们，心里想着这一切是多么荒唐。想着我永远都无法觉得自己像他们一样。他们的小银勺和石膏下面的涂料。还有他们的笑声。”

他停顿了一会儿，摇下车窗呼吸外面潮湿的空气。车站的围墙上，广告海报之间贴着法国运动党和人民阵线的政治布告；意识形态口号与内衣、牙药或者下一部要上映的电影《趁人之危》的广告混在一起。

“看见所有这些黑色、褐色、红色或蓝色的服装，要求你加入这个或那个时，我在想以前的世界属于有钱的人，而现在要属于有怨气的人了……我两者都不是。我甚至都没法心存怨气，哪怕我努力这么做。我向你发誓我这么做了。”

他再次看了看女人。她依然一动不动地听着。面色阴沉。

“我想在如今的世界里唯一可能的自由就是漠然。”马克斯总结道，

“因此我会继续靠我的刀和我的马活着。”

“你下车吧。”

“梅查……”

她看向别处。

“你要误火车了。”

“我爱你。我想。可是爱与这一切无关。”

梅查用两只手拍打方向盘。

“要走就走。你这个该死的家伙。”

马克斯戴上帽子，一边扣风雨衣，一边下了车。他从后车厢拿出箱子和旅行包，在纷飞的雨中往前走去，没有开口说话，也没有向后看。他感觉到一阵令人不适的剧烈悲伤：提前感知了一种随后会让他刻骨铭心的思念。他在车站入口处把行李交给一个脚夫，跟在他身后穿过人群，朝售票处窗口方向走去。之后他跟着脚夫到了笼罩着站台的玻璃钢双层构架处。那一刻，在蒸汽柱之间，一辆拖着十二节深蓝色车厢的机车缓缓驶入，车窗下面带有一道金色和国际卧铺火车公司字样。车身两侧各有一块金属挂牌标明摩纳哥—马赛—里昂—巴黎路线。马克斯瞥了一眼四周，寻找值得警惕的迹象。两个身穿深色制服的法国宪兵正轻松地在候车厅门前聊天。一切似乎都风平浪静，他心想，没有人特别注意他。不过这也不能保证什么。

“几号车，先生？”搬行李的脚夫问。

“2号。”

他上了火车，将车票和一张一百法郎的钞票一起递给列车员——屡试不爽的能够在整段旅途中赢得对方好感的办法——当列车员碰了碰圆顶帽的帽檐，弯腰行礼时，他将另外二十法郎给了脚夫。

“谢谢，先生。”

“不，我的朋友。谢谢您。”

进入隔间后，他关上门并拉开了一点窗帘：只有这样才能再瞥一眼站台。宪兵们依然在同一个地方聊天，他没有看到任何令他不安的东西。人们道别并登上列车。有一群修女挥着手帕，一个迷人的女人在车厢门前拥抱一个男人。马克斯点起一支烟，在座位上坐定。当列车开始开动时，他抬眼望向放在行李架上的箱子。他想着藏在它的内衬里的信件。还有在将它们脱手之前如何继续活下去并不被抓起来。梅查·英仲扎已经从他的记忆中抹去了。

疼痛，马克斯心想，迟早会达到一个饱和值，那时它的强度就不再重要了。从那一点开始，被打二十下和被打四十下是一样的。从那以后疼的就不再是多打的那一下，而是这一下和之后那一下之间的停顿。因为最难以承受的刑罚并不是被打，而是鞭子停止工作喘一口气的时刻。正是那个时候，疼痛的肉体在暴力面前不再麻木，它放松下来并真切地指控折磨它的疼痛。那是之前所有过程的结果。

"书，马克斯……你把书放在哪儿了？"

不平等的对话进行到了这个份上——严刑拷打意味着其他方面也不必再受到社会性的约束——长着红胡子和有着像乌贼触手一样的手的男人已经把"您"换成了"你"。他的声音在马克斯听来扭曲而遥远，因为后者头上蒙着一块让他无法呼吸的湿毛巾，它扼制了他的呻吟并吸收了他所承受的部分力道，使其不会在他被绑在椅子上的身体上留下外部伤口或者可见的挫伤。余下的拳头落在他的胃部和小腹，绑着他的绳子让他不得不摆出的姿势所暴露的部位。它们是拜直发男人和穿黑皮衣的男人所赐。他之所以知道是他们是因为他们时不时会拿掉毛巾，透过因为疼痛和充满泪水而变得模糊的双眼，他看到他们在自己旁边，摩拳擦掌，而另外那个男人坐在那里看着。

"书。它在哪里？"

他们刚刚把毛巾从他脑袋上取下。马克斯贪婪地呼吸到达他饱受摧残的肺部的空气，尽管每一次呼吸都灼痛得像是有空气在伤痕累累的身体中乱窜。最后，他茫然的眼睛终于聚焦在红胡子男人的脸上。

“书，”后者重复道，“告诉我们你把它放在哪儿了，我们一次了结。”

“我不知道……任何……关于书的事。”

这时候，在没有任何人发出指示的情况下，作为其对这个程序的个人贡献，穿黑皮衣的男人突然朝马克斯的小腹下打了一拳。后者在绳子间的身体扭曲了，新的疼痛从下至上爆发，经过了腹股沟和胸部，他想缩起身子却是徒劳，因为他的手臂、躯干和双腿都被绑在椅子上。突然间冒出的冷汗覆满全身，过了几秒钟，自从这一切开始之后第三次，他吐出苦涩的胆汁，从下巴一直流到衬衫上。打他的人厌恶地观察了他一下并朝红胡子男人转过身去，等着新的指示。

“书，马克斯。”

他还喘不上气来，但却摇头否认。

“天哪。”俄国人的声音里透出一点干巴巴的敬佩，“老头子是个硬骨头……都这把年纪了。”

同一个地方又挨了一下。马克斯在又一次疼痛的痉挛里扭动身体，仿佛有什么尖利的东西刺穿了他的内脏。最后，在几秒钟的极度痛苦之后，他无法控制地叫出声来：一声短促的野兽般的嗥叫，让他缓过一点劲来。这一次胃痉挛并没有引发呕吐。马克斯的脑袋垂在胸前，断断续续而痛苦地吸着气。他颤抖着，因为他身体的每一个毛孔里的汗水，似乎都在湿透的衣服下面结了冰。

“书……在哪里？”

他把脸抬起来一点。他的心脏毫无节奏地跳动着，有时候两次心跳之间的停顿很长，有时候则跳得急速而剧烈。他相信他将在此后的几分钟内死去，而他惊讶于自己的漠然。他自觉无所谓的屈服。我从未想象过会是这种方式，他在一个清醒的瞬间这样想道。任由自己被打懵，就像一个人自暴自弃地由着一道水流将他拖向黑夜。但就是这样了。或者看起来是。在击碎他身体的痛苦和疲惫面前，这比什么都更令人解脱。

一种休息，最后。一个最后的长梦。

“书在哪儿，马克斯？”

又一下，这一次是在胸口，随之迸发的是一种似乎要压扁他脊柱的疼痛。新的胃痉挛击中了他，不过他已经没有什么可吐的了。不受控制的尿液，带着剧烈到令他发出垂死呻吟的灼痛感，浸湿了他的裤子。一种可怕的头痛压迫着他的太阳穴，他混乱的思维几乎无法组织起连续的画面。浑浊的目光只看见空茫的白色，刺眼的亮光，如同沉重的水银一般波动的广阔水面。有时候，以转瞬即逝的片段的形式，在这片虚无之中会闪过梅查·英仲扎的画面，过去不连贯的片段，奇怪的声音。重复最多的是一张台球桌上三个彼此撞击的象牙球：一种柔和、单调，几乎令人愉悦的声响，为马克斯带去了一份奇异的安宁。在他身上激发出扬起下巴直视坐在他对面的男人那双钢色的眼睛所需要的力量。

“我把它藏在……你妈的……屄里了。”

说完最后一个词，他朝对方无力地啐了一口。一口短促、带血而凄惨的唾沫，没有到达目标就落在地上，几乎就在他自己的两个膝盖中间。红胡子男人盯着地上的唾沫，露出反感的表情。若有所思。

“我承认，老头子。你有种。”

接着他冲其他人做了个手势，他们再次用湿毛巾把马克斯的脑袋盖了起来。

蓝色列车穿过夜色，一路向北，将尼斯和那里的危险甩在身后。喝完一瓶四十八年的雅文邑白兰地的最后一口并用餐巾擦干嘴唇之后，马克斯在桌布上留了一笔小费，离开餐车。与他同坐一桌的女人五分钟前刚刚站起来，朝着马克斯的那节车厢——2 号车的方向走远了。命运让他们在第一轮晚餐时相遇，这个火车即将离站时他曾看见在车站拥抱一个男人的女子。她是法国人，应该有四十多岁，优雅而自然地身着一套马克斯训练有素的眼睛认出是玛姬·如芙牌的女服，而女人左手上戴着的一枚蓝宝石戒指旁边的金婚戒也没有逃过他专业而敏锐的目光。当他在她对面坐下时他们没有交谈，只是例行说了有教养的“晚上好”。他们一言不发地用餐，在目光交会或者侍应生重新斟满红酒杯时，短暂地对彼此报以微笑。她很迷人，他一边拿起盘子上的餐巾，一边心想：大眼睛，眉笔描出的细眉，嘴上恰到好处的血红色唇膏。吃完西冷牛排后她拒绝了甜点并掏出一包“吉普赛女郎”卷烟。马克斯朝桌子俯下身，用自己的打火机为她点烟。他好不容易才拧开不太配套的盖子，而开始就这一借口说的几句话衍生出了一次肤浅而亲切的谈话：尼斯，雨水，冬季，套餐度假旅游，即将在巴黎闭幕的国际博览会。破冰之后，他们谈到了其他事情。实际上，她在站台告别的那个男人是她的丈夫。他们几乎全年都住在费拉角，但她每个月都会因为工作原因在巴黎待上一周：她是《玛丽·克莱尔》杂志的时尚总监。五分钟后女人被马克斯的风趣言辞逗得开怀大笑，在他说话时看着他的嘴。“您从来没想过去当男装模特吗？”过了一会儿她对他说。最后她看了看自己精巧的腕表，笑容满面地与他道别并离开了餐车。出于一种令人愉快的巧合，他们住在相邻的包间：4号和5号。火车上和人生中的偶然。

马克斯走过酒吧车厢——这时候那里就像丽兹酒店一样热闹——穿过能更加清楚地听见列车轰隆声和黄杨树单调响声的绞链连接处之间的平台，在车厢管理员的隔间前面停下来。管理员正在一盏小小的台灯下查看自己负责的十个包间的名单，灯光照得他制服小口袋上的两个小金狮子闪闪发亮。他是一个秃头、满脸胡子而和气的小个子男人，脑袋上有一个疤，之后问起时马克斯得知那是他在索姆河时的一块碎弹片造成的。他们聊了一会儿战争的伤疤，接着是卧铺车、普尔门式客车、火车和国际线路。马克斯在合适的时机掏出自己的烟盒，同意对方用一盒带有公司标志的火柴为他点烟，当他们抽完烟并聊起私房话时，任何一个从旁边经过的旅客都会将他们当作多年好友。五分钟后，马克斯看了看表；他用一种假如对换一下角色，他也会为对方做同样事情的语气，请管理员用自己的钥匙打开隔开4号和5号包间的门。

“我不能这么做。”列车员无力地反对道，“规章不允许。”

“我知道，我的朋友……但我也知道你会为我这么做的。”

伴随着这句话的是一个隐秘的、几乎无所谓的举动，他将两张与在尼斯上火车时付的小费一模一样的一百法郎钞票放到对方手中。管理员还是犹豫了片刻，但他显然更多的只是为了捍卫国际卧铺列车公司的光荣形象。最后他把钱塞进一个口袋里，像个见惯了世面的男人那样戴上圆顶帽。

“七点早餐，先生？”他们穿过过道时，他非常自然地问。

“好。这个时间再好不过了。”

之后是一下几乎难以觉察的停顿。

“单人用餐，还是双人？”

“单人，假如您不介意的话。”

听到那个，已经走到马克斯门前的管理员向他投去一个感激的眼神。令人心安的是——他可以从中读出——能与仍然懂得保持风度的绅士们一起做事。

“当然，先生。”

那一夜，如同接下来的几夜，马克斯都睡得很少。那个女人名叫玛丽—尚塔尔·埃里阿尔；她健康、热情而有趣，在巴黎的四天里他也依然常去找她。她于他是很好的掩护，另外，除了托马斯·费里奥尔保险箱里的三万法郎之外，他还从她那里拿到了一万法郎。第五天，在反复考虑了自己近在眼前的未来之后，马克斯将他在蒙特卡洛的巴克莱银行里所有的钱转了过来并提了现。之后他在里沃利大街上的库克旅行社买了一张去勒阿弗尔的火车票以及一张去纽约的“诺曼底号”远洋邮轮的头等舱船票。结清在默里斯酒店的账单时，他将齐亚诺伯爵的信件放入一个马尼拉纸信封并通过信使将它们送往意大利使馆。他没有附上名片、附注或任何说明。然而，在将信封和小费一起交给酒店门房之前，他停了一会儿并若有所思地露出微笑。接着他从口袋里掏出自动钢笔，在信封外面以寄信人的方式用大写字体写上了毛罗·巴尔瓦雷思科和多梅尼克·蒂尼亚内罗的名字。

马克斯已经失去了时间概念。在黑暗与疼痛、拷问以及连续不断的拳打脚踢之后，当他们再次把湿毛巾从他头上拿下来时，他惊讶地发现外面居然还有亮光。头痛极了；以至于，太阳穴的血管和心脏每一次毫无节奏的跳动都让眼球像是要从眼眶里蹦出来。然而，他们有一会儿没打他了。此刻他听见俄语的说话声并随着眼睛慢慢适应亮光而看见了模糊的人影。当他的眼睛终于清晰地聚焦在它们身上时，他发现房间里有第五个人：金色头发，肥胖，一双水汪汪的蓝眼睛正好奇地观察着他。他的模样让他觉得眼熟，不过在这样的状态下他无法串连起任何记忆或念头。过了一会儿，金发男人露出了怀疑而责备的表情。之后他摇摇头并与红胡子男人说了几句话，后者已经不坐在椅子上了，而是站着，同样也在看着马克斯。红胡子男人似乎并不喜欢他听到的话，因为他气愤而不耐烦地回了一句。对方坚持己见，他们争执得更大声了。最后，金发男人似乎断然而生硬地下了命令，而就在他走出房间的那一刻，马克斯认出来他就是米亚伊尔·索科洛夫大师。

红胡子男人靠近了马克斯。他用批判的眼光打量着他，似乎在评价他受到的伤害。他想必觉得它们并不是太过分，因为他耸了耸肩膀，没好气地对他的同伴说了些什么。马克斯再次紧张起来，等着湿毛巾和更多的折磨；但这并没有发生。直发男人只是拿来一杯水，突然送到囚犯嘴边。

“你运气很好。”红胡子男人说。

马克斯贪婪地喝着水，咕咚咕咚的。之后，下巴和胸口还滴着水的他看看对方，后者正神情阴郁地观察着他。

“你是一个小偷、骗子和一个有犯罪前科的败类。”俄国人说，他的脸几乎凑到了马克斯脸上。“就在今天，在加尔达湖的诊所里，你的老板胡根托布勒医生将会得知一切。他也会知道你带着他的衣服、他的钱和他的劳斯莱斯在苏莲托招摇过市。还有更重要的：苏联不会忘记你做过的事。无论你去哪儿，我们都会想办法让你不好过。直到有一天有人敲开你的门，完成我们没做完的事……我们希望你每天晚上睡觉和每天早上睁开双眼时都想着这个。”

说完那些，红胡子男人对穿黑皮衣的男人做了个手势，后者手里啪的一声打开了一把折刀。马克斯依旧茫然，仿佛漂浮在一片羽毛般的云朵上，他感觉到他们割断了绑着他的绳子。一阵意外的焦灼疼痛，穿过他麻木的手臂和双腿，让他呻吟起来。

“现在你从这儿滚出去，找一个深一点的洞藏好吧，老头子……无论你怎么活着，从今天起你就已经完蛋了。你是个死人。”

第十三章　手套和项链

他好不容易才到了那里。在凭直觉整理好衣服并敲门之前，马克斯朝走廊上的一面镜子里看了看自己身上是否有可见的伤痕。以确认自上一次以来疼痛、衰老和死亡又恶化了多少。但他的外表并无异常。至少，不太异常。湿毛巾，他半是苦涩半是轻松地在镜子里看到，发挥了它的作用：他苍白的面孔上仅有的伤痕是发炎的眼睑下面的两圈乌青。另外他的眼睛也有些红肿，眼白充血得像是里面有几百条毛细血管都破裂了。不过，最糟糕的是看不见的地方，他一边想，一边朝梅查·英仲扎的房间最后迈了几步，停下来用一只手扶着墙壁喘了口气：胸部和腹部的血肿；缓慢而不稳定的脉搏令他疲惫无力，每一个动作都要费上好大的力气，在折磨着灼痛皮肤的衣服下面，他依然浑身冒冷汗；身体极度的不适让他的脚步变得笨拙，穿过酒店大厅时他只有凭借意志支撑才能够掩饰，勉强站住不倒下。还有，尤其是那种强烈到无法抑制的，想要随便找个地方躺下来、闭上眼睛做个长梦的欲望。没入一种如死亡般安谧的虚无的平静之中。

“我的上帝啊……马克斯。”

她站在房间门口，惊讶地看着他。他努力保持的微笑想必完全没有让她心安，因为她很快搀住马克斯的一只胳膊，不顾他无力的反对，扶住了正努力想要不依靠帮助迈出之后几步的他。

“出什么事了？你病了吗？……你怎么了？”

他没有回答。通往床前的路长得走不完，因为他的膝盖直发软。最后他脱下外套，如释重负地坐到床垫上，两臂交叉抱着肚子，压抑着因为身体的疼痛而发出的痛苦呻吟。

“他们对你干了什么？”最后她明白过来。

他不记得自己躺下来了，但现在他就是这样，仰面躺着。坐在床沿的是梅查，一只手放在他的额头，一边用另一只手检查他的脉搏，一边惊恐地望着他。

“聊了聊。”马克斯最后终于说道，声音透不过气来。“只是……聊了聊。”

“和谁？”

他无所谓地耸耸肩。然而，伴随着这个举动挤出的微笑却在他皱巴巴的脸上消融了。

“和谁都一样。”

梅查伸手去拿床头柜上的电话。

“我去叫个医生。”

“别找医生了。”他无力地抓住她的胳膊，“我只是很累……过一会儿就好了。”

“警察去了吗？”她的焦虑似乎并不只涉及马克斯的身体，“索科洛夫的人呢？”

“没警察的事。目前，一切都是内部问题。”

“该死的！下三滥！”

他试图冷静地微笑，但却只露出了饱受摧残的表情。

“你设身处地地想一想。”他为他们辩白道，“只是个小把戏而已。”

“他们会报警说被偷了吗？”

“他们没有给我这种印象。”他小心翼翼地拍着自己疼痛的肚子，“实际上，我有另外一些印象。”

梅查仿佛不明白似的望着他。最后她点点头，温柔地抚摸着他乱七八糟的灰头发。

“我寄的东西到了吗？”他问。

“当然到了。它被收得很好。”

再简单不过了，马克斯对自己说。一个经蒂齐亚诺·斯帕达罗之手给梅查·英仲扎的、由门童送到房间里的清清白白的包裹。安排事情的老办法。简单的艺术。

“你儿子知道吗？……我所做的事？”

“我想等到比赛结束。伊琳娜的事情已经够他担心的了。”

“她怎么样了？她知道你们已经发现她了吗？”

“还不知道。我希望她晚一点知道。”

一阵疼痛的痉挛突然袭来，让马克斯发出呻吟。她试着去解他汗湿的衬衫的扣子。

“让我看看你那里怎么样了。”

“没什么。”他拒绝了，拿开了女人的手。

“告诉我他们对你做了什么。”

“没什么严重的。我再说一遍：我们只是聊了聊。”

那双金色的眼眸如此坚定地注视着马克斯，以至于他几乎能在其中看到自己。我喜欢她这样看着我，他心想。我很喜欢。尤其是，今天。此时此刻。

“什么也没说，梅查……我什么也没说。我什么也没承认。就连我自己的事也没有。”

“我知道。我了解你，马克斯……我知道。”

“也许你不相信，但我并没费太多劲。我不在乎，你明白吗？……他们对我做的事。”

“你非常勇敢。”

“不是勇敢。只是我说的那个。漠然。”

他深深呼吸，想恢复失去的能量，但每吸一口气都让他浑身疼得要命。他觉得自己累得可以睡上好几天。脉搏依然跳得不规律，仿佛他的心脏有时会被抽空。她似乎担忧地察觉了这一点。她站起来拿来一杯水，他小口小口地喝得很小心。水舒缓了他灼烧的嘴，但在到达胃里时却让他胃疼。

“让我去叫个医生吧。”

“别去找医生……我只需要休息。睡一会儿。”

“当然。”梅查抚摸着他的脸，“安心睡吧。”

“我不能留在酒店里。我不知道会发生什么……即使他们不会直接报警，我也会有麻烦。我必须回到奥里亚纳山庄去还衣服、车……所有东西。”

他不安地动了一下，想坐起来，但她温柔地制止了他。

“你放心。休息吧。这个可以等几个小时再说。我会去你的房间把行李收拾好……你有钥匙吗？”

“在我的外套里。”

她再次把杯子拿过来，马克斯又喝了一点，直到再也无法忍受胃部的不适。之后他筋疲力尽地把头靠到床上。

“我做到了，梅查。”

这些话里有一种模糊的骄傲。她发现了，若有所思地露出钦佩的微笑。

“是的，你做到了。上帝啊，你做到了。完美无瑕。”

“合适的时候，告诉你儿子是我做的。”

“我会告诉他的……请你相信。”

“告诉他我爬到那里拿了他们那本该死的书。现在那个女孩和这本书打成了平手，对吧？……就像你们在国际象棋里说的，和棋。”

“当然。”

他笑了，满怀希望。

“也许你的儿子会成为世界冠军……也许那时候他对我的印象会好一点。”

"我相信会的。"

他坐起来一点，突然热切地握住她的手腕。

"现在你可以告诉我了。他不是我儿子，对吗？……至少，你并不确定他是不是我的儿子。"

"睡吧，来。"她让他再次躺下来。"老无赖。可爱的傻瓜。"

马克斯睡了。一会儿深，一会儿浅。有时候他会惊醒并无措地呻吟，那是他做了断断续续而毫无意义的梦。有一种具体的疼痛和想象的痛苦彼此掺杂混合，它们剧烈搏斗着，很难区分真实和想象中的感觉。每一次睁开眼睛，他都需要好一会儿才能认出自己所在的地方：外面的光线逐渐消失，直到房间里的物品变得模糊，而现在剩下的只有阴影。女人依旧在他身边，和衣靠在床头：一个比环绕着马克斯的其他影子更浅的身影，她近处身体的温热以及一支香烟的火星。

"你怎么样？"她感觉到他动了一下并醒过来了，于是问道。

"累。但我感觉不错……这么静静地待着，非常放松。我需要睡眠。"

"你现在还是需要。接着睡吧。我看着。"

马克斯想看看四周，他依然困惑。试图回忆自己是怎么到那里的。

"我的东西怎么样了？我的行李箱？"

"收拾好了。我把它拿过来了。就在这儿，在门边。"

他如释重负地闭上眼睛：像一个暂时不需要对任何情况负责的人那样安逸。最后他记起了其余的事。

"岁数与象棋棋盘的格子数一样，你说。"

"没错。"

"那不是为了你的儿子……我不是为他做的。"

梅查熄了烟。

"你是想说，不完全是。"

"对。也许我是想说这个。"

她移动了一点，离开床头坐到他身边，更近的地方。

“我还是不知道你为什么要开始这个。”她的声音很轻。

黑暗带回奇怪的情境，他心想。不真实。我们是在另外的时间。另外的世界。另外的身体中吧。

“我为什么要来酒店，还有其他的一切？”

“正是。”

马克斯微笑了，他知道她无法看见他的脸。

“我想再一次成为过去的自己。”他简单地回答，“感觉自己像那时一样……我最荒唐的计划之一是有可能再偷一次你的东西。”

她显得很吃惊。一脸怀疑。

“你别指望我会相信你。”

“也许偷这个词用得不对。肯定不对。但我有打算这么做。当然，不是为了钱。不是为了……”

“好吧。”她打断了他，最后终于被说服了。“我懂。”

“第一天我就搜查了这个房间。我嗅着你的痕迹，你想想：时隔二十九年，在每一件物品上都能认出你。我还找到了项链。”

马克斯呼吸着身边女人的气息，一心一意地感觉着。她身上有混合了非常柔和的香水余香的烟草味。有一瞬间他问自己她那赤裸、憔悴、因岁月生出斑点的皮肤，是否依然是他们在尼斯或布宜诺斯艾利斯彼此相拥时的味道。肯定不是了，他想。或无疑不是了。正如他的皮肤也不再是。

“我打算把你的项链偷走。”沉默一阵之后他说，“只偷那个。以某种方式第三次诱惑你。像我们从博卡区回来的那天夜里那样将它带走。”

梅查有一会儿没说话。

“那条项链已经不像我们认识的时候那么值钱了。”最后她说，“我怀疑现在你连一半的钱都卖不到。”

“不是这个。不是钱多钱少的问题。那是一种用来……好吧。我不知道。一种方式。”

“让你感到年轻而成功？”

黑暗中，他摇头否认。

“告诉你我没有忘记。我不曾忘记。”

另一阵沉默。以及另一个问题。

“为什么你从不留下？”

“你是一个鲜活的美梦。”他考虑着该如何回答，努力说得准确。“来自另一个世界的谜。我从未想过我有这个权利。”

“你有。就在你愚蠢的眼睛前面。”

“我看不见。那不可能……我那样去看是看不见的。”

“你的刀和你的马，对吗？”

马克斯真诚地努力回忆了一下。

“我不记得这个了。”他说。

“当然。可我记得。我记得你的每一句话。”

“无论如何，我总觉得自己是你生命中的过客。”

“你这么说真奇怪。我才总觉得自己是你生命中的过客。”

她站起来，走到窗户旁。她拉开一点窗帘，外面从酒店露台向上升起的灯光，勾勒出逆光处她幽暗而静止的身影。

“那滋养了我的一生，马克斯。我们在‘波洛尼奥船长号’棕榈大厅里那支无声的探戈……铁路酒吧的那个夜晚我放在你口袋里的手套：第二天我去你在布宜诺斯艾利斯的旅馆房间里找的那只。

他点点头，虽然她看不见。

“手套和项链……是的。我记得透过窗口照在地面的细砖和床上的光线。还记得你赤裸的身体和我看见那样美丽的你时的惊讶。”

“我的上帝。”她喃喃道，像是在自言自语。“你那时英俊极了，马克斯。优雅而英俊极了。一位完美的绅士。”

他不怀好意地笑了。难以觉察。

“我从来不是。”他回答。

“你比我认识的大部分男人都更绅士……真正的绅士是那种既是绅士，而又不在乎自己是不是的人。”

她再次走到床边。她背后的窗帘拉开了一半，外面微弱的亮光将她与屋里的阴影区分开来。

“从一开始我就为你毫无激情或渴望的野心而着迷……那种缺失了希望的冷漠。”

她站在床边点燃了另一支烟。打火机的火苗照亮了她指甲整洁的瘦削手指，注视着马克斯的眼睛，极短的灰色头发下面爬满皱纹的额头。

“我的上帝啊。那时你只要碰我一下我就会发抖。”

她甩灭火苗，只留下火星。还有，像两点双生的炭火一般，她金色双眸里柔和的铜色光芒。

“我只是年轻。”他回答，“一个一心只想活下去的猎人。而你真的是像我之前说过的那样：美得像一个梦境……一个我们男人只有在年轻而勇敢时才有权利拥有的奇迹。”

她依旧站在床边，面对马克斯，身影隐没在阴暗中。

“那太可怕了……你依然如此。”香烟的红色火星闪了两下，“时隔这么久，你是如何做到的？……你会用表情和语言变魔术，就像戴着一张智慧的面具。你会说一些也许不是你自己说的，而是从一本杂志或者别人的谈话中信手拈来的话，然而却能让我起鸡皮疙瘩……现在还是这样。你看，碰我一下。你是一个遭到毒打而筋疲力尽的老人，而你还是会让我这样。我发誓。”

她朝马克斯伸出一只胳膊，寻找他的手。她真的起了鸡皮疙瘩，马克斯心想。她的皮肤依然温热而柔软，尽管青春不再。在那样的半明半昧之间，她高挑而瘦削的身影看上去与他曾经认识的一模一样。

“你的那种微笑，又安静又无赖……而且傲慢，是的。无论如何，你还保留着这个。交谊舞男的昔日微笑。”

她在他旁边的床垫上躺下来。再一次咫尺之遥的气息，那样贴近，那样温热。红色火星在她的侧影上一闪一闪，近得让马克斯的脸都感觉到了香烟的热度。

“当我儿子小的时候，每一次爱抚他，我都觉得自己在爱抚你。现在我看着他的时候依然如此。我在他身上看到了你。”

一阵静默。之后他听见她几乎是快乐地轻声笑了。

“你的微笑，马克斯……你真的认不出那个微笑吗？”

说完这个，她微微欠起身，在床头柜上摸索着把烟熄灭。

“休息吧，放松自己。”她补充道，“你一辈子就这样做一回吧。我说过我会看着的。”

她在很近的地方蜷缩起身体，贴住他。马克斯心满意足地眯起眼睛。如此平静。出于某种他没有试图分析的奇怪原因，他觉得想给她讲个老故事。

“我十六岁时第一次和一个女人在一起。”他缓慢地回忆道，声音很低，“那时候我在巴塞罗那的丽兹酒店当门童……就我那个年纪来说我个子很高，而她是一位成熟、优雅的女顾客。最后我把自己弄到了她的房间里……当我明白过来时，我尽我所能做到了最好。结束后，我穿衣服时，她给了我一张一百比塞塔的钞票。走的时候，我天真地凑过脸去想给她一个吻，可是她生气地躲开了，一脸不高兴……后来，当我在酒店遇到她时，她甚至都没有屈尊看我一眼。”

他停了一会儿，寻找一个差异或细节来准确地总结自己刚才所说的话。

“在那五秒钟里，”最后他补充道，“当那个女人躲开的时候，我学到了我再也没有忘记的东西。”

此刻的沉默那样漫长。梅查把头靠在他的肩膀上，平静不语地听着。最后她动了一下，靠得更近了。在她消瘦的、几乎虚弱的身体上，衬衫下面的乳房显得又小又扁；与他记忆中的截然不同。出于某种特殊的原因，这触动了他。令他动了情。

“我爱你，马克斯。”

“依然爱？”

“依然爱。”

他们凭着直觉温柔地，几乎是疲惫地，寻找彼此的嘴唇。一个伤感的吻。波澜不惊。之后他们静静地继续相拥，没有松开手。

“最近这些年有这么难熬吗？”过了一会儿她问。

“这些年可以更好的。”

这只是个简单的说法，一出口他就这样想道。接着，他心平气和地低声吐露了一连串伤心事：身体的衰老，来自适应新世界的年轻血液的竞争。最后，作为一切的收尾，他犯了好几个错误，又连续倒了好几次霉，这让他在雅典监狱蹲了一阵。时间并不是太长，但出狱时他已经完了。他的经验只能让他靠一些小骗局和低薪工作活着，或者去能让他勉强谋生度日的地方。有一段时间，意大利是干这一行的好地方；可最后他连这副皮囊也失去了。替胡根托布勒医生工作既舒服又安全，真是撞了一次大运，而现在也完全毁掉了。

“那你怎么办呢？”一阵沉默之后梅查问。

“我不知道。我会找个法子的，我想。我从来都知道怎么去找。”

她在他的双臂间动了一下，似乎在表达抗议。

“我可以……”

“不。”他按住她，将她抱得更紧了。

她再次静下来。马克斯在黑暗中睁大眼睛，而她缓慢而轻柔地呼吸着。有一会儿她像是睡着了。最后她又挪了一下，一点点，用嘴唇摩挲着他的脸。

“无论如何你要记得，”她悄声说，“我还欠你一杯咖啡呢，要是你哪次路过洛桑，来看我。”

“好。也许我会路过一次。”

“请你记得。”

“好……我会记得。”

有一瞬间，马克斯——他惊讶于这个巧合——觉得在某个遥远的地方响起了一支探戈熟悉的旋律。也许是隔壁房间的一台收音机吧，他心想。或是下面露台上的音乐。又过了一会儿他才意识到是他自己在脑海中哼唱着它。

“这一辈子不坏。”他用很低很低的声音坦白道，“大部分时间我都在用别人的钱活着，而从来不曾鄙视或害怕过它。”

“收支好像不错。”

“我还认识了你。”

她把头从男人的肩上移开。

“哦，得了，别演戏了。你认识的女人太多了。”

她声音里带着笑。满怀爱意。他温柔地吻了她的头发。

“我不记得那些女人。一个也不记得。但我记得你。你相信我吗？”

“是的。”她再次把头靠过去，“今晚我相信你。也许你也爱了我一辈子。”

“有可能。也许我现在也爱着你……谁知道呢？”

“当然……谁知道呢？”

一束阳光唤醒了马克斯，他在温暖着脸庞的光亮中睁开双眼。光是从合上的窗帘间透进来的又窄又刺眼的一道。马克斯慢慢移动身体，开始时有些吃力，他痛苦地努力从枕头上抬起脑袋，发现自己是独自一人。床头柜上，一只便携钟显示时间是上午十点半。有烟味；钟旁边有个空杯子和一只装了十几个烟头的烟灰缸。她，他推测，陪着他度过了剩余的夜晚。彻夜不眠地守护着梦中的他，就像她承诺的那样。也许她曾经静止而沉默地待在那里，一边抽烟，一边在第一道晨曦里望着睡熟的自己。

他茫然地站起来，拍了拍皱巴巴的衣服；解开衬衫后他发现血肿的颜色变深了，仿佛他一半的血都流到了肌肉和皮肤之间。他身上从腹股沟到脖子都疼，一直到他麻木的四肢热乎起来之前，他每朝卫生间走一步，都要受一次罪。他在镜子里看到的画面也与他最好的状态相去甚远：一个眼睛呆滞发红的老头正从玻璃另一边怀疑地打量着他。马克斯打开洗手池的水龙头，将脑袋伸到冰冷的水流下，让水淌了一会儿，使自己清醒过来。最后他抬起脸，在用毛巾擦干之前他再次注视着自己衰老的面容，水珠正沿着脸上被犁出的深深的皱纹滑落下来。

他慢慢地穿过房间，走到窗边；当他拉开窗帘时，外面的阳光猛地淹没了床上皱巴巴的床单，挂在椅背上的海蓝色休闲西服，门边收拾好的行李箱，梅查散落在房间里的东西：衣服，一个包，书，皮带，零钱包，杂志。在最初的目眩之后，马克斯的眼睛适应了亮光；此时他看清了彼此交融的深蓝色天空与大海，海岸线，蓝与灰之中维苏威模糊的深色火山锥。一艘汽艇，正出奇缓慢地朝那不勒斯方向远去，在钴蓝色的海湾上画出一道短短的白色航迹。三层楼之下，在酒店露台的一张桌子上——它在那座跪着望向大海的大理石女人雕像旁边——豪尔赫和他的老师卡拉佩蒂安正在下棋，而伊琳娜正看着他们。她与他们坐在一起，但距离桌子要稍远一点，赤裸的脚丫放在椅子边缘，双臂抱着膝盖。她已经远离了棋局和他们的生活。

梅查·英仲扎独自一人，离得更远，坐在露台栏杆附近的一丛九重葛旁边。她穿着深色半裙，米色的开衫搭在肩膀上。她的桌上有一套咖啡和几份摊开的报纸，但她并没有在看。她与她身后的石雕女人一样纹丝不动，似乎正在入神地欣赏海湾风景。当马克斯将前额靠在窗户冰凉的玻璃上观察她时，只看到她动了一次：她将手放到颈后摸了摸灰色的短发，短暂地低下头做沉思状后再次抬头，重新像之前那样静止地望着大海。

马克斯转身背对窗口，走到椅子旁边拿起外套。将它穿上时，他的目光在斗橱上的物品上停留了一下。那里，在他无法不看见的地方，在一只女式的白色长手套上面，故意摆着那条珍珠项链，在洒满房间的灿烂阳光中闪着柔和的哑光。

站在手套和项链面前，这个片刻之前在镜中注视自己的老人感觉到回忆、画面和前尘往事开始翻涌，它们以一种清晰得惊人的方式在他的记忆里排列整齐。他与他人的生活突然融为一抹苦涩的微笑；尽管也许是对于遗失之物或不可能之物的痛苦引出了这个伤感的微笑。就这样，再一次，一个脏着膝盖的小男孩走在淤泥中一艘腐朽的木船被蛀空的甲板上，一位年轻的士兵攀上一座被尸体覆盖的山坡，一扇门在一个披着如同内疚一般暧昧不明的月光熟睡的女人面前关上了。之后，在这个陷入回忆的男人疲倦微笑的牵引下，火车，酒店，赌场，浆过的雪白前襟，赤裸的后背和水晶灯下宝石的光芒相继浮现，一对年轻美好的爱人，在与生命同样迫切的激情的驱使下，在行驶于夜色中的一艘远洋邮轮宁静无人的大厅里，彼此对视着跳一曲尚未写就的探戈。在相拥起舞的时候，他们毫不自知地画下了一个不真实世界的签名，而它疲倦的光正开始永远地熄灭。

但不只是这些。在这个望着手套和项链的男人的回忆里，还有在雨中垂下树冠的棕榈树和灰蒙蒙的海滩上一只湿透的狗，对面是一个酒店房间，世界上最美丽的女人正在那里，在散发着温暖的私密和冷对时光与人生的安宁气息的凌乱床单上，等着赤身裸体地站在窗前的年轻人朝她转过身来，再一次沉入她热情而完美的肉体之中，宇宙里唯一一个可能遗忘它奇异规则的地方。之后，在绿色的台布上，当三个象牙小球正轻轻互相撞击时，马克斯正全神贯注地看着一个男孩，并惊讶地在他身上认出了自己的微笑。他还看见，在很近的地方，有两道凝望着他的蜜色眼波，还从没有女人像她这样看过他呢；他感觉到一丝潮湿而温热的呼吸摩挲着他的嘴唇，一个声音正喃喃低语着听来新鲜的旧话，它们像香脂一样抚慰着旧时的伤口，宽恕了谎言、怀疑和灾难，旅馆房间和肮脏的住处，伪造的护照，警局，牢房，过去卑微、孤独而失败的几年，与无数个没有未来的清晨的微光一同抹去了那个里亚丘埃洛岸边的男孩、那个在烈日下行走的士兵、那个与美丽的女人在豪华远洋邮轮和大酒店里跳舞的英俊的年轻人，牢牢缝在脚下的影子。

就这样，嘴角还带着最后一丝微笑的痕迹，在曾属于他的那么多人生的遥远宿醉中，马克斯摇摇晃晃地把项链放到一边，拿起下面的女式白手套，优雅而魅惑地迅速将它放进外套的上侧口袋里，露出手指部分装作是翻领上的丝巾一角或是一朵花的花瓣。之后他环顾四周确认所有东西都放好了，最后看了一眼被扔在斗橱上的项链，朝窗口方向略一颔首，告别想象中在那里爆发出掌声的隐形观众。此情此景，他一边扣上扣子并拉平外套，一边心想，当他带着恰如其分的漠然退场时，也许应该奏一曲《老卫队的探戈》。但这有点太明显了，他得出结论。太容易猜到了。于是他打开门，拎起行李箱，沿着走廊朝虚无远去，嘴里还吹着那支《在蒙特卡洛抢了银行的男人》。

1990年1月，于马德里

2012年6月，于苏莲托

致　谢

我想感谢很多人，假如没有他们的合作，就不会有这本小说。奥拉西奥·费雷尔、何塞·戈贝洛、马塞洛·奥利韦里和奥斯卡·孔德在布宜诺斯艾利斯为我提供的参考意见，对于我进入探戈的领域具有决定性意义。艾特尔纳乌塔旅行社的加布里埃尔·梅利奥，多亏他带我第一次造访了巴拉卡斯街区，后来加芙列拉·普恰也加入进来，她与我分享了她的父亲恩里科·普恰的记忆，而这让我得以想象出马克斯·科斯塔的城郊童年。马尔科·特罗佩亚贡献了关于六十年代意大利的有趣信息，同样的，有些关于1937年法国的重要细节来自于我的朋友艾蒂安·德·蒙特蒂。我从米谢勒·波拉克和她在巴黎的古董书店那里获得的书和小册子让我了解了"波洛尼奥船长号"远洋邮轮船上的生活。凯勒—索科洛夫对决要多谢莱昂佐·加西亚的热情相助，他一如既往慷慨地解决了复杂的战术问题并为我提供了见识世界上最优秀的棋手不太为人所知的一面的机会。孔奇塔·克利门特和路易斯·萨拉斯所提供的资料构建了作曲家阿曼多·德·特洛埃耶的职业生涯，胡里奥·阿尔维大使为我详细讲述了两次世界大战之间的某些外交习惯，胡安·安东尼奥·卡拉夫里亚警察局长解决了警察的类别问题，阿霞·贡恰罗娃在俄语和苏联棋手的性格等复杂问题上帮助了我，而在何塞·洛佩斯和加布里埃尔·洛佩斯的专业指导下，我第一次打开了保险箱。假如不将我的朋友——阿根廷作家及记者豪尔赫·费尔南德斯·迪亚兹和乌拉圭作家费尔南多·埃斯特韦斯包括在内，那么我的致谢将是不完整的。